Elogios para *El fuego invisible* de Javier Sierra

"El rey del *thriller* conspirativo español [...]. Un ritmo narrativo trepidante y una tremenda erudición sobre el tema [...] marcan una novela que en realidad engarza con el sello Sierra". —*El País*

"Una nueva apuesta por los grandes enigmas históricos que Sierra sazona con crímenes, intrigas y una gran riqueza de referentes culturales". —*ABC España*

"Una obra de cierta madurez en el género en la que hay un cuestionamiento continuado sobre la escritura, sobre el escritor y el compromiso del poeta con la magia. También es un homenaje a la lengua, y al valor sacrosanto de cada palabra en sí, aunque este punto pueda pasar desapercibido a la mayoría". —*El Cultural*

"Sierra es un lince del entretenimiento". —*El Confidencial*

"Un viaje de autodescubrimiento, una novela transmutadora, una historia sobre la chispa que da origen a la creatividad y su forma de manifestarse en la mente humana". —Culturamas.com

Javier Sierra
El fuego invisible

Javier Sierra (Teruel, 1971) es un apasionado narrador de historias. Su mirada se detiene siempre
en los detalles ocultos, en los misterios que no hemos sido capaces de resolver, y los comparte tanto
en su trabajo literario como en la radio y la televisión. Es autor de diez obras, seis de ellas novelas de
gran éxito internacional. Sus títulos *La cena secreta,
La dama azul, El ángel perdido, El maestro del Prado*
y *La pirámide inmortal* se han publicado en más de
cuarenta países y es uno de los pocos escritores españoles que han visto sus obras en lo más alto de
las listas de libros más vendidos en Estados Unidos.

El fuego invisible

Javier Sierra

VINTAGE ESPAÑOL
Una división de Penguin Random House LLC
Nueva York

Esta novela obtuvo el Premio Planeta 2017, concedido por el
siguiente jurado: Alberto Blecua, Fernando Delgado, Juan Eslava Galán,
Pere Gimferrer, Carmen Posadas, Rosa Regàs y Emili Rosales.

PRIMERA EDICIÓN VINTAGE ESPAÑOL, MARZO 2019

Información de catalogación de publicaciones disponible en la Biblioteca
del Congreso de los Estados Unidos.

Vintage Español ISBN en tapa blanda: 978-0-525-56654-0
eBook ISBN: 978-0-525-56655-7

Para venta exclusiva en EE.UU., Canadá, Puerto Rico y Filipinas.

www.vintageespanol.com

Impreso en los Estados Unidos de América
10 9 8 7 6 5 4 3 2 1

*A quienes son capaces de ver
lo que otros ni atisbamos*

Pero sobre todo a Eva. Ella lo ve todo

Los contadores de historias nos llevan atrás y más atrás en el tiempo, a un claro del bosque donde crepita un gran fuego y los viejos chamanes cantan y danzan; el patrimonio de nuestros relatos surge del fuego, la magia y el mundo de los espíritus. Y ahí es donde aún se conserva.

Pregunta a cualquier narrador contemporáneo y te dirá que siempre hay un momento en el que es tocado por el fuego, con eso que llamamos inspiración, y eso va atrás y más atrás hasta el origen de nuestra especie, a los grandes vientos que nos dieron forma a nosotros y al mundo.

DORIS LESSING,
discurso de aceptación
del Premio Nobel de Literatura 2007

POCO ANTES DE LA GRAN SEMANA

—

¿De dónde vienen las ideas?

1

—

A menudo subestimamos el poder de las palabras. Son éstas una herramienta tan cotidiana, tan inherente a la naturaleza humana, que apenas nos damos cuenta de que una sola de ellas puede alterar nuestro destino tanto como un terremoto, una guerra o una enfermedad. Al igual que sucede en esa clase de catástrofes, el efecto transformador de una voz resulta imposible de prever. En el curso de una vida es poco probable que nadie escape a su influencia. Por eso nos conviene estar preparados. En cualquier instante —hoy, mañana o el año que viene— una mera sucesión de letras pronunciadas en el momento oportuno transformará nuestra existencia para siempre.

Lo mío, por cierto, son esa clase de voces. Son los «abracadabra», «ábrete sésamo», «te quiero», «Fiat Lux», «adiós» o «eureka» que cambian vidas y épocas enteras disfrazados a veces de nombres propios o de términos tan comunes que en otras bocas parecerían vulgares.

Suena extraño. Me hago cargo. Pero sé muy bien de lo que hablo.

Yo soy lo que podría definirse como un «experto en palabras». Un profesional. Al menos eso dice mi currículo y el hecho de haberme convertido en el profesor de Lingüística más joven del colegio de la Santa e Indivisible Trinidad de la Reina Isabel, más conocido en Dublín como el Trinity College. He organizado ponencias en nombre de tan prestigiosa institución dentro y fuera de Irlanda. He escrito artículos en enciclopedias e incluso he abarrotado aulas dando conferencias sobre ellas. Por eso me obsesionan. Me llamo David Salas y, aunque ahora quizá eso no importe demasiado, tengo treinta años recién cumplidos, me gusta el deporte y la sensación de que, con esfuerzo, puedo llegar a superar mis límites. Pertenezco al club de remo de mi universidad, uno de los más antiguos del mundo, y desciendo de una familia acomodada. Supongo, pues, que con estos dones debería estar satisfecho con mi vida. Sin embargo, ahora mismo, me siento algo confundido.

Hace tiempo que estudio la etimología de ciertos términos, sobre todo desde que sufrí en carne propia su poder. Y es que exactamente eso —el sentirme empujado por la fuerza arrebatadora de un sustantivo— fue lo que me ocurrió cuando Susan Peacock, la omnipresente directora de estudios del Trinity, se aproximó a mí la última mañana del curso 2009-2010 y me soltó a bocajarro «aquello» mientras apuraba un café en la sala de profesores.

Su pregunta fue el verdadero origen de esta peripecia.

—¿Y si te fueras un par de semanas a España, David?

Quizá debería explicar antes que Susan Peacock era una dama seria, circunspecta, que no levantaba más de metro y medio del suelo y que rara vez hablaba por hablar. Si decía algo, había que prestarle atención.

«¿A España?»

—Madrid —precisó sin que alcanzara a preguntarle.

En aquel instante, lo juro, algo se removió en mi interior. En estos casos ocurre siempre. Así funciona la señal que nos alerta de la presencia de una palabra especial. Cuando la reconocemos, miles de neuronas se agitan a la vez en nuestro cerebro.

España tuvo justo ese efecto.

Ese lejano viernes estaba a las puertas de las vacaciones de verano. Había terminado de poner orden a las montañas de papeles y notas con las que había lidiado para culminar mi tesis, ya no se veía ningún alumno en el campus, y estaba recorriendo los edificios de humanidades en busca de mis efectos personales antes de dar por zanjado el trimestre.

Quizá por eso la propuesta de Susan Peacock me sobresaltó.

La doctora Peacock era entonces mi jefa más inmediata y la docente más respetada del claustro. Aunque doblaba en edad a casi todos los profesores, se había ganado nuestra confianza y respeto a fuerza de preguntas oportunas, consejos administrativos deslizados en el momento adecuado y paseos por los jardines llenos de sabias recomendaciones académicas. Susan se había convertido en el oráculo de Delfos del Trinity College, nuestra sibila particular.

Aquel 30 de julio, tormentoso y fresco, la doctora Peacock pareció liberar su interrogante sin una intención especial, como si España acabara de cruzársele por la cabeza. Me dio la impresión de que había levantado sus ojos grises del suelo y nombró ese rincón del mapa sin ser del todo consciente de lo que estaba invocando.

—Necesitas divertirte un poco, David —añadió muy seria.

—¿Divertirme? —Le sostuve la mirada—. ¿Te parece que no me divierto lo suficiente?

—Oh, vamos. Te conozco desde que eras un crío. Inteligente, competitivo, risueño y muy muy inquieto. Nunca has tenido tiempo para poner orden a tus cosas. Lo mismo te he visto escalar montañas que arrollar a tus adversarios en los debates de la Philosophical Society. «El niño brillante.» Así te llamábamos. Y mírate ahora. Llevas meses caminando por esta institución como si fueras un alma en pena. ¿Es que no lo ves?

Al oír aquel diagnóstico sentí una punzada en el estómago, pero fui incapaz de replicar.

—¿Te das cuenta? —me reconvino—. ¡No reaccionas! Por el amor de Dios, David. Abre tu agenda, escoge a una de esas amigas que revolotean a tu alrededor y vete de vacaciones de una vez. Seguro que cualquiera estaría encantada de acompañarte.

—¡Susan! —protesté, exagerando mi asombro.

Ella rio.

—Además —añadí—, no sé si lo que ahora me conviene es que más mujeres se interpongan en mi vida. Con mi madre ya tengo bastante.

—¡Eso es patético! No necesitas nada serio. Elige a alguien con cerebro. Búscala fuera del campus si no quieres problemas y llega a un acuerdo que os beneficie a los dos. Tú ya me entiendes. Y cuando termine el verano tomáis caminos distintos. No conozco a ningún hombre con tu presencia y tu posición que necesite insistirle mucho a una chica para llevársela de vacaciones.

—Espero que sepas lo que me estás proponiendo —dije simulando gravedad.

—Claro que lo sé. ¡Te estoy haciendo un favor, David! Aunque... —una sonrisa malévola se dibujó entonces en sus labios—, cuando vayas a Madrid podrías reactivar también algunos de tus buenos contactos. Ya sabes. El fondo de libros de la Old Library siempre está abierto a nuevas adquisiciones. Y nos han dado un chivatazo que estaría bien verificar.

No pude evitar reírme.

—¡Ahora lo entiendo! No estás haciéndome un favor. Estás proponiéndome que siga trabajando para el Trinity..., ¡en vacaciones!

—Tal vez —aceptó—. Seguramente te interesará saber que hay un coleccionista en España dispuesto a deshacerse de un *Primus calamus* completo en excelente estado de conservación.

El café casi se me atragantó.

—¿El *Primus calamus* de Juan Caramuel? —repliqué sin dar crédito—. ¿Estás segura?

Susan Peacock asintió satisfecha.

—Eso es imposible. —Sacudí la cabeza, relamiéndome ante uno de los libros más raros y mejor ilustrados del Siglo de Oro español—. Fue una obra que apenas tuvo difusión. Tú sabes mejor que yo que en 1663 su autor mandó imprimir muy pocos ejemplares, sólo para amigos, y nadie ve uno desde... ¿Cómo sabes que no se trata de una broma?

—¡No lo sé, David! Ése es el asunto. Cuando nos llegó la noticia intentamos localizar al propietario, pero no ha habido manera de dar con él. Por eso estaría bien que nos ayudaras... Además —añadió—, si finalmente lográramos adquirir esa joya, te dejaríamos presentarla por todo lo alto en la Long Room de nuestra biblioteca. Sería otro buen espaldarazo para tu carrera.

Miré a Susan asombrado. Mi carrera era justo lo que me había llevado a aquella situación. Había luchado tanto por abrirme un hueco respetable en el olimpo de los catedráticos que había dejado de lado todo lo que había sido antes. Los viajes, los deportes, las aventuras, los amigos, todo quedó relegado cuando me embarqué en mi tesis doctoral. La señora Peacock sabía que hacía sólo una semana que la había leído. Quizá pensó que con el *cum laude* bajo el brazo, me apetecería regresar a mis «cacerías de libros».

—Y no olvides —apostilló— que si te vas unos días a España, perderás de vista a tu madre.

Mi madre. Su mención me hizo resoplar.

Susan y ella eran buenas amigas. Inseparables, diría. Ambas compartían edad —de hecho, se habían conocido hacía poco más de tres décadas en las fiestas nocturnas que se organizaban en los pisos de estudiantes de Dublín—, y la señora Peacock fue siempre la única de su pandilla que logró seguirle el ritmo. Susan era también de las pocas personas allí que sabían pronunciar su nombre a la española —un *Gloria* seco, contundente, castizo, y no esa especie de *Glouriah* cantarín que usaban las demás con ella—. Y la única con la insolencia necesaria para echarle en cara el haberse enamorado a sus sesenta y un años de un hombre mucho más joven que ella y habernos anunciado la misma tarde de la lectura de mi tesis que pensaba casarse en septiembre.

—Vamos, chico. —Sonrió condescendiente, acercándose a la mesa llena de tetrabriks de zumo y cuencos de fruta que nos separaba—. ¿Cuánto tiempo hace que no te lanzas a una de tus búsquedas bibliográficas?

La miré sin decir palabra.

—Ya, ya... —resopló—. Ya sé que tu madre va a contraer matrimonio con un tipo al que no soportas. Pero te guste o no, van a pasarse todo el verano haciendo preparativos para su boda, así que cuanto más lejos estés de esa locura, mejor para ti.

—Lo del *Primus calamus* es una buena excusa. Pero ¿por qué ahora? Madrid es una sartén en verano. ¿No podrías haberte fijado en alguna subasta de libros en París?

—Necesitas algo más fuerte que una simple subasta para olvidarte de Steven y lo sabes —me reconvino.

La imagen de Steven Hallbright me vino a la mente tan molesta como el primer día. Sólo quince años mayor que yo, el novio de mi madre era uno de esos empresarios educados en Estados Unidos con ínfulas de Steve Jobs; de la octava generación de irlandeses, de los que se pavonean sin parar de sus éxitos. Había tenido que aguantarlo en tres o cuatro cenas en casa, siempre parapetado tras enormes ramos de rosas y cargado con botellas del mejor vino francés. Steven era importador de hardware, gestor de una multinacional de las telecomunicaciones, máximo responsable de un fondo de inversión en tecnológicas en la bolsa de Dublín y, desde que conoció a mi madre, mecenas de cinco o seis pintores y diseñadores gráficos que a ella le gustaban. Observándolo, había llegado a la conclusión de que aquel maniquí tenía un complejo de Edipo de manual. De ningún modo podía consolarme pensando que se había acercado a mi madre por su dinero. Mi impresión era que se había sentido fascinado con lo único que él no tenía y que ella derrochaba: cultura. Una cultura profunda, clásica, que la hacía parecer joven y seductora, convirtiendo los casi veinte años que los separaban en un detalle menor.

Steven era apuesto, alto, atlético, pelirrojo y parlanchín. Y, a pesar de su edad, mi madre encarnaba todo lo que un irlandés podía esperar de la belleza española: una melena morena y ondulada, ojos oscuros, piel tersa sin rastro de arrugas, una silueta impecable mantenida a fuerza de horas en el gimnasio, y una manera de caminar que parecía que nadie en el mundo iba a ser capaz de detener.

Pero era mi madre. Y desde que mi padre desapareció siendo yo un niño nunca la había visto encapricharse de ese modo.

La situación era, pues, algo incómoda para mí.

—Tú mejor que nadie deberías entenderla —diagnosticó Susan Peacock con la precisión de un psicoanalista—: Hace tiempo que a tu madre le concedieron la viudedad. Es una mujer libre.

—Libre y a la fuga también. Casi no la veo por casa.

—Y menos que la verás. Hoy iba a probarse su vestido de novia a De Stafford. Pasará el día fuera.

—¿En serio? —Fruncí el gesto—. No me ha dicho nada.

—Porque sabe que te molesta, David. Admítelo. Hace años que tu padre está oficialmente muerto. Tú eres huérfano y ella puede hacer lo que le venga en gana con su estado civil.

—Eso lo entiendo, pero...

—Lárgate, anda —espetó zanjando mi protesta—. Hazlo con o sin acompañante. Vete a España. Piérdete unos días en Madrid. Intenta contactar con ese coleccionista. Y cuando te relajes de una vez, busca nuevas amistades, música, comida..., qué sé yo. Olvídate por unas semanas de tu madre, de su novio, de tu trabajo, de tu tesis y de este bendito país donde nunca deja de llover. Te sentará bien y podrás seguir el mandato ese de los filósofos.

—¿El mandato? ¿Qué mandato? —refunfuñé.

—*Nosequeipsum.* ¡Y no te rías! Soy de ciencias.

—*Nosce te ipsum* —la corregí, conteniendo otra risotada—. Significa «conócete a ti mismo».

—¡Pues eso! Ya eres mayorcito para hacerlo, ¿no te parece?

La mejor amiga de mi madre extendió entonces una de sus manos de dedos huesudos y largos hasta la cartera que había dejado junto a la máquina de café, y sacó de ella un tomo encuadernado.

—¿Sabes qué es esto? —Lo agitó sobre su cabeza.

—Claro. Mi tesis. —Lo llevaba encima desde hacía días. La había visto leerlo a ratos libres en los jardines del campus, así que no me extrañó que fuera directamente a él—. «Una aproximación a las fuentes intelectuales de Parménides de Elea.»

—No. Es mucho más que eso. Es la causa de tu apatía —dijo como si fuera un diagnóstico clínico—. Junto al doctor Sanders y a su tribunal de cacatúas debo de ser el único ser humano del planeta que se ha leído este mamotreto al que has dedicado cuatro años de tu vida. ¡Cuatro años! Casi mil quinientos días sin salir de la biblioteca y dejándote la vista en esas bases de datos horribles. ¿No lo ves? Te estás agostando, chico. Te has dejado llevar por lo que tus antepasados esperaban de ti. Ya te has convertido en un hombre sabio, ordenado y correcto...

—Y parece, además, que algo aburrido.

—Exacto, querido. El fuego de la pasión se te está apagando. O te mueves ahora mismo y demuestras lo que eres capaz de hacer por ti... o te vas a embalsamar en vida.

—¿Me das ya por perdido?

—En absoluto. De hecho aquí mismo, en tu propia tesis, he encontrado un atisbo de esperanza —musitó, hojeando con avidez el tomo encuadernado en rústica—. ¿Qué locura fue esa de encerrarte en las cuevas de Dunmore durante dos días y dos noches?

Su mirada derramaba toneladas de mordacidad sobre mí. Se refería a algo que, en efecto, contaba en un apéndice de mi trabajo. Era el relato personal sobre lo que se me pasó por la mente durante las casi cuarenta y ocho horas de oscuridad y ayuno estricto en las que permanecí en una gruta cárstica, tratando de emular las jornadas de aislamiento extremo a las que se sometían el filósofo Parménides y sus discípulos. Quizá ése fue mi único atisbo de investigación de campo. De movimiento. Lo que los seguidores de Parménides buscaban —o eso decían los textos que estudié hasta exprimirles el alma— era comunicarse en lugares como ése con los dioses y recibir de ellos su infinita sabiduría. Pero lo que conseguí al imitarlos (en un arrebato de locura) no fue más que confusión. Lo hice pensando en lo orgulloso que habría estado mi abuelo si me hubiera visto llevar tan lejos las lecciones de uno de los padres de la filosofía griega, pero también con la estúpida esperanza de averiguar en ese «otro mundo», el de las ensoñaciones febriles del anacoreta, algo sobre el paradero de mi padre. Qué sé yo. Un vislumbre místico. Una señal. Una voz. Algo que me lo trajera a la vida más allá del puñado de malas fotografías que conservaba de él.

Fracasé, claro.

Lo único que creía haberme llevado de aquellas horas de penumbra fue un miedo nuevo a los lugares oscuros y la sensación de que cada vez que cerrara los ojos caería en los peores horrores que mi subconsciente pudiera fabricar.

Ya habían pasado dos años de aquello y desde entonces no había conseguido dormir una noche del tirón como antes.

—Lo que explicas aquí es de locos —prosiguió Susan con aire inquisidor, recorriendo párrafos con sus dedos huesudos—, pero está escrito con un gran talento.

—Gracias —murmuré sorprendido.

—Deberías dedicarte a ello. Lo sabes. Serías un gran novelista. Como tu abuelo.

—Novelista... —rezongué—. No empieces otra vez, por favor. Os he dicho mil veces a mi madre y a ti que no tengo motivación suficiente para pasarme la mitad de mi vida sentado frente a un folio en blanco. Además, sabes de sobra que todo el mundo me compararía con él.

Susan chascó la lengua.

—No te equivoques, querido. La motivación para escribir un buen libro la da el tener algo importante que contar. Vete a España. —Regresó tenaz a su idea—. Respira aires diferentes. Busca el libro de Caramuel. Y, de paso, échales un vistazo a tus raíces. Uno, si no es necio ni ciego, siempre termina por encontrar cosas importantes en ellas. Pero sobre todo escribe, escribe y escribe. Escríbelo todo. Mal o bien. No importa.

Escribe mientras buscas ese libro antiguo o mientras te diviertes. Da igual. A lo mejor, en ese camino, ordenando tus pensamientos y los lugares que visites, puede que des con algún tesoro... y que hasta termines comprendiendo a tu madre.

—Va a ser más fácil lo primero que lo segundo.

—En eso estamos de acuerdo. —Meneó la cabeza, dejando que los mechones rubios se balancearan sobre su rostro avispado—. Es tan cabezota como lo fue tu abuelo. Ayer mismo no paró hasta convencerme para que te diera esto —dijo blandiendo un sobre apaisado que sacó del interior de la tesis, como el conejo de la chistera de un mago—. Yo no quería. Me parecía que era obligarte, pero al recordar lo que el departamento de adquisiciones de la Old Library había oído la semana pasada acerca de ese *Primus calamus* lo interpreté como una oportuna coincidencia y me decidí a traértelo.

—¿Te dio esto para mí? ¿Qué es?

—Un billete de avión en primera clase para que vueles mañana mismo a Madrid.

—¡¿Mañana?!

Sus ojos brillaron.

—Así que esto es otra encerrona de mi madre —protesté—. Y encima te has prestado a ser su cómplice.

Susan Peacock fingió sentirse culpable. Vi cómo las mejillas se le encendían ligeramente y bajaba la mirada al suelo.

—No te lo tomes así, David. Sólo me dijo que quería hacerte un regalo por tu fin de tesis. —Carraspeó.

—¿Y por qué no me lo ha dado ella misma?

Los ojillos brillantes de aquella mujer menuda y con carácter se levantaron de nuevo.

—Dice que soy tu jefa y que a mí no me lo vas a rechazar...

—Por eso siempre he pensado que estabas de mi parte.

—Y lo estoy, David. No me gusta veros discutir. Tómate su regalo como un gesto de buena voluntad. Además, lo del libro de Caramuel parece muy prometedor. No seas tonto, anda, y acepta el regalo de una vez.

El billete de avión no fue lo único que me entregó Susan Peacock aquella mañana. Mamá Gloria —como era habitual en ella— se había ocupado de todo para hacer irresistible su propuesta. Junto a la tarjeta de embarque encontré una reserva para un hotel de lujo del centro de Madrid y un par de líneas de su puño y letra garabateadas en el reverso de una vieja foto de nuestro álbum familiar.

«Así te acordarás de dónde vienes. Buen viaje, hijo.»

Aquello tenía algo de retranca. Un humor propio, inconfundible en una persona tan dada a los dobles sentidos y a jugar con las palabras como ella.

Y es que Madrid, por si no lo he dicho aún, fue la ciudad que me vio nacer.

La instantánea que había elegido para despedirme se tomó a las puertas de una parroquia madrileña hacía mucho tiempo. De hecho, era la única que recordaba en la que posaba con mis padres y los tres parecíamos felices. El fotógrafo la tomó al salir de mi bautizo. Mi madre, guapísima, me acariciaba la cabeza, que asomaba por una toquilla de ganchillo. Mi padre, a la derecha, parecía mirar a la cámara ensimismado. Era un señor con gafas oscuras, alto, erguido, porte de caballero de los de antes, una melena rizada y negra, y una barba rala muy bien recortada. Vestía un terno gris de corte clásico y corbata a juego, con la punta del pañuelo asomándole por el bolsillo superior de la americana.

En esa toma se nos veía diminutos. La imagen, de un color desvaído, se había obtenido desde el otro lado de la calle para captar la fachada del templo. Supongo que en 1980 las fotos profesionales todavía eran un lujo para un matrimonio que estaba empezando y había que aprovecharlas al máximo. Parecíamos los tres últimos humanos del planeta posando bajo una mole de un aspecto tan desolador como galáctico. Aquel frontis era, desde luego, el de una iglesia fuera de lo común. Ni gótica ni barroca. Lo cierto es que ni siquiera parecía española. Se trataba de un edificio triangular, nórdico, de perfil metálico flanqueado por dos campanarios de aspecto vagamente piramidal.

«Así te acordarás de dónde vienes», volví a leer en el reverso. Y más abajo, con letra más antigua, a lápiz, quizá de mi padre, alguien había anotado: «Iglesia del Santísimo Sacramento, Madrid. Bautizo de David».

Acaricié perplejo aquella cartulina vieja, la tarjeta de embarque y la reserva de hotel. Me invadió una extraña sensación. Acababa de caer en la cuenta de que el *Primus calamus*, y en especial su tercer volumen llamado *Metametrica*, era una extrañísima obra de la época de Calderón de la Barca llena de juegos de palabras, tipografías raras, enigmas, grabados de laberintos y equívocos a la altura de una mente como la de mi madre. Si en su época hubieran existido las fotos, seguro que su autor habría incluido una como ésa entre sus páginas. Para despistar.

Esa misma tarde, sin nada que perder, decidí hacer las maletas. En el equipaje incluí tres polos, dos pantalones de algodón, dos camisas, una *blazer* y un bañador. Añadí un Kindle cargado de libros que intuía que no iba a leer, unas gafas de sol, un sombrero Panamá, mi ordenador portátil y una difusa lista de contactos a los que intentar localizar en España.

«¡Escribe, escribe y escribe!»

La orden de Susan retumbó en mi cerebro obligándome a echar también un cuaderno de notas.

2

Hubo un tiempo en que quise ser como mi abuelo.

El capricho —cierto— duró poco. Fue tan efímero como mi anhelo de convertirme en astronauta o superhéroe. Pero aquella húmeda tarde dublinesa de julio —la del billete a Madrid, la maleta hecha a toda prisa y la apremiante orden de Susan para que empezara a escribir de una vez por todas—, regresó de entre mis recuerdos.

Mi abuelo José se pasó toda su vida emborronando páginas. Apenas salía de una habitación que olía a paquetes de folios recién abiertos, como si el mundo «real» le diera miedo y sólo se sintiera a salvo rodeado de sus creaciones, en el silencio de su estudio.

Por supuesto, nunca me dijo qué hacía con exactitud en aquel despacho. Seguramente pensó que no lo entendería. O no supo cómo explicármelo. O tal vez creyó que era mejor que el pequeño de la casa creciera ajeno a ese extraño torbellino de sensaciones, a ese arrebato íntimo que uno experimenta al gestar un texto. «Escribir es un oficio peligroso —murmuraba a veces en las sobremesas largas de los fines de semana cuando alguno de nosotros le preguntaba por su trabajo—. Imaginar personajes te expone a mentes ajenas —añadía quejumbroso—. Terminas oyendo voces que susurran cosas. Acabas viendo lo que otros no ven y resulta difícil no enloquecer. Y además están esas sombras... Las que buscan por todos los medios hundirte en la nada y robarte el fuego invisible de la creatividad.»

«¿Qué sombras?», le preguntaba.

Pero él me acariciaba la cabeza, me revolvía el pelo con su manaza, y callaba.

Uno de esos remotos días en los que aún creía que podría ser como él, el abuelo dejó entrever algo sobre la naturaleza de su trabajo que me estremeció.

Ocurrió por accidente. Me sorprendió donde no debía.

—Así que te gusta espiarme —refunfuñó al descubrirme agazapado bajo el escritorio en el que trabajaba. Por suerte nunca supo que llevaba desde el viernes anterior oyéndole pasar a limpio el manuscrito de su novela *El alma del mundo*—. ¿Qué diablos piensas que vas a encontrar ahí abajo?

El abuelo, que tenía unos ojos enormes y unas cejas blancas e hirsutas que hablaban al arquearse, me taladró con la mirada. Parecía enfadado.

—Yo, yo... —balbucí entre toses—. Yo no...

—Sal de ahí. Vamos.

—Yo... —repetí paralizado, a punto de echarme a llorar—: ¡Yo sólo quería saber de dónde sacas tus historias, abuelo!

Mi excusa, lo recuerdo bien, lo dejó estupefacto. Me obligó a que le repitiera aquella frase un par de veces y se frotó los ojos, no sé si sorprendido o consternado.

—¿Que de dónde saco mis historias? —Al fin reaccionó.

Don José Roca agitó entonces las manos sobre el teclado de su vieja máquina de escribir y, pensativo, permitió que mi interrogante flotara en la nada durante unos segundos. Después sus pupilas relampaguearon. Y luego, haciendo trizas el aire de gravedad del que solía envolverse cuando escribía, soltó una carcajada.

—Eso por lo que me preguntas es todo un misterio, señorito —tronó repentinamente divertido—. ¡Es el secreto más preciado de un escritor! ¡Mi secreto!

Su enfado se había disipado de golpe, como a veces hacían las tormentas de verano sobre los acantilados de Moher. Para mi alivio se levantó de la silla, se alejó de donde yo aún estaba acuclillado y se paseó por la estancia balanceando su enorme cuerpo hacia la estantería más cercana.

—Dime, David, ¿cuántos años tienes ya?

—Nueve. Casi diez —respondí.

Con un gesto me obligó a salir de mi escondite.

—Bien, bien. Ya eres casi un hombre. ¿Cómo no me he dado cuenta? Cuando cumplas los diez te leerás este libro y empezarás a buscar por ti mismo de dónde vienen las historias —añadió tendiéndome un volumen encuadernado en piel que acababa de tomar entre las manos—. Así no olvidarás nunca el secreto de un buen relato.

—¿Esto es para mí? ¿En serio, abuelo? —dije, emocionado con aquel regalo.

—Muy en serio, jovencito. Aunque tienes que prometerme que lo leerás.

—Y si lo leo, ¿podré atrapar historias como haces tú?

El abuelo volvió a reír, seguramente imaginándose a sí mismo atrapando cuentos como si fueran mariposas.

—Eso dependerá del empeño que pongas —susurró—. Escribir es buscar. Un día lo entenderás. Si alguna vez te conviertes en escritor, te pasarás la vida buscando. De hecho, nunca dejarás de hacerlo. Jamás.

—¿Buscando qué, abuelo?

—¡Todo!

El volumen que me confió aquella tarde fue una vieja edición de *El forastero misterioso*, de Mark Twain. En realidad, se convirtió sólo en el primero de la pequeña colección que iría regalándome hasta el día de su muerte, de eso hace ya más de una década.

Aquel tomo, sin embargo, siempre fue el más especial. Era algo parecido a una autobiografía novelada, un disfraz tras el que el padre de *Tom Sawyer* se presentaba como una suerte de ángel que se aparecía a un puñado de muchachos —una clara metáfora de sus lectores— a los que les desvelaba los secretos que mejor le convenían. El forastero, por supuesto, tenía mucho del propio Twain. Pero también algo que no era él. Había en su personaje un matiz siniestro, acaso maligno. Años más tarde descubriría que Twain creía haberse desplomado del cielo durante el paso del cometa Halley en 1835. Y no lo decía en broma. Nació en noviembre de aquel año. Presumía de ello siempre que tenía ocasión. Por supuesto, nadie se tomó en serio aquel chascarrillo hasta que, por un extraño azar cósmico, Mark Twain falleció justo con el retorno de su querido viajero celestial en 1910. Era evidente que se lo llevó el mismo cometa que lo había traído.

Entonces, ¿de verdad fue un enviado del cielo?

La duda se incrustó en mi mente infantil.

En las primeras páginas de *El forastero misterioso* él mismo definía a su protagonista —un extranjero llegado de ninguna parte, capaz de adelantarse al tiempo y que trataba a los humanos cual figurillas de un belén— como «un visitante sobrenatural llegado de otro lugar». Y justo esa línea había sido subrayada con lápiz rojo por el abuelo.

Fue la única marca que encontré en todo el libro.

¿Un visitante? ¿Y qué diablos quería decir eso? ¿Es que Twain se sentía un marciano? ¿Un ángel caído, tal vez?

Mi imaginación se disparó.

¿Y el abuelo? ¿También era acaso uno de ellos?

Se lo pregunté, claro está. Pero apenas me respondió con un puñado de evasivas que entonces no entendí.

—Cuídate de los forasteros misteriosos, David. Son terribles. Siempre acechan. Siempre.

Aquella lectura me dejó un regusto que duró años. Una acidez extraña, penetrante, que se multiplicó en cuanto supe que ese libro fue el último que Twain escribió antes de morir. Por su culpa, anduve haciéndome preguntas absurdas durante toda la adolescencia. Interrogantes que, cobarde, ya no me atreví a trasladar más veces al abuelo.

¿Se sentía así también él?

Como un extraño de otro mundo.

¿Sacaban Twain y él sus historias de esos «otros lugares» de los que creían venir?

¿Era ésa la fuente secreta de la que bebían?

No es de extrañar que tras leer la dichosa novela un par de veces más llegara a la conclusión de que los escritores son una especie de oteadores de lo invisible. Su trabajo, cuando es noble, consiste en actuar de intermediarios entre este mundo y los otros.

Las vidas de algunos autores confirmaron esas sospechas. Philip K. Dick, por ejemplo, no tuvo complejos en admitir que había hollado esos «otros mundos». Edgar Allan Poe tampoco. De pronto advertí que mis autores favoritos comulgaban con esa idea. Admitían sin complejos que la dimensión invisible de la que abrevaban, lejos de ser una mera invención, era tan infinita y real como las estrellas del universo.

Creo que por eso siempre me dio tanto respeto el acto de escribir... y llevaba tanto tiempo evitándolo.

3

Al recordar todo aquello, con el sobre de mi madre en el bolsillo interior de la chaqueta, me dejé atrapar por una tristeza lejana, como de otra época.

Mamá Gloria y yo vivíamos en la plaza Parnell, en una mansión de tres plantas, de fachada de ladrillo rojo y bonitas ventanas de guillotina lacadas en blanco. Siempre tuve la sospecha de que aquella residencia era una criatura con voluntad propia. Sus suelos crujían a todas horas, nunca encontraba mis cosas donde las había dejado y, por si fuera poco, tenía la caprichosa costumbre de tragarse libros y revistas que casi nunca volvían a aparecer. Era la misma casa que los abuelos eligieron para vivir cuando se mudaron a Dublín y que nosotros heredamos convirtiéndola en una especie de mausoleo de los Roca.

En aquel vientre de ballena no resultaba difícil tropezar con reliquias que te disparaban la imaginación o que te transportaban a épocas lejanas. Nunca necesité mucho estímulo para embarcarme en esa clase de viajes. De niño mi cabeza siempre estaba en las nubes. Y aunque con esfuerzo y algo de cinismo había logrado anclarme a tierra, esa tarde fallaron los amarres que tan pacientemente había construido.

Fue como si lo que se me avecinaba hubiera hecho saltar las membranas del tiempo.

Encontré la mansión vacía. Mi madre había dado el día libre al servicio y se había ido de tiendas, tal y como Susan Peacock me había anunciado.

Sombrío, con la cabeza perdida en mis recuerdos, subí al despacho del abuelo. Casi nunca entraba allí. Desde su muerte aquel lugar se había convertido en la «biblioteca antigua» y yo la evitaba por una razón. Ese salón de techos altos, con paredes cubiertas por estanterías de madera de caoba decoradas con gárgolas que te miraban con las fauces abiertas, me daba miedo. Me traía recuerdos que no eran míos. Y eso me asustaba.

Pero aquella mañana Susan Peacock había dicho algo que había despertado mi curiosidad y necesité echar un vistazo.

«Explora tus raíces —había gruñido—. Uno, si no es necio ni ciego, siempre termina por encontrar cosas importantes en ellas.»

Y yo, que aún no entendía por qué mi madre se empeñaba en mandarme a Madrid ni por qué me había despedido con una foto familiar antigua, no tuve otra ocurrencia que dirigirme al despacho del abuelo, sentarme en el Chester que ocupaba el centro y quedarme mirando el enorme lienzo que lo retrataba junto al escritorio que ahora tenía enfrente.

—Abuelo, ¿vas a decirme qué está pasando?

José Roca —criado en el distrito de Chamberí, castizo, «gato» de pura cepa— se había afincado en esa mansión del centro de Dublín en el otoño de 1950. Aquel traslado nunca le pareció cosa del azar. Estaba convencido de que un designio superior había puesto Irlanda en su camino. Que de algún modo era inevitable que terminara allí sus días.

José era un hombre que creía en esas cosas e interpretaba todo bajo el prisma de la predestinación. Para él todo encajaba de acuerdo a un plan. Por esa razón mi abuela Alice había nacido a sólo dos manzanas de su nueva casa. Por eso José y ella se habían conocido en un congreso literario en Dublín tres años antes. Y por eso le pidió matrimonio en un restaurante ubicado en la esquina, The Rock —como su apellido—, donde a partir de entonces irían a cenar cada sábado por la noche.

Pero para los Roca no todo había empezado allí.

Su primera vivienda fue un piso modesto del barrio de Argüelles, en la capital de España. En esos primeros años el abuelo invirtió sus ahorros en una preciosa máquina de escribir Underwood Leader, verduzca y de teclas blancas; aprendió mecanografía y con ella comenzó a teclear día y noche.

El tac tac tac de sus escritos se convirtió en la primera banda sonora de la pareja.

Al tiempo, mientras los folios se amontonaban en la bandeja del abuelo, Alice empezó a pasar sus días con quien sería su único bebé: la pequeña Gloria. Mi madre. Y pronto, casi sin querer, a fuerza de pasear por el parque del Oeste y contemplar las peladas cumbres de la sierra del Guadarrama, la añoranza de las verdes praderas de Irlanda se fue apoderando de su carácter. La suya fue una morriña sobrevenida, brusca, que creció al mismo ritmo con que la primera novela de su marido ganaba fama y lectores en toda Europa. Fue con aquel primer dinero que los dos españoles de la casa y ella decidieron instalarse definitivamente en Irlanda.

Con delicadeza, Alice convenció a mi abuelo para que se mudaran a esa mansión de estilo georgiano en el centro de Dublín y poder así encarar su vida en un país en el que los escritores eran —y aún lo son, por fortuna— tratados con un respeto reverencial.

Sin embargo, aquel movimiento tampoco pondría fin a los suspiros de mi abuela.

Cuando la pequeña Gloria creció, sintió curiosidad por conocer la ciudad en la que había nacido. Su interés por Madrid coincidió con unos años en los que la capital hervía de actividad. La muerte de Franco estaba cambiando el país a toda velocidad. Se había redactado una nueva Constitución. Un nuevo rey había jurado su cargo ante las Cortes. Los comunistas acababan de salir de la clandestinidad. Se despenalizaron el adulterio y la masonería, y se acabó con la censura de periódicos y libros. Todo allí se antojaba nuevo y excitante. Y en medio del fragor de las canciones protesta y los conciertos que daban grandes grupos internacionales del momento como AC/DC o Queen, Gloria se enamoró de un español. Se llamaba César Salas, estaba a punto de terminar Derecho, y al principio les cayó tan bien a los Roca que gracias a los buenos oficios de don José enseguida consiguió un trabajo de administrativo en la embajada de España en Dublín. No era nada del otro mundo, es verdad, pero estaba bien pagado y les iba a permitir tener a su hija cerca cuando decidieran casarse.

Eso sucedió en las lejanas navidades de 1978.

En apariencia, la vida de aquella época fue idílica. Mi abuelo estaba en la cima de su carrera y a mis jóvenes padres se les abría todo un mundo por explorar.

Por desgracia, aquel *statu quo* no iba a durar mucho.

Mi padre nunca fue un hombre familiar y la presencia diaria de mis abuelos empezó a asfixiarlo. En un par de ocasiones expresó sus intenciones de poner tierra de por medio, alejarse de ellos, hasta que algo inesperado lo cambió todo: Gloria, mi madre, se quedó embarazada de mí.

Aquél debió de ser un momento intenso.

David se convirtió en la palabra que alteraría sus vidas.

Mi padre comprendió que yo era el fin de sus anhelos de libertad. Supongo que pensó que los gastos que traería el nuevo miembro de la familia se dispararían y que tener cerca a un suegro influyente y rico le daría un alivio del que no dispondría en ninguna otra parte.

Luego llegué yo.

Por lo que siempre oí contar, la alegría de mi llegada al mundo fue efímera. Una vez bautizado en Madrid para contentar a la familia de mi padre, con don José, la abuela Alice y nosotros tres instalados en Irlanda bajo el mismo techo, llegaron los problemas. Mi abuelo y mi padre eran hombres de carácter fuerte y, lo peor, tenían ideas enfrentadas en casi todo. Don José —un caballero ilustrado, europeísta, de mente amplia— había convertido su mansión en un agradable punto de encuentro para artistas, poetas, pintores y pensadores más o menos bohemios. Con frecuencia las tertulias que organizaba en nuestro salón se prolongaban hasta altas horas de la noche ante el enfado monumental de mi padre. No era el ruido lo que lo molestaba. Eran los argumentos —que él juzgaba peregrinos— de los contertulios. Pronto, su contrariedad mutó en aversión. No soportaba a aquellos letraheridos con ínfulas de libertad, habitantes de mundos irreales con la cabeza en utopías que jamás tomarían cuerpo.

Tras mi nacimiento aquello fue a más. No había sobremesa sin exabruptos ni reunión familiar sin polémica. Y mi padre, que al parecer no era muy acomodaticio, empezó a pasar largas temporadas fuera de casa aceptando casi cualquier misión diplomática que le ofrecieran con tal de no frecuentar demasiado a los Roca y su cada vez más extravagante mansión.

Cuando cumplí seis años, por alguna razón que jamás me explicaron, el señor César, que era como lo llamaban las doncellas de servicio, pidió al Ministerio de Asuntos Exteriores que lo cambiaran de destino. Nunca entendí por qué nos dejó. Ni tampoco por qué nunca volvió a visitarnos ni a interesarse por nosotros. Jamás llamó por teléfono para felicitarme por mi cumpleaños ni me mandó una carta o dio señal alguna de vida.

Un día, extrañados ante su prolongada ausencia, mi abuelo y mi madre viajaron a Oporto para hablar con él. En el ministerio les dijeron que ese consulado había sido su último destino. Pero cuando se presentaron en sus oficinas nadie supo decirles dónde estaba. Sencillamente, había desaparecido.

Yo pasé toda mi infancia llorándolo en secreto, odiándolo o deseándolo, según los días, hasta que crecí... y lo olvidé.

Pronto su único recuerdo fue aquella foto de los tres frente a la iglesia en la que me bautizaron. La única de la familia completa que mi madre no rompió. Era una estampa roñosa, lejana, el perfecto resumen de la pobre impresión que César Salas había dejado en mí.

Crecí, pues, a la sombra del abuelo, rodeado de sus libros y sus papeles, viéndolo escribir cada día en el despacho, de sol a sol, inventando historias que se leían en media Europa.

Educarme en casa de un literato al que a veces los periodistas comparaban con Julio Verne o Bram Stoker hizo que desde niño sintiera una curiosidad irrefrenable por su trabajo. Mis ojos infantiles veían entonces la creación literaria como una especie de acto sobrenatural. Una magia que permitía alumbrar historias de la nada y de la que el abuelo nunca me habló más allá de aquella insinuación de *El forastero misterioso*.

En ese ambiente me convertí en un apasionado del poder de las palabras. Estudié Filología. Y después Filosofía. El abuelo supo plantar en mí la semilla de algo que, por desgracia, no vio florecer. Algo que, en ese momento, ni yo mismo sabía que llevaba dentro.

Esa tarde, al levantar los ojos del retrato del abuelo en su despacho, lo vi.

Me extrañó encontrar aquel libro fuera de lugar, olvidado sobre uno de los brazos del Chester en el que me había sentado. Yo no lo había dejado allí, de eso estaba seguro. Y hubiera apostado a que mi madre, que sentía el mismo respeto por esa estancia de la casa, tampoco.

Lo tomé pensando en devolverlo a su lugar, pero algo me hizo cambiar de opinión.

Era un volumen viejo, vulgar, con una sobrecubierta antigua, hecha trizas, que apenas dejaba ver el título y que se plegaba con rudeza sobre unas tapas forradas en tela cosidas con cierto esmero. Hacía años que no veía un libro como ése, de rastrillo. Estaba escrito en español. La ilustración de portada era horrenda: un dibujo a tinta china como los que estilaban las editoriales barcelonesas de los años setenta. Lo abrí buscando la página del interior con el título, *El castillo de Goort*. El nombre de la autora, impreso justo debajo con una letra menuda y antigua, me electrizó.

Victoria Goodman.

«¿Victoria Goodman?»

«Pero ¿quién diablos ha dejado esto aquí?»

4

Yo conocí a esa escritora. Lo recordaba. No sabía por qué extraño capricho de la memoria, pero lo recordaba.

Como el abuelo José, Victoria Goodman había sido una de esas mujeres predestinadas a triunfar en el mundo de las letras. No lo digo yo. Todavía podía leerse en las solapas rotas de esa novela.

El abuelo me contó que el padre de aquella autora fue uno de los editores más importantes de la posguerra. Se llamaba Juan Guzmán y pasó a la pequeña historia de la literatura española como un hombre de negocios inquieto, anglófilo, más amante de Shakespeare que de Cervantes, que descubrió el negocio de la imprenta durante un viaje a Portsmouth en 1932. Tras una larga temporada entre fundiciones y fábricas de tinta fue allí donde decidió anglosajonizar su apellido. Cambió Guzmán por Goodman, que a fin de cuentas significa lo mismo («un hombre bueno»), y regresó a su país empeñado en empezar una nueva vida con las máquinas que acababa de adquirir.

Con la nobleza que entonces se concedía en Madrid a todo lo extranjero, Juan enseguida supo ganarse un puesto en la élite cultural del franquismo. Imprimió varias revistas del Movimiento y no pocos programas teatrales, carteles para la plaza de toros de Las Ventas e incluso menús para el palacio de El Pardo. Se dejaba ver con frecuencia en saraos y recepciones oficiales, casi siempre acompañado por su mujer y una niña rubita y dulce que parecía la encarnación de las ilustraciones de Ferrándiz.

En los mentideros literarios de la época se rumoreaba que el impresor Goodman había conseguido que aquella niña escribiera antes incluso de aprender a leer. Y ella, por supuesto, nunca lo desmintió. Al contrario. Alimentó su mito personal contando que a los tres años ya pasaba más horas tomando libros del despacho de su padre y copiando sus letras que jugando con muñecas.

Victoria no empezó, pues, redactando sino dibujando palabras —daba igual que fueran latinas, chinas o árabes— y esa forma de entender el mundo iba a terminar convirtiéndola en una criatura rara que miraba la realidad con ojos diferentes a los del resto.

Con aquel desvencijado *Castillo de Goort* en las manos no me resultó difícil evocar la imagen del día lluvioso en el que la conocí.

Yo tenía sólo diez años y me habían encargado que recibiera a las visitas que llegaban a nuestra casa de la plaza Parnell. Aquel viernes negro mi misión consistió en estar pendiente del timbre y en acompañar a los invitados a la biblioteca mientras el servicio se hacía cargo de sus abrigos y paraguas mojados. Era otoño. El áspero otoño de 1990. Y hacía veinticuatro horas que había fallecido mi abuela.

No había dejado de llorar durante todo el día. A la abuela le habían diagnosticado un cáncer óseo en Semana Santa y todos sabíamos que iba a morir más pronto que tarde. Lo que no esperábamos era que entre la muchedumbre de conocidos que recibimos el día de su entierro nos visitara una querida y lejana amiga de la familia. Llegó desde Madrid, sin equipaje, envuelta en una nube de perfume de violetas, con bombones para mi madre y un ramo de flores blancas para el abuelo. Era Victoria Goodman.

Mi primera impresión fue que se trataba de una señora mayor. Llamó a nuestra puerta vestida de negro de los pies a la cabeza, tocada con sombrero, guantes de terciopelo y una capa de lluvia del mismo color. Llegó justo a tiempo para el entierro, me estampó un beso en la mejilla y después se abrazó a casi todos los que en ese momento se encontraban en la biblioteca.

Sin embargo, lo que nunca olvidaré fue lo que ocurrió cuando regresamos del cementerio de Glasnevin. Los íntimos de la familia nos sentamos a tomar el té frente a una enorme bandeja de pasteles y entonces el abuelo, solemne, le pidió a aquella recién llegada que nos contara cómo conoció a la abuela. En Irlanda despiden así a los seres queridos. Con una larga charla sobre su vida en la que cada invitado desgrana el mejor momento que compartió con el difunto.

—Fuiste como una hija para Alice, Victoria. Y una hermana para Gloria... —dijo él, dándole paso mientras miraba a mi madre con ternura—. A estas personas les encantará saberlo.

—Pero de eso hace ya muchos años, don José —protestó Victoria con delicadeza, aunque sin fuerzas para negarse.

—¡Oh, vamos! Aún eres una jovencita...

—Ya voy para los cincuenta.

Mi madre sirvió entonces infusiones y chocolate a discreción y descorrió las cortinas del salón.

Me llamó la atención oírla decir que había pisado por primera vez aquella casa más o menos a mi edad. Que justo antes de cumplir los diez sus padres la habían enviado a un colegio de señoritas cerca de allí. Y que eso había sido posible gracias a la amistad de su padre, Juan Guzmán, con mis abuelos y a su preocupación por convertirla en una dama culta y elegante.

—En esa época tu padre editaba mis libros en España —añadió el abuelo—. Juan era un hombre educado y sabía que los colegios de la posguerra en Madrid eran un desastre. Por eso Alice y yo organizamos encantados tu estancia en un internado de Dublín y cuidamos de ti como si fueras nuestra hija.

—Lo pasábamos muy bien juntas, ¿lo recuerdas? —intervino mi madre, con una sonrisa tímida.

—¡Cómo olvidarlo, Gloria! Contaba los días para que llegara el viernes y pudiéramos jugar con tus muñecas.

Lady Goodman contó entonces que, muerta de frío y de hambre, instalada en el *college* de Saint Mary, aprendió ballet, piano y hasta esgrima, pero como además la obligaban a hablar sólo en inglés, aprovechaba sus noches para redactar largas cartas en forma de cuento para su padre. Las escribía en español, en parte para no perder su lengua, pero también como desaire a sus profesores.

Yo la oí desgranar aquellas memorias hipnotizado. Sobre todo cuando contó que en sus relatos los protagonistas vivían junto a grandes estufas y alacenas llenas de rosquillas de anís, que eran lo que más añoraba de España. Por contraste, sus textos nunca fueron dulces. Sazonaba sus fabulaciones con espeluznantes diálogos entre sus compañeras y los fantasmas de internas asesinadas, o con tramas de terror que dejaban a mi abuelo (que se encargaba de enviarlos por correo a sus padres) con el corazón en la boca y sin saber muy bien qué hacer con aquel talento.

—Te invitábamos a pasar todos los fines de semana con nosotros —la interrumpió el abuelo—. Alice y yo nos aficionamos a tus historias. ¡Eran tan intrigantes!

—Gloria y usted eran un público muy exigente. Y tía Alice, claro —añadió triste.

—Ella te adoraba. —El abuelo ahogó un suspiro—. Le traducías tus historias y te las corregía entre escalofrío y escalofrío. Me encanta que aún la llames «tía»...

—¿Se acuerda de los sustos que se llevaban cuando les hablaba de las estantiguas?

—¡Las estantiguas! ¡Pues claro! Las «huestes antiguas». —Él alzó las cejas animado, como si el regusto de aquella palabra en desuso lo devolviera a esos años perdidos—. Te obsesionaban las procesiones de fantasmas. Lo recuerdo muy bien.

Aquella tarde, envuelto por el relato de una niña que sabía de dónde venían las historias, descubrí que lady Victoria había escrito su primera novela a los trece. *Los muertos somos nosotros*. Y también supe que cuando regresó a Madrid y comenzó a publicar sus textos ya era una mujer de veinticuatro años y sus libros se asomaban a los escaparates de la Casa del

Libro de la Gran Vía. En esa época ganó algunos premios. Y también su primer dinero. Aunque el mayor éxito de aquel tiempo —según oí decir en casa— fue casarse por amor con un acaudalado descendiente de la familia Lesseps, John Alexander Lesseps. Su matrimonio le dio el título de lady, mientras que el rédito de sus multimillonarios negocios metalúrgicos y la ausencia de hijos le permitió no alejarse nunca de aquel «capricho» suyo de escribir.

Imagino que fue en esa misma velada cuando mi destino quedó entrelazado para siempre con el suyo. Y es que, tras aquella visita, el abuelo empezó a regalarme sus libros.

Tenía sentido. Eran las novelas de la hija de su amigo y editor que, además, se había convertido en medio hermana de mi madre.

Contagiado de ese fervor unánime, los coloqué rigurosamente ordenados junto al de Mark Twain. Me fascinaba la suerte que tenía de conocer a dos novelistas vivos: mi abuelo y aquella especie de tía postiza, lejana y exótica, amante de los cuentos de terror. ¿Cuántos niños podían presumir de algo así en el mundo?

El abuelo advirtió satisfecho mi creciente interés por Victoria Goodman y comenzó a pasarme algunas de las entrevistas que le hacían los periódicos españoles y que la embajada —desde la desaparición de mi padre— tenía a bien enviarnos a casa. No eran gran cosa. Una columna en página par del *ABC*, una reseña con foto en el *Ya*, o la crónica de la presentación de uno de sus libros en el *Diario 16*. Gracias a aquellos recortes, Victoria nunca desapareció del todo de mi infancia. Por ellos supe cuándo enviudó. Cuándo obtuvo el cargo de catedrática de la Facultad de Filosofía en la Universidad Complutense. Y también cuándo anunció que iba a fundar una escuela de letras experimental, bajo el paraguas del campus.

Me hubiera gustado preguntarle entonces por esos forasteros misteriosos que tanto impresionaban al abuelo, pero no tuve ocasión de hacerlo. Victoria se había convertido en una mujer muy ocupada. En algún lugar leí que para poner en marcha su pequeño laboratorio literario había decidido emular a Isadora Duncan, la creadora de la danza moderna, una diva que al llegar al cénit de su carrera había fundado una especie de academia para becar talentos que garantizaran la continuidad de su arte. Esa iniciativa debió de fascinarla. Ella era una mujer madura y la perspectiva de culminar una vida de literata ayudando a otros a conquistarla tuvo que parecerle un deber supremo.

Victoria no se dejó ver nunca más por mi casa. Decían que la culpa de esa distancia la había tenido mi padre. Que lady Goodman y él discutieron el día de la boda de mis progenitores, y que el malentendido la irritó tanto que decidió alejarse de allí. Pero la muerte de la abuela Alice la hizo regresar.

No volví a saber más de la «protegida» de don José; mi madre la mencionaba sólo de tarde en tarde y sus obras de misterio pronto dejaron de interesarme. La vida nos trajo nuevos reveses, aunque ninguno nos afectaría tanto como la muerte del abuelo. En su testamento el gran José Roca nos legó casi tres millones de libras y la administración absoluta de sus derechos de autor. Mi madre y yo tuvimos tanto trabajo para aprender a gestionar esa herencia que los libros de aquella escritora —rebosantes de castillos encantados, talismanes, mapas del tesoro y sombras misteriosas— pronto se convirtieron en algo prescindible. Apenas en una imagen borrosa acuñada el día más triste de mi infancia.

Lo más decepcionante de todo esto es que, sentado en aquel Chester del abuelo, con la fatigada novela de Victoria Goodman entre las manos y la cabeza perdida en el pasado, fui incapaz de interpretar que todo aquello eran avisos de lo que estaba a punto de venírseme encima.

TRES DÍAS EN MADRID

—

Victoria Goodman

5

Llegué a mi hotel de Madrid a las seis menos veinte de la tarde.

El taxi que tomé en el aeropuerto atravesó una ciudad fantasma, aplastada por un calor seco que parecía haber barrido toda forma de vida de sus calles. La mayoría de las tiendas tenían los cierres echados, los autobuses urbanos circulaban prácticamente vacíos, los escasos peatones cruzaban las avenidas sin prestar atención a los semáforos y no se veía un alma ni bajo los modernos toldos con humidificador de los bares que quedaban abiertos a las puertas del mes de agosto.

El vestíbulo del hotel Wellington —un elegante establecimiento de cinco estrellas emplazado en los límites del barrio de Salamanca, la zona más noble de la capital— no me causó mejor impresión. A esa hora estaba tan vacío como el resto de la ciudad, impregnado del mismo ambiente mudo y perezoso que flotaba por todas partes.

«Lo que imaginaba. Mi madre me ha enviado al exilio», lamenté.

Pero nada más identificarme en el mostrador, el conserje que atendía la puerta abandonó su pequeño escritorio y se acercó para regalarme una sonrisa extraña.

—Bienvenido —saludó tendiéndome algo que al principio no identifiqué—. Lo estábamos esperando, señor Salas.

—¿Perdón...?

—Alguien acaba de dejarnos esto para usted. Parece urgente.

Disimulando mi sorpresa —lo último que esperaba era recibir correspondencia en Madrid—, tomé aquel sobre de papel grueso y lo sopesé. Era de color manila. Impecable. Y lucía el rimbombante escudo del establecimiento estampado en relieve.

—¿Para mí? ¿Está usted seguro?

Mi interlocutor asintió.

Observé al conserje y a la recepcionista que nos vigilaba con gesto neutro sin decidirme a abrirlo.

Mi nombre, en efecto, aparecía escrito en letras mayúsculas en el anverso. La primera persona en la que pensé fue en Susan Peacock. Después en mi madre. Ambas habían organizado aquel viaje al detalle, conocían mis horarios y quizá habían pensado animar mi llegada. Sin embargo, aquel «parece urgente» me hizo dudar. Ellas resolvían las cosas urgentes con una llamada.

Intrigado, valorando la remota posibilidad de que algún bibliófilo se hubiera enterado de que estaba en la ciudad buscando un *Primus calamus*, despegué la solapa y extraje una cartulina sin membrete. Estaba escrita a mano. Me hice a un lado antes de escrutarla con atención. No reconocí la caligrafía ni su estilo de líneas rectas, casi de cuaderno escolar.

Leí:

Señor Salas:

Le ruego que disculpe esta intromisión. Usted no sabe quién soy, pero una persona que sí lo conoce me ha pedido que lo contacte. Sé que llega hoy a Madrid y que tal vez esté cansado, aunque creo que lo que debo decirle va a ser de su interés. Por favor, reúnase conmigo en la cafetería del hotel. Es importante que nos veamos cuanto antes.

Atentamente,

PAU ESTEVE

—¿Desea que subamos su equipaje a la habitación mientras atiende a su visita? —me interrumpió el conserje mirando su reloj.

—Sí... claro —titubeé, imitándolo. Eran casi las seis—. Dígame, ¿dónde está la cafetería?

Él, circunspecto, negó con la cabeza.

—No tenemos, señor. Pero el bar inglés se encuentra al final de ese pasillo. Creo que es allí donde lo esperan —dijo, como si supiera algo que yo ignoraba.

—¿Cree?

—Estoy seguro, señor.

—Ya...

Con cierto fastidio y sin saber qué pensar, me dirigí al lugar señalado. Aún tenía la camisa arrugada por el viaje y después de un vuelo de casi tres horas necesitaba una ducha con urgencia. Hubiera preferido zambullirme en la piscina del hotel y hacer algo de deporte para desentumecer los músculos, pero pensé que lo mejor sería zanjar aquel imprevisto cuanto antes.

Pau Esteve era, claramente, un nombre catalán. Quizá algún anticuario recién llegado de Barcelona. No era infrecuente que los vendedores de libros antiguos se dieran chivatazos sobre la aparición de posibles clientes. Sobre todo si eran adinerados y buscaban un Juan Caramuel. Aunque tal vez se trataba de un antiguo alumno del Trinity. Susan tenía la costumbre de enviarme a todos los españoles que pasaban por nuestro campus y se empeñaba en que mantuviera el contacto con ellos.

Fuera quien fuese, estaba dispuesto a despacharlo lo antes posible.

Encontré el bar inglés muy concurrido a esa hora. Bien refrigerado, sin ventanas, y con un hilo musical suave, allí se respiraba un ambiente animado, muy distinto al de la recepción. Unas pocas parejas de huéspedes se habían refugiado alrededor de su barra de cócteles. Charlaban de sus cosas a media luz, discutían sus planes para la cena u hojeaban los periódicos del día con despreocupación, mientras en un gran televisor de plasma con el volumen en silencio las noticias hablaban de incendios forestales y de accidentes de tráfico.

47

Nadie se inmutó al verme entrar, así que examiné a la clientela con cierto descaro.

Mi mirada se detuvo en una esbelta joven de melena castaña recogida en una elegante coleta. Estaba sentada en un sofá de damasco, leyendo un libro que no reconocí. Creo que lo advirtió enseguida y, como si una corriente invisible nos uniera, pude notar su incomodidad. Bajó los ojos en cuanto notó que la observaba, giró la cara a un lado y se sonrojó, pero se recompuso al instante. Tendría veinticinco o veintiséis años y un gesto tasador con el que sólo había tropezado antes en salas de subastas. A su lado, un varón calvo, de unos cincuenta, hablaba en susurros por su teléfono móvil. No lo tenía pegado a la oreja, sino frente a él, como si fuera un micrófono. Hacía aspavientos con la mano libre y de vez en cuando la relajaba para darle un tiento a una copa de balón con hielo. Parecía un ejecutivo disfrutando de la *happy hour*. Llevaba el nudo de la corbata flojo y había descuidado su americana sobre el asiento. Supuse que la joven debía de haberse sumado a un intempestivo viaje de negocios, pero ahora estaba aburrida de esperarlo.

«No. No es él», concluí.

Defraudado, aparté los ojos de ambos. Me fijé entonces en dos hombres de cierta edad que parecían discutir. Uno de ellos, de piel bronceada y camisa de flores, apuraba un daiquiri mientras blandía el periódico deportivo del día como si fuera un arma. También los descarté. Y tras ellos, a media docena más de parroquianos. Los acaramelados. Los que exploraban un mapa de la ciudad como si fuera lo último que pensaran hacer en la vida y los que dormitaban con una infusión enfriándoseles en la tetera.

Alcé la tarjeta que había recogido en recepción y la agité por si alguna de la veintena de personas que había allí reaccionaba.

Nadie se inmutó.

Repetí el gesto de nuevo, y cuando ya estaba a punto de dar media vuelta, un inesperado destello iluminó la mirada de la primera mujer. La joven de expresión decidida había detenido otra vez los ojos en mí. Su pálida tez destacaba entre los demás clientes del bar, resaltada aún más por su vestido oscuro. No habría sabido decir qué era lo que me había llamado tanto la atención de ella, pero se trataba de algo poderoso. Absorto, me fue imposible no seguir sus elegantes movimientos. Vi cómo se apartaba indiferente del tipo del teléfono móvil, cerraba el libro, lo guardaba en su pequeño bolso y se levantaba para atravesar el local. Cuando pasó a mi lado me pareció más inofensiva que en la distancia. Olí su perfume y noté cómo se alejaba, pero entonces se detuvo, se dio la vuelta y me espetó:

—La puntualidad es una excelente virtud de los irlandeses.

La miré sorprendido.

—¿Disculpe?

Ella señaló mi reloj.

—Usted es David Salas, ¿verdad?

—¿Perdón...?

—Soy Paula Esteve —se presentó, tendiéndome la mano con una sonrisa franca—. Le pido disculpas por asaltarlo de esta manera.

—Oh. Pensé que Pau era... —alcancé a decir, totalmente desconcertado.

—Pablo, en catalán, ¿no? —asintió—. No se preocupe, me pasa a menudo. Siempre firmo así mis mensajes. Es una costumbre de infancia. Espero que el hecho de ser una mujer no suponga ningún problema.

—Eso depende. —Estreché la mano que me ofrecía.

—¿Depende? —Su mirada brilló—. ¿De qué depende?

—De lo que hablemos, por supuesto. Supongo que el asunto que desea tratar conmigo es estrictamente profesional. O académico. ¿Me equivoco, señorita Esteve?

—Más o menos —respondió, disimulando un leve azoramiento—. ¿Le parece bien que nos sentemos? Sólo le robaré unos minutos.

Durante una fracción de segundo valoré la posibilidad de

zanjar allí mismo aquella inesperada cita y retirarme a la habitación, pero me intrigó la extraña mezcla de factores de aquella ecuación: una mujer guapa que me trataba como si me conociera de algo, que se había presentado ante mí con una nota que rezumaba misterio y equívocos. Decidí concederle diez minutos para que se explicara.

Mientras buscábamos dónde acomodarnos, la examiné con detenimiento. El óvalo de su cara era perfecto. Tenía un cuerpo delgado pero atlético y apenas iba maquillada. Me fijé también en su vestido sin mangas y en sus sandalias de cuña, de una elegancia discreta. Aunque lo que más me llamó la atención fueron, sin duda, sus enormes ojos verdes.

—En primer lugar, déjeme darle las gracias por acceder a reunirse conmigo —dijo.

—Discúlpeme, pero...

—Si le parece oportuno, podemos tutearnos —consiguió añadir con una nueva sonrisa, más dubitativa que las anteriores.

—Está bien. En esta nota dices que no nos conocemos.

—Y así es. Aunque, como también he dicho en esas líneas, en realidad trabajo para alguien a quien sí conoces.

La señorita Esteve se acomodó entonces en un rincón tranquilo del local, dejando su bolso sobre la mesita que teníamos enfrente. Su lenguaje corporal me decía a gritos que una parte de ella quería salir corriendo de allí y eso me llamó la atención.

—De hecho ha sido ella la que me ha pedido que viniera —añadió.

Su leve sonrisa desapareció por completo, dibujando en sus labios una línea recta. Se irguió, respiró hondo y noté cómo reunía el coraje suficiente para ignorar el gesto inquisitivo que empezaba a dibujárseme en el rostro.

—¿Ella? —pregunté algo molesto. La imagen afilada y sarcástica de Susan centelleó en mi cabeza durante un segundo—. ¿Puedo preguntarte de quién se trata?

—Se llama lady Victoria Goodman —dijo muy seria.

Al oír aquel nombre me quedé sin saber qué decir. Debió

de ponérseme cara de idiota porque la joven reaccionó reacomodándose en el sofá. Mi cerebro trataba de encajar la oportuna casualidad de haber tropezado con un viejo libro suyo horas atrás, a más de dos mil kilómetros de allí.

—Victoria Goodman —silabeé despacio, totalmente desconcertado.

—Tu madre la telefoneó anoche y le anunció que venías. Está deseando verte e invitarte a su casa. Te recibiría mañana mismo si te fuera posible.

—¿Estás segura de que fue mi madre quien la llamó?

—Yo misma atendí esa llamada. Soy la ayudante de la señora Goodman.

Después de procesar esa nueva información, comprendí que aquello debía de ser otra emboscada de las suyas. ¿Para qué habría llamado mi madre si no a una antigua amiga suya avisándola de mi llegada? ¿Y por qué no me habría dicho nada?

—Verás, Paula, quiero decir Pau —hilé, tratando de componer un mapa de la situación—, no quisiera parecer descortés pero en realidad estoy en la ciudad de vacaciones y por nada del mundo me gustaría importunar a nadie. Y menos aún por un capricho de mi madre.

—Y de tu abuelo —acotó ella con aplomo. Me sorprendió ver que no apartaba la mirada.

—¿Cómo dices? —Me sorprendió aún más darme cuenta de que yo tampoco era capaz de desviar la mía.

—Tu abuelo, si viviese, desearía que aceptases esta invitación. Victoria Goodman fue su ahijada. Te aseguro que tiene cosas interesantes que decirte —me atajó.

Sus preciosos ojos verdes subrayaron cada una de sus frases con firmeza.

—Goodman fue la ahijada de mi abuelo, es cierto... Pero insisto: a veces mi madre hace cosas que...

—Esto no es por tu madre, David —añadió muy seria—. Se trata de algo que doña Victoria lleva esperando desde hace tiempo.

—Lo siento. —Sacudí la cabeza, confuso—. No sé si te sigo.

—Debes saber que doña Victoria no suele extender esa clase de invitaciones a nadie. Es una persona bastante hermética. Y en este caso en particular estoy segura de que no le gustaría recibir un no por respuesta.

—No estarás presionándome, ¿verdad? —pregunté algo burlón, intentando relajar su tono demasiado formal.

Pero Paula Esteve no entró en el juego.

—Déjame aclararte algo por si no me he expresado bien —añadió—. Lo que lady Goodman espera de ti no es una visita de cortesía. En realidad... —hizo una breve pausa, como si buscara las palabras adecuadas—, en realidad necesita tu ayuda. Por eso te ruega que os veáis.

—¿Ayudar a lady Goodman? —De repente fue mi tono el que ganó tensión—. ¿Qué quieres decir? ¿Es que ocurre algo? ¿Está enferma?

—No. No se trata de eso. Es sólo que, bueno, tiene ciertas cosas que necesita enseñarte. ¿Puedo confiar en ti? —me espetó enigmática.

Cada vez más intrigado, asentí con la cabeza.

—No sé si debería... —Me miró a los ojos.

A continuación, Paula echó un vistazo desconfiado a su alrededor. El hombre que en un principio pensé que era su acompañante había regresado al bar, pero estaba entretenido viendo la tele en el otro extremo de la sala. Cuando estuvo segura de que nadie nos miraba, abrió el bolso, extrajo de él una pequeña funda de plástico con algo dentro y, tras hurgar en ella, depositó su contenido encima de la mesa que teníamos delante.

—¿Lo reconoces?

Sólo distinguí un papel. A un gesto suyo, lo tomé con delicadeza, volteándolo un par de veces. Parecía una antigua ficha de trabajo. Una cartulina de 125 por 75 milímetros amarilleada por el tiempo, como las que antiguamente usaban los profesores para preparar sus clases. Olía a viejo y había algo escrito con plumilla sobre ella. La caligrafía pulcra, ordenada, me resultó familiar.

—¡Es de mi abuelo! Pero ¿cómo...?

Yo no estaba acostumbrado a que nadie me sorprendiera con la guardia baja. Sin embargo, la persona que tenía delante apenas había necesitado dos palabras para hacerlo.

Me incliné sobre aquella reliquia, colocándola bajo la luz de una lamparilla próxima. Si la cartulina era tan antigua como parecía, debía de tener por lo menos cincuenta años. Identifiqué su estilo de líneas rectas y palabras minuciosas, con mayúsculas infladas y grandes puntos sobre las jotas y las íes. Junto a ellas, el abuelo había dibujado algunas cosas. Símbolos geométricos hechos a partir de círculos y estrellas. También había algún sol. Y dibujos de manos, como sacados de un alfabeto dactilográfico.

Enfoqué la mirada y leí el primer párrafo:

ATANOR. Objeto utilizado por los alquimistas para destilar los materiales con los que pretendieron obtener la piedra filosofal. Una de las funciones de esa piedra era ser ingerida para lograr la inmortalidad.

Me detuve ahí.

—No sé qué es esto. No lo había visto nunca —murmuré a punto de devolvérsela.

—Dale la vuelta, por favor —me animó—. Y sigue leyendo.

El reverso de la tarjeta mostraba el dibujo minucioso de un matraz, algunas anotaciones a lápiz, probablemente alusiones a los libros que había consultado para elaborar aquella definición, y una nueva inscripción en tinta envejecida:

ATANOR. Etimología vulgar: del árabe, *attanúr*, «horno».
Etimología original: del griego, *a-thánatos*. La no-muerte. El nombre del instrumento esconde su auténtica función.
ATANASIO. También de *a-thánatos*. Inmortal. Nombre perfecto para un alquimista que logre la piedra filosofal. O para un

caballero que consigue alcanzar el grial y con él la vida eterna. ¿Cómo es que nadie lo ha empleado aún?

—Doña Victoria tiene decenas de fichas así —añadió al notar mi interés.

Casi no podía creer que mi abuelo hubiera dejado por escrito algo tan profundamente esotérico. Paula se dio cuenta y prosiguió:

—Fichas como ésta fueron la herramienta que utilizaba don José Roca para construir los personajes de sus novelas. Ahí se esconde una de las fuentes de las que bebió para sus tramas. Lady Victoria cree que podría interesarte ver el resto. Le gustaría saber si tienen algún valor para ti.

—¿Algún valor? —Mi voz retembló—. ¿Quiere vendérmelas?

—Creo que se refiere a un valor sentimental.

Me acordé del viejo estudio del abuelo, con sus persianas de madera siempre bajas y las montañas de cuartillas escritas guardando un precario equilibrio en el borde de su escritorio. Por un instante volví a sentir los aromas a papel nuevo y a tinta, y a caoba barnizada, y al café que la abuela le llevaba cada hora y que siempre terminaba frío en alguna esquina de su mesa. Y el tacto del parqué desgastado bajo mis pies descalzos o la sensación de profanación que me invadía cada vez que entraba en sus dominios.

Era la segunda vez en pocas horas que visualizaba aquel rincón de mi infancia, y como si necesitara quitarme un nudo invisible de la garganta, me olvidé de que estaba frente a una desconocida y empecé a hablar sin levantar la vista de los gramos de pasado que acababan de ponerme en las manos.

—¿Sabes? —dije—. Mi abuelo y yo jugábamos a menudo a desnudar palabras. Él lo llamaba así. *Desnudar palabras*. Buscaba una al azar en sus libros y entre ambos intentábamos averiguar su origen. Aseguraba que nadie como un niño era capaz de ver ciertas cosas en el trasfondo de los nombres, de los verbos...

—Tu abuelo debió de ser una persona muy especial —asintió—. Perdóname por irrumpir así y agitar todos estos recuerdos.

Ignorando aquel atisbo de compasión, continué hablando:

—Un día el abuelo buscó en la Biblia el primer nombre propio que aparece en ella.

—Adán.

—Me explicó que en hebreo antiguo significaba «hombre de tierra roja». El primer nombre nació como una especie de criptograma creado por Dios para decirnos que el ser humano había sido moldeado a partir del barro. Y tras él, todos los demás. El abuelo quería hacerme ver que las palabras nunca son fruto del azar. Que todas tienen un pasado, una especie de genética que las delata.

—Eso es lo que estudia la etimología...

—Exacto —asentí—. Y sin apenas darme cuenta, aquello que fue uno de los pasatiempos favoritos de mi niñez hoy es parte de mi profesión. Es curioso, ¿no crees?

—Lady Victoria guarda estas fichas con celo desde hace años —dijo Pau—. Tu abuelo se las confió cuando vio que estaba convirtiéndose en escritora. Imagino que ahora ella querrá transmitírselas a alguien que las merezca y pueda sacarles mejor partido.

—¿Y por qué no se las ha dado a mi madre?

—Supongo que porque tu madre no es escritora.

—Yo tampoco lo soy. Sólo estudio escritores. Y palabras —precisé.

Paula Esteve reaccionó de un modo algo extraño. De pronto se tensó malogrando el incipiente clima de complicidad que empezábamos a construir. Al principio pensé que era por algo que había dicho, pero enseguida me di cuenta de que yo no era la causa. Acababa de entrar en el bar un hombre vestido de negro que se quedó mirándonos desde la puerta. A la escasa luz del local no pude distinguirlo bien, pero me pareció que Pau lo reconoció. Era un tipo alto y de complexión fuerte. Me llamó la atención que llevara una chaqueta de tres cuartos en pleno verano y que cubriera su cabeza con una boina amplia, también oscura. Nada más verlo noté cómo se asustaba. La expresión de los ojos de mi acompañante cambió por completo. Durante un segundo su bien elaborada máscara de seguridad se desplazó, dejándome atisbar el miedo reflejado en ellos. Fue un momento breve. Irracional. No lo comentamos siquiera, pero antes de que pudiéramos reanudar la charla recogió la ficha, la guardó con celeridad en su bolso y extrajo a toda prisa del monedero una tarjeta de visita anotada que dejó en su lugar.

—Nadie sabe si uno lleva o no un escritor dentro hasta que encuentra algo que contar. —Hablaba aparentando tranquilidad pero sin dejar de vigilar al recién llegado—. Quizá mañana, si aceptas venir, hagas algún descubrimiento.

—¿Y si no acepto? —repliqué, mientras recordaba que Susan Peacock me había dicho casi lo mismo veinticuatro horas antes.

—En ese caso —dijo, poniéndose en pie y tendiéndome la mano—, doña Victoria se llevará otra decepción y yo habré perdido el tiempo.

—¿Otra decepción? ¿Qué quieres decir?

Pero Pau ya no respondió. Tomó su bolso y atravesó el bar pasando por delante del desconocido sin mirarlo siquiera. Me dejó allí plantado, incapaz de entender qué era lo que estaba pasando y viendo cómo la sombra que la había ahuyentado se perdía también hotel adentro, cojeando ligeramente.

6

Paula Esteve nunca supo que el simple hecho de poder verla de nuevo fue lo que me persuadió para visitar a doña Victoria. Tomé esa decisión antes incluso de perderla de vista. De hecho, no conseguí quitármela de la cabeza el resto del día, como tampoco las extrañas fichas de mi abuelo o al «hombre de negro» que la había ahuyentado y al que no volví a ver por los pasillos del hotel Wellington.

Esa tarde deambulé entre sus cuatro paredes hasta que cayó el sol. Trabajé un poco en el gimnasio, hice unos largos en su piscina e incluso traté de telefonear un par de veces a mi madre para explicarle lo que acababa de suceder. Sin embargo, tal y como me temía, no la encontré. Sólo Susan Peacock —a la que localicé al fin en su despacho del Trinity cuando estaba ya cerrándolo por vacaciones— me aclaró que mamá había aprovechado mi ausencia para irse a Galway con unas amigas.

—¿Has hablado ya con el propietario del *Primus calamus*? —añadió con cierta sorna.

—Todavía no —admití, recordando de repente aquel encargo—. En agosto esta ciudad se paraliza. Pero no te preocupes. El lunes empezaré a hacer llamadas.

—Tú insiste. Y asegúrate de que sea un ejemplar completo. A veces los bibliófilos despedazan esa clase de obras para sacar más dinero vendiéndolas en láminas sueltas.

—Lo sé, lo sé —protesté—. Descuida. Sé detectar a un especulador en cuanto lo veo.

Pero ya no eran horas de llamar a nadie y, de repente, me sorprendí pensando que tenía otras prioridades.

Antes de salir a cenar a una terraza cerca de la Puerta de Alcalá, consulté en internet dónde quedaba la casa de la anciana escritora. Me sorprendí husmeando en Google Street View su dirección y descubrí lo cerca que vivía de mi hotel y del célebre parque del Retiro. Paula había escrito en el reverso de su tarjeta que me esperarían a eso de las ocho. «Cuando el calor remita», anotó. Supuse entonces que lady Goodman debía de ser la única señora bien de la capital que no se había ido a veranear al norte, o que no tenía una casa con piscina a las afueras. Tampoco es que fuese una mártir por ello. Vivir en un piso frente a la zona verde más emblemática de la ciudad, asomada a las copas de sus diecinueve mil árboles, su histórico estanque diseñado para las exóticas naumaquias de los Austrias, sus salas de exposiciones, kioscos de música, estatuas y fuentes, con las grandes colecciones de arte de la ciudad a un paso, debía de ser más que suficiente para no necesitar buscar refugio en ningún otro lugar del planeta.

La mañana de nuestra cita —cada vez más inquieto ante la perspectiva de encontrarnos después de tantos años— almorcé en un pequeño restaurante junto al Museo del Prado. Tras un buen rato admirando las obras maestras de Velázquez, El Greco o Rubens recurrí de nuevo al buscador de mi ordenador portátil. Sentía curiosidad por saber qué había sido de lady Goodman desde la última vez que la vi.

La «gran dama del misterio» —como la definían los blogs literarios que consulté— parecía hallarse en el ocaso de su carrera. Y no porque ella se hubiera resignado a semejante destino. Quien fuera la protegida de mi abuelo derrochaba fortaleza narrativa publicando una novedad cada quince meses. Su última obra, *Las visiones de Patmos*, había aparecido en una editorial menor valenciana, pese a lo cual la autora mantenía una agenda de presentaciones y conferencias admirable. Impartía cinco o seis charlas al mes en clubes de lectura, pero sobre todo daba clases en la escuela de letras de la universidad y dirigía un discreto programa de «literatura experimental» destinado a alumnos de alto nivel.

Quizá fuera por esa razón que lady Goodman daba la impresión de permanecer ajena al destino comercial de su obra. Yo sabía que no necesitaba vender ejemplares de sus novelas para vivir ni para lisonjear su ego. Pero la singularidad de aquella dama iba más allá de lo económico. En una de las entrevistas aseguró incluso que en esa etapa de su vida creía estar cumpliendo con su karma, con un designio supremo que estaba muy por encima de los logros materiales y que sólo se manifestaba cuando enseñaba a otros «el arte de escribir».

—Karma...

La palabra se me escapó entre los labios. Me llamó la atención que doña Victoria la usara como sinónimo de destino, como si creyera —emulando a «mi» Parménides— que nuestro sino es algo inefable trazado por alguna clase de inteligencia cósmica. Quizá una del estilo del aborrecido dios Moro de los griegos, hermano de Tánatos (la muerte) y de Ker (la perdición). Una mente suprema con la que, de tarde en tarde, algún atrevido conseguía comunicarse utilizando las fórmulas adecuadas y recibir de ella «la verdad». «La palabra es la llave para acceder al alma del mundo —declaró lady Goodman a otro de esos diarios digitales—. Y los escritores somos los chamanes que velamos por ella.»

Me pareció que, lo de investirse de chamán, Victoria Goodman se lo tomaba al pie de la letra.

En el último artículo que leí explicaba que en los meses de verano madrugaba mucho para escribir y después de comer se entregaba a su secreta vocación de cazar talentos para su programa de literatura experimental. Aquello me recordó algo que había leído a Gabriel García Márquez una vez: que un mes al año se encerraba con un grupo de alumnos de la Escuela Internacional de Cine y Televisión de San Antonio de los Baños, en La Habana, sólo para enseñarles «cómo se cuenta un cuento» (sic).

Pero lo de la Goodman parecía más ambicioso si cabía. «Necesitamos un ejército de nuevos escritores que salven a la humanidad de los peligros que la acechan —dijo—. Si encontrase sólo a uno que valiera la pena, lo obligaría a escribir... ¡aunque no quisiera!»

Sí. Definitivamente, habría hecho buenas migas con Susan Peacock.

7

Me presenté ante la suntuosa fachada de la casa de Victoria Goodman exactamente a las ocho de la tarde. Era domingo y, como cabía esperar, en el camino a su domicilio de la calle Menéndez Pelayo no me crucé ni con un alma. Sin tráfico, con sus mejores tiendas cerradas por vacaciones y las calles oliendo a asfalto recién extendido, la frontera entre el barrio del Marqués de Salamanca y del Retiro recordaba al escenario de una película postapocalíptica. Incluso la cercana calle Alcalá —la que las guías de la capital describen como una de las más transitadas del sur de Europa— aparecía desierta.

La entrada a la residencia de lady Goodman resultó ser un antiguo acceso de carruajes vigilado por un portero con ojos de lechuza que parecía recién trasplantado del *Jardín de las delicias*. A esa hora el buen hombre —un tipo enjuto, velludo, uniformado con un traje dos tallas mayor que él— veía la repetición de la final del último mundial de fútbol en un pequeño televisor y me ignoró. Dejé atrás su garita internándome con cierta sensación de maravilla en un gran zaguán revestido de escayolas que daba paso a los ascensores.

El edificio entero olía a barniz. Enormes lámparas de forja colgaban del techo. Las alfombras estaban tachonadas con flores de lis amarillas y hasta el viejo elevador del fondo contaba con su propio detalle de fuste: un banco tapizado con terciopelo rojo en el que el viajero podía descansar mientras ascendía a la quinta planta en medio de un lento traqueteo ferroviario. En Dublín, una casa así sería monumento nacional. O la residencia del primer ministro.

Quizá por eso me sorprendió que su dueña me abriera la puerta en persona. Había imaginado —qué sé yo— que una de esas camareras filipinas uniformadas con delantal gris y cofia de algodón, tan típicas de los novelones de otro tiempo, me conduciría a un recibidor y me pediría que aguardara allí a la señora de la casa.

—Buenas tardes. —Victoria Goodman sonrió ufana, escrutándome de arriba abajo con indisimulada satisfacción. Una nube de perfume de violetas me rodeó en el acto—. Bienvenido, David. ¡Cuánto has cambiado! Tienes la misma cara que tu abuelo. Pasa, por favor. Te estaba esperando.

Me estampó dos besos y cerró la puerta tras ella.

La mujer, que rondaría los sesenta y cinco, me transmitió una agradable sensación de confianza. Me pareció más joven en persona que en las fotos que acababa de curiosear en internet. Sus cabellos meticulosamente escarmenados, la misma mirada de reposada inteligencia, los pómulos huesudos, las leves bolsas bajo los ojos, la nariz aristocrática, los labios finos y tocados de carmín y su barbilla firme, cuadrada, eran la marca lombrosiana de un carácter fuerte.

Doña Victoria, cual Virgilio en la *Divina Comedia*, me precedió por un pequeño corredor hasta un tresillo. Me hubiera gustado detenerme a mirar la constelación de diplomas, placas, metopas y fotos enmarcadas que poblaban el corredor. En una se la veía con el rey Juan Carlos, saludándolo en una recepción. En otra recibía una distinción tocada con birrete. Y más allá, sonreía entre Mario Vargas Llosa y Camilo José Cela, cuando ninguno de los dos tenía aún su premio Nobel. Antes de que me diera cuenta estaba sirviéndome un té mientras tomaba papel y pluma de la mesita auxiliar que separaba su sillón del mío.

—Qué alegría, David. Te agradezco que hayas aceptado mi invitación —dijo satisfecha colocándose sus gafas de alambre doradas sobre la nariz. A través de sus lentes empezó a observarme con curiosidad de entomólogo—. ¿Cuántos años hace que no nos veíamos, hijo? ¿Doce? ¿Quince tal vez?

—Veinte, señora Goodman —respondí, todavía algo intimidado, también decepcionado por que estuviéramos solos, sin Paula a la vista—. La última vez yo era todavía un niño.

—¿Veinte años? ¿En serio? Dios mío. Cómo pasa el tiempo. Tu abuelo murió hace más de diez, y mi marido, siete. —Hizo el cálculo frunciendo el ceño mientras me ofrecía una bandeja de plata con pastelitos.

—Lo siento —murmuré.

—Más sentí yo no haber estado en el funeral de tu abuelo. Lo adoraba.

No respondí. Ella comprendió que seguía teniendo la palabra.

—Pero bueno, dejemos al odioso Cronos a un lado, ¿te parece? —prosiguió—. Tu madre lleva mucho tiempo hablándome de ti. He estado pendiente de tus progresos desde que eras pequeño. Y aunque llevamos ¡veinte años! sin vernos, sé que tú también has seguido los míos.

—En casa usted siempre fue muy querida...

—Oh, vamos. Tengo entendido que hasta has leído varias novelas mías. En realidad eso es mejor que el aprecio personal.

Victoria Goodman sonrió e hizo una breve pausa para servirse un poco de infusión en una taza de porcelana que había dispuesto junto a sus papeles.

—En estos años —continuó, mientras valoraba con la nariz el brebaje y le añadía un gran cubito de hielo— he visto con satisfacción cómo te has convertido en todo un hombre. Me encanta que ayudes a tu madre en la gestión del patrimonio familiar. Cuidar de los derechos de una obra tan inmensa como la de tu abuelo, y hacerlo con criterio y amor, no debe de ser fácil.

Luego, con cierto deje melancólico, añadió:

—Al menos mi querido José tuvo la suerte de tener descendencia. Los hijos siempre son una bendición...

«¿Una bendición? Dudo que César Salas pensase lo mismo.»

—Oh... —Reaccionó—. Ya sé que tu padre desapareció y que no sabes nada de él desde hace años. Lo siento mucho, querido. César siempre fue algo huidizo. ¿Sabías que tu madre se casó con él sin decirme ni palabra?

—Mi padre nos abandonó, doña Victoria —dije seco, dejándole ver que aquella conversación empezaba a incomodarme.

—No quiero ser inoportuna, David. Gloria siempre ha sido como una hermana para mí. Sé lo que sufrió con aquello. ¿No te parece maravilloso que después de un golpe como ése todavía se sienta con fuerzas para rehacer su vida?

Dejé escapar un suspiro de resignación y doña Victoria comprendió que era mejor cambiar de tema.

—Está bien. Hablemos de ti, hijo. Estoy impresionada, ¿sabes?

—¿Impresionada?

—Sí. Impresionada porque te hayas licenciado primero en Filología y después en Filosofía con unas calificaciones excelentes, y que te hayas doctorado *cum laude* con una tesis sobre Parménides. ¡El gran Parménides de Elea, nada menos!

Doña Victoria enarcó entonces sus cejas grises y añadió en tono de confidencia:

—A mí también me ha interesado mucho Parménides y aún no conozco a nadie que se haya atrevido a dedicarle toda una tesis doctoral... excepto tú. En mi facultad hay muchas ganas de leer tu trabajo.

—Me halaga, señora. Pero me sorprende aún más que le interese Parménides.

—Más de lo que imaginas —dijo animada—. Siempre me fastidió que en los estudios de Humanidades se pasara por él tan de puntillas. En mi época apenas te enseñaban que fue maestro de Platón, el padre del pensamiento occidental, pero luego no volvían a tratarlo.

—¿Y qué la ha llevado ahora a interesarse por él?

—¿Ahora? Llevo años fascinada con Parménides. Que en una mente de hace dos mil seiscientos años convergieran ya ideas racionales y metafísicas me interesa mucho —añadió con una euforia creciente—. Él aseguraba que ambas manaban de una misma y misteriosa fuente.

—Muy cierto —admití cada vez más interesado—. Aunque en realidad fue Platón quien hizo famosas esas ideas.

—Platón, Platón... —masculló ella—. Quien quiera conocer a Parménides únicamente a través de lo que Platón dejó escrito sobre él se quedará en lo superfluo. Nuestra desgracia es que no conservamos ni doscientos versos autentificados de su puño y letra.

—Bueno —sonreí ante su elocuencia—, quizá eso no sea tan malo después de todo. El abuelo decía que cuanto menos se conoce de algo, más necesidad se tiene de estudiarlo.

—Seguro que fue él quien te inculcó el interés por el padre de la filosofía.

—Lo oscuro que hay en Parménides atraería a cualquiera con un mínimo de sensibilidad —le respondí—. Pero tiene razón: fue el abuelo el que me contagió su predilección por sus claroscuros y me llenó la cabeza de preguntas difíciles de responder. ¿De dónde sacó Parménides su idea de que para alcanzar la luz hay que estar primero dominado por lo oscuro? ¿De dónde que sólo quien aquiete su mente conseguirá comprender el mundo? ¿Quién fue aquel «desconocido de Posidonia» al que el filósofo trató como su maestro y del que nada se sabe, salvo que le enseñó todo? ¿De qué cueva salió?

—Por desgracia sus versos no tienen muy buena reputación. La mayoría de los expertos no los entienden. Los encuentran enrevesados, con una métrica pésima y llenos de absurdos.

—Eso es porque no se sumergieron en ellos como yo —dije con cierta arrogancia—. Me he pasado cuatro años estudiándolos y creo haber comprendido su sentido profundo.

—Eso fue lo que me dijo tu madre. —Sonrió—. Tu trabajo parece excelente.

—Lo que no termino de comprender —señalé intrigado— es qué puede interesarle a usted de un pensador de hace veintiséis siglos. Si me lo permite, me parece algo ajeno a su campo de trabajo...

Quizá pequé de insolente, pero la vieja dama del misterio no se alteró lo más mínimo. Al contrario. Hizo un enigmático aspaviento con la mano. Posó su taza sobre la mesilla auxiliar y, fijando su mirada en la mía, replicó:

—De él me interesa exactamente lo mismo que a tu abuelo. Parménides fue el primer pensador de la historia que se preocupó por averiguar de dónde vienen las grandes ideas. Ya sabes: el invisible manantial del que beben literatos, matemáticos, filósofos; la luz que saca de nosotros todo arte verdadero; el fuego invisible que es capaz de alumbrar mundos nuevos.

Sorprendido, me llevé la taza con el té frío a la boca.

—El poema de Parménides describe en realidad un viaje del filósofo al más allá buscando ese fuego —asentí, recordando que aquélla era una expresión que utilizaba mi abuelo a menudo—. ¿Sabía que para componerlo el filósofo se valió de una técnica de alteración de la conciencia muy apreciada en la antigua Grecia?

Los ojos de doña Victoria se abrieron expectantes.

—Se trata de uno de los grandes secretos de aquellos primeros sabios —continué—. Lo llamaban «la incubación» y consistía en encerrarse durante un par de días, sin alimento ni agua, en una gruta o estancia cerrada, quedarse absolutamente inmóvil, aislado, y esperar a que Hades, Perséfone o Apolo se manifestasen y le dictaran sus enseñanzas.

—Eso supongo que tiene una explicación —coligió, atenta al resumen que acababa de hacerle del corazón de mi tesis—. Parménides fue un hombre que nunca se fio de los sentidos.

—Exacto. Y por eso decidió aplacarlos en una cueva. Creyó que allí su mente se alejaría del ruido de la vida, de las distracciones, de lo efímero, y con un poco de suerte, en ese silencio alcanzaría a oír la cálida voz de los dioses.

Al oír aquello, la vieja dama inspiró y elevó la mirada por encima de sus lentes en un gesto cargado de teatralidad.

—Pues eso, hijo, me interesa mucho. ¡El camino de acceso al origen de las ideas! ¡La difícil búsqueda de las musas! Tiene mucho mérito que te embarcases en ese trabajo, he de decirte. Me gusta tu osadía.

Y antes de que pudiera agradecerle el cumplido, añadió:

—Dime, querido, ¿me imaginas tendida en una caverna, esperando a que Apolo me dicte la siguiente novela?

En realidad sí que me la imaginaba. Y muy bien. Si cerraba los ojos podía visualizarla despeinada, como a una bruja de Goya o a cualquiera de las sibilas de la Capilla Sixtina, con los ojos del éxtasis abiertos como platos, aguardando la revelación. Naturalmente, no se lo dije. Preferí encauzar el rumbo de nuestro coloquio por un derrotero menos místico.

—Tengo una curiosidad —resolví al fin—. ¿Me permitiría preguntarle algo?

—Por supuesto.

—¿Le pidió ayer usted a su ayudante que me mostrara una antigua ficha de trabajo de mi abuelo?

—Esas fichas fueron el resultado de toda una vida dedicada a desentrañar la procedencia de las palabras. —Sonrió de nuevo—. Un origen que, para tu abuelo, era como acariciar el ADN mismo de las ideas. Son un tesoro que llevo guardando años, esperando compartirlo con alguien que las merezca.

Lady Goodman me hizo entonces una señal para que le acercara una pequeña caja de madera de sándalo con incrustaciones de nácar que estaba en una mesita cerca de mí. Cuando se la entregué, la abrió y extrajo de ella un puñado de fichas que me ofreció para que las examinara.

—Para que lo entiendas mejor, te pondré un ejemplo al hilo de nuestra charla. ¿Sabes lo que significaba la palabra *profeta* en la época de Parménides? —me preguntó mientras las barajaba.

—Bueno... —dudé—. Supongo que en el siglo VI antes de Cristo no tenían en mente a un Nostradamus que levantara horóscopos y vislumbrase el futuro en una bola de cristal.

—¡Desde luego que no! —asintió, ojeando también ella una de las fichas—. Profeta era aquél capaz de ver lo que los demás no ven. El que daba voz a lo invisible para que éste se manifestase en nuestro mundo. Era el portavoz de lo divino. Y para aquellas gentes un poeta, un escritor, siempre lo era.

—¿Eso dicen estas notas?

—Eso y mucho más, hijo. Gracias a ellas descubrí que los poetas de esa época no tenían conciencia de estar escribiendo literatura.

—En eso tiene razón.

Sus ojillos se volvieron maliciosos de repente.

—Tú sabes tan bien como yo que, en realidad, aquella gente componía cantos. *Oimês* (οἴμης) en griego. Creían que sus palabras conducían a los escuchantes a otros mundos, elevando el espíritu de su público. ¿Y sabes cómo llamaban a eso? —me interrogó arqueando sus cejas nevadas.

—¿A qué exactamente, señora?

—Al efecto causado por sus textos.

—*Oimos* (οἴμος) —respondí.

—*Oimos*. Exacto. Significa «el camino» —añadió, leyendo una de las fichas y mostrándome las grafías griegas garabateadas por mi abuelo—. ¿No te has fijado? *Oimos* y *Oimês, camino* y *canto* son palabras muy parecidas. Casi homófonas. Es como si los discípulos de Parménides nos gritaran que la literatura y la música verdaderas sirvieron desde el principio para trazar el camino hacia los mundos superiores. Para eso se inventó la literatura. Para abrirnos paso a lo trascendente.

Noté que la mirada de doña Victoria relampagueaba otra vez.

—No te lo diría si no supiera que a ti también te gusta ahondar en el origen de las palabras.

—Pero hace años que no practico ese juego. Desde que murió él, para serle sincero —repuse.

—Los latinos decían, en uno de sus juegos de palabras más populares, *nomen est omen*. «El nombre es un augurio.» Quien puede diseccionar uno se convierte en una especie de vidente capaz de alcanzar el fondo de las cosas.

Lady Victoria Goodman empleó un tono solemne para explicar aquello, y añadió:

—En realidad, necesito que vuelvas a hacer lo que te enseñó tu abuelo. Quiero que te unas a un proyecto en el que preciso de alguien capaz de encontrar el *omen* de las palabras de un libro en particular.

—¿Un proyecto? —La miré con interés—. ¿Tiene algo que ver con ese programa de literatura experimental que usted dirige?

Los ojos de doña Victoria centellearon.

—Oh. —Sonrió—. ¿Lo conoces?

—He leído algo sobre él.

—En ese caso sabrás que se trata de un módulo de trabajo en pruebas, muy cerrado, al que sólo pueden acceder ciertas personas altamente cualificadas. Sería un honor que alguien con tu currículum, un experto en Parménides, alguien que se ha preguntado por el origen de palabras e ideas y trabaja para una institución como el Trinity College, se uniera temporalmente a nuestra academia.

Tardé sólo un segundo en reaccionar.

—Perdón, ¿ha dicho «academia»?

—Bueno..., mi proyecto se mira en las antiguas academias sagradas, las escuelas de misterios —asintió de repente, atropellada, como si estuviera admitiendo algo inconfesable—. Aquí no nos contentamos con arañar la superficie de los textos, ¿sabes? Buscamos su sentido profundo, los descomponemos como si fueran piezas de una máquina, y tratamos de descubrir hasta dónde pueden guiar nuestras almas. La literatura, te lo dice alguien que la practica, nunca fue un fin en sí misma. No se inventó para ser bella o para entretener, sino para elevar nuestras conciencias hacia lo sublime. Tu abuelo me enseñó eso. «Deja que tu alma vuele», decía cada vez que analizábamos un texto en busca de ese poder elevador. Y te lo habría enseñado también a ti si no hubiera fallecido antes de que tuvieras edad para entenderlo. Por suerte —añadió— tú has heredado su don.

Escruté a doña Victoria con algo de incredulidad.

—Quizá me sobrevalora, señora —dije con todo el tacto del que fui capaz—. No soy escritor. Tampoco estoy muy interesado en serlo. Y aunque lo intentara poniendo todo mi entusiasmo en ello, jamás llegaría a ser ni la sombra de lo que él fue.

Pero lady Goodman, sin perder la máscara impenetrable que había eclipsado su rostro, replicó con una exclamación que me sobresaltó:

—¡Entusiasmo! Exacto. Eso es todo lo que necesitas. Sólo con él se puede acceder a esas regiones donde habitan las ideas. Entusiasmo, sí. *Enthousiasmós.* Tú sabes griego. ¡Juega! ¿Cuál es el origen de esa palabra?

—Entusiasmo —mascullé perplejo, tratando de hacer memoria—. *Entusiasmo* significa «rapto divino». De *en-theos*, estar con *Theos*, con lo sagrado. Conectar con el impulso creador. Dejarse arrastrar por la fuerza de lo que se desea contar.

—¿Lo ves? ¡Descompones las palabras igual que tu abuelo! Tu instinto sabe cómo hurgar en su sentido profundo. ¿Entiendes ahora que Parménides reclamara el entusiasmo para escribir? ¿No habló él de caer en una especie de trance para recibir las ideas verdaderamente superiores?

—Parménides se refirió a veces a una especie de éxtasis, sí... —tuve que aceptar.

—Éxtasis. Otra palabra misteriosa. Seguro que sabes qué significa. —Indagó con cierta malicia.

—*Ékstasis* quiere decir «estar fuera de sí».

—¿Lo ves? —Sonrió—. La intuición no te engaña, David. Escribir es renunciar a lo que uno es y ponerse al servicio de vidas ajenas que te susurran al oído.

—Saca usted conclusiones algo extrañas.

—Si tomaras parte en mi experimento y me ayudaras, verías que no lo son —prometió—. Podría enseñarte cómo hay que acallar el ego y ponerse al servicio de la inspiración, de las musas, como hizo tu abuelo. O antes, Valle-Inclán. O mucho antes, Cervantes. O...

—Pero...

—¡No hay peros! ¿Acaso no le preguntaste una vez a tu abuelo que de dónde sacaba él sus historias? Ahora puedes descubrirlo. Es tu gran oportunidad.

Me quedé sin palabras. ¿Cómo diablos sabía ella eso?

—Mañana tenemos una reunión importante en La Montaña Artificial. Estás invitado. No me falles.

8

Dejé la casa de doña Victoria exhausto, preocupado y algo confundido. Al principio lo achaqué a la bofetada de calor que me recibió nada más poner el pie en la calle y al hecho de no haberme tropezado con nadie más en la casa, ni en la suntuosa portería, ni en el camino de regreso al hotel. Pero la razón de mi desconcierto era más simple aún: había salido de allí con más preguntas que respuestas, turbado por una mujer de una personalidad más fuerte de lo que recordaba, con un curioso interés por Parménides, y con la sensación de haber entrado en un territorio donde la realidad no tenía exactamente los mismos fundamentos que la que yo conocía.

De pronto una duda regresó a mi cabeza: ¿dónde se había metido Pau? Si ella era su ayudante, como dijo, ¿por qué no la había visto en su casa?

Después vinieron más.

¿Cómo sabía aquella mujer tantas cosas de mí?

¿En qué clase de asunto pretendía embarcarme?

¿Tenía algo que ver con esas fichas del abuelo?

¿Y cómo iba a poder yo ayudarla en algo así?

Los interrogantes fueron agolpándose uno tras otro hasta llegar al último, aún más cargado de sombras que los anteriores:

¿Y qué diablos era exactamente La Montaña Artificial?

Torcí el gesto al sorprenderme hablando solo y caminando como un zombi rumbo a la calle de Velázquez. Entonces comprendí que la vieja dama del misterio me había hecho caer en una de las trampas más viejas de la literatura. Doña Victoria había dejado su narración en suspenso al llegar a lo más interesante. Me había dejado atrapado en su red, incapacitándome para huir. Paula, las viejas fichas de José Roca y la misteriosa Montaña no eran sino un cebo para atraerme a su lado.

La cuestión era averiguar por qué.

O para qué.

A la mañana siguiente se me ocurrió que un buen lugar en el que poder aclarar aquellos interrogantes sería la Biblioteca Nacional, junto a la plaza de Colón. Estaba familiarizado con su funcionamiento gracias a los préstamos que a veces solicitábamos a esa institución desde el Trinity. Pero lejos de perderme en su catálogo de manuscritos y libros raros —en el que sabía que era inútil buscar nada nuevo sobre el *Primus calamus*—, aproveché sus ordenadores para cruzar el término *montaña artificial* con el nombre de Victoria Goodman. Tenía la vaga esperanza de despejar algunas dudas, pero todos los resultados fueron decepcionantes. Y ninguno hacía mención a una montaña.

El resto de la jornada no fue mejor. Era lunes. Ningún museo estaba abierto y la previsión del tiempo anunciaba un mediodía de cuarenta y dos grados a la sombra. Por suerte, Paula Esteve había depositado un nuevo mensaje para mí en la recepción del hotel: doña Victoria me recibiría de nuevo a las ocho. En la práctica me había dejado toda la jornada libre, pero no contaba con que los teléfonos del coleccionista del Caramuel seguían sin responder a mis llamadas, ni que mis librerías favoritas estaban todas cerradas por vacaciones.

Deambulé por el Barrio de las Letras, refugiándome bajo los generosos aleros de sus casas del siglo XVII, y maté el tedio visitando iglesias y clausuras de la época de Cervantes, por suerte todas abiertas y frescas.

En una de aquellas paradas, cerca ya de la hora fijada, y dudando si acudir o no a la cita, con la mirada perdida en el escaparate de una agencia de viajes, recordé que lady Goodman había comparado su proyecto con las antiguas escuelas de misterios de Grecia. Eso me había intrigado. Las escuelas de misterios fueron lugares de iniciación en los que se sometía a los neófitos a complejos rituales. Allí se celebraban actos cuyo contenido nunca trascendía pero en los que se mezclaban monólogos con rudimentarios efectos especiales e invocaciones a los muertos. Mi profesor de griego daba por hecho que en esas escuelas se había inventado el teatro. Aseguraba que éste nació cuando sus ritos dejaron de hacerse a puerta cerrada y empezaron a celebrarse sobre un escenario y ante un público no iniciado.

¿Era eso lo que iba a encontrarme? ¿Un teatro griego en el centro de Madrid?

Que una academia así estuviera en manos de una protegida de mi abuelo que había resultado ser una inesperada estudiosa de Parménides me parecía algo desconcertante y provocativo a la vez.

Y entonces «La Montaña Artificial» ¿sería el nombre de la academia? ¿Y por qué la llamaría así?

Quizá pretendía rendir homenaje al clásico de Thomas Mann, *La montaña mágica*. La idea era extraña, incluso para mí. Yo sabía que Mann escribió su novela más atormentada a principios del siglo xx. La ambientó en un sanatorio para desahuciados que esperaba que no tuviera conexión alguna con aquella casa de Menéndez Pelayo.

En ese momento, algo sobrepasado por mis conjeturas y por el calor, preferí creer que doña Victoria seguramente había querido comparar el oficio literario con escalar una montaña. Sólo eso. De hecho, no era una mala metáfora después de todo. Y tampoco lo era haberle añadido el término *artificial*. De *ars facere*, «hacer arte».

La montaña en la que se hace arte.

¿Estaría ahí la respuesta?

Dios mío. La dama del misterio había acertado. Sin querer, estaba volviendo a jugar con las palabras...

9

Cuando me presenté de nuevo en el portal de lady Victoria Goodman había olvidado ya aquellas cábalas. Esta vez me abrió la puerta del piso una criada con uniforme gris y delantal blanco, de piel y cabello oscuros y mirada inteligente. Asintió cuando le dije quién era y me acompañó silenciosa hasta lo que llamó «la verdadera Montaña Artificial».

Qué impresión.

La «Montaña» de doña Victoria era un salón muy diferente al del día anterior. En realidad abarcaba dos de las estancias de paredes enteladas que daban directamente al parque del Retiro. Percibí un perfume que me resultó familiar, a papel y a cuero curtido. A cultura antigua encapsulada con esmero. La espaciosa estancia la presidía un lienzo enorme y algo deteriorado que representaba el macizo de Montserrat con sus inconfundibles agujas de piedra apuntando al cielo. Pero lo que de verdad no era natural en ese lugar eran las pilas de libros y cachivaches que rodeaban el cuadro.

Nunca había estado en un sitio semejante. En tan sólo treinta metros cuadrados se atisbaban un centenar de mundos. O quizá más.

Junto a la vieja pintura, desparramadas a su alrededor, vislumbré una colección completa de máscaras africanas, un reloj de pie muy antiguo, seis o siete mapas enmarcados, un ajedrez de marfil sobre un piano, un pisapapeles con aspecto de moái pascuense, varias maquetas de grúas y máquinas metálicas —sin duda herencia del difunto marido de doña Victoria— y hasta un muestrario de vírgenes románicas y bustos de escayola que debían de llevar varias décadas en los viejos anaqueles que los sostenían. El suelo no era de madera de roble como el del resto de la casa, sino un dibujo de bellas baldosas hidráulicas que conformaban un laberinto en blanco y negro. Sobre él gravitaban tres lámparas de araña, de bronce recién bruñido, que parecían llevar encendidas un siglo.

Por supuesto, la era digital no había entrado aún en ese reducto, como si las ventajas de la informática fueran un sucedáneo prescindible en aquel cosmos exótico. La tecnología, los televisores de pantalla plana, la fibra óptica o los equipos de música brillaban por su ausencia. A ese aposento no había llegado el progreso. Ni parecía que se lo echara de menos. El mobiliario se completaba con seis viejos sillones de cuero con capitoné dispuestos en círculo en uno de los extremos del salón, una pizarra de tiza y borrador como las de antes, un globo terráqueo (fabricado con varillas y cuero pintado) y una estantería abarrotada de libros de lomos cuarteados que me recibió con una vaharada a moho y papel viejo. El ambiente recordaba a los *cabinets de curiosités* del Barroco e invitaba al estudio y a la tertulia en el sentido más ancestral de esas palabras.

—La señora llegará enseguida, señor Salas —anunció la criada al dejarme en el centro de aquel universo—. Pero si lo desea, puede ir saludando a los demás.

En ese momento, más allá de los sillones, como si fueran parte del menaje, distinguí las siluetas de cuatro personas. Estaban casi ocultas por los cerros de libros y hablaban entre sí de forma atropellada, en un tono que permitía adivinar cierta turbación. Debían de haber llegado poco antes que yo. Se habían reunido al fondo de la sala, junto a las ventanas, donde el contraluz las había hecho prácticamente invisibles. En cuanto percibieron mi presencia, enmudecieron de golpe.

Sólo dos segundos más tarde una voz familiar salió a mi encuentro.

—¿David? —dijo, como si se recompusiera de algo, forzando una expresión alegre que le costó dibujar—. Hola. Me alegra que hayas decidido aceptar la invitación de doña Victoria. Pasa. Pasa, por favor.

Le respondí con un gesto distraído. Era Pau. Llevaba un vestido corto amarillo limón anudado en la espalda y el pelo recogido por una sencilla diadema que dejaba al descubierto un diminuto tatuaje en la base del cuello. Me fijé en él sin adivinar qué representaba. Pero sobre todo me sorprendí recorriendo con el rabillo del ojo el contorno de su cuerpo mientras veía cómo su rostro recuperaba la serenidad que recordaba.

—Yo también me alegro de verte. —La besé en la mejilla, devolviéndole una breve y educada sonrisa.

—Deja que te presente al resto del grupo —dijo.

Hasta ese preciso instante no estaba del todo seguro de que hubiera sido buena idea dejarme caer por allí. Lo había fiado todo a la presencia de Paula. La curiosidad que sentía por ella era la que me había arrastrado a aquella casa.

—Me gustaría que conocierais al doctor Salas, del Trinity College de Dublín —me presentó en voz alta.

Noté un revuelo al fondo del salón. Las siluetas volvieron a sus murmullos, acercándosenos.

El primer alumno al que saludé se llamaba Luis. Casi nos dimos de bruces porque me salió al paso desde detrás de una de las columnas de libros. Me costó imaginar qué podía hacer alguien de su edad y de su aspecto en un taller de literatura experimental. Debía de pasar los cincuenta cuando el resto apenas rondaba los treinta.

—Éste es el profesor Luis Bello —dijo Paula—. Es un respetado director de orquesta y un estudioso de la historia de la música. Tenemos suerte de que doña Victoria lo convenciera para unirse a nuestro proyecto.

El caballero se volvió hacia mí y me saludó con un firme apretón de manos. Mi primera impresión fue que se trataba de un hombre serio. Quizá demasiado. Su atuendo expresaba cierta voluntad de distanciarse de los demás. Traje azul oscu-

77

ro y corbata, zapatos pulidos y camisa almidonada seguramente hecha a medida. Transmitía también cierta arrogancia, un convencimiento de estar por encima, que subrayaba
con sus gestos, su cuidado bigote, su olor a colonia especiada
y cierto tono condescendiente al hablar.

—¿Perteneces a algún departamento de investigación del
Trinity? —indagó.

—Sí. Trabajo en el de Lingüística, pero acabo de docto-
rarme con un trabajo sobre filosofía.

—Excelente. —Sonrió—. Todas las humanidades deberían conectarse. Yo mismo me he pasado dos años en Estados
Unidos estudiando los archivos de un antiguo crítico musical
de *The New York Times*. Tuve que aprender cosas del periodismo
de aquel tiempo, aunque lo que me interesaba de veras era
que aquel hombre se entrevistó con todos los grandes compo-
sitores de finales del siglo XIX.

—Parece interesante.

—Y lo es. Se llamaba Arthur Abell. Quizá no lo conozcas,
pero se ganó la confianza de todos esos maestros. Le contaron cosas verdaderamente enigmáticas.

Yo negué con la cabeza. Estaba seguro de que era la primera vez que oía hablar de aquel Arthur Abell, así que le
pregunté por él. Los ojos le brillaron destilando una emoción
contagiosa. Animado, me contó que aquel melómano, al morir, legó a la Biblioteca Pública de Nueva York diecisiete enormes cajas de papeles, partituras, fotos y notas que nadie había
consultado en años. Ahí fue donde él localizó, cual grumete
sacado de una novela de Stevenson que hubiera encontrado
el tesoro de John Silver, las notas estenográficas originales de
sus conversaciones con Brahms, Strauss o Puccini. Y en ellas,
la confirmación de que esos genios creían que la música que
componían les era dictada desde una dimensión superior.

—Como podrás imaginar, a doña Victoria le fascinó ese
trabajo del profesor Bello —añadió Paula.

—Creo que fascinaría a cualquiera, la verdad.

—Bueno —acotó él—. Lady Goodman estuvo en la conferencia que di sobre Abell en la Biblioteca de Nueva York, cuando presenté mi hallazgo. Eso también ayudó.

—Debió de ser impresionante —dije—. He estado muchas veces allí para consultar la Rare Book Division. Es como entrar en la cueva de Alí Babá. ¿La conoces?

—¡Naturalmente! ¡He tenido su Biblia de Gutenberg en las manos! —tronó, aparatoso pero de repente mucho más cordial.

Entonces, como si fuera un gesto ensayado mil veces, me tendió su tarjeta de visita —«Luis M. Bello. Director de orquesta»— y como si hubiera reconocido de golpe a uno de los suyos, me invitó a visitarlo cualquier día en su estudio de la Gran Vía, junto al antiguo Palacio de la Música.

Los modales de Luis contrastaron enseguida con la actitud desmadejada de Juan Salazar, un muchacho mucho más joven, de greñas largas, nariz ganchuda, fina, y barba rubicunda, cuadrada, que lucía con desparpajo una desgastada camiseta de los Ramones y una cazadora de malla perforada. El chico se había acercado a nosotros, atraído por la animada conversación.

—Te presento a Juan Salazar. Todos lo llamamos Johnny. Está terminando Ingeniería informática y tiene un cociente intelectual de doscientos diez.

—Eso es ser un superdotado, ¿no? —le pregunté, sin obtener respuesta alguna.

—En su caso —matizó Paula—, un superdotado ácido. Le encanta llevar la contraria a todo el mundo. Aunque a doña Victoria eso le gusta. Dice que anima los debates.

Johnny siguió sin darse por aludido mientras me examinaba con suficiencia. Decidí entablar conversación con él.

—No imaginaba que me encontraría a alguien de tu perfil aquí. ¿Qué puede interesarle a un ingeniero informático como tú de una escuela de letras como ésta, si no es indiscreción?

Paula se puso seria.

—En realidad —intervino—, doña Victoria se fijó en él por un artículo que publicó el año pasado en el *Digital Huma-*

nities Quarterly. Era una breve biografía de la primera teórica de la informática, Ada Lovelace, la matemática que a principios del siglo xix sentó las bases de las calculadoras mecánicas y predijo que pronto dominarían el mundo. Le pareció que estaba muy bien escrito.

—Ada fue la única hija de lord Byron que él reconoció —acotó él, sin saludarme siquiera—. Ya sabes, me refiero al maestro del romanticismo inglés. Era un tipo inestable. La abandonó al mes de nacer y aunque su madre, en justa venganza, se empeñó en educarla lo más lejos posible de la literatura y de lo irracional, terminó convertida en una «analista metafísica».

—Lord Byron es uno de mis autores favoritos —asentí, algo aturdido, mientras intentaba hacerme una idea de cómo funcionaba una mente como aquélla y le tendía la mano—. Soy David Salas. Encantado.

—Bienvenido, tío. —Me la estrechó al fin—. Si me das tu número de móvil, te incluyo en el grupo de WhatsApp de la clase y así estamos todos en contacto.

Aunque su invitación parecía amable y sin dobleces, puse cara de no comprender.

Pretexté que mi número era irlandés, que no era muy práctico si sólo iba a estar unos días con ellos, pero él insistió.

—Te quedes o no —me miró—, es bueno tener amigos a los que recurrir cuando llegas a una ciudad nueva.

Ante semejante argumento, claro, claudiqué. Marcó mi número en un *smartphone* de pantalla enorme que se sacó del bolsillo trasero del pantalón y pulsó el botón de llamada. Un bip-bip sonó en mi terminal.

—Es un archivo que lleva mis datos personales y los del resto del grupo —aclaró—. Si lo aceptas, la información se instalará en tu agenda y entrarás automáticamente en nuestra aula de WhatsApp. Hospitalidad española.

Asentí un tanto perplejo mientras pulsaba el botón que había aparecido en mi pantalla.

—En el fondo, mi vocación es la de creador de aplicaciones para móviles —dijo satisfecho—. Ésta la he diseñado yo mismo.

Me limité a encogerme de hombros buscando la mirada de Pau, que ya se dirigía hacia la última persona a la que aún no había saludado.

—Y ésta es Ches. —Sonrió—. Ches Marín. Ha terminado Farmacia y ahora estudia Medicina. Ultima un grado en Lenguas clásicas.

—¿Todo a la vez?

Paula asintió, comprendiendo mi admiración.

Ches era alta, de una delgadez extrema, larga melena rubia y un rostro níveo, ovalado y sin maquillar, en el que resaltaban unos intensos ojos celestes. Se había sentado junto a una pequeña ventana emplomada con un hermoso dragón de dos colas grabado en el vidrio, como si quisiera diluirse entre los cachivaches de aquella estancia aparentando ser uño de ellos. Si en vez de estar en una escuela de letras aquello hubiera sido un taller de pintores, no habría dudado de que estaba allí para posar como modelo. Tenía aspecto de musa. Una musa melancólica, prerrafaelita, recién salida de un cuadro de Waterhouse. Supuse que Ches había decidido disimular su belleza —una muy diferente a la de Paula; acaso más mística, más distante— en aras de resaltar sus talentos. Sólo eso explicaba su actitud huidiza hacia el resto del grupo. Estaba concentrada en su teléfono móvil, ojeando lo que parecían unos versos.

—Oh, hola... —Levantó la cabeza con desgana, sin hacer ademán de acercarse. La observé intrigado desde la distancia.

Animada por Paula, Ches me contó que la particularidad que le había valido la entrada en La Montaña Artificial había sido —como en mi caso— su tesis doctoral. Interesada en el *Zohar*, un antiguo y venerable texto cabalístico escrito en España hacia el año 1250, había descubierto que su autor se había adelantado en siglos al descubrimiento del colesterol y la presencia de grasas impuras en la sangre. Su autor, cierto Moisés de León, era junto a Byron una de las muchas obsesiones de lady Goodman.

—Lo que en realidad le interesó —matizó, volviendo a retirarme la mirada— fue que Paracelso reconociera que la cábala de Moisés de León había sido la base de todo su saber.

—¿Paracelso? —Titubeé.

—Es uno de los padres de la medicina moderna —respondió absorta de nuevo en la pantalla—. A doña Victoria le gustó que defendiera su idea de que cualquier ser humano, por el mero hecho de serlo, es capaz de captar y manejar fuerzas naturales procedentes de «esferas superiores». Casi como si fuera un receptor de radio.

Ya no le respondí.

Concluí que Paula, Luis, Salazar y Ches formaban un ecosistema de lo más peculiar. Parecían criaturas llegadas de planetas distintos aguardando en la terminal de un aeropuerto para emprender un largo viaje juntos. Con todo, pese a sus evidentes diferencias, algo llamativo los relacionaba: salvo Ches, todos parecían predispuestos a mezclarse entre sí. Gracias a esa actitud advertí que a Luis le gustaba la poesía de los místicos del Siglo de Oro español —no me sorprendió—, a Salazar las novelas *steampunk* con máquinas de vapor, robots e ingenios juliovernescos, mientras que Paula y la musa triste compartían una discreta atracción por la novela negra. «Cuanto más sangrienta, mejor», precisó ya definitivamente despegada de su móvil. Luis era padre de dos hijos. Paula y Ches ni se planteaban formar una familia, y Salazar alardeaba de haberse hecho la vasectomía al cumplir los dieciocho, «antes incluso de sacarme el carné de conducir». ¡Y contaron todo eso en nuestra primera conversación!

Era evidente que doña Victoria había reclutado a un grupo heterogéneo, una especie de muestrario dispar y antagónico del género humano al que poder enfrentar al reto de escalar la montaña de la creación literaria.

Enseguida me pusieron al día de todo. Llevaban un tiempo discutiendo sobre libros. Habían hablado de dragones, espadas mágicas, reliquias todopoderosas, hechizos, de *El Señor de los Anillos* y hasta del sexo como eje de la novela moderna. Pero me extrañó oírles decir que en todo ese tiempo doña Victoria no les había pedido que escribieran ni una sola línea. Tan sólo que elaboraran una lista de aquellas obras maestras que a su juicio habían ayudado a crear eso tan ambiguo que hoy llamamos «literatura».

Aquello había generado discusiones que se intensificaban cuando lady Goodman los motivaba a documentarse, a buscar citas con las que defender sus argumentos, o les pedía que propusieran películas u organizaran visitas a museos si ello les servía para defender mejor sus conclusiones.

«Y cuando las encontréis, dejad que vuestra alma vuele con ellas», les repetía en cada clase como si fuera un mantra. De ese modo los invitaba a trascender lo textual, a ir más allá de la física de las palabras para descubrir el tesoro oculto en cada libro.

—A doña Victoria le encantaría que te unieras a nuestras sesiones de trabajo —dijo Pau en tono casual, aunque dejando entrever cierta ansiedad en sus palabras que no me pasó desapercibida—. Estoy segura de que disfrutarías.

—Ya veremos —murmuré.

10

La criada de lady Goodman había sido muy optimista al anunciar que su señora llegaría pronto. Pasaban veinticinco minutos de las ocho cuando oímos al fin el repiqueteo de sus tacones acercándose.

—¡Lo siento, lo siento! —se excusó, cruzando como una exhalación entre los sillones y dejando tras de sí el mismo aroma a violetas que recordaba desde mi niñez—. ¡Lo siento de veras! Buenas tardes. —Estaba asfixiada—. Les ruego que disculpen mi retraso.

El grupo le respondió con un rumor amable. Ella, acelerada, les echó un rápido vistazo deteniéndose en mí.

—¡David! —Su rostro se iluminó al reconocerme—. No sabes cuánto me alegra verte entre nosotros...

Sofocada como el conejo blanco con chaleco de *Alicia en el País de las Maravillas,* depositó una bolsa de farmacia sobre un canterano abierto y, hurgando en uno de sus cajones, extrajo cinco ejemplares de un librito que se apresuró a repartirnos.

—Pau, supongo que ya habrás hecho las presentaciones, ¿verdad? —prosiguió tratando de recomponerse—. Me encantaría que el doctor Salas se uniese a nuestra pequeña ágora y nos ayudase a remontar estos días difíciles.

«¿Días difíciles?»

Iba a preguntar a qué se refería, pero doña Victoria no me dio opción.

—David es un joven doctor en Filosofía, profesor de Lingüística en el Trinity College de Dublín. Tiene mente de filó-

logo y la suerte de contar con ilustres antepasados escritores
—añadió con indisimulado deleite, repitiendo algo que ya sabían todos—. Como a ustedes, a él también le gusta estudiar el
origen de las palabras. Y me parece que se incorpora a nuestro curso en el momento más importante: precisamente cuando vamos a dejar de hablar de literatura en abstracto y empe-
zaremos a analizar esas novelas que, como vengo anunciándo-
les, han cambiado la historia por una razón u otra.

A continuación, algo más calmada, añadió:

—Les ruego que lo hagan sentirse cómodo. No quisiera
que nos abandonara después de su primera reunión.

El grupo, relajado, rio la ocurrencia.

—Tenemos mucho que hacer —añadió lady Goodman
agitada—. Hoy nos toca hablar del poder de la literatura.

—Querrá decir de la literatura y el poder...

—No, Johnny —corrigió al informático—. Aunque sea
verdad que hubo un tiempo no muy lejano en el que literatura y poder político caminaban de la mano, no es eso lo que
deseo explicarles. La literatura en sí misma, queridos, es una
fuente oculta de poder.

—Ya volvemos con las magias... —Johnny chascó la lengua.

Doña Victoria ignoró el comentario, que sonó más jocoso
que impertinente.

—Amigos: si a estas alturas alguno de ustedes cree todavía que escribir es un ejercicio inocente que no puede hacer
daño a nadie ni alterar el equilibrio del mundo, pronto saldrá de su error —hiló como si dictara sentencia, en un tono
profesoral que me recordó a los decanos del Trinity el primer día de clase—. La literatura es una sustancia que debe
manejarse con extremo cuidado. Piénsenlo. Algunos de los
textos que más han influido en el curso de la civilización son
relatos que hoy nos parecen inverosímiles y en los que sus
protagonistas se han visto confrontados por fuerzas que los
superaban. La *Ilíada*, la *Divina Comedia*, el Corán o la Biblia
reflejan el enorme esfuerzo de sus autores por comprender
y dominar una realidad que les era hostil. Unos se convirtie-

ron en textos filosóficos, otros se elevaron a palabra de Dios, mientras que la mayoría quedaron reducidos a meros ejercicios literarios pese a ser tan imaginativos o increíbles como los anteriores. Hoy, si me lo permiten, me gustaría centrarme en uno de esos «marginales». Uno que, pese a todo, ejerció una enorme influencia en su tiempo, sufriendo un destino mucho peor que el de los libros que acabo de mencionar. Uno que... —añadió mirándome a los ojos— me mostró el hombre que más literatura me ha enseñado jamás: don José Roca.

Lady Goodman tomó entonces de la mesa el último ejemplar del volumen que acababa de repartirnos y nos invitó a hacer lo mismo.

—Ábranlo, por favor. Vayan a la página del título.

Admito que me llevé una pequeña sorpresa. Por un segundo pensé que íbamos a leer *El forastero misterioso*, de Twain. No sé por qué esperaba que mi abuelo le hubiera confiado también a ella aquella curiosa novela, pero no fue así. El título que aparecía impreso en la portadilla era otro: *Li contes del graal*, *El cuento del grial*, de Chrétien de Troyes. Al fijarme en ella vi que se trataba de una edición en rústica, bilingüe, de factura simple y con una cubierta de fondo negro en la que lucía la efigie de un caballero arrodillado ante su dama. No había rastro de la fecha de impresión ni del editor. Parecía un tomo de uso docente salido de alguna copistería universitaria.

—Examínenlo bien —nos ordenó—. Es una obra que, por desgracia, ya no resulta fácil de encontrar en los cánones literarios modernos. Sin embargo, ahí donde la ven, fue *El código Da Vinci* de la época de las cruzadas. Un libro escandaloso. Una provocación. El texto del que todo el mundo hablaba a finales del siglo XII. Un giro insospechado en las modas literarias que habían imperado hasta entonces.

Doña Victoria guardó silencio unos segundos. Observó cómo lo hojeábamos y se mostró satisfecha al oír el rumor de desaprobación que empezó a correr entre mis compañeros.

«¿*El código Da Vinci* de las cruzadas?» Aquello sí que era una provocación, pensé. Pero ¡suya!

—¡Oh, vamos! —Lady Goodman se encaró con el grupo clavándonos sus poderosos ojos azules, pero sobre todo vigilando la reacción de Johnny—. ¿Es que a ninguno de ustedes le gustan los bestsellers americanos? Sean sinceros. No pienso repudiarlos por eso. —El rumor ganó intensidad sin que ninguna voz se alzara sobre el resto. Ante el mutismo de Salazar, lady Goodman nos miró uno a uno esperando un gesto o una palabra que todos reprimimos, preguntándonos dónde estaba la trampa—: ¿Saben qué? Me decepcionan. Precisamente ustedes no deberían descalificar nunca un libro «porque sí». Ninguna novela resiste en la memoria colectiva si no es porque ha tocado «algo», una fibra invisible de nuestra sensibilidad, o ha aportado alguna respuesta a las dudas de sus lectores. El desafío que plantean esa clase de libros es saber de qué se trata. Y para averiguarlo, a veces se hace necesario descomponer la obra, desmontarla en piezas para intentar encontrar ese elemento. Pueden apostar a que dentro de trescientos años, cuando comprendamos plenamente qué tenía en su interior *El código Da Vinci*, alguien hablará de él como de un libro de gran valor.

—¿Valor? ¿Eso cree? —masculló Juan Salazar desde el otro extremo del círculo de sillones.

—Eso he dicho.

—¿Ahora el valor de un libro se mide por los ejemplares que vende? ¿No le parece ésa una visión demasiado materialista de la literatura, señora Goodman?

Doña Victoria no pareció ofenderse por el reproche. Más bien al contrario. Me dio la impresión de que llevaba un rato esperando aquella reacción. Incluso entornó los ojos como para animar al joven informático a proseguir.

—Por otra parte —Johnny insistió—, ¿qué clase de respuestas da *El código Da Vinci*? Yo se lo diré: ¡ninguna que valga la pena! Esa clase de novelas únicamente responde a la necesidad de una civilización nihilista incapaz de enfrentarse a sus problemas. Son puro entretenimiento. Algo hueco. Sin alma...

—¿Sin alma, jovencito? ¿Está usted seguro? Yo hubiera vendido la mía por un éxito como ése...

Celebramos el comentario de doña Victoria, pero a Salazar, serio, no pareció hacerle gracia. Yo, acomodado entre Ches y Paula, empezaba a divertirme.

—Oh, claro... Quizá tiene razón —aceptó corrosivo—. Ahora lo comprendo. No es el libro el que no tiene alma. Somos nosotros, los lectores, los que la hemos perdido. La sociedad de consumo nos la ha robado.

Y acariciando su ejemplar de *El cuento del grial* añadió:

—¿Sabe qué? No deberíamos comparar un producto para la masa con una obra medieval como ésta en la que se explora el amor cortés, los valores de la caballería, el honor o el deber. Es como comparar un Big Mac con un *steak tartar*.

—Vaya... Eso es interesante. —Otro mohín travieso se dibujó en el rostro de doña Victoria al escuchar el símil gastronómico de su alumno—. Me alegra saber que conoce esta obra y aprecio que defienda su postura con vehemencia, aunque, dígame, ¿a qué llama usted exactamente «producto para la masa»?

Salazar se removió incómodo en su sillón, palpándose su delgada nariz de garfio. Lady Goodman se le aproximó con el libro en la mano.

—Quizá ignore que *Li contes del graal* se leyó con pasión en todas las cortes europeas. Y eso, en términos del siglo XII, equivale a ser un «producto de masas», ¿no le parece? Pero hay algo más que quizá no sepa —prosiguió ella sin darle opción a réplica—. El autor de este libro lo dejó inacabado. A medias, diría yo. Tal vez algunos interpreten eso como un error de Chrétien de Troyes, pero lo que consiguió ese misterioso autor, un trovador a sueldo del señor de Flandes, fue que en los siguientes diez años se redactaran no menos de cuatro continuaciones y otras tantas obras inspiradas en personajes de su trama. El público demandaba una solución al misterio que planteó la obra original. Otros trovadores no dieron abasto durante dos décadas inventando secuelas. ¿No es eso un éxito «masivo»? ¿Y acaso serlo le resta algún valor a la obra?

Doña Victoria se atusó el cabello con un gesto casi triunfal.

—¿Sabe lo que creo, Juan? Que quizá debería usted leer a Dan Brown. Descubriría que *El código Da Vinci* comparte más virtudes con la obra de Chrétien de Troyes de las que se imagina. Ambas contienen ciertos tesoros... ocultos.

Dejó caer aquello antes de darse la vuelta y regresar al centro del círculo con la sensación de haber ganado aquel embate. Salazar no se arredró.

—Por el amor de Dios, ¿lo dice en serio? —saltó—. ¡No puedo creerlo! Ahórreme una mala lectura y díganos qué tesoros son ésos. Yo no soy capaz de verlos. Y creo que mis compañeros tampoco.

—Con mucho gusto, jovencito —replicó lady Goodman, justo antes de acercarse a la pizarra que estaba dispuesta fuera del corro de los sillones y tomar una tiza. Todos la seguimos con la mirada—. El primer tesoro está en la estructura misma del relato. Chrétien redactó su obra hacia el año 1180. *Mil ciento ochenta* —escribió—. Y supuso una auténtica revolución en el modo de contar una historia. Se le ocurrió que una buena fórmula para explicar algo sería colocando al protagonista ante un drama que lo obligara a salir de su casa. *La separación* —añadió remarcándolo a tiza y rodeando esas palabras con un círculo que hizo chillar la pizarra—. Desde Homero no se había visto nada así —anotó: *Homero*—. El protagonista de *El cuento del grial* deja atrás a su madre y su refugio en los bosques para recorrer el mundo. Esa idea del «viaje del héroe» también está muy presente en la novela de Dan Brown. De hecho, fue un recurso que tuvo tanto éxito en la Edad Media que durante los años siguientes no dejaron de aparecer imitadores de Chrétien. Todos escribieron sobre hombres que se transformaban en héroes —*la iniciación*, escribió en la pizarra— y que partían en busca de lo sagrado. Héroes enfrentándose a enemigos y obstáculos para acceder al fin a lo que el grial representaba —*la prueba*, crujió la tiza—. Algunas de esas peripecias, por cierto, terminarían inspirando obras maestras de la literatura universal, como el *Quijote*, por ejemplo.

Ches intervino:

—O sea, que el verdadero éxito de un libro está en conseguir que otros lo imiten.

—Es una de sus «señales» más evidentes, querida. —Doña Victoria se volvió hacia ella con una sonrisa encantadora—. Recuerde el caso de Sherlock Holmes. ¿Cuántos imitadores le salieron al célebre detective de Conan Doyle? O a *Drácula*. ¿Pudo imaginar Bram Stoker que su personaje sería «secuestrado» por legiones de escritores y cineastas tanto tiempo después de su muerte? Aunque... —miró a Ches bajando la voz de forma teatral— deben saber que imitar una fórmula que funciona no garantiza el éxito como escritor. Díganme: en el caso de *El código Da Vinci*, ¿cuántos émulos le surgieron tras conocerse que Dan Brown había vendido más de cincuenta millones de ejemplares de su novela? ¿Decenas? ¿Cientos? ¿Un millar, tal vez? ¡Y en todos los países! A principios de este siglo las librerías se llenaron de templarios, sociedades iniciáticas, secretos peligrosísimos, reliquias poderosas... ¿Lo recuerdan? Lo curioso es que todos trataban de los mismos temas que ya habían hecho famoso a Chrétien de Troyes mil años antes. Su única diferencia era que se relataban con un lenguaje actual.

—Entonces, ésa debe de ser otra de las claves del éxito —me atreví a irrumpir—. El lenguaje.

—En efecto, David. —Doña Victoria celebró con un gesto que al fin rompiera mi silencio—. Es importante adaptar el lenguaje a los tiempos. *Li contes del graal* se escribió en lengua romance para que todo el mundo pudiera entenderlo. En esa época las cosas serias se escribían en latín, pero el autor desafió ese convencionalismo para llegar tanto a nobles y eclesiásticos como a plebeyos. Chrétien, no obstante, todavía hizo algo más. Algo mucho más trascendente que elegir una lengua romance para su relato. ¿Saben a qué me refiero?

Nadie reaccionó. Durante un par de segundos la clase se quedó muda.

—¡Inventó una palabra! —respondió, dando una palmada que nos sobresaltó—. ¿No lo entienden? Aunque escribió un relato parecido a tantos otros de su época, acuñó un término nuevo que nadie había oído mencionar jamás antes de 1180 y que con los siglos se convertiría en universal. Fue osado. Se atrevió a innovar. A sacar algo nuevo de su interior. Creó una palabra y con ella un mito que parecía nuevo.

—¡Claro! ¡El grial! —exclamó Ches reaccionando, como si de pronto la dama de Shalott regresase a la vida.

—Permítame terminar mi explicación, señorita —la atajó doña Victoria, en plena exaltación.

Ches Marín la dejó hablar.

—El grial —prosiguió—, el *graal*, *grazal* o *graaus* era una palabra que, en efecto, nadie había oído antes. Un término que con los siglos llegaría a trascender incluso su contexto y que hoy hemos incorporado a nuestro vocabulario cotidiano, un...

—¡Espere!

Una mueca, esta vez de profunda contrariedad, se dibujó en el rostro del director de orquesta, que hasta ese momento había permanecido callado y tomando notas. Se había despojado de la chaqueta y en mangas de camisa, dejando ver sus iniciales bordadas en el pecho, sin aflojarse siquiera la corbata, se levantó de su sillón. Todos percibimos su turbación.

—¡Espere, por favor! Creo que se equivoca en esto, señora Goodman —añadió.

Doña Victoria lo miró sorprendida.

—El Santo Grial aparece mencionado en el Nuevo Testamento —continuó Luis, mirándola fijamente—. No se lo inventó Chrétien de Troyes. Le recuerdo que los evangelistas lo citan cuando describen el episodio de la Última Cena.

—¿Está usted seguro?

El director de orquesta frunció el entrecejo, severo, desconcertado por la seguridad con la que su interlocutora sostenía el envite.

—Sí, claro. Absolutamente —replicó al fin—. Usted ya ha hablado antes del grial en estas clases y en ningún momento ha puesto en duda su existencia.

—Su existencia literaria no, pero otra cosa es su existencia como objeto real, como la copa de Jesús.

—¡Ah! ¿Duda de eso? —La pregunta sonó a acusación.

—Desde luego que dudo. Nadie ha podido demostrar que el grial existiera más allá de las novelas y las leyendas medievales. No permita que su formación religiosa le nuble la razón...

—¡Esto es increíble! —rezongó Luis, removiéndose incómodo y dando un paso hacia el centro del círculo—. Profesé como benedictino, pero eso no hace de mí una persona irracional. De hecho, es la razón la que me hace difícil creer que una escritora que ama el misterio como usted salga ahora con que el grial sea el invento de un trovador y se quede tan ancha.

Lady Goodman cerró los ojos como si necesitara reunir fuerzas para rebatir aquella acusación. Seguramente no era la primera vez que se enfrentaba a algo así.

—¿Y por qué se le hace difícil, Luis? —preguntó en tono suave, casi gentil—. ¿Le parece que no soy honesta compartiendo con ustedes mi conclusión?

Pero Luis, el caballero, el veterano de aquel alumnado expectante, no respondió.

—Hagamos una prueba, ¿le parece? —La mirada astuta de doña Victoria se iluminó de nuevo—. Si hace el favor, tome aquella Biblia y búsquenos uno de esos pasajes en los que dice que se cita el grial.

El director de orquesta, obediente, se acercó a la estantería que presidía el salón y eligió una gruesa Biblia de sobrecubiertas rojas muy gastadas. Tardó sólo un minuto en localizar lo que necesitaba: un fragmento del capítulo 26 del evangelio de Mateo en el que se recogía la institución de la eucaristía. Ojeó el texto y, cuando se hubo asegurado de que era el que necesitaba, lo recitó casi sin mirarlo:

—«Mientras comían, Jesús cogió pan, rezó la bendición, lo partió, lo dio a los discípulos y dijo: Tomad, comed; esto es mi cuerpo. Luego cogió un vaso, rezó la acción de gracias y se lo dio diciendo: Bebed todos de él, pues esto es mi sangre de la alianza, la derramada en favor de muchos para el perdón de los pecados.»

»¿Lo ve? —bufó al terminar—. Aquí lo tiene. Se lo he dicho. ¡Y más de mil años antes de Chrétien!

Su reacción me pareció vehemente, la verdad, pero doña Victoria no se arredró.

—¿Está seguro? —preguntó ella sin abandonar su tono paciente—. Creo que debería leer con más cuidado ese texto. Ahí no se menciona el grial. Esa palabra no se usa. Sólo dice «cogió un vaso». Ni siquiera dice «el vaso». Se refiere a un objeto común.

—¡Ese vaso es el grial! —protestó.

—No. No lo es. La primera vez en la historia que aparece la palabra *grial*, *g-r-i-a-l* —deletreó— es en este cuento de Chrétien y no en las Sagradas Escrituras. Quizá a usted, ciudadano del siglo XXI que ha leído los libros de la tradición artúrica o ha visto películas como *Indiana Jones y la última cruzada*, le parezca que se trata de lo mismo, pero si se toma la molestia de leer *Li contes,* verá que en ningún momento Chrétien afirma que «su grial» fuera el vaso o la copa de la que Jesús bebió durante la Última Cena.

Y tras buscar algo en el libro que nos acababa de entregar se detuvo en un párrafo:

> *Un graal entre ses deus mains*
> *Une damoisele tenoit,*
> *Qui avec les vallés venoit,*
> *Bele et gente et bien acesmee.*
> *Quant ele fu laiens entree*
> *Atot le graal qu'ele tint,*
> *Une si grans clartez i vint*
> *Qu'ausi perdirent les chandoiles*
> *Lor clarté come les estoiles*
> *Font quant solaus lieve ou la lune.**

---

* «Una doncella, hermosa, gentil, bien ataviada, que venía con los pajes, sostenía un grial entre las manos. Cuando allí hubo entrado con el grial

Tras recitar aquellas estrofas en un francés antiguo, casi irreconocible, y traducírselas a Johnny y a Ches, lady Goodman se encaró triunfante a su interlocutor:

—Estos versos demuestran una vez más lo superficial que a menudo es nuestra cultura. Ningún verso del libro de Chrétien insinúa siquiera que el *graal* sea el cáliz de Cristo. Se habla de «un grial». Un objeto común. Y de una dama que lo porta. Se dice que es hermosa y que viste bien. Que de ese objeto parte una luz más brillante que la de los candelabros de alrededor. Que puede sanar al rey. Que acompañaba a una lanza de cuya punta parecían brotar gotas de sangre fresca. Pero poco más...

—¿Quiere decirnos entonces que el autor se inventó la palabra *grial* como Tolkien se inventó los hobbits o la tierra de Mordor? —la interrumpió Ches, que procesaba veloz toda aquella información.

Doña Victoria se llevó la mano a la barbilla, como si sopesara aquella aportación, antes de responder:

—Yo más bien preferiría decir que es un caso parecido al de la palabra *utopía* —señaló—. Aunque hoy es un término de uso común, en realidad se lo inventó Tomás Moro en el siglo XVI para una novela en la que imaginaba una isla de gobierno perfecto, una suerte de nueva Atlántida, a la que llamó así. Como Moro, Chrétien acuñó un término fantástico, lo adaptó a una tradición para arroparlo, y con eso revolucionó toda la literatura medieval.

—Entonces —afiló su gesto Luis—, me está dando la razón. Hubo una tradición previa sobre la que Chrétien edificó su historia...

—Una tradición sí, pero seguramente muy anterior al cristianismo —lo acotó—. Los «vasos de la abundancia» o los «calderos mágicos» que garantizan la vida eterna fueron comunes en los mitos paganos de Europa. Chrétien debió de conocerlos, tuvo la ocurrencia de reducirlos a un nuevo tér-

---

que portaba, se hizo tan gran claridad que las velas perdieron su brillo, como les ocurre a las estrellas cuando salen el sol o la luna.»

mino y creó su propio mito a partir de esa palabra. Luego, al dejar su relato inacabado, éste fue enriqueciéndose con ideas de otros autores que lo vincularon a la historia de Jesús, gestando un arquetipo que aún hoy pervive... Como puede comprobarse en esta misma sala, por cierto —dijo mirando fijamente al director de orquesta.

—Tergiversa usted la realidad —la interrumpió Luis—. El grial no es ningún mito. Y mucho menos pagano. ¡Existió de verdad!

Al decir aquello cerró la Biblia con rudeza. Una sutil nube de polvo salió despedida de ella, flotando entre el director de orquesta y lady Goodman. Su enfado nos dejó a todos boquiabiertos. El caballero que repartía tarjetas de visita y que parecía la corrección en persona se había encolerizado. Una gota de sudor le descendía desde la sien izquierda hacia el bigote, al tiempo que sus manos retemblaban.

—Cálmese —aconsejó la voz serena de doña Victoria—. Que el grial sea un mito y su patria sea la literatura lo convierte en algo más cercano que si fuera una reliquia venerada en un templo.

Luis le dedicó una mirada furibunda.

—Pero ¿cómo puede decir eso? —resopló consternado—. ¡Usted! ¡Usted que lleva años escribiendo sobre enigmas de la historia, sobre sociedades secretas, conspiraciones y sucesos sin explicación! ¡No puede defender ahora que el grial no tiene fundamento histórico!

—Yo no he dicho eso —replicó doña Victoria muy calmada—. Lo que he dicho es que se trata de un mito. Y usted debería ya saber que los mitos esconden siempre una parte de verdad. Es como la existencia de los dragones: algunos paleontólogos están hoy seguros de que la creencia en esos monstruos surgió cuando nuestros antepasados se tropezaron con los primeros fósiles de dinosaurios y los interpretaron a su manera. El caso del grial es parecido: hablamos de un objeto descrito por primera vez en una novela. Un objeto poderoso, que irradia luz, ígneo, que cura enfermedades o que concede la vida eterna, pero que cada vez que nos empeñamos en encontrarlo no aparece por ningún lado. O aún peor: ¡aparecen demasiados!

—Sólo uno es el verdadero. Y de él nació el mito —bufó Luis con desgana—. Ésa es la aproximación lógica.

—Mucho me temo, querido, que en este caso el fundamento del mito no es el que usted imagina.

Luis se aflojó el nudo de la corbata. Intentaba serenarse.

—¿A qué se refiere? —indagó suspicaz.

—Usted, como la mayoría de los lectores de ahí fuera, se acerca al grial dando por hecho que es el vaso que menciona Mateo en su evangelio, pero ésa es una manera superficial de enfocar el problema —prosiguió doña Victoria—. Lo que intento explicarles es que su enigma es de otra naturaleza, más sutil. Un enigma que creó un escritor y que seguramente sólo otro escritor podrá resolver... algún día.

—No entiendo a qué viene eso. Ésta es materia para arqueólogos, historiadores..., teólogos acaso.

—Se equivoca —le replicó—. Dígame, ¿qué es lo que, según usted, concede el grial?

Luis Bello no lo dudó.

—La vida eterna —respondió.

—¿Y qué cree que concede la buena literatura a un escritor sino la inmortalidad? Un escritor, querido, es como un caballero del grial. Es capaz de hazañas imperecederas, de crear de la nada cosas fabulosas que asombrarán a los siglos. ¿Sabe? Creo que fue por eso por lo que mi maestro José Roca me invitó a asomarme a este libro. Quizá pensó que estudiándolo podría llegar a descifrar el verdadero sentido del grial y su conexión con la creatividad.

Di un respingo al oírla citar a mi abuelo en público, pero Luis, contrariado, continuó monopolizando la conversación.

—No es de segundas lecturas ni de metáforas de lo que estamos hablando —protestó.

—Oh, desde luego que sí. —La imperturbabilidad de doña Victoria empezaba a admirarme—. Aunque usted se empeñe en centrarlo todo en la historicidad del grial reduciéndolo a su esencia más ramplona, debería admitir que el grial es, de momento, «un mero hecho literario». Apareció por primera vez en este poema de nueve mil versos de finales del siglo XII.

—Levantó como prueba el libro de Chrétien—. Eso es evidente. Y también lo es que en ese poema no se dice que fuera la copa de la Última Cena. Semejante identificación llegaría más de dos décadas después... ¡en otra novela! En el relato de un escritor que vivió no demasiado lejos de Troyes llamado Robert de Boron.

Luis negó con la cabeza, obstinado.

—Pero si *Li contes del graal* no menciona la copa de Cristo, entonces, ¿de qué está hablando Chrétien? —Ches se entrometió en el debate con la candorosa inquietud de la que había hecho gala.

—¡Ajá! Ésa es la clave. —Lady Goodman sonrió al tiempo que blandía su ejemplar—. Olvidemos por un momento a Indiana Jones tomando el cáliz de un carpintero del siglo I entre las manos. ¿De acuerdo? *El cuento del grial* no menciona semejante reliquia.

—¿Y qué menciona? —insistió Ches.

Doña Victoria resopló dejándose caer en su sillón, abrumada por nuestra cerrazón.

—Está bien. —Se acomodó—. Quieren que les explique de qué trata exactamente *Li contes*, ¿verdad? Por lo que veo, ninguno de ustedes tiene una idea clara de este asunto. Somos hijos de este siglo que se engola citando fuentes antiguas que nunca lee. No los culpo, pero les ruego al menos que me presten atención...

11

En aquel momento doña Victoria resplandeció con un fulgor que no esperaba. Después de haber replicado a todas las argumentaciones del grupo, aún tenía ánimo para proseguir. Quizá deberíamos haber evitado que lo hiciera, sobre todo después de haber visto la bolsa de medicamentos con la que había comparecido en la reunión, pero lo cierto es que nadie cayó en la cuenta de ese detalle. Al contrario. Prendidos de sus palabras la animamos a que nos resumiera *El cuento del grial*.

—En realidad la novela de Chrétien es el modelo perfecto del «libro de búsqueda» —concedió doña Victoria nada más empezar—. En aquella época las obras de su especie se escribían para moralizar a los lectores pero también para distraerlos con aventuras más o menos fantásticas. Chrétien de Troyes cuenta la peripecia de un joven que crece sin más compañía que su madre, aislado del mundo, en las profundidades de un bosque. No es, pues, un relato ambientado en los tiempos de Cristo sino en la época del propio escritor. Se trata, como ha dicho Salazar, de una historia de caballeros y damas, de torneos, cenas en palacios, ermitaños y reyes. Aunque justo es admitir que su protagonista no es un héroe tradicional. Más bien todo lo contrario. Chrétien lo presenta como un muchacho un tanto rudo, sin educación, un auténtico paleto que un día tropieza con unos caballeros de brillantes armaduras a los que confunde con ángeles. Imaginen. Se burlan de él. Pero ajeno a sus risas, el chico los asaetea a preguntas y averigua que sirven a cierto rey Artús.

—Arturo... —musité.

—Sí. Así es, David. Las aventuras del rey Arturo ya eran populares en esa época. Poetas y trovadores recurrían con frecuencia a Merlín, a Ginebra o a la Mesa Redonda para darles más empaque a sus relatos —precisó—. Pero no nos desviemos: como pueden suponer, su tropiezo con esos caballeros despertó una súbita vocación en nuestro inocente amigo. De repente aquel joven palurdo quiso ponerse al servicio de Arturo y emprendió lo que la crítica literaria ha llamado la *quête*, la búsqueda. Hoy quizá no lo entendamos porque en nuestra cultura basta con acercarse a un ordenador para encontrar lo que nos haga falta, pero, en el siglo XII, para hallar una respuesta a lo que fuere había que salir de casa y exponerse a mil peligros. Y eso es lo que le sucederá. Tras diversos avatares, nuestro joven llegará a la corte de aquella especie de superhéroe antiguo donde, gracias a su tenacidad, logrará hacerse un lugar. Al igual que en las películas de Marvel, su primer objetivo será conseguir un traje. Una vestidura para su nueva vida. Un equipo completo de caballero. Aunque Chrétien nos advierte que las armas no le van a bastar para serlo.

—El hábito no hace al monje —comentó Salazar.

—Exacto. Con todo, nuestro protagonista es alguien con suerte. Enseguida encuentra quien lo eduque, quien lo inicie en el uso de la espada y quien lo reprenda por esa mala costumbre suya de preguntar por todo. Su mentor, un oportuno caballero que se cruza en su camino, lo pulirá para evitar que en lo sucesivo tomen al chico por un ignorante.

—¿Y lo conseguirá? —murmuró Ches.

—Bueno... Cuando cree tenerlo casi a punto, el joven, remordido por haberse alejado de su madre, decide regresar junto a ella y abandonar su formación. Entonces ocurre el episodio que cambiará su vida.

—Encontrará el grial... —la interrumpió Paula.

—No tan deprisa, señorita —la corrigió Victoria, complacida en su papel de cuentacuentos—. Verán: buscando el camino de regreso a casa nuestro protagonista preguntará a unos pescadores por dónde puede cruzar un río. Uno de ellos le señala el vado y lo invita a descansar en un castillo cercano. Esa clase de hospitalidad era muy común entonces, así que el joven no ve inconveniente en aceptar. Y aquí empieza lo curioso. Al principio el muchacho no encuentra la fortaleza y creyéndose burlado maldice al pescador. Pero de repente, un castillo surge ante él como de la nada. Como una aparición. Y tal como le habían asegurado, lo reciben en su interior. Tras desmontar, los sirvientes lo llevan ante un rey tullido que no puede ni levantarse a darle la bienvenida, pero que le ruega que se quede a cenar. Y en ese banquete será donde verá algo totalmente fuera de lo común.

—¡El grial! —El rostro de Ches se iluminó una vez más.

Luis, que aún no se había recuperado, se removió inquieto en su sillón de cuero.

—En mitad de la velada —prosiguió doña Victoria— un paje cruza el salón portando una lanza de hierro de cuya punta mana una gota de sangre que desciende por el astil. Por algún extraño motivo la sangre permanece fresca, sin coagularse. El joven se queda estupefacto al verla, pero, por culpa de la prudencia aprendida de su maestro, decide no preguntar. Tras el paje de la lanza llegarán otros dos que procesionarán con sendos candelabros de oro, con diez velas cada uno, y siguiéndolos de cerca verá a una doncella que, en palabras de Chrétien, «sostiene un grial entre las manos». Un grial. Detengámonos aquí un segundo. El trovador habla de un objeto que para el poeta no merece mayúscula, pero que enseguida describirá como algo que irradia una luz tan intensa que eclipsará a todas las del recinto. Y el joven, de nuevo condicionado por su reciente educación, ve pasar de largo la comitiva y se abstiene de preguntar a qué huésped llevan tantas maravillas.

Doña Victoria hizo entonces una pausa. Cogió una botella de agua que sacó del cajón de su escritorio, hurgó en la bolsa de la farmacia en busca de un par de pastillas y las tomó con un trago. Luis siguió la operación con interés y, cuando vio que había acabado, la abordó.

—Entonces ésa es, según usted, la primera descripción del grial, ¿no? —Su tono seguía siendo inquisitivo. Había resentimiento en él.

—Digamos que ésa es la primera mención literal al grial. A la palabra *grial*.

—Pero *grial* y *copa* son lo mismo. ¿O no? —susurré.

—¡Claro que no! —exclamó doña Victoria volviéndose hacia mí—. En este momento del relato los lectores de Chrétien no saben aún qué es. El escritor no lo ha descrito. Tan sólo nos dice —leyó de nuevo— que «era como de oro puro» y que en él «había piedras preciosas de diferentes clases, de las más ricas y de las más caras que haya en mar y tierra».

—¿Y volverá a mencionarse ese objeto en el texto? —indagó Ches.

—Lo encontraremos algunas veces más, sí, pero de pasada. De los nueve mil versos de *Li contes*, únicamente se nombra el grial en veinticinco. Y la mayoría en este pasaje. Con todo, esa visión fugaz de un objeto (que no se aclara si es vaso, bandeja u otra cosa) terminará dando título a todo el relato. Llamativo, ¿no les parece?

—¿Y no pasó nada más? —la interrogué lleno de curiosidad—. ¿No dice Chrétien nada de ese grial? ¿Ni siquiera explica para qué sirve? ¿Cómo debe usarse?

—¡Oh! —Lady Goodman sonrió—. Me alegra haber atraído tu atención. Preguntas ya como un joven Parcival.

No supe si tomarme aquello como un cumplido. Ella, divertida, no se molestó en aclarármelo.

—A la mañana siguiente nuestro joven caballero descubre que el castillo en el que se ha quedado a dormir está desierto —continuó—. Lo han dejado solo. Todo el mundo se ha ido. Al salir de allí se encuentra con una mujer que le hace ver lo estúpido que ha sido. Ha tenido el privilegio de compartir mesa con el Rey Pescador y asistir a la procesión de la lanza y el grial, y no se le ha ocurrido preguntar a quién sirven. «¡Ay, infortunado, cuán malaventurado eres ahora a causa de todo lo que has dejado de preguntar!», le dice. Aquella mujer, no obstante, le hará un regalo inesperado: recordará al muchacho sin nombre de este cuento que se llama Parcival. O Parsifal, o Perceval, según las versiones. Y le revelará que ella es en realidad su prima y que ambos están emparentados con el Rey Pescador.

—¡Pues vaya lío! —protestó Salazar.

—Nadie dijo que las novelas medievales fueran fáciles, hijo —le respondió doña Victoria—. De hecho, para complicar aún más las cosas, el cuento sigue narrando las peripecias de otro caballero, Gauvain, un gentilhombre al servicio del rey Arturo. Da la impresión de que su historia es una novela dentro de la novela. Una distracción que se diluirá al reaparecer Parcival muchas páginas después, mostrándonoslo como un hombre que, tras cinco años, aún vaga por el mundo sin rumbo ni fe, perdido y desorientado por culpa de su visión.

—Su encuentro con el grial lo enloqueció. —Salazar sonrió, repantingado en su sitio, estirándose la camiseta de los Ramones—. Normal.

Lady Goodman ignoró el comentario y prosiguió:

—Llegados a este punto, Chrétien nos cuenta el tropiezo de Parcival con un ermitaño. Un personaje raro, una especie de vidente que le descubrirá que su madre murió poco después de que él partiera tras los caballeros resplandecientes y que le dará, además, algunas explicaciones sobre el misterioso objeto que tanto lo ha trastornado. No serán muchas, pero sí importantes: le dirá que es un objeto que vigoriza y sostiene la vida. Y también que alberga alguna clase de sustancia redentora que a cualquiera le bastaría para alimentarse durante el resto de sus días. Y ya.

—¿Ya? —intervine—. ¿Qué quiere decir?

—Que Chrétien detuvo justo ahí su relato.

—¡No puede ser! —exclamó Luis—. ¡Debe de haber más!

—No. No lo hay. Es lo que antes les comentaba: el primer texto en el que aparece la palabra *grial* no sugiere siquiera un vínculo con el cáliz de la Última Cena. Su misterio es, pues, más literario que teológico.

—Quizá a Chrétien no le dio tiempo a explicar que ese grial fue de Jesús o que la lanza sangrante fue la que atravesó su costado en la cruz —intervino Johnny Salazar con la mirada brillante y la voz entrecortada emergiendo de su barba maciza, como si el fin del cuento lo hubiera pillado desprevenido—. Usted ha dicho que su poema quedó inacabado..., ¿no?

Todos lo miramos sorprendidos.

—¿Qué pasa? —Se encaró con nosotros—. ¿Tan raro os parece que el tema me interese?

—Sí. Seguramente será eso. —Luis se sumó a la propuesta de Johnny, echando el cuerpo hacia delante—. Quizá si Chrétien lo hubiera terminado...

Pero lady Goodman no cedió.

—No se aferre a esa idea, Luis. Durante más de dos décadas los autores que continuaron el poema tampoco identificaron el grial con el cáliz de Cristo.

—Pero antes ha mencionado a Robert de Boron... —protestó.

—Así es. Pero Boron vinculó el grial a la Última Cena después de que otros autores hubieran propuesto ideas bien diferentes. Lea al poeta bávaro Wolfram von Eschenbach, por ejemplo. Su libro, escrito hacia 1200 y dedicado por entero a completar el retrato de Parcival, convierte por primera vez el grial en un nombre propio. *El Grial.* Con mayúsculas. Y dice de él que fue una piedra mágica, una esmeralda caída de la frente de Lucifer.

—¡Eso no demuestra que el grial sea un mito!

—Pero sí que no es necesariamente un cáliz —masculló lady Goodman, mientras se servía un poco de limonada de una mesita cercana y se aclaraba la garganta con ella—. Piense en esto, por favor: ¿por qué nadie se preocupó por la copa de Cristo en los doce siglos que transcurrieron entre la Última Cena y la época de Chrétien? En esos más de mil años no se escribió en Europa «ni una sola línea» dedicada al paradero de la reliquia. Sólo este detalle, Luis, me parece suficiente para desestimar su historicidad.

—¡No lo es! ¡No puede serlo! ¡De ninguna manera! —protestó el director de orquesta, algo ofuscado—. Usted lo ha dicho antes. Chrétien vivió en la época de las cruzadas. De hecho, fue en ese tiempo cuando los caballeros que conquistaron Jerusalén inundaron Occidente con las reliquias de Jesús que hallaron allí. Es lógico que hasta ese momento no se empezara a hablar de la copa, de los clavos, de la Sábana Santa, de la lanza de Longinos...

—Buena réplica —aceptó doña Victoria—. Pero en ese caso los cronistas de las cruzadas hubieran elaborado textos laudando el impresionante hallazgo del grial... ¡y tampoco existen! ¡Ni un solo cruzado se atribuyó el mérito de haber dado con el cáliz de Cristo!

Luis Bello siguió sin convencerse.

—Tal vez esas crónicas se escribieron pero se han perdido... O tal vez la protección de unas reliquias tan valiosas requirió que los textos que las mencionaban no fueran demasiado explícitos para impedir su saqueo. Todos sabemos que la fuente de toda literatura es, de un modo u otro, la experiencia. Tal vez Chrétien oyó a su mecenas hablar del grial; tal vez lo tuvo cerca, tal vez disfrazó tras ese castillo del grial su verdadero escondite...

—Tal vez, tal vez —repuso ella—. Escúchese. Es absurdo pretender hacer historia de algo como el grial a partir de una novela escrita para entretener a cortesanos. Recuerde que los últimos que hicieron algo parecido fueron los nazis, y todos sabemos cómo acabaron.

—Un momento. ¿Qué está insinuando? —replicó Luis escamado.

—Luis, querido... —Doña Victoria extremó el tacto, levantándose y atravesando el círculo hasta él—. ¿Sabe qué pienso? Que tiene usted el mismo problema que Alonso Quijano cuando decidió convertirse en don Quijote de la Mancha: tiende a confundir la ficción con la vida.

—¿Có-cómo se atreve? —Luis se levantó también, echando hacia atrás el sillón, que chirrió sobre las baldosas. En cuanto se encaró con el de lady Goodman, su rostro se tornó carmesí—. ¿Me está llamando loco?

—Nunca me atrevería a decir eso de don Quijote.

—Me ofende, señora.

—No es mi intención. Si le apetece dar por cierta la existencia material del grial, allá usted. Yo trato de ser escrupulosa con las pruebas de que disponemos. Nada más. Mi deber es no contaminar al resto del grupo con elucubraciones vanas. Proveerlos de la información cierta de que dispongo para que después hagan lo que crean conveniente. Ya será cosa suya si deciden escribir o no sobre él.

—¿Y si Chrétien tuvo noticias del grial de Cristo? —insistió él, desoyendo su discurso—. ¿Y si oyó hablar de él a los cruzados que regresaron de Jerusalén a la Champaña? De haber sido un invento no le hubiera dado tanta importancia poniéndolo en el título de su poema... ¿No le parece?

Pero Luis Bello no convenció a su interlocutora.

—Es más sensato argumentar que lo imaginó todo siguiendo las indicaciones de su mecenas, el gran conde Felipe de Flandes —le replicó contundente—. No olvide que en esa época siempre se escribía al servicio de los poderosos.

—Eso es más cómodo. No más sensato.

—¿Está intentando provocarme, Luis? —interrogó imperturbable—. ¿Es que no ve que es inútil buscar lo que nunca ha existido? ¡Céntrese en lo literario, que para eso estamos aquí, y descifremos juntos qué hay de verdad tras el concepto *grial*!

Al oír aquello, el rostro del director de orquesta enrojeció aún más.

—¡Peca usted de orgullo y de ceguera, Victoria! —dijo, elevando el tono hasta convertirlo en un grito—. ¿No se da cuenta? ¡El orgullo acaba siempre por enterrar a los escritores! ¿Ya se ha olvidado de lo que le pasó a Guillermo?

Y diciendo aquello abandonó el círculo, y después la sala, sin despedirse ni recoger sus cosas.

Su reacción nos dejó a todos estupefactos.

12

«¿Guillermo?»

El modo en que Luis Bello lo pronunció me sobrecogió. Su pregunta destilaba una ira profunda, atávica, un reproche que devoró en un instante la serenidad del grupo y que nos dejó a todos sin saber cómo diablos reaccionar. Pero si algo me sorprendió de veras fue lo que sucedió a continuación. Pau, Ches y Johnny, pálidos, se miraron como si su ilustre compañero hubiera profanado un tabú; se levantaron del círculo con el gesto descompuesto y sin mediar palabra cogieron sus cosas y salieron tras él. Yo me quedé allí inmóvil, clavado en mi asiento, contemplándolos. Los vi marcharse hacia el pasillo, todos a una, con sus pasos tronando por toda la casa hasta desaparecer por completo.

Doña Victoria y yo permanecimos a solas, en absoluto silencio durante unos segundos, como si ninguno de los dos se atreviera a poner voz a aquella situación.

La dama del misterio volvió el rostro hacia la ventana y, muy despacio, se levantó, fue hacia una de las mesas y se puso a ordenar papeles. Sé que es absurdo, pero quizá lo hizo para no contaminar lo que en ese momento empezaba a brotar de lo más profundo de mis recuerdos. De repente había vuelto a oír el eco sordo de las discusiones que mi madre y el abuelo tuvieron al poco de desaparecer mi padre. Mi infancia se convirtió entonces en una especie de mesa de debate permanente. Mientras mamá Gloria y el abuelo José se disputaban el honor de cubrir uno mejor que el otro la ausencia paterna, fuera de la casa todos me señalaban como a un bicho raro. Terminé siendo el nieto de un escritor célebre abandonado por su padre. *El expósito.* De *exposĭtus,* «poner fuera», el expulsado. Eso me rompió por dentro, pero también me enseñó que la mejor defensa era permanecer callado en medio de la tormenta. Aprendí que era preferible observar a tu adversario antes de discutir con él. A vigilarlo sin mover un músculo.

Y así estaba yo ahora. Otra vez. Atento y tenso, sin saber muy bien por qué.

De nuevo me veía en medio de un campo de batalla emocional, sin mapa ni brújula, preguntándome qué hacía yo allí, entre desconocidos. Porque, ¿qué sabía yo de Luis Bello, Johnny Salazar, Ches Marín o Paula Esteve? ¿Y de sus propósitos? ¿Conocía acaso el verdadero motivo por el que Luis y Victoria se habían enconado por un asunto como aquél? ¿Me importaba acaso?

¿Y Guillermo?

¿Quién diablos era?

¿Y por qué _____ ron alterarse tanto cuando Luis lo nombr___

___ percib___ ó mi desasosiego. También yo noté la ___ ___ estab__. La vi bajar la mirada, acomodarse silencio___ ___ción, enc__ ogerse de hombros al encontrarse conmigo ___ ___ bomb___ pero también supe que estaba cons-___ ___ ___ máqu__ cara a toda velocidad.

___ ___ ___ ___ nunca antes —susurró al fin, for-zando ___ ___ ___ ___s extendió la mano para tomar una de las ___ ___ ___ ___ e subrayar sus palabras—. Estas últimas semanas ___ ___ y complicadas para nosotros. He ___ una ___ ___ ___ ___r previsto que la tensión acumu-lada terminaría ___ ___ ___ ___ ctura.

—¿Se ref___ usted a ___ ___rmo, señora Goodman? —dije, ___ ___ ___ ___ ___ izá se sentiría mejor si me con-

___ ___ ___ ___ ___ doña Victoria acababa de es-___ ___ ___ ___romo.

—Querido —respondió seria, perdiendo la vista en el pasillo por el que el resto se había esfumado—. Tienes toda la razón. No me gustaría que pensases que te escondo cosas sobre nuestro grupo de trabajo, pero es que ha sucedido algo que no es fácil de explicar... Guillermo Solís —tragó saliva—, nuestro Guillermo... murió hace sólo un mes.

Sus ojos se enturbiaron antes de continuar.

—Era un joven muy inteligente, ¿sabes? Yo lo tenía en gran estima. Un muchacho capaz, de una gran sensibilidad. Un escritor con un gran futuro por delante. Hijo... —Se detuvo de nuevo, como si quisiera medir bien sus palabras—: Guillermo no se merecía un final así. Nadie se lo merece...

—¿Un final así? —Me encogí de hombros—. ¿Estaba enfermo? ¿Tuvo un accidente?

—¡¿Un accidente?! —Se envaró. Cruzó los dedos de ambas manos hasta hacerlos palidecer y, levantando una mirada seria, apretó los labios y dijo—: Yo no utilizaría ese término.

—No la entiendo.

—Creo... creo que los chicos todavía me echan la culpa de su desgracia —continuó, sin darme tiempo a decir más—. Y empiezo a creer que tienen algo de razón.

Doña Victoria añadió aquello aflojando toda la rigidez de su cuerpo, empotrándose abatida en el sillón.

—¿Sabes? Hace unos meses le pedí que estudiara algunas cosas para mí. Que viajara en busca de algunas respuestas... Pero debió de molestar a alguien... No sé... Quizá preguntó lo que no debía... Husmeó en lo prohibido... Algo encontró... Y yo... yo...

Al ver cómo se dejaba arrastrar por el dolor y comenzaba a perder el hilo de su explicación, la interrumpí.

—No se castigue de esa manera, doña Victoria. A veces las cosas pasan sin más.

—Guillermo apareció en un lugar público. Muerto como un perro, en mitad de ninguna parte.

—Lo comprendo, pero estoy seguro de que debe de haber una explicación. —Traté de calmarla, sin casi reparar en lo que acababa de decir—. Supongo que la policía habrá abierto una investigación, ¿verdad? En esos casos siempre lo hacen.

—¿La policía? —repitió ella, disimulando un desprecio que la revitalizó de nuevo—. Esos idiotas creen que se ahogó. Que tropezó con una de las vallas del estanque donde lo encontraron y que allí se rompió el cuello. El inspector que llevó el caso dijo que fue un desgraciado accidente, un caso de mala suerte. ¡Mala suerte! ¡Qué estupidez! Nadie tropieza sin más y se ahoga en un palmo de agua.

Eso lo escuché ya con horror, mientras empezaba a hacerme una vaga idea de lo sucedido.

Quise tranquilizarla. Tranquilizarme.

—En ocasiones, aunque cueste admitirlo, la explicación más sencilla suele ser la correcta.

—Conozco bien la navaja de Ockham, querido. —Me miró severa, adivinando la cita medieval a la que había recurrido—. Y créeme que en este caso tengo serias dudas de que se aplique.

—Ya..., pero antes de flagelarse más con un asunto así, quizá debería darle una oportunidad a la investigación, señora Goodman. La policía sabe lo que se hace e imagino que tendrán sus razones para llegar a esa conclusión, ¿no?

—¡Claro que no! —Me taladró con su mirada azul, a punto de enfadarse—. Yo no creo en la mala suerte, hijo. Deberían saber que los escritores de mi clase tenemos enemigos muy poderosos. Enemigos muy superiores a nosotros. Pero para qué van a malgastar su tiempo en protegernos. Para ellos no somos más que unos excéntricos que inventamos mundos para no tener que ocuparnos de éste.

—No sé si la sigo —murmuré, cada vez más sorprendido, dudando por un momento de si doña Victoria habría recuperado el hilo—. ¿Qué clase de enemigos puede tener un escritor? Entiendo que algo tan espantoso la haya afectado, pero...

—Por Dios, David —me reconvino—. Piensa un poco. Conoces bien a los clásicos. Sabes que en el fondo no hay profesión más vigilada que la de quien es capaz de cambiar nuestro modo de ver la realidad con sus palabras. Los filósofos, los «amantes del saber», somos un peligro.

—Estoy seguro de que eso siempre se ha dicho en un sentido metafórico. No creo que lo de Guillermo fuera... —Negué con la cabeza confundido.

—¡La muerte nunca es una metáfora! —me atajó, con la voz temblorosa—. ¿Recuerdas qué le pasó a Sócrates? Fue el ciudadano más noble de Atenas, un intelectual al que todos admiraban, ¿verdad? Y también el único entre todos los sabios de Grecia que se dio cuenta de lo limitado que era su conocimiento. Fue él quien dijo aquello de «sólo sé que no sé nada». Su método filosófico consistía en hacerse preguntas sobre cualquier cosa. Se lo cuestionaba todo. Incluso a sí mismo. Al principio, a sus contemporáneos les pareció un hábito inocente, un pasatiempo, pero sus preguntas cada vez más incisivas terminaron por convertirlo en un sabio muy odiado. Sócrates descubrió que sólo el que sabe preguntar puede llegar a alcanzar la verdad. Es la misma lección que siglos más tarde recibiría Parcival. Ambos se dieron cuenta de que la verdad, a menudo, no conviene a la mayoría. Quizá Guillermo preguntó demasiado. Yo le enseñé a hacerlo. Y acabó como ellos...

Intenté convencer a doña Victoria para que se retirase a descansar. Llevábamos un tiempo allí sentados y no parecía que ninguno de los miembros de la tertulia fuera a regresar. Pero lady Goodman hacía rato que no me miraba. Tenía los ojos perdidos en ninguna parte y, por alguna razón, había decidido refugiarse en la filosofía griega.

—Déjame decirte algo más —añadió melancólica—. Algo importante. Sócrates fue el primer escritor de la historia al que advirtieron que preguntar demasiado resultaba molesto. Peligroso. En esa época se enfrentó a fuerzas que decidieron acabar con él porque había encontrado una vía para ensanchar su conocimiento que a los poderes establecidos no les iba bien.

—¿Fuerzas? —pregunté—. ¿Qué fuerzas? ¿No estará refiriéndose a esas voces en la cabeza que dicen que oía?

—¿A qué si no, hijo? —Sonrió, aprobando que yo también echara mano de mi cultura clásica—. Aunque ahora le cueste creerlo a tu mente racional, ése y no otro fue el gran secreto del filósofo. Esas voces fueron la fuente de toda su sabiduría. Llegó a creer que pertenecían a una inteligencia ajena a él mismo, quizá como una especie de intermediarias entre su persona y la mente cósmica a la que todos, de un modo u otro, estamos conectados. En definitiva, una especie de compañeras invisibles que le dictaban ideas superiores siempre que las necesitaba.

Yo, en efecto, conocía bien aquella historia. La había estudiado con otros matices. Menos exagerados quizá. Y también sabía que el filósofo terminó muy mal por su culpa. La sentencia que condenó a Sócrates a muerte lo acusó de corromper a la juventud. Lo castigó por «no creer en los dioses en los que cree toda Atenas» y por contaminar la mente de sus semejantes.

—Lo terrible, hijo mío —prosiguió doña Victoria, con voz cada vez más apagada—, es que los descendientes de los que llevaron a Sócrates a la muerte siguen hoy dominando nuestro mundo. El poder no puede tolerar que nos comuniquemos con nuestra «chispa divina», con esa voz que es personal y auténtica. De hecho, hacen cuanto está en su mano por acallar a quienes la encuentran. En época de Sócrates, o de Cristo, o de Giordano Bruno, mataban a quienes la oían. Ahora los ridiculizan. Los menosprecian. Socavan sus reputaciones. Pero si tienen que acabar con los más peligrosos, lo hacen sin dudarlo.

Doña Victoria pronunció aquella última frase con un pesar especial. La dejó deliberadamente en suspenso, como si buscara las palabras exactas con las que expresar algo que le costaba verbalizar.

—¿Está diciendo que esos «enemigos» son los que mataron a su alumno?

Ella cerró los ojos, de repente humedecidos.

—Me temo que no encontraron otro modo para acallar sus voces —asintió.

—¿Sus voces? —Tragué saliva—. Supongo que habla en sentido figurado. ¿Cree que él también oía...?

—Pues claro —me interrumpió—. Todo escritor verdadero las ha oído alguna vez.

—Disculpe, señora Goodman. Comprendo que este asunto la haya afectado tanto, pero no permita que le nuble la razón. Si alguien la oyera decir algo así, podría pensar que es cosa de locos.

La dama del misterio arrugó la nariz, más molesta que consolada.

—No, David. No es cosa de locos —me reconvino—. En Grecia llamaron a esas voces «*daimones*». Y tampoco son un síntoma de esquizofrenia como querrán hacerte creer. Esas voces están detrás de buena parte de la literatura universal. Recuerda que Maquiavelo llegó a decir que escribía al dictado de las voces de hombres de la Antigüedad. Víctor Hugo frecuentó sesiones de espiritismo para comunicarse con una hija difunta y terminó encontrando en los trances una fuente inagotable para sus historias. En España, Valle-Inclán las buscó primero a través de las drogas y más tarde en el esoterismo. Pío Baroja acudió a sesiones mediúmnicas y hasta Juan Ramón Jiménez gustaba de revistas teosóficas en las que a menudo se hablaba de los *daimones*. Para un creador verdadero, uno que haga esfuerzos por mantener su mente pura, es imposible no oírlas alguna vez.

Doña Victoria dijo aquello tan convencida, con tanto aplomo, que no me atreví a replicar.

—Tú piensa lo que quieras, David, pero a Guillermo no lo mataron unas simples alucinaciones —añadió—. Puedes estar seguro de eso. Él estaba trabajando en algo importante. Había encontrado cómo lograr un mejor acceso a los *daimones*, al origen de las ideas sublimes. Sé que halló ese camino escondido en ciertas pinturas relacionadas precisamente con el grial...

El grial era para él algo visible que permitía acceder a lo invisible. Y justo cuando estaba culminando su investigación apareció muerto. ¿Crees que fue casualidad? No. Yo no lo creo.

—Pero entonces, ¿exactamente qué grial buscaba Guillermo? —quise saber, desconcertado—. ¿El suyo, señora Goodman, más conceptual? ¿El de Chrétien de Troyes?... ¿O el de Luis Bello?

13

Doña Victoria no se sintió con fuerzas para responder a más preguntas. No pudo. Comprendí que le estaba pidiendo demasiado y no insistí. Agotada, se quedó mirándome desde el fondo de unos ojos suplicantes, vidriosos, rogando entre susurros que llamara a la asistenta. Me preocupé. Era la primera vez que la dama del misterio reconocía abiertamente que no se sentía bien, que se encontraba algo mareada, «con la cabeza fuera de sitio», y que necesitaba retirarse a descansar. Me ofrecí a acompañarla a su dormitorio, pero Raquel —una mujer de unos cincuenta años, española, vestida con un uniforme azul a juego con el tinte de su cabello— apareció enseguida y me dijo que podía encargarse de todo ella sola.

—¿Está usted segura de que no quiere que llamemos a un médico? —insistí.

—No se preocupe, señor Salas —intervino la asistenta con incuestionable solvencia—. La señora sólo necesita cenar algo, tomarse su medicación y dormir.

—Como deseen. De todos modos, doña Victoria sabe que me alojo en el Wellington. Habitación 323. Llámenme si necesitan algo. No importa la hora.

—Descuide. Así lo haremos.

A eso de las diez y cuarto de la noche, sin tener muy claro si había hecho bien, abandonaba La Montaña Artificial.

Lo que de ningún modo esperaba era que en la calle, a una veintena de metros de la finca de lady Goodman, estuviera Ches Marín quitándole el candado a una llamativa Vespa rosa aparcada junto al escaparate de una tienda de muebles de diseño. Supuse que tenía dificultades con el cierre, y me acerqué.

—¿Te ayudo?

Ches reaccionó como si acabara de ver un fantasma.

—¡Ah, hola! —exclamó, liberando al fin el cepo de la rueda—. ¿Todavía estás aquí?

—¿Y tú? —respondí lacónico, echando un vistazo a nuestro alrededor—. Parece que a vosotros también se os ha hecho tarde. ¿Dónde están los demás? ¿Qué ha ocurrido con Luis?

Ches se apartó de la cara un mechón de melena rubia y lo recogió en la coleta antes de liberar al fin los cierres del casco.

—Acabo de despedirme de ellos —dijo, como si fuera lo más normal del mundo que merodeara por la puerta de doña Victoria una hora después de marcharse de la reunión—. Luis se ha quedado más tranquilo. Hemos estado charlando con él, y Johnny se lo ha llevado a tomar algo por ahí.

Me quedé mirándola, esperando alguna explicación más.

—¿Te ocurre algo? —se interesó. Tuve la sensación de que la había arrancado de su mundo y trataba de conectarse con éste.

—Oh, no es nada. Sólo que ha sido una velada algo agitada y aún estoy intentando recomponerme —expliqué.

—¿Te encuentras bien?

—Sí, sí. Aunque...

Ches debió de notar algo raro en mi respuesta porque sus ojos azules se detuvieron compasivos en los míos.

—No sé si te servirá de consuelo, pero la sesión de hoy nos ha dejado bastante descolocados a todos —comentó empática—. Si te apetece, podemos tomarnos una cerveza aquí al lado —propuso, señalando una terraza que se abría en la esquina de la calle Castelló, a unos pasos de donde estábamos.

Ches dijo aquello con ánimo de tranquilizarme, pero la perspectiva me inquietó.

—No sé. —Dudó otra vez—. Podrías contarme algo sobre tu tesis. O si no tienes ganas de hablar, yo conozco algunas curiosidades de la literatura española que te van a interesar. ¿Sabías que Blasco Ibáñez sobrevivió a veinte duelos a pistola?

La terraza en cuestión tenía una pinta estupenda, pero aquél no era el remedio que necesitaba. Ni de broma me iba a sentar allí a escuchar más historias de escritores.

—Te lo agradezco, Ches, pero ha sido un día largo y estoy algo cansado —me disculpé—. En otra ocasión, quizá.

Ella me miró comprensiva.

—Lo entiendo. A veces doña Victoria puede resultar agotadora.

—Sí. Será eso... Gracias de todos modos.

Nos dimos dos besos en las mejillas antes de que se montara en la moto y se fuera calle arriba.

—¡David! ¡Espera!

Aún no la había perdido de vista cuando otra voz familiar me detuvo justo en el instante en que estaba a punto de cruzar hacia el parque del Retiro y perderme rumbo al hotel. Era Paula. Había emergido de repente del portal de lady Goodman.

—He subido un momento a por mis cosas y Raquel me ha dicho que acababas de irte —se justificó, ajustándose al hombro un bolso grande, lleno de papeles y libros.

Eché un vistazo a las ventanas de la casa, justo a tiempo para ver apagarse la última de sus luces.

—Sí. Ya me iba —dije, deshaciendo mis pasos—. No me ha parecido oportuno dejar a doña Victoria sola después de lo que ha pasado.

—Por eso precisamente he bajado deprisa. Quería darte las gracias por cuidar de ella y por decidir aceptar su invitación. Desde que nos vimos el sábado en el Wellington no he tenido la ocasión de agradecértelo. El gesto de Paula me pareció sincero.

—No hay de qué, pero... ¿todas vuestras reuniones son como la de hoy?

Le hice aquella pregunta buscando una forma amable de zanjar nuestra conversación y de despedirme de ella, aunque mis palabras surtieron un efecto diferente al que pensaba.

—He de reconocer que hoy ha estado más animada que de costumbre —dijo sonriendo—. Quién sabe. Quizá porque estabas tú.

—No lo dirás en serio. Casi no he abierto la boca.

—A mí me ha gustado tenerte con nosotros —susurró algo azorada, desviando la mirada hacia su reloj de pulsera—. ¡Qué tarde se nos ha hecho! Debería irme ya. Aún me quedan un par de recados por hacer y me gustaría encontrar antes algo para comer.

La idea de cenar a esas horas me sorprendió.

—¿Me permites que te proponga una cosa?

Sus ojos me interrogaron con una pizca de desconfianza y algo que me pareció interés.

—Me temo que lo que vas a cenar será horrible y a mí en el hotel sólo van a darme un sándwich en el servicio de habitaciones —dije—. Según tengo entendido, éste es el barrio de los restaurantes, así que ¿por qué no me dejas que te invite a tomar una cosa rápida y nos salvamos mutuamente la vida?

La cara de Paula se relajó de inmediato dando paso a una sonrisa.

—Pensé que me ibas a proponer algo más descabellado, pero si sólo se trata de salvarnos la vida, acepto.

De repente, la idea de sentarnos en la terraza que había sugerido la musa melancólica se convirtió en una opción.

—Conozco un lugar perfecto cerca de aquí —dijo, sin darme tiempo a proponérsela.

Nos dirigimos a un establecimiento situado en una calle estrecha justo detrás de la casa de doña Victoria. El lugar me habría pasado inadvertido de no haber ido con ella. Su fachada estaba cubierta por una cristalera oscura, sin distintivos ni señales. Su única entrada se reducía a una puerta blindada, también sin marcas. Paula llamó a un timbre y tras identificarse, una señorita vestida de negro nos condujo al interior de un elegante local iluminado con luces tenues. Mi primera impresión fue la de haber entrado en una especie de cenáculo sofisticado. Suaves acordes del mítico *Take the A Train* de

Duke Ellington sonaban desde todas partes. Un climatizador levemente perfumado refrescaba la estancia. El lugar lo presidía una especie de altar en el que una colección de botellas retroiluminadas ocultaba el acceso a una planta inferior. Sin detenernos, descendimos por una escalera hasta dar con otra sala, aún mayor que la principal, en la que se repartían varias mesas separadas por biombos y estanterías elegantes, casi todas ocupadas por parejas o grupos que no se percataron de nuestra llegada.

—Esto es un *secret club* con acceso restringido a socios —me susurró Paula con aire de misterio.

—He visto sitios como éste en Londres y Milán, pero no imaginaba que esta moda hubiera llegado a Madrid...

Ella asintió satisfecha.

—Ven. Nos sentaremos a mi mesa de siempre.

—¿Tu mesa? —la interrogué algo sorprendido.

—Suelo venir aquí sólo a mediodía. Siempre la tengo disponible.

A un gesto suyo, nuestra acompañante nos acomodó en uno de los rincones más discretos de aquel sótano. Pau le entregó el bolso con los libros para que lo dejase en el guardarropa y la señorita desapareció en busca de las cartas.

—Todavía me avergüenza lo sucedido esta tarde, David —dijo nada más tomar asiento.

Yo estaba tan distraído por aquella decoración *vintage* con aire británico, rodeado de sofás Chester, peceras virtuales, un suelo de baldosas hidráulicas antiguas y el artesonado de maderas nobles del techo, que tardé en prestar atención a su comentario.

—¿Sabes? —prosiguió—. Siento que debo pedirte perdón por el numerito de Luis.

—¿Pedirme perdón? Tú no tienes ninguna culpa de eso.

—Ya. Pero no me gustaría que te llevaras una impresión equivocada de nosotros.

—Bueno..., comprendo que a un hombre de fe como él haya cosas que lo enerven.

—Es verdad. —Bajó los ojos—. Luis fue benedictino en el monasterio de Silos. Pero de eso hace ya mucho tiempo. Dejó los hábitos por culpa de la música.

—No es una mala razón.

El rostro de mi acompañante no se relajó.

—El caso, David, es que doña Victoria se ha quedado muy preocupada.

—¿Doña Victoria? —Me extrañó—. ¿Has hablado con ella? Creí que se había retirado a descansar.

—Sólo le he dado las buenas noches. Pero la he encontrado alterada y me ha dicho que habéis estado hablando.

Su mirada verde se volvió más profunda y oscura, y se tomó un segundo antes de continuar:

—No me atreví a contarte nada cuando nos conocimos en el Wellington para no preocuparte.

—¿Y por qué habría de preocuparme? —Fingí ignorar a qué se refería.

—Tienes razón. —Negó con la cabeza—. Eso no es asunto tuyo, pero supuse que habrías huido despavorido si te hubiera mencionado que uno de los asistentes a las reuniones de doña Victoria apareció muerto hace unas semanas.

—La verdad es que estoy intrigado. Doña Victoria me ha dado a entender que dudaba de que fuera un accidente —añadí bajando ostensiblemente la voz.

—¿Te ha dicho eso?

—Sólo lo ha insinuado. Pero su explicación no me ha resultado muy creíble.

—Dale tiempo —suspiró—. La muerte de Guillermo no ha sido fácil para ninguno de nosotros. Digamos que en La Montaña aún estamos en fase de aceptación.

Paula dejó su frase suspendida en el aire. En ese momento un camarero de porte distinguido nos interrumpió invitándonos a pedir algo. Fue de lo más oportuno.

—Está bien. ¿Y si cambiamos de tema? ¿Qué te apetece tomar? —la interrogué, notando su alivio mientras examinábamos la carta de arriba abajo—. Veo que tienen unos cócteles maravillosos y una gran selección de champanes. Si te parece, podríamos tomar una copa de Salon Blanc de Blancs 99 para empezar. Es uno de mis favoritos.

El camarero asintió, aprobando mi elección.

—No, no... —Paula negó con la cabeza—. Esta noche no tengo el ánimo para champán. Con una copa de vino blanco bastará.

—¿Alguno en especial?

Pese a que era ella la que debía de estar familiarizada con la carta, la vi dudar. Me pareció que su mente aún seguía en la conversación que acabábamos de zanjar y decidí sacarla de aquel compromiso.

—No te preocupes. ¿Te parece que pida por los dos?

—Por favor.

—Excelente —dije, pasando la mirada del camarero a la lista de vinos—. Tráiganos una botella de Perro Verde. Me parece que es perfecta para la tarde que llevamos.

Pau esbozó un tímido gesto de fastidio.

—¿Te apetece algo en especial? Esta carta es espectacular —susurré.

—La cocina aquí es deliciosa. ¿Qué tal si pedimos unos baos de gamba y wakame y un usuzukuri de toro y tomate?

—Estupendo. Pero me gustaría probar también el niguiri de huevo de codorniz con caviar y el tataki de lomo de wagyu. De repente tengo hambre.

—¿Podremos con todo eso? —preguntó.

Cuando el camarero hubo anotado todo en su terminal de última generación y nos dejó otra vez a solas, me animé con una aclaración pertinente.

—¿Puedo decirte algo, Paula?

—Claro.

—Pero no me gustaría que te enfadaras.

—Lo intentaré. —Suspiró—. Bastará con que no seas demasiado duro conmigo. Aún no he terminado de explicarte algunas cosas.

—Está bien —continué—. Te contaré cómo veo esto. Desde que he aterrizado en Madrid me he visto sometido a una auténtica persecución. A mi llegada digamos que me abordas con tu escueta y misteriosa nota. Nos conocemos y tratas de persuadirme para que acepte visitar a Victoria Goodman. Accedo a regañadientes y, no contenta con eso, Victoria empieza a asaetearme con La Montaña, como si tuviera que saber o me tuviera que importar lo que hacéis en ella. Y todo casi sin darme un respiro. ¿Te has parado a pensar que apenas sé nada de vosotros? Ignoro desde cuándo funciona vuestro proyecto ni qué pretende. No sé por qué estudiáis libros y autores a los que rodeáis de tanto sigilo y, la verdad, tampoco sé muy bien por qué habría de interesarme. Pero lo que más me escama es que parece que doña Victoria, vuestro grupo y tú necesitáis esconderos del mundo para hacer vuestro trabajo, y no lo entiendo. Actuáis como si escaparais de algo. Como si fuerais prófugos o algo así. A la academia le pasa algo parecido a lo que a este local: no hay un cartel en la puerta que la anuncie, ni siquiera en internet es posible encontrar nada sobre vosotros... Y por si eso fuera poco, acabo de enterarme, casi por casualidad, de la muerte reciente de alguien del grupo. Compréndeme. No quiero ofenderte, pero todo resulta demasiado raro.

—¿Has dicho «prófugos»? —Rio. Me pareció que fingía despreocupación—. ¿De verdad nos ves como prófugos?

—Hablo en serio, Paula. Doña Victoria no oculta que su vocación es enseñar a otros los secretos de la literatura, pero en ningún sitio se explica cómo se puede ingresar en su escuela ni quién puede hacerlo. Es imposible enviaros una solicitud por internet o pedir información para unirse a vosotros.

—Espera un momento. ¿Nos has buscado en la red? —Un gesto de sorpresa se dibujó en su rostro—. ¡Las cosas importantes no están ahí!

—No me has respondido.

—¡Claro que sí! —replicó—. A La Montaña se accede sólo si te invita doña Victoria. Es la única manera de evitar a los enemigos...

—¿A los enemigos? ¿Qué enemigos? ¿Tú también los ves por todos los lados? ¿Doña Victoria ha conseguido nublarte el juicio con sus cosas?

—No lo ha hecho, David. Te lo prometo. Los enemigos a los que se refiere existen. Hablo de los que roban ideas. De los que desmotivan a los creadores. De los que utilizan la literatura para cosas tan poco nobles como distraer a sus lectores de las grandes cuestiones. De los...

—¡Vamos! No me digas que por eso vuestra escuela no está anunciada en ninguna parte.

—Doña Victoria siempre elige a sus alumnos en persona. Todos ingresan por invitación. Nadie paga ni cobra, ni deja huella de algo que se hace por amor a la *sophia*, a la sabiduría. En internet no encontrarás nada precisamente por eso. Por otra parte... —frunció el ceño, poniéndose interesante—, no debería ser yo quien te recordase que si necesitas buscar el significado verdadero de algo, tienes que acudir siempre a las fuentes y no a lo que digan terceras personas.

—¿Y por qué crees que te pregunto? Desde que te apareciste en el Wellington, tú eres mi única fuente.

—Oh. —Se descolocó.

—¿Sabes? Me intriga vuestra *Montaña*. —Enfaticé el término cuanto pude—. Creo que me atrae y me repele a partes iguales. Sabes que mi profesión son las palabras. Investigo su origen, sus significados subyacentes. Siempre empiezo por ahí cualquier trabajo, pero en este caso desconozco incluso algo tan elemental como por qué llamáis así a vuestra escuela. La Montaña Artificial. Antes de hablar con doña Victoria ignoraba siquiera que tuviera nombre.

Las pupilas esmeralda de Paula brillaron misteriosas.

—Eso tiene una explicación, David: no lo sabías porque es un secreto.

—¿Lo ves? ¡A eso me refería! Todo es secreto entre vosotros. Hasta lo de Guillermo.

—Eso ha sido un golpe bajo... —susurró avergonzada.

Esta vez la llegada de nuestra comanda me salvó de tener

que disculparme. Los dos enmudecimos ante las bandejas y los platos de pizarra y loza que dos camareras jóvenes desplegaron delante de nosotros. Nos sirvieron el Perro Verde —un Rueda joven, excelente, cristalino— y levanté mi copa hacia ella.

—Por los encuentros *casuales* —dije remarcando la última palabra.

Pau también izó la suya.

—Por los *secretos* —brindó con media sonrisa, haciendo lo mismo.

El vino y la deliciosa comida lograron que la conversación fluyera, adormeciendo aquellas sombras. Merodeamos algunos lugares e intereses comunes, respondí a preguntas sobre mi pasado y mi vida en Irlanda, y ella acabó confesando lo mucho que la intimidó tener que abordarme de aquella manera en mi hotel. En los postres terminamos confrontando nuestros más que diferentes conceptos de la palabra que había sobrevolado más veces la mesa: *secreto*.

—Por ejemplo —terció ella al final de una diatriba sobre el uso tan diferente del término en ambientes laicos o religiosos—, en este local sólo pueden entrar socios o personas que los acompañen... y eso no quiere decir que aquí se haga nada malo. O que se vaya a hacer. Es sólo que aquí se encuentra una intimidad que no existe en otros lugares.

—¿Y cualquiera puede hacerse socio?

—Claro. —Sonrió—. Cualquier persona a la que le guste la buena mesa, los ambientes tranquilos y la discreción. Esto no es una asociación de delincuentes. Si quieres, te puedo pedir un formulario de ingreso.

Paula hizo una señal a una de las chicas que estaban pendientes de la sala detrás de un mostrador de roble y bronce, y ésta me tendió una bandejita con una vistosa tarjeta de visita y un cuestionario para nuevos clientes.

—«A de Arzábal» —leí.

—Así se llama este local. Arzábal es la terraza que has visto antes. Éste es su..., cómo decirlo, su lado oculto.

Por una extraña asociación de ideas, hablar de cosas ocultas me hizo recordar el tatuaje que había vislumbrado esa tarde en el cuello de Pau. Era absurdo, lo sabía. Pero aun así le pedí que me lo enseñara.

—¿Cómo sabes que tengo un tatuaje?

—Te lo he visto esta tarde en la clase.

—¿Y qué te hace pensar que voy a mostrártelo? Para mí es algo íntimo —dijo con recelo.

A continuación, no sé si por cambiar de tema o por quitarse de encima algún recuerdo, Paula decidió dar por terminada la cena de un modo un tanto peculiar.

—Hagamos una cosa. —Sonrió cómplice—. No voy a presumir de tatuaje pero, como no quiero que pienses que soy una antipática, te enseñaré algo en el parque del Retiro. ¿Te parece?

14

Acepté.

Al minuto estábamos dejando atrás la que llaman la Puerta de la América Española, dirigiéndonos hacia el Paseo de Coches, la gran avenida asfaltada del Retiro. A esa hora todos los accesos al parque continuaban abiertos. Debía de ser poco antes de medianoche. El calor seguía apretando con fuerza y una despreocupada turbamulta de noctámbulos atravesaba sus puertas con la intención de disfrutar los últimos gramos de frescor de sus jardines. Mientras nos alejábamos de ellos, Paula rompió su intrigante silencio con algunas parcas explicaciones. Que si los vehículos de motor habían circulado hasta hacía treinta años por el interior del recinto, que si el Retiro tenía fama de hechizado desde que el conde duque de Olivares lo mandó construir en el siglo XVII para distraer al rey Felipe IV, que si albergaba la única estatua pública dedicada a Lucifer de toda Europa... Ella caminaba a mi lado, sin prisa, enigmática, como si nunca le hubiera mencionado lo del tatuaje y ajena a la oscuridad que se iba cerniendo sobre nosotros a medida que nos adentrábamos por senderos de tierra batida.

—Este lugar es magnífico. Y hoy tenemos luna llena —observó al llegar al primer claro.

El gran bosque urbano de Madrid estaba en calma absoluta. El chuf-chuf secuencial de los aspersores iba despertando a nuestro paso un agradable aroma a tierra mojada. Inquieto, perdí la mirada en la oscura vegetación que empezaba a envolvernos conforme me preguntaba si Paula Esteve, cual Esfinge ante Edipo, no estaría poniéndome a prueba.

—¿Adónde me llevas? —dije al fin con cierta curiosidad, mientras perdía de vista las luces de los edificios cercanos al parque.

—Shhh. ¡Es un secreto!

Pau susurró aquello llevándose el dedo índice a la boca.

—Me inquietas —repliqué con una mentira que lo era sólo a medias—. Los secretos, por definición, deben llevarse con sigilo, pero tú lo llevas al extremo. Desde que te conozco pareces disfrutar con ellos.

—Yo no diría tanto... Es sólo que a veces resultan útiles. Digamos que me interesan.

—Vaya. Así que estoy ante una embaucadora profesional —dije entrecerrando los ojos, divertido.

—¿Me estás llamando mentirosa?

—¡De ninguna manera! —repliqué sin perder la sonrisa—. ¿Enigmática, quizá?

—Ya veo que no tienes ni idea —dijo digna—. Si hubieras estudiado como yo la Teoría de los Secretos, sabrías que éstos son una de las herramientas más prácticas que ha inventado el ser humano. Sirven, entre otras cosas, para compactar a un grupo. Los políticos los tienen y los comparten sólo con los suyos. La Iglesia también. Los entrenadores de equipos de élite los crean para ganarse la complicidad de sus jugadores. Y lo mismo hacen médicos, abogados o periodistas.

—Eso lo sé —asentí, mientras intentaba no tropezar con nada—. He leído muchos textos de masones y otros amantes del secreto. Para que funcione, dicen, a menudo el secreto se reduce a un gesto, un grito o una prenda. Hasta los directivos de las grandes compañías inventan a veces los suyos. Y los gurús. Y los ídolos de masas.

Paula se detuvo, mirándome a los ojos.

—Aunque no tenía ni idea de que existiera una Teoría de los Secretos —admití, acercándome de nuevo a ella. Sentí cómo mi pulso se aceleraba.

—¿No lo sabías, doctor Salas? —Pau se irguió sobre sus talones, poniéndose a mi altura. La idea de besarla cruzó fugaz por mi mente—. ¡Pues existe! Y su primer mandamiento dice que una persona inteligente que pretenda ejercer alguna influencia sobre los demás nunca debería mostrar al mundo todo lo que sabe. Si cometiera ese error se convertiría en una criatura predecible y cualquiera podría neutralizarla.

—Mmm. Tiene sentido. —Me contuve, pensando qué habilidad estaría ocultándome—. Tus enemigos podrían ver cómo eres por dentro y cuál es la misión para la que has venido al mundo.

—Y tarde o temprano te destruirían —completó—. Por eso siempre debes guardarte para ti al menos uno de tus dones.

—Sólo por curiosidad: ¿tiene más mandamientos esa teoría tuya?

Pau titubeó. Disfruté descolocando por primera vez a la eficiente señorita Esteve.

—No es mi teoría. Y sí: tiene más mandamientos. El segundo dice que para ser un buen «guardián del secreto» debes forjarte un escudo, una imagen, un emblema, una palabra, un símbolo tras el que esconder ese motor que te hace ser lo que de verdad eres —dijo al fin—. La Montaña Artificial es el nuestro. Saberte parte de ella te hace resistente frente a una sociedad que pretende convertirnos a todos en una masa acrítica. Pertenecer a La Montaña nos recuerda que somos parte de un proyecto importante. No meras comparsas de una vieja escritora, como quizá podría pensar desde fuera alguien tan descreído como tú.

Su última frase sonó con cierto retintín, pero no logró borrar la sonrisa que se había instalado en mi rostro.

—¿Qué te hace tanta gracia?

—Es sólo que hablas de La Montaña como si fuera algo más que una especie de laboratorio de literatura experimental.

—Es que lo es —repuso seria.

—¿Ah, sí? ¿Qué quieres decir?

—Pues exactamente eso. El gran secreto de La Montaña es que existe de verdad.

La miré desconcertado, con la sospecha de que tras aquellas palabras se escondía algún nuevo equívoco.

—No será ésta otra de tus metáforas, ¿verdad?

—No. No lo es. Sígueme —ordenó.

Sin añadir una palabra más, Paula, ufana, tiró de mí en paralelo a la calle Menéndez Pelayo, rumbo a su cruce con O'Donnell. Sentir su mano en mi brazo me gustó más de lo que estaba dispuesto a reconocer. El lugar al que me condujo no parecía esconder nada de interés. Caminamos hacia un rincón desprovisto de encanto. Un esquinazo casi vacío —sin lagos, palacios de cristal o pavos reales en libertad— por el que ya había deambulado el día anterior, interrumpido tan sólo por un túmulo cuya única función parecía ser la de marcar el final del recinto. De hecho, pensé que me iba a sacar otra vez a la calle, tal vez de regreso a la casa de doña Victoria. Pero no lo hizo. Se detuvo junto a una especie de pagoda de paredes ocres que surgía en mitad de un estanque y allí, cerca de unos patos que dormitaban sobre el césped, anunció al fin algo que me sonó aún más extraño que todo lo que había dicho hasta entonces:

—Aquí es —susurró, inspeccionando el lugar, con un gesto indescifrable en el rostro—. Te presento nuestro secreto, listillo.

Si un minuto antes me había quedado atónito, en ese instante debí de parecerle un completo idiota. Eché un vistazo alrededor para estar seguro de que no había pasado nada por alto. Lo que el resplandor amarillento de las farolas me permitía adivinar no era más que un cruce de caminos que conducía a un arco de piedra exento, casi hundido en medio de la nada, y a un sendero fuera del Retiro.

—Es eso, David —insistió Paula, mirando al frente, a ninguna parte.

Pero yo, tozudo, seguía sin comprender.

Me cogió entonces por los hombros y como si fuera un niño me volvió hacia el promontorio.

—¿Eso?

Llamar «montaña» a aquel mogote era una evidente exageración. Forzando la mirada a través de la penumbra distinguí dos pequeñas esfinges de caliza que flanqueaban un murete de piedra. Era lo único notable de un lugar que debió de conocer tiempos mejores. En conjunto se trataba de un paraje destartalado, sin gracia, como si llevara siglos sin que ningún jardinero se hubiera dignado a desbrozar los matojos que ahora lo ahogaban.

—¿Esto es lo que da nombre a la escuela? —pregunté con incredulidad.

—Su mayor mérito es que nadie repara en ella —replicó Paula sin responder a mi pregunta—. Tercer mandamiento de la Teoría de los Secretos: si quieres poner a salvo un tesoro, debes esconderlo a plena vista. En un lugar común. Donde nadie lo busque ni se detenga a husmear. Piensa en el grial de esta tarde. Tampoco unos versos perdidos en medio de un poema medieval parecen gran cosa, pero míralos: llevan mil años haciendo que se hable de ellos.

—Pero esto no es el grial. Ni tampoco tiene mil años —protesté.

Paula asintió a regañadientes.

—No llega a doscientos, es cierto. Esta colina se levantó en tiempos del rey Fernando VII como parte de su programa decorativo del parque. No fue la mejor época de España. Después de que las tropas de Napoleón destrozasen el Retiro, dinamitado y perforado por todas partes, el rey quiso restaurarlo. El lugar era de su propiedad, y esta colina, su capricho favorito.

—¿Capricho? Más bien excentricidad.

—Bueno, así llamaban a las edificaciones que surgieron a raíz de aquella reconstrucción. Piensa que después de la guerra contra los franceses el país estaba en quiebra. La gente pasaba hambre. Pero Fernando VII, ya ves, prefería esconderse de tanta miseria levantando jardines. Quedan pocos de estos caprichos en pie: la Casita del Príncipe de ahí atrás —dijo señalando la pagoda—, la Casa de Vacas o la que llaman la Fuente Egipcia, un templete bastante feo, por cierto.

—Esto tampoco es que sea una belleza...

—Quizá ahora no te lo parezca, pero para el monarca la montaña fue el lugar más especial de todos. Era el corazón de lo que entonces se llamaban los Jardines Reservados.

—No sé por qué pero me cuesta creerlo —señalé sonriendo.

—Eso es porque hay que tener los ojos adecuados para ver —dijo muy seria—. ¿Verdad que da la impresión de no ser más que un cerro? Pues dicen que está hueco. Yo no lo he visto porque lleva años cerrada, sin que nadie visite su bóveda secreta. Nadie sabe por qué se hizo así, pero en los planos antiguos del parque a este lugar ya se lo llamaba «la montaña artificial». ¡Incluso tuvo un castillo encima!

—Me tomas el pelo. Ahí no cabe un castillo.

—¡Pues existió! He visto fotos en periódicos de 1900. Lo llamaban «el Tintero».

—Un nombre algo ridículo, ¿no? —repliqué, tratando en realidad de disimular lo cautivado que estaba por la pasión que ponía a sus palabras.

—¡No seas tan cáustico! El perfil de aquel castillo se parecía mucho a los antiguos tinteros de los escribanos. Aunque recibió nombres peores. —Me miró, con cierta socarronería—. Como la colina de los gatos, por ejemplo. Durante años estuvo infestada de ellos.

—Entonces fue un lugar marginal, abandonado. Un sitio que era mejor evitar...

—No creas. A mediados del siglo XIX se convirtió en un rincón de lo más popular en Madrid. Como estaba en la zona más elevada y se alzaba en lo que entonces eran las afueras, desde sus torres podía otearse toda la capital. Dicen que para eso la levantó el rey. La montaña era su atalaya particular.

No me costó mucho imaginar al Fernando VII pintado por Goya, con sus gruesas patillas enmarcando su cara de animal huraño y primitivo, husmeando con un catalejo las huertas y las bardas de los conventos. No era un monarca que me cayera especialmente simpático. Mi abuelo lo odiaba. Me enseñó los retratos goyescos que ilustraban algunos de los libros más grandes de su colección. Mostraban a un hombre de mandíbula cuadrada y gesto hosco, casi obsceno. Decía que ese desgraciado traicionó primero a los españoles, luego a los franceses, e hizo fracasar las Cortes de Cádiz, que iban a traer la democracia a España, combatiendo con ahínco la Ilustración que llegaba de Europa para desasnarnos. En definitiva, fue el hombre que nos garantizó un lugar de honor en la cola del mundo.

—Sí, sí... Ya sé que el «rey Felón» no era un hombre con fama de sensible o de amar la naturaleza —aceptó Pau al verme dubitativo—, pero para él éste era un espacio mágico. Especial.

—¿Eso le importaba?

—Más de lo que crees. En esa época un lugar así, sagrado, se entendía como un enclave en el que lo divino y lo humano convergían. Y eso era trascendental.

—Pareces muy segura de lo que dices.

—¡Y lo estoy, David! He estudiado lo suficiente su historia como para saberlo.

—¿Y también sabes si el rey bajaba a la cueva? —Señalé el corazón oscuro del túmulo.

—No. Eso no. Este lugar era de su propiedad y no hay crónicas de lo que pasaba ahí dentro. Supongo que formaba parte de su vida íntima.

Hasta ese momento no me había dado cuenta de que la pequeña montaña del rey estaba rodeada de unas vallas de alambre provisionales que bloqueaban el acceso a la cumbre. Eran altas y tenían el aspecto de llevar allí algún tiempo. Pau me contó que el Ayuntamiento había decidido cerrarla para evitar accidentes mientras duraban las obras de consolidación del promontorio. La montaña, me dijo, estaba a punto de colapsar. Las raíces de los grandes árboles que sostenía la habían perforado, abriendo paso a la humedad. Corrían incluso rumores de que la alcaldesa pensaba demolerla. «No lo hará —añadió—. Sería un escándalo.» Pero dicho aquello, y como si fuera la cosa más natural del mundo, empujó una de las vallas abriendo un hueco lo bastante grande para que pasáramos los dos.

—¿Qué diablos haces? —la increpé, mirando a todas partes.

—¡Colarnos! —dijo llevándose el dedo índice a la boca—. Anda, vamos. Quiero enseñarte otra cosa.

Amparados en la penumbra ascendimos por un sendero que zigzagueaba entre la espesa vegetación. El trayecto se veía con dificultad y estaba jalonado por escalones rústicos rematados por traviesas de madera que apenas asomaban del suelo. Lo que vislumbré a medio camino me pareció desolador. Si un día hubo allí un castillo, éste se había esfumado dejando en su lugar una horrenda plataforma de cemento cubierta de grafitis. De la antigua atalaya sólo quedaban las vistas.

—Aquí no hay nada —murmuré decepcionado.

—¡Por eso se eligió este promontorio! —replicó exultante, levantando los brazos al cielo—. ¿No te das cuenta? Es como el castillo del grial. Aparece y desaparece según quién lo mire.

—Tengo la impresión de que doña Victoria os ha hipnotizado con *El cuento* de Chrétien.

Paula bajó los brazos de golpe, los cruzó sobre el pecho y se encogió de hombros, molesta.

—No la juzgues mal —me pidió—. Se trata de su vida. Lleva años intentando escribir una novela que explique esos enigmas. Dice que es sobre el grial, pero yo creo que está más relacionado con nuestra capacidad de ver lo invisible, de acercarnos a lo que no existe para la mayoría y aprender a preguntar por ello hasta conseguir que aflore ante los ojos de todos. Por eso comparte su fascinación por lo que simboliza el grial con cada nueva promoción de La Montaña. Y cada vez lo hace desde una óptica diferente. Un año, desde la novela histórica, otro desde los mitos; éste ha empezado analizando los cimientos de la literatura en Europa y su deuda con Chrétien de Troyes. Y todavía alienta la esperanza de encontrarse con algún alumno puro que la ayude a concluir su obra antes de morir.

—¿Y por qué se rodea de gente que no sabe nada del grial? ¿No sería mejor rodearse de expertos? ¿De medievalistas?

Al oírme decir aquello, Paula recuperó a medias su sonrisa.

—Porque a los nuevos alumnos, brillantes en otras disciplinas, los ve siempre como al Parcival del cuento. Jóvenes de mente limpia y corazón puro. Sin prejuicios ni intereses creados. Capaces de preguntar por lo absurdo, por el castillo que nadie ve, y de encontrar la manera de hacerlo aparecer ante las mentes dormidas.

—No me pareció que doña Victoria quisiera decir nada de eso —repuse haciendo memoria.

—Claro que no. No puede permitirse hablar de esas cosas con cualquiera. El enemigo siempre acecha.

—Ese enemigo, ya...

—Imagínate si contara que lo que ella busca es ver lo que nadie ve. La tomarían por loca. ¡Asegurarían que ha perdido el juicio! Lo último que se le ocurriría explicarle a nadie es que la novela del grial es el proyecto de su vida —añadió, dejando que su frase flotara un segundo entre nosotros, como dándome tiempo para que comprendiera que ahí estaba la clave para interpretar la actitud vehemente de doña Victoria—. Créeme, David: nada le gustaría más que culminar su carrera literaria con ese libro y hacer que a todos se les abrieran de golpe los ojos del alma.

—¿Y va a defender en él que el grial no es el cáliz de Cristo?

—Digamos que, de momento, para ella el grial es sólo una palabra. Una palabra poderosa. Por eso creo que te necesita —señaló, posando de nuevo la mano en mi brazo.

—Pues no sé en qué voy a poder ayudarla, la verdad.

—Esta vez le correspondí acariciándosela con levedad. Pude notar cómo mi contacto la afectaba.

—Doña Victoria se siente como el Rey Pescador del *Contes* —dijo—. El guardián al que han confiado algo valioso pero que no puede compartir con nadie salvo que le formulen la pregunta adecuada. En el fondo, buscar el grial se parece mucho a escribir una novela: necesitas partir de una duda formulada con claridad y que puedas ir resolviendo página a página. Y lo que precisa es que alguien le haga esa pregunta. Supongo —añadió, más confiada— que, como en el *Contes*, quien la formule debe ser una persona de corazón puro.

—A veces *puro* significa también ignorante —repuse.

—*Puro* creo que también quiere decir sin prejuicios. Guillermo era así. Pero, por desgracia, se nos fue justo antes de trasladarle su interrogante.

«¿Guillermo?»

Al oír otra vez aquel nombre, nuestra frágil complicidad se desvaneció. Fue culpa mía. Nuestras manos se soltaron y yo la miré con renovado recelo.

—Entonces, si doña Victoria es el Rey Pescador, ¿qué sois vosotros para ella? ¿Sus caballeros de la Mesa Redonda?

—A ti, por lo pronto, ya te ha llamado Parcival. Deberías sentirte halagado —dijo, con una enigmática expresión instalada en el rostro.

15

En las horas que siguieron en lo alto de la montaña artificial del Retiro, el tiempo dejó de importar. La conversación nos absorbió tanto que ni siquiera nos inmutamos cuando las puertas del parque se cerraron, dejándonos atrapados en su interior. Oímos el chirrido de los goznes de la verja más cercana, el rumor eléctrico de un coche patrulla y hasta el crepitar de los *walkies* de los guardas de seguridad diciéndose que ya era hora de irse. Nada de aquello nos importó. De hecho, permanecimos quietos como dos chiquillos escondidos en el ropero de su madre, sin parar de murmurar.

Yo, más divertido que preocupado, me quedé un rato observando a Paula de reojo mientras trataba de imaginar qué podía estar pasando en ese instante por su cabeza. La penumbra y la quietud parecían haberla relajado. En su actitud, sin embargo, se adivinaba una tensión que se resistía a desaparecer, como si estuviera en guardia por algo o por alguien.

Cuando estuvimos seguros de que ya no quedaba nadie ahí fuera, le ofrecí la mano y juntos escalamos hasta la parte superior de la cimentación sobre la que un día se había levantado el castillo. El lugar era magnífico. Una atalaya invisible, en medio de la gran ciudad, desde la que adivinábamos algunas de sus referencias más importantes. El Palacio de Telecomunicaciones, el reloj de la torre de Telefónica, la Minerva de bronce de la terraza del Círculo de Bellas Artes, el ángel del edificio Metrópolis, la torre mudéjar de las antiguas Escuelas Aguirre. Cada monumento parecía puesto allí para nuestra contemplación. Nos quedamos un momento mirándolo todo boquiabiertos, en pie, bajo la bóveda oscura de la noche, lamentando que el fulgor de la capital eclipsara tantas estrellas. La temperatura era templada y enseguida dimos con un sitio en el que sentarnos y continuar charlando. Estábamos tan cerca el uno del otro que incluso pude sentir el suave aroma de su perfume y su respiración agitada por el ascenso.

—Te confesaré algo —dijo con cautela, acariciando mi antebrazo con suavidad—: En alguna parte estaba escrito que yo llegaría a esta montaña.

Me sorprendió el tono solemne que eligió para romper su mutismo.

—¿Crees en el destino? ¿De veras?

Ella asintió.

—¿Tú no? No es tan raro —repuso, reforzando la gravedad de sus palabras—. Pase lo que pase, todos sabemos cómo van a acabar nuestras vidas. Y si el capítulo final ya está escrito, ¿por qué no habría de estarlo el resto?

—Un segundo... —Me revolví inquieto sobre el suelo de cemento, buscando una postura mejor—. Yo también intuyo que existe algo por encima de nuestras vidas. Hasta cierto punto me parece una conclusión lógica. Pero de ahí a considerar que no podemos desviarnos de un guion escrito de antemano, va un abismo.

Pau respondió sin apenas levantar la voz:

—Para ti es fácil pensar así. Los que han crecido con tantas posibilidades a su alcance como tú suelen opinar que son los dueños absolutos de sus vidas. Pero creo que es un error.

—¿Y qué te hace deducir algo así? —protesté en el mismo tono que estaba empleando ella conmigo—. No sabes nada de mí. Puedo asegurarte que no he tenido una vida fácil.

—Victoria me ha dado algunos detalles. Tal vez si yo tuviera una educación tan impecable como la tuya, tu presencia o tu posición, tampoco me preocuparía por el destino. Estaría satisfecha con mi lugar en el mundo y no necesitaría buscar orden en medio del caos.

—Te equivocas. Sólo las almas elevadas, los místicos o los grandes sabios llegan a aceptar lo que son. Y te aseguro que ahora mismo no figuro en ninguna de esas categorías.

—¡Oh! No quería ofenderte...

Iba a abrir la boca para responder de nuevo, pero no encontré la frase adecuada. Ella aprovechó mi titubeo:

—... pero trata de verte desde fuera por un momento. ¿No te suceden a veces cosas que parecen diseñadas por algo superior? ¿No te has visto nunca en situaciones que parecían llevar tiempo esperándote?

—¿Como ésta? —susurré, buscando descolocarla una vez más.

A juzgar por su expresión de sorpresa, lo conseguí.

—¡Oh, vamos! No me tomes el pelo —rezongó, consciente del juego que acabábamos de retomar—. ¿A que nunca imaginaste que terminarías aquí, encerrado en un parque público, hablando de la Teoría de los Secretos con una desconocida? A eso es a lo que yo llamo «destino».

—No sé... —Dudé—. Admito que es una situación muy peculiar. Hacía mucho tiempo que no lo pasaba tan bien, aunque me resisto a ver en esto algo más allá del azar. En cualquier caso, si pensar así te reconforta, por mí adelante.

Paula recuperó su gesto grave.

—No me malinterpretes —dijo—. Soy una persona que se ha hecho a sí misma. He tenido que ganarme a pulso cada una de mis metas, luchando contra casi todo. Me gusta mi vida tal y como es. Pero, fíjate, hasta eso creo que estaba escrito en alguna parte.

—Mira. En eso estoy de acuerdo.

—¿En serio? ¿Te he convencido? —Sonrió de nuevo.

—Me refiero a que veo en ti una seguridad poco usual —dije, advirtiendo cómo se desconcertaba de nuevo—. Admiro a quienes se construyen a sí mismos. ¿Y sabes qué? Tengo la impresión de que si pudiéramos compararlas en lo esencial, tu visión de la vida y la mía no serían tan diferentes.

Pau se quedó pensativa, como si necesitara valorar mis palabras.

—¿Eso crees? ¿De veras? Yo a veces me siento muy distinta al resto del mundo. Y muy sola. Y me gustaría saber por qué. Eso me ayudaría a comprender cuál es mi destino.

—¿Y ese deseo es lo que te empuja a buscar el orden que esconde el universo?

—Sí. —Se volvió sorprendida hacia mí—. Ahora que lo dices, es exactamente eso, David.

Aquel último comentario, deslizado sin una intención particular, desató algo en su interior. Algo profundo. Pude percibir su confusión, y quizá el temor a que hubiera visto en ella cualquier cosa que no estaba dispuesta a revelar a un desconocido. Murmuró entonces unas palabras que no entendí. Dijo que el universo debía entenderse como un holograma, donde cada una de sus partes contenía siempre la información del conjunto. Y, sin dejarme añadir ni media palabra, llegó a la conclusión de que el único modo que tenía de demostrarme la existencia de ese «plan rector» en el que creía a ciegas era desplegar ante mí los pequeños elementos de su vida.

Fue así como supe que había nacido en Canfranc hacía veintisiete años y que había vivido allí hasta que tuvo que dejar los Pirineos para estudiar Historia medieval. Me contó que sus padres hubieran preferido para ella Derecho o tal vez Medicina, pero terminaron aceptando la pasión de su hija por las piedras y sus historias. Huesca, la provincia más elevada de España, quizá la latitud con mayor número de iglesias románicas del planeta, tenía en realidad la culpa de todo. Era difícil no interesarse por el pasado viviendo en un lugar con semejante riqueza patrimonial y siendo testigo, a diario, de cómo los coleccionistas y los traficantes de arte saqueaban ese legado abandonado a su suerte por falta de recursos. Fueron las clases de un profesor llamado José Luis Corral, un sabio heterodoxo que también escribía novelas, las que le inculcaron la idea de que un buen historiador es aquel que, llegado el momento, es capaz de defender cualquier ruina como si fuera un activista de Greenpeace. Mojándose. Y también aquel que poniendo un oído sobre las piedras puede escuchar lo que tienen que contar.

Al madurar, me dijo, ese juego se convirtió en vocación. Paula lo estudió todo. Cronicones, cantares y hasta leyendas. Pero como era previsible, su insistencia por convertirse en guardiana de la historia le valió también sus primeros disgustos. Su padre, que no fue lo que se dice un hombre rico ni influyente, tuvo que acompañarla varias veces a los juzgados por culpa de sus sonadas campañas para evitar expolios. Andrés Esteve enseguida chocó con «los antojos» de su hija. De nada le valieron las buenas notas, las becas y su creciente reputación como historiadora local. Los reproches que recibía en casa cada vez que se iba a defender un ábside románico o unos sillares de piedra le crearon un sentimiento de culpa del que nunca logró desprenderse del todo.

Cada verano, al acabar las clases, regresaba algunos días a casa. Un año para documentarse en la biblioteca del Instituto de Estudios Altoaragoneses. Otro, como ponente en algún curso estival. Pero el tercero fue el que iba a cambiar su vida para siempre.

—Sí. Yo creo que mi destino estaba escrito —repitió como un mantra, cerrando los ojos—. Lo recuerdo muy bien. En esos días meditaba qué hacer con mi vida. No sabía si opositar a la universidad, escribir un libro sobre alguna de mis investigaciones o simplemente coger una mochila e irme a recorrer el mundo.

—Y entonces conociste a doña Victoria —me anticipé.

—Fue como si todos los astros se hubieran alineado. Imagínate: la víspera había acabado de leerme una novela suya, *La llave de oro*. ¿La conoces? Ésa en la que cuenta cómo los templarios se habían instalado en Jerusalén y habían excavado los cimientos del antiguo Templo de Salomón en busca de reliquias.

—Claro. La leí hace tiempo —acepté.

—Una mañana me llamó una amiga que trabajaba en la oficina de turismo de Huesca —continuó—. Justo aquel día, en mitad de las fiestas de San Lorenzo, la autora de ese libro se presentó en su mostrador, preguntando por mí. Casi me da algo.

—¿Preguntó por ti? Pero ¿te conocía?

—Parece que doña Victoria había leído una entrevista que me hicieron en el *Heraldo de Aragón* en la que explicaba alguna de las leyendas de la iglesia de San Pedro el Viejo, en el centro de Huesca, y quiso saber quién era.

—Así que tú, a tu modo, también eras una celebridad...

—¡No te burles! —Se sonrojó—. El periodista era amigo mío.

—No me burlo. Sólo me llama la atención cómo se encadenó todo para que os conocierais.

—No creas. En el fondo fue muy sencillo. Aquella tarde nos presentamos, nos fuimos a tomar un café y me ofrecí a mostrarle los rincones más desconocidos del templo.

—San Pedro el Viejo.

—Es una iglesia románica maravillosa —confirmó más complacida—. Siglo XII. De las más antiguas. La colé en la sacristía, la llevé detrás del retablo, le enseñé la piedra que dicen que vomitó una bruja durante un exorcismo y hasta hice que subiera a la torre, pero lo que más le interesó fue el claustro.

—Y después de ese recorrido te pidió que trabajaras con ella. Fue así, ¿no es cierto?

—Bueno... Ambas sentimos algo especial ese día. De algún modo nos reconocimos. No sé explicártelo mejor. Pero al terminar la visita fue como si nos conociéramos de otra vida. Empezamos a compartir confidencias y risas e incluso me pidió que le guardase un pequeño secreto.

—Eso tampoco me sorprende —murmuré—. *Secreto*. Parece que ésa ha sido siempre vuestra palabra clave.

—Bien visto —concedió—. El caso es que doña Victoria me contó que llevaba años preparando una novela sobre el grial. Entonces eso no lo sabía nadie. Me dijo que andaba buscando a alguien que la ayudase con su trabajo. ¿Y sabes qué? Yo, que intentaba encontrar qué rumbo darle a mi vida, decidí dejarme llevar.

—Sé a qué te refieres. —Le pasé el brazo por detrás de los hombros—. No olvides que conozco de primera mano la persistencia de doña Victoria.

—Oh, vamos, no seas malo... —Se dejó—. En su descargo debo decir que tampoco tuvo que insistirme demasiado. Sólo necesitó tentarme con un detalle más. Dijo que lo que más le interesaba en ese momento eran las leyendas aragonesas sobre el Santo Cáliz, y yo ésas me las sabía todas.

Arqueé una ceja, forzando un gesto de extrañeza que no le pasó inadvertido.

—¿Leyendas aragonesas del grial? —Retiré el brazo, cruzándolo con el otro—. ¿Y por qué no habéis hablado de eso esta tarde?

—Hablamos del término *grial*, de la palabra que se acuñó en 1180 para referirse a un objeto prodigioso, no de la reliquia que pudo haberlo inspirado. Su existencia pertenece por ahora al reino de la leyenda.

—Ya... —Exageré una mueca de desconfianza—. Todas vuestras hipótesis son tan etéreas...

—¡David! —protestó—. Las historias sobre el grial en los Pirineos son muy anteriores al poema de Chrétien de Troyes. Allí las conocemos todos.

—Pero leyendas e historias no son lo mismo —dije para seguir provocándola.

—En eso debo darte la razón —aceptó—. Puede que se trate sólo de cuentos que pasaban de clérigos a fieles, de obispos a reyes, de forma oral. Pero llenan la gran laguna que ni Chrétien de Troyes ni otros trovadores medievales explican: cómo pudo haber llegado el presunto grial a Europa. En particular a las montañas de Huesca.

—O sea, son relatos sin respaldo documental.

—Pero lo que cuentan es muy interesante —afirmó sorteando mi insistencia—. Básicamente explican que tan prodigiosa reliquia lleva al menos dieciocho siglos escondida en

España y describen cómo fue a parar de Jerusalén a Roma y de ahí a los Pirineos.

—¿Y por qué le interesaba eso a doña Victoria? —acoté con cierta sorna—. Creí que no aceptaba la existencia histórica del grial.

Tuve la impresión de que no le había gustado el tono con el que formulé mi pregunta, porque en ese preciso instante se puso muy seria. Grave. Se apartó de mí como para establecer una distancia de seguridad con aquel descreído, y respondió:

—Doña Victoria no busca el grial, sino cómo nace la idea del grial. No es lo mismo, David. A ella no le interesa la reliquia en sí, sino en qué momento, cómo y para qué se inventó. Su verdadera motivación es descubrir el propósito del grial. Ese «a quién sirve» que no averiguó Parcival.

Al ver que se tomaba aquello en serio, decidí recrearme en la pasión que destilaban sus ojos verdes y mostrar más interés en sus argumentos. Definitivamente me gustaba Paula Esteve.

—¿Y tiene ya alguna idea de «a quién sirve»? —indagué.

—Bueno... Doña Victoria cree que durante siglos el grial actuó como una marca, una especie de señal que indicaba dónde alguien preparado para ello podía llegar a comunicarse con lo supremo, con lo inefable. Pero también sabe que demostrarlo no va a ser fácil. Por eso afirma que para conocer las raíces de cualquier idea resulta imprescindible explorar los lugares donde surgió. Sin suelo no hay raíz. Y sin raíz no hay idea. Espero que lo entiendas mejor ahora.

—Claro. Lo siento —concedí, borrando toda huella de mi tono anterior—. Así que fue a Huesca buscando las raíces de la reliquia más famosa del mundo.

—La tradición oscense dice que el supuesto cáliz de Cristo se ocultó en el norte de la península Ibérica en tiempos de las persecuciones romanas a los primeros cristianos. Y que llegó ahí porque en esa época la antigua Hispania en general y sus montañas en particular eran literalmente el fin del mundo y un escondite inmejorable para ocultar algo tan valioso.

—¿Sabes qué? —La miré—. Me parece que eres demasiado brillante como para dar pábulo a una leyenda como ésa. Una historiadora no debería considerar siquiera una historia tan exótica.

—Pero... —protestó a modo de evasiva— ¡no me la he inventado yo! La puedes leer en casi cualquier folleto turístico de la región. No hay oscense que no te pueda recitar de carrerilla que la reliquia llegó a la ciudad hacia el siglo III, cuando en Roma se lanzó una de las peores campañas contra los cristianos. Se sabe que en esa época, además de arrojarlos a los leones, los despojaban de todos sus bienes. Por esa razón el papa Sixto II, viendo cómo sus iglesias eran saqueadas, decidió poner a salvo sus objetos más preciosos. Y entre ellos, al parecer, estaba el cáliz de los obispos, la copa que san Pedro había llevado de Jerusalén a Roma tras la muerte de Cristo.

—Y con lo grande que es el mundo, Sixto II pensó en Huesca... —Chasqué la lengua escéptico.

—Tiene más lógica de lo que parece. El hombre de confianza de Sixto II fue un diácono de Hispania llamado Lorenzo. En esa época la península Ibérica era la última frontera del Imperio romano, un auténtico *finis terrae,* así que le pidió que se llevase allí el «cáliz de la cena» para esconderlo.

—¿El cáliz de la cena? Dicho así, suena a título de película de Indiana Jones —bromeé.

—Las leyendas son así. Contundentes. Como es lógico, en el siglo III aún nadie lo llamaba «grial». Eso, como sabes, no pasaría hasta 1180 con Chrétien. Y esto que te cuento se cree que sucedió ¡ocho siglos antes!

—O sea, que estamos ante la protohistoria del grial... —Resoplé.

—Exacto. Si hemos de creer en este mito local, Lorenzo envió el cáliz a sus padres a la antigua Osca, Huesca —continuó—. Primero lo ocultaron en lo que hoy es una pequeña ermita a las afueras de la ciudad y después lo trasladaron a un lugar más digno, el monasterio de San Pedro el Viejo. Pero con el avance del islam por la Península a partir del siglo VIII se cree que siguieron moviéndolo por todo el Pirineo, de Yebra a Sasabe, de Siresa a Jaca, y de ahí al monasterio de San Juan de la Peña. Todo con tal de evitar que cayera en manos de los moros.

—Entonces San Pedro el Viejo fue el primer gran recinto que se construyó para protegerlo. El primer «templo del grial». Por eso le interesaba a doña Victoria.

Paula asintió con la cabeza antes de proseguir.

—Esa iglesia se comenzó a levantar en 1117, en tiempos del rey Alfonso el Batallador. No importa que tú creas en la leyenda o no; ese rey, uno de los fundadores de Aragón, lo hizo. De hecho, en los Pirineos existe la certeza de que toda iglesia, ermita o catedral importante consagrada a san Pedro protegió en algún momento el cáliz para impedir que cayera en manos musulmanas.

—¿1117? —Me detuve un instante en esa fecha, recordando la disquisición cronológica de aquella tarde en casa de lady Goodman—. Espera. Te voy a decir por qué tenía tanto interés en ella doña Victoria.

—¡Y seguro que aciertas! —Pau sonrió, dándome otra oportunidad.

—Cuando se inició la construcción de San Pedro el Viejo, faltaban aún más de sesenta años para que Chrétien de Troyes escribiese su libro.

—Excelente, David —aplaudió—. Sólo ese detalle demuestra que el primer lugar en el que se rindió culto al grial fue en los Pirineos españoles, y no en Francia o Inglaterra. La tradición artúrica, el Santo Cáliz de Glastonbury y todos los demás vendrían después.

Me gustó la vehemencia con la que Paula defendía su posición, así que, empujado por los derroteros de nuestra charla, le pregunté si doña Victoria descubrió algo en esa iglesia que pudiera demostrar que el grial se «inventó» allí.

Ella me miró.

—Sí. —Sonrió encantadora—. La prueba que necesitas está en el claustro.

—¿Es un capitel? —aposté.

—En realidad, no. Aunque todavía se conservan dieciocho de sus columnas originales historiadas, esa prueba se esconde en otro lugar. Te la enseñaré. La tengo aquí mismo.

Paula se recostó levemente sobre mí hasta alcanzar el bolso que había dejado en el suelo, a unos centímetros de nosotros. Rebuscó en su interior hasta dar con su teléfono móvil, un pequeño *smartphone* negro, y abrió la carpeta donde guardaba sus fotografías. Durante un minuto estuvo pasando imágenes con el dedo, a toda velocidad, tratando de dar con una...

—Ajá. Aquí está.

Y acercando su cabeza a la mía, me tendió su móvil para que la viera.

La imagen que había seleccionado, un grabado antiguo sacado de algún libro, iluminó con un brillo fantasmal la cima de la colina. La pantalla mostraba un tímpano románico en el que se apreciaba un crismón muy bien conservado. Debajo, labrado sobre una gran lasca de piedra, una sucesión de personajes que se acercaban ceremoniosos a la Virgen María y a su divino hijo.

—Esto todavía puede verse sobre la puerta que separa el claustro de San Pedro el Viejo y el interior de la iglesia. Todos los visitantes modernos del templo pasan por debajo de este umbral —precisó.

—Pero ¡si eso es un relieve de los Reyes Magos! —murmuré desconcertado, al reconocer la estrella gravitando sobre el grupo.

Para mi asombro, Pau negó con la cabeza como si ella fuera capaz de distinguir algo en la foto que a mí se me escapaba. Aplicó los dedos sobre el grabado y amplió la zona del tímpano para que pudiese ver mejor la escena.

—Fíjate en el objeto que está ofreciéndole el primero de los Reyes a Jesús. Puedes ampliarlo si quieres.

Hice lo que me pidió desplazando el índice y el pulgar sobre el centro de la imagen. Lo que se me presentó entonces me dejó aún más desconcertado.

—¡Eso no es el grial! —protesté—. Parece un cuenco.

—Eso, David, es exactamente un *graal* —replicó ella contundente.

—No lo entiendo.

—Y con razón —concedió—. Aún no te he dicho que lo que doña Victoria estaba buscando en la iglesia era un cuenco, no una copa.

—¿Un cuenco? —Me encogí de hombros, incapaz de comprender aquello—. Pero ¿el grial que se escondió en los Pirineos no era la copa de la Última Cena? ¿No era un cáliz?

Paula negó con la cabeza.

—Estudiando con atención las fuentes literarias del grial, doña Victoria se dio cuenta de que esa reliquia fue siempre descrita como una especie de bol. Curiosamente, la dichosa palabra *grial* fue un término que a principios de la Baja Edad Media sólo se usaba en el reino de Aragón. Doña Victoria, con la ayuda de algunos expertos de la universidad, encontró incluso testamentos del siglo XI en los que, al inventariar la utilería doméstica de un señor de Urgel del año 1000, aparecían citados varios *grazales*.

—*Grazales* —repetí, masticando con dificultad la palabra—. Si no recuerdo mal, esta tarde ha mencionado ese término.

—En realidad *grazal* o *grial* es una palabra que procede del provenzal antiguo. Doña Victoria está obsesionada con ella. Los franceses del sur llamaban así a una pieza particular de sus vajillas, muy común en la Edad Media, una suerte de fuente grande, una escudilla donde se comía y se bebía. *Graal* deriva de ahí.

—A ver si me aclaro. —Negué con la cabeza, pensativo—: Doña Victoria buscaba en la iglesia de San Pedro una representación del cáliz de Cristo en forma de cuenco, no de copa. Y la encontró... en un relieve de los Reyes Magos. Pero ¡eso es absurdo! —concluí.

—No tanto como parece. Verás. A doña Victoria le interesaba examinar sólo pinturas y esculturas anteriores a 1180, pre-

Tímpano de la Epifanía, iglesia de San Pedro el Viejo, Huesca

vias al texto de Chrétien, que mostraran esa clase de objeto. Creía que podría encontrar su primera representación gráfica en algún rincón de San Pedro el Viejo. En realidad, buscaba la imagen más cercana a su «invención»... y dio con ella.

—Pero ¿por qué en una escena de la natividad y no en una Última Cena, como sería lo lógico?

Pau recuperó el móvil rozando tímidamente mis dedos con los suyos y amplió aún más el detalle del recipiente. Ahora parecía un bol decorado con dos líneas paralelas cerca del borde superior.

—Yo tampoco tenía ni idea hasta que doña Victoria me contó su teoría —murmuró—. ¿Quieres saberla?

—Creo que me la vas a contar de todos modos. —Fingí resignación, mientras volvía a rondarme la idea de besarla.

Ella me miró de reojo, como calibrando de nuevo el alcance de mi sentido del humor.

—Cuando doña Victoria llegó a Huesca llevaba meses estudiando representaciones como ésta en las que se veía siempre al rey Melchor ofreciendo el mismo cuenco a Nuestro Señor —dijo—. Ella cree que hacia el siglo XI alguien, un maestro, un monarca, un obispo tal vez, se encargó de extender esa imagen por toda la región. El caso es que existen innumerables representaciones de los Reyes Magos en las iglesias de los Pirineos. En esa época eran muy populares. Seguramente porque recordaban al pueblo llano que su señor feudal era un hombre con ciertos poderes o conocimientos. Incluso se escribieron obras de teatro para recordárselo. El primer texto teatral hispano del que se tiene constancia se tituló *Auto de los Reyes Magos,* es de principios del siglo XII y procede de esas tierras. Pintarlos o esculpirlos con el cuenco en sus manos era una manera de decir que en esas parroquias se había recibido algo sagrado procedente de muy lejos. Algo llevado por monarcas. Algo concedido desde los cielos, que les confería una legitimidad de origen divino ante sus súbditos. No deja de ser curioso que semejante iconografía sólo exista en este rincón de Europa y que aparezca justo cuando se estaban fundando reinos con nuevas dinastías gobernantes que necesitaban legitimarse como fuera.

—¿Estás sugiriendo que el grial fue inventado como propaganda para dar prestigio a una nueva familia real, en un territorio que entonces se estaba reconquistando a los musulmanes? ¿Es eso?

—Exacto. Ése es claramente el caso de Aragón. Cuando surge el reino en el siglo XI como una escisión del de Pamplona, la obsesión de sus primeros monarcas fue la de buscar «razones antiguas» que justificaran su territorio. Pusieron a los cronistas a inventar historias. Y entre otras, se acuñó la idea de que Aragón en general, y los Pirineos de Huesca en particular, fue depositario del cuenco que albergó la sangre de Cristo. Según esa leyenda, desde Ramiro I, el fundador, pasando por su hijo Sancho Ramírez, o los hijos de éste, Pedro I, Alfonso el Batallador y Ramiro II el Monje, y aún mucho después de la reconquista de España a los moros, todos los reyes de Aragón fueron los protectores de esa reliquia. Se dice que incluso aprovecharon la fundación de nuevos asentamientos para ponerles nombres que recordaran que ésa era la tierra del grial. Pueblos como Calcena («Cáliz de la Cena») o Graus (de la misma raíz que *graal*) son la prueba de esa campaña publicitaria de hace mil años.

—¿De veras creéis que el grial no fue más que eso? —insistí—. No me extraña que Luis se ofendiera...

—A Luis no le hemos contado esto.

—Mejor. ¡El grial como propaganda! ¡Puedo imaginar cómo se pondría!

—Bueno... En realidad, doña Victoria no lo reduce a mera propaganda —me corrigió—. Admite que el mito tuvo que cimentarse sobre algo más. Algo que aún se le escapa, pero que supone que pudo tener alguna conexión con el mundo de las ideas, con la transmisión de algún saber oculto, quizá hoy relegado a los textos literarios. Te lo he dicho antes. Ella ve el grial como una especie de señal. De aviso. Una marca que durante siglos sirvió para indicar lugares especiales en los que había que detenerse por alguna razón que hemos olvidado.

—¿Como San Pedro el Viejo?

—Así es. Aunque hay muchos más. Algunos muy cercanos.

—Eso me parece más interesante.

—¿Lo ves? ¡Eso fue lo que me pasó a mí! De repente sentí que toda mi vida estaba destinada a explorar este arcano, a buscar esos lugares marcados... y aquí me tienes. O aún mejor —añadió con meditado misterio—, aquí nos tienes. Encima de uno de ellos, construido también por un rey.

—¿Quieres decir que la montaña artificial es...?

—Fernando VII fue un gran devoto de san Lorenzo. —Sonrió enigmática, dejando que me acercara a ella—. Lo educaron en las historias del grial de los reyes de Aragón y quizá levantó este túmulo en el siglo XIX con un propósito parecido al de San Pedro el Viejo.

No repliqué. No me atreví a romper el frágil hechizo que su proximidad acababa de tender entre nosotros. El brillo de sus ojos me había dejado sin palabras, invitándome por un momento a meditar sobre cuál podría ser la función última de aquel cuenco radiante. Sin embargo, otra idea se cruzó con aquélla. Fue algo tan efímero como potente. Me di cuenta de que Paula se había convertido, en realidad, en el misterio que más me apetecía explorar. Por delante incluso del grial. No recordaba la última vez que una mujer me había causado una impresión así, ni tampoco la última en la que había estado tan absorto por una conversación de esa naturaleza.

Al final, tratando de llenar el silencio absurdo que habían dejado sus palabras, reuní el suficiente descaro para deslizarle tres frases breves. Sólo tres.

—¿Sabes una cosa? Creo que no ha sido el destino el que me ha traído hasta aquí, Pau. Has sido tú.

Pero ella no replicó. No tuvo ocasión.

16

Justo cuando iba a responderme, los cedros que nos protegían comenzaron a proyectar sombras rojas, blancas y azules sobre nosotros. Fue un momento extraño. Casi irreal. La frágil magia de los últimos minutos se rompió en mil pedazos. De repente, la cima de la montaña artificial se tornó lóbrega, tragándose incluso la serena luz de la luna.

Los dos intercambiamos un gesto de asombro hasta que comprendimos qué estaba pasando. Me levanté primero, tomé de nuevo su mano y tiré de ella para ayudarla a incorporarse.

Una ambulancia acababa de aparcar frente al portal de doña Victoria iluminando la calle vacía. Miré el reloj. Faltaban seis minutos para las seis de la mañana. Pronto amanecería.

Me extrañó que el vehículo, un enorme Ford medicalizado, se hubiera detenido precisamente ante aquella casa, pero aún más que una pareja de sanitarios corriera al interior del inmueble llevando consigo una camilla y un equipo de emergencia. Mi sorpresa mutó a alarma cuando los siete balcones de la quinta planta del edificio se iluminaron al unísono, incluyendo los del aula en la que habíamos debatido la tarde anterior.

—¿Eso es...? —Mi pregunta sonó retórica. Los dos sabíamos de quién era aquella vivienda. Paula palideció.

—Dios mío... —Me agarró el brazo con fuerza—. Otra vez.

—¿Otra vez qué?

Noté que un ligero temblor la recorría de arriba abajo. Pau, azorada, se liberó enseguida, arrepentida de haber dicho aquello.

—No. No es nada...

—¿Qué pasa? —insistí, levantando con suavidad su barbilla.

—Nada —murmuró.

La vi tan alterada que no la presioné. Le propuse entonces que nos acercáramos para ver qué sucedía, a lo que ella asintió todavía contrariada.

Descendimos a toda prisa de nuestra atalaya y nos dirigimos hacia la salida más cercana del parque. Por desgracia, esa puerta del Retiro permanecía cerrada y la gruesa cadena que unía las dos hojas del portón no cedió ni un milímetro cuando intentamos moverla. Valoré la posibilidad de encaramarme a los barrotes y saltar, pero desistí. La valla del Retiro se compone de una sucesión de lanzas de hierro que no me parecieron fáciles de vencer. La recorrimos desde dentro hasta el punto más próximo a la casa, a tiempo para ver cómo los camilleros subían a alguien a la parte posterior del vehículo y salían zumbando de allí.

Iba a hacer el ademán de gritarles cuando Paula, que aún tenía la mirada fija en el portal, me detuvo.

—No lo hagas —musitó de repente con voz gélida—. Sé adónde la llevan.

Yo tenía el rostro pegado a los barrotes, impresionado por la escena.

Fue entonces cuando lo vi. Al otro lado de la calle, fuera del parque, bajo la tímida luz del escaparate de una tienda de muebles de lujo, un hombre parecía contemplar lo mismo que nosotros. Estaba solo. De pie en medio de la acera. Me fijé en él por casualidad, sólo porque me llamó la atención el destello fugaz de un mechero y el humo de las primeras bocanadas de un cigarro. Aquella sombra se encontraba sólo a unos treinta metros de donde estábamos. Hubiera jurado que se trataba del mismo individuo al que había visto en el hotel el día de mi llegada a Madrid. Llevaba una chaqueta y una boina idénticas y le calculé más o menos mi altura.

—¡Vamos, Pau! Tenemos que salir de aquí. ¡Hay que ir con ella! —protesté sin perderlo de vista.

No estaba seguro de que Paula hubiera advertido su presencia. De hecho, iba a llamar su atención sobre él cuando, otra vez, me cortó en seco.

—Tú no puedes ir —dijo.

—¿Qué?

—Que no puedes ir —repitió en un tono aún más firme—. Doña Victoria no le ha dicho a nadie que sufre esos ataques.

Sacudí la cabeza sin terminar de asimilar lo que estaba diciéndome.

—Epilepsia, David —se anticipó—. Lleva sufriendo ataques de epilepsia en el lóbulo temporal desde hace un año, pero se niega a hacerse las pruebas para que la diagnostiquen bien.

—¿Epilepsia? ¿Sufre epilepsia y vive sola?

—Sola no. Tiene tres asistentas que están las veinticuatro horas del día en casa. Raquel habrá llamado al 112.

—Entonces es algo grave —deduje.

—La epilepsia obedece a un súbito aumento de la actividad eléctrica en el cerebro. La suya es de un tipo singular. La llaman de Gastaut-Geschwind. En casos extremos, las crisis suelen llevar a preocupaciones obsesivas por temas filosóficos, a pasar horas escribiendo de forma compulsiva y a sentir presencias invisibles a su alrededor.

—¿Y por qué no quiere tratarse? No lo entiendo.

—No conoces bien a doña Victoria. Esta enfermedad la han sufrido artistas y místicos como santa Teresa, Van Gogh o Dostoyevski. En el fondo, eso la consuela. Y aunque padecer algo así no es nada poético, lo más importante es que cuando sufra un ataque no se lastime golpeándose contra algo. De momento tiene suerte de que sus crisis remitan enseguida. La dejan exhausta, eso sí, pero hasta ahora siempre se ha recuperado sin secuelas.

—¿Siempre? ¿Quieres decir que le ocurren con frecuencia?

A Paula se le nublaron los ojos.

—Últimamente sus ataques se han intensificado. La semana pasada sufrió un par. El jueves salió del hospital y desde entonces la he visto más rara que de costumbre. Es difícil de explicar, David. Doña Victoria es una fuerza de la naturaleza. Sin embargo, desde que tuvo estos últimos episodios se ha vuelto taciturna. Como si intuyera que algo malo la ronda. Escribe a todas horas devorada por lo que ella llama poéticamente «el fuego invisible», y no deja de hablar de su búsqueda del grial, de su novela, de que se siente vigilada por el mal... —Pau se detuvo un instante, respiró hondo y añadió con tristeza—: ¿Sabes? Sólo cuando supo que estabas en Madrid se animó... Ayer por la tarde, como te he dicho antes, fue su velada más activa en semanas.

—Comprendo que no te apetezca hablar de ello, pero debería acompañarte al hospital. —Intenté reconfortarla mientras trataba de localizar de nuevo al hombre que había visto al otro lado de la calle. Fue inútil. Se había desvanecido.

—No —respondió—. Y prométeme que no se lo contarás a nadie, por favor.

Paula había dado la espalda a la calle, volviéndose hacia mí con los ojos muy abiertos.

—¿Qué es exactamente lo que no quieres que cuente? —pregunté bajando la voz e intuyendo que su reticencia abarcaba algo más que la enfermedad de su mentora.

—Todo. Lo de doña Victoria. Que hemos estado toda la noche en la montaña. Lo del grial, la epilepsia... ¡Todo!

Aquella urgencia me pilló desprevenido. No supe interpretar la expresión de su rostro. De repente había ascuas en su mirada, un brillo inquietante mezclado con un miedo atávico que tenía muy poco de racional. La vi tan alterada, tan afectada por lo que me había dicho, que me acerqué a ella, la atraje contra mi cuerpo y la abracé.

—Cálmate. No voy a decir nada. Lo prometo.

Mi gesto la desconcertó, pero pude notar cómo se relajaba en mis brazos.

—David. —Se soltó segundos después, clavándome sus ojos verdes. Estaba nerviosa y decidida a la vez, como si acabara de caer en la cuenta de algo importante, mientras me empujaba contra la valla—. Hay un cuarto mandamiento de la Teoría de los Secretos que no te he contado aún.

—¿De veras? —la interrogué, sin perder de vista sus labios.

—Cuando un neófito es iniciado en un arcano, en algo que debe ser mantenido en secreto, lo conveniente es que se le entregue un símbolo que le recuerde siempre su compromiso.

—¿Un símbolo? —acerté a decir, intuyendo que acabábamos de cruzar una frontera física de difícil retorno. Apoyé la espalda contra los barrotes del Retiro. Levanté la mano y aparté de su mejilla un mechón de cabello. Descubrí a Pau sonrojarse y también cómo mi corazón se aceleraba—. ¿Te refieres a un golpe de espada como cuando te nombran caballero? ¿O una herida en la palma de la mano que te deje cicatriz?

—Sí —continuó vacilante—. Pero también valdría esto.

La comisura de sus labios dibujó una leve sonrisa mientras su cuerpo me pedía que me acercara más. Entonces, levantó suavemente la barbilla, sostuvo mi cabeza entre las manos y, aproximando sus labios a los míos, me besó.

Yo querría haberlo hecho antes, usar mis besos como un bálsamo para sus preocupaciones, pero se me adelantó.

El suyo fue un beso suave, leve, cargado de algo que aún no me es posible explicar. En ese instante no sólo se detuvo el tiempo. También mi mente se bloqueó. Sentí calor. Frío. Angustia y placer. Y luego, todo eso desapareció de golpe.

—Esto no es lo que parece —dijo como saliendo de un trance.

Yo la miré sorprendido, mudo de asombro, incapaz de reaccionar.

—No dirás ni una palabra de esto a nadie, por favor —añadió conmovida—. Éste será el sello de nuestro secreto.

17

Minutos más tarde, a eso de las seis y veinte de la mañana, abrieron al fin las grandes verjas del Paseo de Coches del Retiro. Yo estaba confundido por la reacción de Paula, con un desasosiego extraño en el estómago y un sabor dulce en la boca. Ni siquiera me di cuenta de cómo me había arrancado de la valla del parque y habíamos llegado a la salida. En cambio, de lo que sí fui consciente fue de cómo dos policías municipales encargados del servicio de apertura nos dieron el alto nada más vernos emerger del fondo del recinto. Nos miraron con cierta sorna. Nos pidieron la documentación y nos advirtieron muy cortésmente que en los próximos días recibiríamos una sanción por haber hecho un «uso indebido del espacio público».

—No crea que usted va a librarse por vivir en el extranjero —me dijo uno de ellos mientras anotaba el número de mi pasaporte.

Me sentí incómodo por segunda vez en minutos. Supongo que hasta ese momento no se me había pasado por la cabeza que estaba haciendo nada «indebido» con Paula Esteve.

Terminamos aquel trámite sin oponer resistencia y, con cara de culpabilidad, salimos por fin a la calle. Pau se despidió de mí a toda prisa y se montó en el primer taxi libre que se cruzó con nosotros.

—Ni una palabra de todo esto a nadie —repitió antes de que le cerrara la puerta y la viese desaparecer calle arriba.

Casi pude sentir su alivio al alejarse.

Regresé dando un paseo hasta el hotel. El cuerpo me pedía dormir, pero también ordenar mis ideas. Desde que había puesto el pie en Madrid me había encontrado con una mujer a la que no veía desde mi infancia, arrastrado al interior de su peculiar escuela de letras, expuesto al legado de mi abuelo José y situado en medio de una discusión sobre la verdadera naturaleza del Santo Grial. Por si fuera poco, aquel grupo acababa de perder a uno de sus miembros y yo me había tropezado con una chica por la que no sabía aún qué sentía.

No podía quitarme de la cabeza la impresión de haber sido rozado en pocas horas por algo salvaje. Algo ancestral más fuerte que mi voluntad.

¿Era ése el destino del que hablaba Paula?

Necesitaba reflexionar sobre ello.

Envuelto en aquel torbellino de sensaciones y sentimientos encontrados, alcancé el hotel pensando en regresar al gimnasio. Estaba convencido de que una buena sesión de cardio, unos largos en la piscina y unas horas de sueño me ayudarían a poner cada cosa en su sitio.

DÍA 4

Daimones

18

Me equivoqué.

Aquella mañana, en sueños, hice lo que nunca hubiera tenido que haber hecho: regresé a la montaña artificial del Retiro. Mi subconsciente sabía que allí había dejado algo sin resolver e, inmisericorde, decidió devolverme a los pies de la colina para cumplir con mi obligación.

Esta vez, al menos, era de día. Paula estaba allí, vestida con un vaporoso traje blanco de encaje, casi como si fuera un ángel, esperándome. No nos saludamos. Simplemente me miró con sus enormes ojos esmeralda y señaló un camino de ascenso a la cumbre que no había visto antes. Aquel sendero se abría en dos circunvalando una hermosa cascada de agua abierta en la rocalla y protegida por dos leonas que la vigilaban cual esfinges del Antiguo Egipto.

—¿Estás preparado? —me preguntó sin asomo alguno de complicidad.

Yo, la verdad, no tenía ni idea de lo que «aquella Paula» esperaba de mí. Lo único que deseaba —la razón por la que creía que el sueño me había devuelto a ese lugar— era volver a besarla. Por eso asentí. Sin embargo, los sueños funcionan con una lógica distinta. Con frecuencia, las cosas en ellos no suceden como se espera. Paula me tomó de la mano pero no me permitió que la besara. Ni siquiera me dejó hablar. Se limitó a guiarme montaña arriba, pidiéndome que apretara el paso tras ella.

Aunque sabía exactamente dónde nos encontrábamos, vi

muchas cosas que no reconocí. El ajardinamiento, por ejemplo, era distinto. Todo se intuía más cuidado, mejor podado, y no había ni rastro de las vallas metálicas que habíamos tenido que saltar la noche anterior. Tampoco estaban los árboles altos que tanto me impresionaron y el camino parecía jalonado de cuevas y ventanucos que daban a ninguna parte. Pasé por alto aquellos detalles pensando que las cosas siempre se perciben distintas a la luz del sol, pero cuando alcanzamos la cima de la montaña me preocupé de veras.

Allí donde esperaba encontrar una plataforma de cemento pintarrajeada de grafitis, se alzaba ahora una pequeña estructura, una especie de palacete oriental recién encalado, con tres torres. Las dos laterales eran de planta redonda y terminaban en sendas cúpulas coronadas por agujas. Estaban hechas de ladrillo y no levantaban más de seis metros del suelo. La del centro, en cambio, era una almena ligeramente mayor. La habían cubierto con un tejadillo a cuatro aguas y disponía de ocho magníficas ventanas góticas en su perímetro. El acceso al interior de aquella especie de templete se abría bajo un porche de filigrana metálica con reminiscencias moriscas.

Paula aguardó a que terminara de examinarlo todo. Dejó que lo tocara, incluso que me asomara a la balaustrada de rejería del porche. Y cuando vio que empezaba a digerir mi asombro, rompió su mutismo:

—¿Te apetece verlo por dentro?

Acepté su invitación con ciertas reservas. La Paula que me hablaba era una mujer distante, diferente a la que me había acompañado a ese lugar horas antes. Y aquello —pensé dentro de lo brumoso del sueño— debía de ser el «tintero» que me había mencionado antes. El castillo que mandó construir Fernando VII. El edificio original que sellaba la verdadera montaña artificial.

Pasamos a su interior en completo silencio, atravesando un umbral sin puerta que daba a una estancia amplia y bien ventilada. Nuestros pasos retumbaron en sus paredes. Me sorprendió descubrir que la sala era mucho más exótica aún que el exterior del edificio y que ocupaba toda la planta. Se trataba de una estancia diáfana, sin amueblar, con paredes estucadas que giraban en torno a un óculo enorme practicado en el suelo. El agujero, que tendría unos cuatro metros de diámetro, se abría perfecto en el corazón del edificio, como si eso, el vacío que encarnaba, fuera su más valiosa posesión. De su interior emanaba una oscuridad negra y húmeda que casi podía palparse.

—¿Qué es? —pregunté al ver cómo los baldosines dibujaban una cenefa en el pavimento alrededor de aquel punto.

Paula no respondió. Me condujo hasta el borde mismo y me invitó a que me asomara.

Lo hice no sin cierta precaución y aunque no vi nada en aquella negrura, mis oídos sí creyeron captar algo. Era una especie de susurro. Un siseo largo y tenue, lejano, como una nana que se hubiera quedado flotando en el ambiente. Como los silbidos de las sirenas que oyó Ulises. Como si una corriente de viento constante circulara por el vientre de aquella colina y sólo se dejase oír desde aquella especie de ombligo.

Levanté el rostro interrogando a Paula.

—No temas. Es el oráculo del rey. —Sonrió—. Pregúntale lo que quieras.

Sentí un ligero escalofrío al escuchar aquello. Sus palabras se perdieron montaña adentro, retumbando en la caverna que nacía bajo nuestros pies. Por un instante pensé que si alguno de los dos cayera en esas fauces, jamás volveríamos a vernos.

—¿De verdad puedo preguntar lo que quiera?

Ella, solemne, asintió con un movimiento de cabeza.

—Sí. Pero debes saber algo —añadió, tomándose su tiempo—. Sólo si haces la pregunta adecuada, merecerás recibir la verdad por respuesta.

Cogí aire. Valoré lo que acababa de oír y armándome de valor me dispuse a formular mi pregunta.

En ese preciso instante, al dirigir la voz a la tiniebla, descubrí horrorizado que de mi garganta sólo salía un chillido estridente. Un grito agudo y reiterado. Un timbre...

Ring. Riing. Riiiing.

Desperté con la cabeza dándome vueltas y la angustia de no reconocer dónde me encontraba. Torpe, busqué a tientas el auricular y lo descolgué.

—Dígame... —balbucí—. *Hello?* ¿Quién es?

—Hola, David. Soy Pau. Lo siento, ¿te he despertado?

Su voz suave me espabiló. Por suerte en su tono no había ni sombra de la negrura con la que acababa de hablarme en el «otro lado».

—Pau. —Pronuncié su nombre con alivio—. No, no te preocupes... ¿Estás bien? ¿Cómo se encuentra doña Victoria?

—Mucho mejor, gracias —respondió—. He pasado toda la mañana con ella en el hospital, le han hecho pruebas y por suerte parece que no hay ningún daño neurológico serio. Todo va a quedarse en otro susto.

—¿Qué hora es? —pregunté aturdido.

—Tarde. Mucho me temo que ya no vas a llegar al desayuno.

Advertí una sombra de complicidad en sus palabras. Acaso también una pizca de ironía. Y aunque al escucharla revivieron al instante, otra vez, las sensaciones de nuestro encuentro en el parque, me abstuve de mencionárselo.

—¿Dónde estáis? —dije más despierto—. ¿Puedo veros?

—Doña Victoria me ha pedido que te llame precisamente por eso —respondió seria, como si su explicación fuera el prolegómeno de algo más importante—. Le gustaría que te reunieras con ella cuanto antes. Dice que es urgente. Te espera en su casa.

—Creí que aún estaríais en el hospital.

—No. Ya no. Le han dado el alta hace media hora. Acabamos de llegar.

—Me alegra oír eso. —Me senté en el borde de la cama,

tratando de poner mis ideas en orden—. En ese caso, dile que estaré ahí enseguida. Lo que tarde en arreglarme y tomar un café.

—Claro. Gracias, David.

Me costó un mundo ponerme en marcha. Mientras me duchaba, me afeitaba y escogía algo decente para vestirme y salir a la calle, valoré hasta qué punto las vacaciones estaban empezando a complicárseme. Casi había olvidado por completo el *Primus calamus* con el que Susan Peacock me había tentado para que aceptara viajar a Madrid. Debería haberme dado cuenta entonces de que aquello no había sido sino un cebo. Una trampa. En otras circunstancias, la doctora Peacock me habría llamado a diario interesándose por mis avances, o me habría dejado mensajes en la recepción pidiéndome que la telefoneara. Pero desde que había puesto el pie en España casi no había ocurrido nada de eso. Tampoco yo había tratado de localizarlas. Era como si mi madre y ella hubieran querido dejar el terreno expedito para que la locura de lady Goodman me envolviera por completo en su tela de araña.

Aquél fue, en definitiva, el momento en el que aparqué de una vez por todas ese asunto. Me convencí de que la pista del coleccionista español que pretendía deshacerse de ese libro no llevaba a ninguna parte. Peacock sólo me había dado un teléfono que nunca atendía nadie y cuyo número —según comprobé con la ayuda de una de las recepcionistas del hotel— había cambiado de titularidad cuatro veces en los últimos dos años. Sus sucesivos propietarios habían sido particulares sin vínculo aparente con anticuarios, libreros, editores o amantes de una obra de esas características.

El caso es que aquel fracaso no me importó demasiado. De repente tenía otras prioridades. Me sentía atrapado por una curiosidad que iba mucho más allá de «cazar» una rareza bibliófila del siglo XVII. En la academia de doña Victoria empezaba a intuir la existencia de un tesoro de un valor infinitamente superior: allí se iba a hablar de literatura de verdad, de la que abre las puertas a otros mundos, de si Juan Rulfo se había inspirado para el Comala de *Pedro Páramo* en el evanescente castillo de Chrétien de Troyes o de si la asistencia continuada de Víctor Hugo o Rilke a sesiones de espiritismo había dejado alguna huella tangible en sus obras. ¿En qué otra tertulia, ni siquiera las mejores de Londres, Dublín o París, iba a escuchar algo semejante? ¿No sería ésa, después de todo, una forma sublime de invertir mis días libres?

Ahora bien: si era del todo sincero conmigo mismo, lo único que me apetecía de verdad era volver a ver a Pau e intentar averiguar algo más sobre su reacción de la noche anterior. Mi experiencia previa con el universo femenino y mi atención casi obsesiva por los detalles me decía que Pau no me había besado sólo para «sellar» un secreto. Podría invitarla a cenar otra vez y persuadirla para que me despejase algunas dudas sobre la Teoría de los Secretos y esos «sellos». Otra cosa era que para llegar a ella tuviese que volver a pasar por Victoria Goodman. Era un sacrificio que estaba más que dispuesto a asumir. Seguramente, a esas alturas, la dama del misterio ya tendría preparado algún argumento nuevo con el que convencerme para que me instalara en su escuela de letras. «¿Vale la pena resistirse?», me pregunté. Si algo había aprendido creciendo al lado de mi madre y de la doctora Peacock, es que los recursos que una mujer tiene para doblegar la voluntad de un hombre son infinitos.

—Ve con cuidado, David. Te van a liar. No digas que sí a todo —me susurré casi sin querer.

19

Pese a lo que había supuesto, lady Goodman y Pau no me esperaban solas en casa. Encontré a doña Victoria de pie, en el centro del círculo de sillones de La Montaña Artificial, rodeada de su grupo de trabajo al completo. Me extrañó no detectar en ella ni sombra de lo que suelen regalar las urgencias de un hospital: no mostraba signo alguno de cansancio, ni tampoco falta de ánimo. Parecía algo nerviosa, eso sí. Impaciente incluso. Se había vestido de blanco, con un conjunto de falda y blusa de algodón muy veraniego, y miraba a sus alumnos, uno a uno, diciendo algo que en la distancia acerté a oír a duras penas.

—... entonces, estamos todos de acuerdo. No hay otra opción, ¿verdad?

Observé a Luis asentir al fondo del salón y no entendí nada. El director de orquesta había regresado al lugar del que había salido malhumorado y frustrado la tarde anterior. Tenía ahora la cara contrita y la mirada de quien acepta que ha hecho algo mal. Ocupaba el que tomé por su asiento de siempre, pero en su actitud se echaba en falta la energía y la determinación de la víspera. A su izquierda, Ches parecía absorta en las palabras de lady Goodman, mientras Johnny, de espaldas a mí y vestido con la misma camiseta y cazadora de malla que el día anterior, se acariciaba la barba en actitud relajada. Y Pau. Paula estaba preciosa. La descubrí detrás de lady Goodman, de pie como ella, sujetando lo que me pareció un pequeño taco de tarjetas. Se había recogido el pelo en un moño y había cambiado su vestido por un sencillo conjunto de camiseta blanca y vaqueros.

—Bienvenido, David. —Me hizo un gesto con la mano para que me incorporara a la reunión y otro, más sutil, que interpreté como un recordatorio del pacto de silencio que habíamos sellado en el parque.

Doña Victoria aguardó a que dejara atrás las mesas atestadas de papeles que me separaban del grupo, y en cuanto me hube sentado se dispuso a continuar con su charla. Lo hizo en el punto exacto en el que la había interrumpido. Y yo, aún sin entender muy bien qué estaba pasando allí, busqué el sillón más cercano para seguir sus explicaciones.

—Guillermo cumplió siempre con su misión —retomó lady Goodman—. Lo envié a los lugares en los que creí que encontraría pruebas sobre la invención del grial en España, pero cometí el error de pedirle que fuera solo. Ahora lamento no haberlos informado antes de nuestros avances. Pero anoche, después de lo que ocurrió aquí, me di cuenta de que he estado a punto de cometer otro error aún peor. ¿Saben? Llevada por el dolor de haber perdido a uno de los nuestros, casi provoco la disolución de nuestro grupo.

Todos se miraron en silencio, sin decir nada. Incluso Johnny mudó su gesto habitual, indiferente, por otro más grave.

—Pero no se preocupen —prosiguió—. He tomado dos decisiones importantes para impedir que eso suceda. Dos medidas para las que me gustaría contar con la aprobación de todos ustedes. La primera —me buscó con la mirada— es pedirle públicamente a David Salas algo que ya hice en privado en nuestro primer encuentro y a lo que aún no me ha respondido: que se una a nuestra Montaña Artificial y ocupe el lugar que dejó Guillermo.

Los ojos de todos los presentes se volvieron hacia mí.

—David es el candidato perfecto —les explicó—. Guillermo, como saben, estudió simbología en la Facultad de Bellas Artes de Barcelona. Tenía un sexto sentido para descubrir cosas ocultas y poseía todos los ingredientes para convertirse en un gran escritor. Capacidad de observación, una mente flexible para relacionar ideas, un instinto innato y una gran tenacidad para lograr sus objetivos. Su reciente tesis doctoral lo demuestra. Pero el doctor Salas reúne también esos dones. Su mundo son las palabras, que no son sino una forma depurada de símbolos, y nos lo ha traído la providencia precisamente cuando más lo necesitábamos.

—Bueno... —Su proposición me pilló por sorpresa—. No sé si yo, ahora...

—¿Y la segunda decisión? —nos interrumpió Johnny, como si no le importara mi posible respuesta.

Doña Victoria se volvió hacia él.

—La segunda, queridos, los afecta a todos ustedes. Guillermo dejó sin terminar un trabajo —añadió, olvidándose de mí—. En las últimas semanas he estado varias veces a punto de abandonar este proyecto, pero anoche en el hospital comprendí que si lo hubiera hecho, habría dejado una grave herida sin cerrar.

—¿En el hospital? —Los ojos de Ches se abrieron de golpe.

—Sí. Me ingresaron en urgencias por un desmayo —dijo como quitándole importancia—, pero en ese trance fui consciente de algo. A veces pasa. La vida te para en seco sólo para que te des cuenta de lo que tienes que hacer.

—Pero ¿se encuentra usted bien? —insistió Ches.

—Oh, sí, querida. Perfectamente.

—¿Y de qué se ha dado cuenta? —indagó Johnny.

—De algo tan sencillo como trascendental: que la única forma que tenemos de reivindicar la memoria de Guillermo y averiguar qué le pasó en realidad es concluir nosotros su búsqueda. Deberíamos reproducir sus últimas semanas. Reconstruir sus pasos. Esto es, hijos, intentar encontrar nosotros el grial..., sea éste lo que sea —dijo mirando a Luis.

El director de orquesta se removió en su asiento, como si la mención de Guillermo le produjera un hondo malestar.

—Guillermo estuvo en muchos lugares —respondió, dándose por aludido—. A nosotros nos iba contando cosas de su trabajo, pero en realidad sólo usted sabe en qué punto exactamente dejó sus averiguaciones...

—Tiene razón, querido. Y por eso los he llamado. Pau, por favor...

Pau, que seguía de pie en el centro del círculo, comprendió lo que tenía que hacer. Agarró con las dos manos el taco de tarjetas que guardaba y comenzó a repartírnoslas, a razón de dos por cabeza.

—Justo antes de su muerte, Guillermo me confió su último hallazgo —dijo doña Victoria—. Observen cuidadosamente lo que les entrego.

Lo que Paula nos dio eran dos postales de formato grande que me resultaron familiares en el acto. Quizá las había visto en algún tomo de historia del arte, aunque en ese momento fui incapaz de recordar en cuál. Mostraban a un Cristo y a una Virgen sedentes, vestidos con grandes túnicas, en actitud muy severa.

—Examinen esas imágenes con calma, por favor —nos pidió—. Y díganme si algo les llama la atención.

Todos nos concentramos en aquellos iconos. El Cristo de la primera postal hacía un gesto notable con la mano derecha: levantaba los dedos índice y corazón hacia el cielo mientras en la mano izquierda sostenía un libro. La Virgen de la segunda, por su parte, protegía con ambos brazos a un Niño Jesús que, quizá por casualidad, quizá por tratarse del mismo personaje, dirigía esos mismos dedos hacia su diestra, como si señalara a un hombre con corona que se inclinara ante él con actitud reverente. El parentesco de ambas pinturas resultaba obvio. Seguramente eran obra del mismo maestro o quizá formaban parte de un programa iconográfico común.

Tras estudiarlas con cierta meticulosidad, les di la vuelta.

«Frescos románicos de las iglesias de San Clemente y Santa María de Tahull», leí.

«Tahull.» Me repetí ese nombre un par de veces. Yo sabía

Museo Nacional de Arte de Cataluña (MNAC).
Ábside de San Clemente de Tahull, 1123

que era una estación de esquí en el Pirineo leridano, pero poco más. Incapaz de centrar la naturaleza de lo que veía, me fijé también en que las postales habían sido impresas para el Museo Nacional de Arte de Cataluña, el MNAC.

—Me temo que no voy a poder aportar demasiado en esto... —murmuré para que todos me oyeran, sopesándolas—. Mi campo de estudio son las palabras, no las imágenes.

—Échales otro vistazo, David —insistió amable doña Victoria, dirigiéndose también al resto del grupo—. Es importante. El día antes de morir, Guillermo vino a verme con dos postales como éstas para decirme que por fin tenía la prueba de que el Santo Grial se había inventado en los Pirineos.

—¿En serio? —Ches, la musa melancólica, volvió a fijar sus ojos celestes en aquellas escenas.

—Se trata de dos ábsides maravillosos, quizá los mejores del mundo, que se trasladaron a Barcelona a principios del siglo xx —precisó lady Goodman mientras asentía—. Hoy se exhiben en el Museo Nacional de Arte de Cataluña.

—Pero yo no veo el grial en ninguno de ellos —dije, intentando encontrar en ellas algún atisbo de la copa de Cristo—. Ni siquiera se trata de escenas de la Última Cena.

—En realidad sí que está —me acotó Pau con una dulce sonrisa, como si quisiera decirme algo más.

Su comentario me hizo recordar lo que me había enseñado horas antes en su teléfono móvil. En la iglesia de San Pedro el Viejo, la representación del grial tampoco ocupaba un lugar obvio. Volví a bajar la mirada a la postal de la Virgen con la imagen de un cuenco —un *grazal*— fresca en mi memoria... y lo vi. Ahí estaba. Uno idéntico al de San Pedro el Viejo descansaba en las manos de los Reyes Magos.

La pintura de Santa María de Tahull era conceptualmente idéntica al tímpano románico que Paula me había mostrado. En ella podía verse a la Virgen en majestad sosteniendo al niño que apuntaba a un rey, que a su vez le ofrecía un cuenco. La única diferencia notable era que, bajo los monarcas de la postal, estaban escritos —casi como si fuera un pie de foto—

Museo Nacional de Arte de Cataluña (MNAC).
Ábside de Santa María de Tahull, 1123

sus nombres: *Melhior*: Melchor. *Gaspas*: Gaspar. *Baldasar*: Baltasar.

El hallazgo me dejó unos segundos pensativo, pero al fin se lo hice ver al resto del grupo. Doña Victoria, satisfecha, me acercó una pequeña lupa de plástico y me invitó a examinar la otra postal, la del pantocrátor de San Clemente. El grupo entero se levantó de sus sofás y se arremolinó a mi alrededor.

—Dinos, ¿puedes ver también algo ahí?

Intrigadísimo, volví a recorrer ese ábside con la lente. Me impresionó tropezar con la severa mirada del Cristo que sostenía un libro en el que podía leerse *Ego Sum Lux Mundi,* «Yo soy la luz del mundo». El conjunto, sin duda, era soberbio. Un alfa y una omega descendían de unos hilos pintados a ambos lados de su rostro. Las grecas que rodeaban la mandorla eran exquisitas. El azul del fondo, intenso. Y los cuatro evangelistas que flanqueaban a Cristo apuntándolo con los dedos, impresionantes. Pero no. Esta vez no logré ver cuenco alguno.

—Sigue buscando —insistió lady Goodman.

Poco después, repasando los alrededores del pantocrátor, di al fin con algo en el friso de apóstoles que servía de base a la escena. Parecía otro cuenco. Una bandeja tal vez. El objeto no estaba en poder de un rey, sino en manos de una señora malencarada que lo sostenía a la altura de su hombro izquierdo, a través de un paño, como si no se atreviese a tocarlo con los dedos.

Aquello se parecía mucho a lo que había visto en el grabado de Pau. De hecho, bastaba fijarse sólo un poco para descubrir que los griales de aquellas postales lucían las mismas dos rayas finas cerca del borde superior que aprecié en la imagen del tímpano de San Pedro el Viejo en Huesca.

Todos nos acercamos a ese detalle particular.

El grial del pantocrátor era quizá algo más cóncavo, pero lo que en verdad lo hacía parecer especial —y ahí es donde empecé a entender la insistencia de doña Victoria para que lo buscara— fue otro pequeño detalle. Si la lupa no me engañaba, aquella cosa emitía una especie de fulgor. El artista, en su primitivo esfuerzo por hacernos ver que estábamos ante algo único, había añadido al recipiente unos rayos que irradiaban

Museo Nacional de Arte de Cataluña (MNAC).
Detalle de la dama con el cuenco radiante

desde su interior. Unos rayos que no existían en el relieve de San Pedro el Viejo.

—¿Qué? ¿Lo han visto ya? —indagó, dirigiéndose a todos.

Yo no estaba del todo seguro de qué era aquello. Tampoco aprecié ninguna valoración en mis compañeros. Lady Goodman, impaciente, nos sacó de dudas.

—¿No se dan cuenta? Ese objeto radiante es idéntico al que Chrétien de Troyes describe en su *Cuento del grial* —dijo eufórica levantando la voz—. ¿Recuerdan lo que les dije ayer? El grial era algo que irradiaba luz propia y que cuando refulgió en la sala de banquetes del Rey Pescador «se hizo tan gran claridad que las velas perdieron su brillo».

—¿Y eso qué quiere decir exactamente? —intervino Johnny, mesándose las barbas pensativo—. ¿Que Guillermo descubrió que el artista que pintó estos ábsides en los Pirineos había leído a Chrétien de Troyes?

—No, querido. —Lady Goodman sonrió misteriosa—. Por supuesto que no. ¡Fue al revés!

—¿Al revés? —Ches se encogió de hombros, con un candor especial.

La dama del misterio me arrancó la postal de las manos y la levantó para que todos pudieran verla mejor.

—Piensen antes de preguntar. —Su frase sonó a ruego—. Y recuerden la gran lección de *El cuento del grial*: sólo si hacen la pregunta adecuada, merecerán recibir la verdad por respuesta...

—¿Qué clase de juego es éste? —protesté, amagando un escalofrío al escuchar aquella frase.

—Lo que Guillermo descubrió en esas pinturas fue algo sensacional. —Doña Victoria me ignoró, dándole la vuelta a la cartulina y señalando su leyenda—. Lean de nuevo, despacio, lo que dice en ambas.

Todos hicimos lo que nos pidió.

—¿Y bien? —nos presionó.

La clave estaba otra vez en la fecha. Iba a proponerlo cuando ella se me adelantó.

—El hallazgo de Guillermo está justo delante de ustedes —prosiguió como si enunciara el primer mandamiento de la Teoría de los Secretos—. Fíjense. La pintura de Tahull está fechada en 1123. De eso no hay duda porque en la iglesia de San Clemente, junto al ábside, existe una inscripción en la que se da esa fecha como la de la inauguración del templo. Pero aquí viene lo sorprendente: no olviden que *Li contes* fue escrito, como pronto, en 1180. ¡Seis décadas más tarde!

Aquel anacronismo, en efecto, tenía un enorme significado.

—¿Quiere decir que el maestro de Tahull pintó el grial mucho antes de que Chrétien escribiera sobre él por primera vez?

—¡Exacto! —Mi apreciación iluminó el rostro de doña Victoria—. Guillermo descubrió que en los Pirineos de Lérida ya era venerado «mucho antes» de que Chrétien decidiera incluirlo en su libro y lo describiera como un objeto radiante. Las implicaciones son enormes. Guillermo se acercó a algo grande.

—Al grial verdadero —se le escapó a Luis, que estaba atónito, siguiendo aquella explicación.

—A un grial que quema. Que mata. O por el que matan —dijo reaccionando severa doña Victoria—. Si el grial es, como creo, una marca que se diseñó en el siglo XII para señalar algo en los Pirineos, habría que empezar examinando estas pinturas y descubrir qué es eso tan potente que esconde, y que le costó la vida a Guillermo.

«Un acceso al origen de las ideas sublimes», recordé.

—¡Tendríamos que intentar averiguarlo! —saltó Ches.

—Un momento. —Los ojos de Johnny casi se salieron de sus órbitas al oír aquello—. Guillermo murió por meter la nariz donde no debía...

—Pero ¡ahora somos más y estamos prevenidos! —le replicó la musa, sorprendentemente exaltada—. No podemos quedarnos parados.

Miré a Ches atónito. La mosquita muerta de la tarde anterior había aparcado de repente todo signo de languidez.

—Eso es cierto, querida. —Lady Goodman aplaudió aquel

aplomo mientras nos miraba al resto del grupo—. ¿Saben? Tener claro lo que queremos nos hace fuertes. Estar juntos en esto, también.

—Entonces, ¿vamos a por él? —insistió Ches.

—¡Claro! —asintió doña Victoria—. ¡Vamos!

Lo que había empezado como un pequeño chispazo de entusiasmo encendió al minuto los ánimos de todos, diluyendo enseguida cualquier asomo de resistencia. Era la primera vez que los veía ponerse de acuerdo en algo. Lady Goodman bendijo pletórica la idea, convencida de que debíamos ponernos en marcha de inmediato. Nos recordó que seguir los pasos de su compañero requeriría de cierta organización, y que si el grupo estaba de acuerdo se pondría a ultimar los detalles esa misma tarde. En sus palabras descubrí una curiosa mezcla de entusiasmo y alivio.

Y yo, que estaba asombrado, en realidad perplejo, por el efecto que habían causado aquella cadena de revelaciones y tomas de decisión en todos ellos, los observé meditabundo sin entender del todo qué estaba haciendo allí.

20

Victoria Goodman dio la reunión por terminada consciente de haber despertado en los habitantes de su ágora algo que iba más allá de la literatura. Pero además de intuitiva, la dama del misterio era también una mujer sagaz. Enseguida advirtió que algo no iba bien conmigo. No me vio expresar ningún entusiasmo especial por sus explicaciones, ni tampoco por sumarme a aquella loca idea de reconstruir los últimos momentos de Guillermo Solís en este mundo. Por eso, cuando nos acompañó a todos hasta la puerta de su Montaña Artificial para despedirnos y me pidió que me quedara un minuto con ella, ya imaginaba lo que iba a decirme.

—¿Y tú qué, David?

Lady Goodman hizo la pregunta nada más perderse el segundo ascensor escaleras abajo —y con él la oportunidad que llevaba buscando desde esa mañana para hablar con Pau—. La soltó sin rodeos, clavándome sus ojos expectantes. Sabía exactamente a qué se refería, pero disimulé.

—Tiene usted una enorme capacidad para fascinar a su grupo —respondí distraído.

—No quisiera parecerte impertinente, querido, pero, dadas las circunstancias, tu ayuda nos sería de gran valor.

Doña Victoria dijo aquello seria, sin disimular una premura que no me pasó por alto.

—Pasa. Tenemos que hablar.

Mientras cerraba la puerta y regresábamos al salón, intenté no dejarme presionar por el silencio que dejó que se adueñara del lugar. La Montaña, sin habitantes, se había transformado en una caja de resonancia en la que sólo el lejano tictac del reloj de pared parecía llenarlo todo.

—¿Puedo ser sincero con usted? —susurré al fin.

Sus pómulos huesudos se levantaron arrastrados por una leve sonrisa. Se había acercado a una de las ventanas del salón y la había abierto de par en par.

—Claro, hijo.

—No crea que no he valorado su ofrecimiento —dije, recibiendo una brisa sorprendentemente húmeda de la calle—. De hecho, se lo agradezco en lo que vale. Aquí manejan ustedes conceptos y referencias que nadie en el Trinity considera siquiera. Sin embargo, señora, no creo que seguir los pasos de Guillermo sea mi búsqueda. No sé si lo comprende. Esto no es sólo una aventura intelectual, teórica. Si he de serle sincero, tengo la impresión de que no estoy preparado para inmiscuirme en algo así.

—¿Preparado? —Se volvió hacia mí con el gesto torcido—. ¿Por qué dices eso? ¿Es que acaso sabes lo que espero de ti?

Su pregunta me hizo dudar.

—Seré sincera contigo. ¿Recuerdas las voces de las que hablamos anoche, cuando los chicos discutieron y nos dejaron solos?

—¿Se refiere a las que guiaban los pensamientos de Sócrates?

Ella asintió.

—Lo que espero, David, es que se dirijan a ti. Que te hablen. Que te guíen con revelaciones que podrían sernos útiles. Tengo la sensación de que tarde o temprano lo harán.

Doña Victoria dijo aquello sin perder un ápice de su compostura aristocrática, como si fuera lo más normal del mundo dirigirse a alguien en aquellos términos. Pero no lo era. Debí de perder algo de mi aplomo al escucharla, porque en ese momento me sentí atravesado por su mirada firme y su nariz levantada.

—¿Es que acaso te da miedo? —añadió.

Su pregunta no me ofendió. Al contrario. De algún modo despertó al científico orgulloso que llevaba dentro. Por eso aquel gesto de mujer poderosa, de chamán, me puso en guardia llevándome a replicarle en un tono que quizá resultó poco cortés.

—El hecho de que sepa que un sabio como Sócrates oía voces no quiere decir que crea su historia de un modo literal... —dije a la defensiva—. Y mucho menos que me den miedo o que esté dispuesto a que me ocurra lo mismo.

Doña Victoria sacó a relucir entonces una expresión enigmática, como si le complaciera haberme provocado, y aguardó a que terminara de hablar.

—Además, ¿qué le hace pensar que pueda pasarme eso a mí?

—Oh —sonrió—, es muy sencillo, hijo: eres el nieto de alguien que las oía altas y claras. Y además, por si eso fuera poco, sé que ya has intentado antes comunicarte con ellas. Me lo contaste en tu primera visita a esta casa, cuando me hablaste de tu tesis sobre Parménides, ¿recuerdas? No me engañas, David Salas. Llevas media vida queriendo oírlas.

—¡Aquello fue sólo un experimento académico! —protesté—. ¡Y además fue un fracaso!

—Eso ahora da igual. Lo que de verdad importa es que José Roca te preparó desde niño para que las pudieras oír. Y ese momento ha llegado.

—¿Cómo dice? —Palidecí.

—¿Por qué crees si no, querido, que te abocó a estudiar a uno de los primeros hombres que las buscaron? ¿Acaso piensas que su interés en que estudiaras a Parménides de Elea fue un capricho? Y además —añadió, abriendo desmesuradamente sus ojos claros y poniendo voz profunda—: ¿es que acaso tú y él no compartís los mismos genes?

—Discúlpeme, pero no la entiendo.

Su mirada se tornó entonces desafiante.

—Claro que no lo entiendes, hijo. Pero, descuida: lo harás en cuanto veas lo que quiero enseñarte.

21

Lady Goodman me condujo entonces hasta un pequeño habitáculo rectangular, un cuarto estrecho, casi un trastero, con las paredes pintadas de gris. Estaba situado en la parte trasera de la vivienda, junto a un patio abierto a un jardín interior, que no había visto antes. El lugar, apenas iluminado por el fulgor que se colaba desde la calle a través de una persiana rota, no tendría más de seis metros cuadrados.

—Es aquí —susurró.

Me pidió que me acercara a una de aquellas paredes.

—Esto te va a interesar mucho.

El tabique que doña Victoria señalaba se reveló como un universo literalmente cubierto de fotos, grabados, postales, diplomas y viejos recuerdos. Formaban un mosaico caótico, un universo expandido que había visto nacer en los largos pasillos del inmueble y que allí se encarnaba en cuadros de todos los tamaños, enmarcados con molduras de materiales muy distintos. Algunos tenían el aspecto de ser muy antiguos. Otros, en cambio, parecían recién comprados.

—Mira por ahí a ver si algo te llama la atención, hijo —me invitó, como si quisiera ponerme a prueba.

Eché un nuevo vistazo sin saber dónde debía detenerme. En realidad, había mucho en aquel lugar en lo que fijarse. Me gustó el sillón de orejas que había justo detrás de mí. Examiné varios montones de periódicos atrasados. Y también una estantería lacada en blanco que se combaba bajo el peso de decenas de libros sobre la segunda guerra mundial. Me acordé entonces de lo que escribió Cicerón, «una habitación sin libros es como un cuerpo sin alma», y supuse que aquel cuarto debía de tener una enorme. Sin embargo, seguía sin adivinar qué diablos quería exactamente que viese.

Lady Goodman, ajena a mis dudas, señaló uno de los cuadros.

—Fíjate en ése.

Curioso, me asomé al interior de un marco de madera barato, áspero y lleno de nudos, entrecerrando los ojos para distinguir mejor su contenido.

De primeras no me pareció nada deslumbrante. El cuadrito preservaba una tarjeta manchada, del tamaño de una cuartilla, en la que alguien había dibujado el perfil de una colina. Parecía un mapa, uno hecho de mala manera, con prisas, pero no llegaba a serlo del todo. Quizá esa impresión la daba la letra A mayúscula escrita dentro de la montañita, en una especie de cueva trazada con torpeza, como si el nombre de ese accidente geográfico pudiera reducirse a una sola vocal. La A tenía el brazo transversal partido en dos y daba la impresión de que el dibujante lo había roto para incluir en el hueco resultante una estrella que irradiaba haces de luz. Cerca, unos trazos sucintos componían una iglesia y más allá una especie de aspa o de rueda de bicicleta mal dibujada a la que no encontré ningún sentido. El dibujo tenía el trazo aguado, signo inequívoco de deberse a una pluma de las de antes, de plumín y tintero, e iba acompañado de una escueta dedicatoria.

Me acerqué más para leerla:

A José Roca.
Nunca un cicerone tan joven había iluminado tanto la mente de un viejo escriba.
Deja que tu alma vuele.

—¿No te parece fascinante? —inquirió doña Victoria entusiasta.

Al ver el nombre de mi abuelo de modo explícito en esa especie de dedicatoria, me incliné de nuevo sobre ella y escudriñé el boceto en busca de algún otro detalle. Debajo de las breves líneas identifiqué una rúbrica pomposa, trazada en vertical, dibujada más que escrita con la misma pluma.

«Valle-Inclán. Octubre de 1935.»

—¿Valle-Inclán? —El descubrimiento, unido a la reliquia del abuelo, me espabiló.

La imagen de la dama del misterio hablándome de él dos días antes refulgió en mi memoria como un relámpago. La frase «deja que tu alma vuele», que entonces había atribuido al patriarca de los Roca, estaba ahora escrita de puño y letra de uno de los escritores españoles más ilustres del siglo XX.

—No sabía que Valle-Inclán y mi abuelo se conocieran. —murmuré.

—Hay muchas cosas que desconoces aún. —Sonrió, satisfecha al verme dudar.

El aplomo de lady Goodman creció al oírme reflexionar sobre la fecha de aquella tarjeta. Valle-Inclán falleció en 1936, poco antes del inicio de la guerra civil española, y debió de redactar aquello cuando ya estaba enfermo. Ella me escuchó, pero en cuanto pudo soltó una perorata desordenada y algo confusa de los años madrileños de Ramón María del Valle-Inclán, el gran autor de *Luces de bohemia*, el inventor del esperpento, el dramaturgo de éxito, poeta de una época y uno de los mejores retratistas de las miserias del Madrid de la República. Por desgracia, yo no sabía gran cosa de él aparte de que se quedó manco a raíz de una pelea en un bar y que tenía fama de hosco. En Irlanda apenas se lo conoce. Es uno de esos genios de la literatura *lost in translation*, casi imposibles de entender lejos de la mentalidad española. Pero a ella eso no le importó. Parecía ansiosa por explicarme que mi abuelo conoció a figura tan insigne cuando tenía apenas quince años. Era la época en la que, al parecer, Valle-Inclán era un dandi preocupado por la muerte que frecuentaba a las grandes médiums de su época. Incluso sobrevoló fugazmente el hecho de que lo había obligado a leer uno de sus libros más raros, *La lámpara maravillosa*, antes de aceptarlo como discípulo en sus tertulias.

Pensé que estaba yendo demasiado aprisa. De hecho, hubo algo en su modo de pronunciar la palabra *médium* que me puso en guardia.

—Espere un momento —la interrumpí—. ¿Ha dicho «médiums»? España era en esa época un país muy católico. Como Irlanda. ¿Está segura de que Valle-Inclán fue espiritista?

Una mirada de fina inteligencia iluminó su rostro.

—Me encanta sorprender al joven profesor. Algo me dice que eso no ocurre a menudo.

—No ha respondido a mi pregunta, lady Goodman... —señalé, evitando con descaro su indirecta.

Ella levantó una ceja.

—Los biógrafos de Valle-Inclán rara vez hablan de esa faceta suya —sonrió al fin, condescendiente—, pero sí: fue un habitual de las sesiones de espiritismo de Madrid y de las consultas de astrólogos de cierto postín. Como buen gallego, lo obsesionaba la comunicación con el más allá, meditaba como los yoguis y hasta creía que la verdadera inspiración sólo le llegaba cuando se ponía en sintonía con esa clase de fuerzas sobrenaturales que para él estaban detrás de todo.

—Como Conan Doyle en las letras inglesas... —susurré.

Doña Victoria hizo un gesto de aprobación y prosiguió:

—Valle conoció incluso a la gran vidente italiana Eusapia Palladino, una dama capaz de hacer aparecer los rostros de los espíritus con los que hablaba en el barro húmedo de una palangana. En México, don Ramón invocó muertos con ayuda de una de las hermanas del presidente de la República, Porfirio Díaz, y en...

—Está bien... —Sacudí la cabeza, mareado—. La creo. No tenía ni idea. Lo admito. Aunque no comprendo por qué me cuenta esto con tanto énfasis.

Las pupilas casi transparentes de doña Victoria se contrajeron de repente, como si un golpe de sol la hubiera deslumbrado. Señaló la dedicatoria del cuadrito.

—¿Por qué, dices? —Se irguió—. Porque tu abuelo fue el último médium al que Valle-Inclán frecuentó. Ese dibujo lo demuestra. Y porque tú tienes esos genes. Y porque yo los necesito para mi búsqueda.

Y añadió, muy seria:

—Si no quieres hacerlo por mí..., hazlo al menos por la memoria de tu familia.

Y mirándome de nuevo con sus ojos penetrantes de chamán, dijo:

—¿Lo entiendes ya, querido?

22

Claro que lo entendí. Y muy bien. La Montaña Artificial no era una simple escuela de literatura experimental, ni doña Victoria una escritora veterana que deseaba transmitir sus conocimientos a futuras generaciones de lectores y escritores de élite. Aquello era en realidad una gigantesca tela de araña en la que habitaba una enorme tarántula ávida de carne fresca. O de espíritus. Su trampa —había que admitirlo— era magnífica. Con una deliberada ambigüedad, la dama del misterio te llevaba a reflexionar sobre las fuentes de la inspiración arrastrándote por terrenos tan cenagosos como atractivos. El grial o las voces de los *daimones* eran sus cebos. Estaban bien presentados, eran perfectamente coherentes en su chifladura, y podrían volver loco hasta al más cuerdo de los intelectuales.

Algo intimidado aún, recorrí con ella en silencio la vivienda hasta el distribuidor de la entrada. Doña Victoria y yo nos despedimos con un beso en la mejilla y con mi promesa de darle una respuesta al día siguiente. De hecho, yo ya había tomado la determinación de no volver a pisar aquella casa. Pero por no desairarla ni empañar con ello la memoria de mi abuelo, le aseguré que no dejaría Madrid sin avisarla antes. En el fondo era casi lo mismo que decirle que no, aunque de un modo más suave. Le agradecí, eso sí, la hospitalidad con la que me había recibido, que me hubiera enseñado las fichas de trabajo de mi ilustre antepasado, y le aseguré que daría recuerdos de su parte a mi madre en cuanto tuviera ocasión.

No consideré necesario darle más explicaciones. Pese a que me hubiera gustado examinar aquellas cartulinas otra vez, lo que había visto y oído entre aquellas cuatro paredes bastaba para comprender que, de quedarme, las cosas no harían sino que complicarse. Y no sólo en lo relativo a aquel viaje tras los pasos de Guillermo, que a fin de cuentas me parecía otra excentricidad de doña Victoria, sino también con aquella joven tan enigmática como atractiva de la que ahora lamentaba no haber podido despedirme.

Abandoné, pues, La Montaña Artificial tan deprisa como pude y tomé un taxi hasta el centro histórico de la ciudad. Pensé que echar un vistazo a las callejuelas que rodean la Puerta del Sol, perderme entre sus tascas y sus bulliciosas cafeterías, me ayudaría a recordar que estaba en Madrid de vacaciones y no en una convención de buscadores de reliquias.

El plan funcionó. Fue poner el pie en la plaza más concurrida de la capital y sentir cómo otros instintos tomaban el control de mi ser. La cercanía de la chocolatería San Ginés —un clásico de siempre, castizo y algo chusco— sacó del letargo, de golpe, a mis papilas gustativas.

San Ginés era un local antiguo, de mesas de mármol blanco con dispensadores metálicos de servilletas de papel y mostradores de madera. Llevaba más de un siglo socorriendo a generaciones enteras de viandantes sin horario. Lo descubrí de adolescente, el año que mamá Gloria y yo disfrutamos de nuestra primera Navidad completa en la capital. Allí pasé mi primera noche en vela. Fue la del fin de año de 1996. Tenía sólo dieciséis abriles y me deslumbró que existiera un lugar así. Una especie de pub irlandés de guardia, abierto veinticuatro horas al día, los trescientos sesenta y cinco días del año, presto a servir algo caliente con lo que reconfortar a su clientela.

Sólo al llegar advertí la brutal señal parmenídea que lucía en la puerta del local. Junto al umbral del callejón que le da nombre, una placa de reciente factura rendía homenaje a don Ramón María del Valle-Inclán. Otra vez él. La lápida de mármol recordaba a Max Estrella, el desventurado poeta que Valle imaginó para su obra teatral más célebre, *Luces de bohemia*. Un escrito en el que criticaba con amargura lo difícil que resultaba ser escritor en España y con el que, paradójicamente, cosechó gloria y admiración eternas. Justo allí imaginó un tropiezo de borrachos que terminó con los huesos de sus protagonistas en la cárcel, lo que hizo esa esquina famosa para siempre.

Aquello debería haberme puesto en guardia. Era la segunda vez en horas que la sombra de Valle-Inclán se cruzaba en mi camino y eso no podía ser normal. Pero no hice caso.

Busqué una mesita apartada en una zona donde no faltara el aire acondicionado, me senté en una de sus viejas sillas de forja, las mismas que debieron de aguantar alguna vez al ilustre admirador de mi abuelo o quién sabe si también a Unamuno o a Baroja, y pedí un café y unas porras.

Estaba a punto de acabar mi consumición, pensando ya en cuál de los teatros próximos me refugiaría hasta la noche, cuando vi entrar dos siluetas que sin titubear se dirigieron hacia donde estaba. Al principio no advertí nada extraño —el contraluz no me permitió distinguirlas bien y pensé que serían turistas, como yo—, pero en cuanto los tuve a un par de pasos los reconocí.

—Pero ¡bueno! —Me atraganté, saludándolos con la mano—. ¿Qué hacéis vosotros aquí?

Johnny Salazar y Luis Bello me devolvieron el gesto y se acercaron.

—Bonito lugar para finalizar la jornada —dijo el primero, husmeando el local con su nariz de pirata. La camiseta de los Ramones fue lo primero que identifiqué—. Me sorprende que lo conozcas...

—Y a mí me sorprende veros. ¿Vivís cerca?

El muchacho de la barba sumeria y el director de orquesta intercambiaron una mirada cómplice. Pidieron dos cafés al camarero de la barra y se acomodaron en mi mesa, ocupándola con dos sobres de tamaño folio y sus respectivos teléfonos móviles.

—En realidad te hemos seguido.

No detecté sombra de ironía alguna en sus palabras.

—Tenemos que hablar contigo, David. Se trata de Guillermo Solís.

—Por favor... —Dibujé mi mejor gesto de hastío—. Otra vez no, chicos. Acabo de despedirme de doña Victoria y necesito un descanso.

—Pues lo sentimos mucho, pero tienes que escucharnos. Es importante —insistió Johnny, amable.

—¿Tanto como para fastidiarme el café?

—Me temo que sí. Necesitamos contarte algo que puede ser de tu interés —anunció Luis, tan cordial y educado que me fue imposible negarme.

Ni siquiera repliqué. No se me ocurrió cómo. Hice un ademán para que dijeran lo que fuera rápido y me dejaran de nuevo solo.

—Nosotros lo conocimos muy bien, fuimos sus amigos —continuó—. No sé si sabes que Guillermo era de Barcelona, un buen chaval, con futuro. De hecho se había venido a Madrid sólo para seguir nuestras reuniones de literatura experimental. Era alguien razonablemente feliz, pero...

Luis hablaba despacio, eligiendo bien las palabras, como si no quisiera sobresaltarme.

—... pero el pasado 8 de julio un vecino de doña Victoria se lo encontró, tumbado boca arriba, flotando en un pequeño estanque que hay en el Retiro. Lo reconoció nada más verlo. El buen hombre se había cruzado con él en el portal un par de veces y, claro, le faltó tiempo para llamar a la policía...

«¿Un estanque? ¿En el Retiro?»

Me quedé mirándolo con cierta perplejidad. De pronto recordé que Pau me había llevado justo hasta un lugar como ése, a los pies de la montaña artificial de Fernando VII, y también cómo lo había mirado con un gesto extraño.

Luis, ajeno a mis deducciones, prosiguió:

—Lo que queríamos que supieras es que su muerte está rodeada de incógnitas, David. Johnny y yo comenzamos a hacer algunas averiguaciones por nuestra cuenta y, la verdad, cuanto más sabemos, más preocupados estamos.

—¿Habéis investigado la muerte de Guillermo?

—Más o menos —asintió Salazar dubitativo—. Descubrimos que la última persona que lo vio con vida fue Pau y que...

—Espera. —Luis lo detuvo, agarrándolo de un brazo.

El director de orquesta miró entonces a su alrededor para cerciorarse de que nadie nos vigilaba y abrió uno de los sobres que había dejado encima de la mesa.

—Será mejor que veas esto —dijo, repartiendo su contenido entre las tazas que ya poblaban la mesa.

Eran tres recortes de periódicos fechados el 10 de julio que hablaban del descubrimiento del cadáver de un tal G. S. P. en el Retiro, y dos fotos aparte en blanco y negro con una marca de agua de la Policía Nacional, impresas a tamaño folio y en las que se apreciaba un borroso primer plano y una imagen de cuerpo entero de un joven moreno, de cabellos largos y desordenados, el rostro mortalmente pálido, los labios oscuros y los ojos abiertos con las pupilas vueltas hacia la parte superior. Estaba tendido sobre una manta térmica, rodeado de algunas pertenencias que parecían habérsele caído de una bolsa. Era el retrato de un cadáver.

—¿Éste es Guillermo? —indagué, disimulando mi repulsión y asombro por que tuvieran aquel material en sus manos.

Luis asintió, grave pero sin perder un ápice su cordialidad.

—Son fotos del expediente del caso —confirmó—. Nos las ha pasado un amigo, junto al informe completo. Lo que dice es que lo encontraron boca arriba en el estanque de patos que rodea a la Casita del Príncipe, pero lo sacaron de allí enseguida. No le robaron ni se apreciaban en su cuerpo señales de violencia. Tampoco tenía marcas de pinchazos ni hematomas o heridas de consideración, así que han dado carpetazo al caso achacándolo a un desafortunado accidente.

—«Paro cardiaco.» Eso es lo que dicen siempre que no saben qué ha ocurrido —completó Johnny, con el mismo gesto de incredulidad que había visto horas antes en doña Victoria—. ¡Pues claro que paro cardiaco! El corazón se te para cuando mueres...

—Los informes toxicológicos de la autopsia tampoco han revelado nada extraño —continuó Luis, hojeando un manojo de folios con membrete que extrajo del mismo sobre—. Aquí dice que no había ingerido drogas, no estaba borracho ni tenía ningún golpe ni signos de toxicidad en la sangre que justificaran esa pérdida de equilibrio. Guillermo debió de entrar de noche en el parque, dar una vuelta por los alrededores de la montaña y sufrir una «muerte súbita».

—Entonces no fue un homicidio —dije con cierto alivio, viendo que la policía había hecho bien sus deberes.

Luis levantó la vista de los papeles.

—Ése es el problema, David. Nosotros no estamos tan seguros de eso. En la muerte de nuestro compañero hay ciertas cosas que no encajan.

—Tenemos motivos para suponer que se trató de algo premeditado. Un asesinato sutil, bien concebido —añadió Johnny, poniéndole al fin la etiqueta que estaba temiéndome.

—Un asesinato es una acusación muy grave —murmuré—. Supongo que tendréis pruebas para sostener algo así.

—Por desgracia, todas han sido desestimadas por la policía alegando que se trata de meras coincidencias —precisó Luis apesadumbrado.

Yo los miré cada vez más perplejo esperando que mi silencio los animara a explicarse mejor. Fue Luis quien, calibrando mi sorpresa, lo hizo.

—En realidad, todo empezó a ir mal hace unos dos o tres meses. Doña Victoria estaba muy unida a Guillermo. Se había convertido en su alumno favorito y pasaba con él más tiempo que con cualquiera de nosotros. Ya entonces sospechábamos que se traían algo entre manos, porque lady Goodman lo enviaba aquí y allá. Ahora sabemos que eran viajes relacionados con el grial.

—Como el museo de los ábsides, el MNAC...

—Exacto. Visitaba bibliotecas, archivos, consultaba con

expertos locales, pasaba algunos días fuera y luego la ponía al día de sus avances. Ninguno de los dos hablaba demasiado de eso, pero un día me llamó para contarme que tenía la sensación de que alguien lo estaba siguiendo.

—¿Ah, sí? —Me extrañó oír aquello—. ¿Te lo dijo él?

—Fue una semana antes de morir. Estaba preocupado porque una sombra lo seguía a todas partes. Era alguien que no lo perdía de vista y que aparecía cada vez que iniciaba alguna gestión para doña Victoria.

—El caso —interrumpió Johnny— es que nosotros también empezamos a notar cosas raras. Nosotros también la vimos. A la sombra.

Al oír aquello abrí los ojos aún más sorprendido.

—Bueno... —dudó el director de orquesta—. Unos días después, al terminar mis ensayos en el Auditorio Nacional, un hombre se coló en la platea y se dirigió a mí. Me dijo que sería mejor que dejase de frecuentar la academia de doña Victoria. Que eso sólo me traería problemas.

—¿Lo conocías? —pregunté preocupado.

—No lo había visto nunca.

—¿Y cómo era?

—Un tipo raro. Vestía de negro, como un cura. Pero parecía más rudo. Más..., cómo decirlo, más siniestro.

Tuve que poner mi mejor cara de póquer tratando de disimular la sorpresa y la inquietud que me produjo su descripción.

—¿Y crees que pudo ser el mismo que siguió a Guillermo?

—No puedo probarlo, claro. Pero quizá lo era.

—¿Se lo habéis contado a la policía?

—Sí, pero no nos han hecho mucho caso —resopló Johnny.

—Por supuesto, también se lo dijimos a doña Victoria —añadió Luis—. Nos advirtió que debíamos andar con cuidado. Que esas sombras le recordaban mucho a las que había visto su poeta favorito, Percy Shelley, poco antes de morir. Y poco más.

—¿Shelley? Conozco bien a Shelley y no recuerdo nada de eso —dije.

—Lady Goodman dijo que era una anécdota poco conocida. Al parecer, la escribió lord Byron cuando murió su amigo Shelley. Una noche el poeta estaba leyendo una obra de Calderón de la Barca cuando, de repente, un hombre embozado en una capa y con la cabeza cubierta entró en su estudio y empezó a hacerle señales para que lo siguiera. El poeta obedeció y, cuando el intruso se quitó lo que llevaba encima y se dejó ver, descubrió que era... ¡un doble exacto de él mismo! Cuentan que chilló horrorizado hasta caer desmayado del susto.

—Es una historia muy victoriana. —Sonreí—. Seguramente sea apócrifa. Esa gente adoraba los fantasmas, ya sabes...

—Sí. Pero en este caso hay algo más —me atajó Johnny con los ojos muy abiertos, más serio—. Puede que doña Victoria nos la refiriera para quitarle importancia a lo de las sombras, pero cuéntale tú lo de la fecha, Luis.

Éste, imperturbable hasta el momento, se removió incómodo en su silla de metal.

—Eso es lo más fuerte de todo, David. Guillermo murió el pasado 8 de julio.

—¿Y qué tiene eso de especial? —Me encogí de hombros.

—El 8 de julio fue..., bueno, fue el aniversario de la muerte del poeta Shelley.

—A lo peor te parecemos dos paranoicos —retomó Luis, bajando la voz—, pero quien asesinó a Guillermo conocía ese detalle y sabía lo que lady Goodman nos había explicado cuando le hablamos de las sombras. Es como si, al acabar con él, le estuviera enviando una señal a ella.

No moví ni un músculo.

—Además, ¿sabes qué libro llevaba en esa bolsa Guillermo cuando lo encontraron? —Los ojos del director de orquesta relampaguearon mientras señalaba el ángulo de una de las fotos—. *Curiosamente* —enfatizó— era otro poema incompleto, como el de Chrétien de Troyes...

—Hay más de un poema inconcluso en la historia de la literatura —susurré yo también, sin terminar de ver adónde pretendía llevarme.

—Ese libro era el *Don Juan* de lord Byron.

—Piensa, David. Shelley murió ahogado un 8 de julio a bordo de un barco llamado *Don Juan* en honor a esa obra de Byron —añadió Johnny—. Doña Victoria es una gran admiradora de ambos. A su alumno lo asesinan en un estanque próximo a La Montaña Artificial y lleva o le dejan un *Don Juan* cerca. Yo creo que son coincidencias más que significativas.

Sacudí la cabeza, algo confuso. Si ésas eran las pruebas con las que habían ido a la policía para que abrieran una investigación por homicidio, no me extrañaba que no les hubieran hecho caso. Aquello era una visión demasiado «interna» de la muerte de un compañero. Demasiado... literaria.

—Un momento. —De repente, al pensarlo, caí en la cuenta de algo—. ¿No estaréis insinuando que a Guillermo lo asesinó alguien de La Montaña? ¿Alguien que lo conocía y que sabía de vuestras discusiones recientes?

Mis dos interlocutores guardaron silencio, expectantes, como si les alegrara que hubiera llegado al fin a esa deducción.

—Entendemos que dicho así parezca difícil de creer —susurró Luis por último.

—De hecho, tenemos nuestras sospechas —añadió Johnny.

—Seguramente te sorprenderá lo que vamos a decirte, pero...

—¿Pero?

Una idea absurda cruzó fulgurante por mi cabeza. El relámpago me hizo levantar la voz más de la cuenta.

—¡¿Paula?! —No sé qué semblante debí de poner al escucharme decir aquello—. ¿Creéis que fue ella? ¿Estáis locos?

—Es sólo una posibilidad —dijo Luis, haciéndome un aspaviento para que moderara el tono—. Hay otras, por supuesto. Lo que es seguro es que quien lo mató sabía que Guillermo estaba, como nosotros ahora, buscando el Santo Grial. Y que se trata de alguien cercano a La Montaña Artificial.

En ese instante fui yo quien se sacudió incómodo.

—Esperad. No me metáis en esto. Yo no estoy buscando nada...

—Desde hace un rato, técnicamente sí —observó Johnny Salazar—. ¿No lo has visto? Doña Victoria nos ha empujado a todos a su *quête* particular. Pretende que reconstruyamos los pasos que dio Guillermo tras el grial. Ya la has oído. Además, está convencida de que vamos a descubrir quién fue su asesino y por qué quisieron alejarlo de su investigación.

—Te seré franco, David. —Luis, confidente, se inclinó hacia mí—. Nosotros no podemos eludir el embarcarnos en esto. Guillermo fue nuestro amigo y, como es natural, no queremos que su muerte quede impune. Pero tú sí. Acabas de llegar. Eres un hombre formal, con una reputación que proteger. Y esto puede ser peligroso. Muy peligroso. Aunque doña Victoria diga que te necesita, estás a tiempo de alejarte.

—Os agradezco vuestro interés, pero ¿por qué me contáis esto?

Johnny me contempló muy serio.

—Quizá porque nos caes bien. Y también porque hemos leído demasiados libros sobre el honor y la caballería.

—Eso es cierto —añadió Luis, mirándome con sincera preocupación—: ¿qué sería del mundo si entre caballeros no nos avisáramos para evitar dar un mal paso? ¿No te parece?

23

Juan Salazar y Luis Bello ignoraban que yo ya había tomado la decisión de evitar ese mal paso. Mi instinto gritaba desde hacía horas que cuanto más lejos me mantuviera de La Montaña Artificial, mejor. Y no sólo por el oscuro incidente de Guillermo Solís, del que acababa de conocer todos los detalles, sino también por el modo con el que doña Victoria había decidido atraparme, apelando a mi pasado.

Sin embargo, aquel revelador encuentro con los dos alumnos varones de lady Goodman no se zanjó ahí. Hubo algo más. Un gesto que no me pasó desapercibido y que me confirmó hasta qué punto me estaba empezando a contagiar de sus ideas paranoides.

Fue al despedirnos. Justo cuando estábamos estrechándonos la mano, el fan de los Ramones comenzó a recoger a toda prisa el material que habían esparcido sobre la mesa. La suya fue una reacción tan brusca que en ese momento no supe qué pensar. Luis y él, de repente, se quedaron mirando hacia la puerta con expresión alarmada, como si alguien los hubiera descubierto haciendo algo que no debían. Yo, claro, me volví en esa dirección pero no logré ver a nadie. Al menos, a nadie sospechoso. Por un segundo temí encontrarme otra vez con el tipo vestido de negro, con boina y abrigo de tres cuartos, que me había sobresaltado frente a la casa de doña Victoria, el mismo que había visto también el primer día en el hotel y que provocó una reacción parecida en Pau... Pero me equivoqué. Allí sólo había un hombre mayor, con gafas metálicas y pelo revuelto, blanco y abundante, que cruzó el local sin siquiera reparar en nosotros y que se sentó a otra mesa para pedir un café.

—Os agradezco lo que me habéis contado —dije para poner fin a aquel instante de confusión—. Ha sido una charla muy clarificadora.

Ellos, algo perturbados aún, asintieron con la cabeza.

—Ojalá encontréis lo que buscáis —añadí.

—¿Y tú? ¿Qué vas a hacer ahora? —indagó Johnny curioso.

—¿Yo? Lo que tendría que haber hecho ya esta mañana, Juan —dije seco, pensando en que, después de todo lo que acababa de oír y ver, no iba a esperar ni un minuto más para concluir todo aquello.

24

Un tremendo estruendo metálico me sorprendió nada más poner el pie en la calle. Tardé apenas un segundo en identificar de qué se trataba. Su onda expansiva rebotó entre las viejas ventanas del callejón de San Ginés como si buscara arrancarlas de la pereza de aquellos calores. De repente sentí un golpe de aire fresco. El ambiente se había enrarecido, llevándose las últimas briznas de luz del día y trayendo de ninguna parte un viento cargado de humedad que sumergió la ciudad en un inconfundible aroma a tierra mojada.

Al impresionante redoble pronto le sucedieron dos más. Una tormenta de verano iba a empaparlo todo en cuestión de minutos. Levanté la vista al cielo con preocupación y en ese momento, al descubrirlo tachonado de bulbos negros, tuve un mal presentimiento.

Aquélla era una oscuridad malsana. Anormal. Intimidado, apreté el paso hacia la parada de taxis de la calle Mayor con la imperiosa necesidad de hablar con Paula y con lady Goodman.

—¿Adónde lo llevo, señor? —me preguntó el taxista, animado ante la llegada de un cliente.

—A la esquina de Menéndez Pelayo con O'Donnell —ordené, mientras marcaba el número de Pau.

Su teléfono sonó varias veces pero no respondió. Lo intenté también con el de Victoria Goodman y volvió a suceder lo mismo. Ni siquiera saltó un contestador automático. No me importó. Confiaba en encontrarlas aún en su academia, en esa que apenas una hora o dos antes me había prometido no volver a pisar.

—La calle Alcalá está cortada, señor —me interrumpió el taxista, que veía enfurruñado cómo las primeras gotas de una lluvia sucia empezaban a emborronarle el parabrisas—. ¿Rodeamos el Retiro por Alfonso XII y Reina Cristina?

—Claro... —dije indiferente—, como quiera.

En mi cabeza, quizá agitadas por los vientos de la tormenta, empezaron a bullir toda clase de sensaciones funestas. De algún modo, Luis y Johnny habían dado voz a lo que mi conciencia llevaba dos días intuyendo: que la escuela experimental de lady Goodman ocultaba un avispero absurdo del que alguien como yo sólo podría salir malherido. La decisión correcta era zanjar cuanto antes toda relación con Victoria Goodman y su entorno. Hacerlo de forma educada, por supuesto. Sin aspavientos, pero firme. Aunque hasta ese momento yo no había visto con mis propios ojos a esos «enemigos» de los que todos hablaban, la verdad era que no tenía ninguna intención de tentar a la suerte y tropezarme con ellos por error.

Estaba tan absorto en mis pensamientos que no presté atención al boletín de noticias de la radio que mencionaba fuertes lluvias en la zona norte de Madrid y apagones en pueblos de la Sierra.

—Señor —volvió a interrumpirme el conductor—. Mire. Debe de haber algún problema. La calle Alfonso XII también está cortada...

Eché un vistazo al frente para ver a qué se refería. La vía, una amplia avenida que transcurría longitudinal al muro de poniente del Retiro, estaba bloqueada por dos o tres camiones de bomberos con las sirenas encendidas y sus escaleras extendidas hacia un bloque de pisos. No se veían llamas ni nada que justificara aquel despliegue, pero una patrulla de la policía municipal se afanaba por desviar el tráfico hacia las calles aledañas.

—No se preocupe —le dije al tiempo que le tendía un billete de diez euros e ignorando el repiqueteo cada vez más fuerte de la lluvia sobre el techo metálico del taxi—. No estoy muy lejos. Terminaré el recorrido a pie.

Alcancé a ver la fachada de doña Victoria diez minutos más tarde, tras remontar el promontorio sobre el que se despliega el parque. Lo culminé con el pelo y la ropa empapados de lluvia y sudor, sin casi darme cuenta de que el lugar se había quedado vacío. Los truenos —que sonaban cada vez más cerca— habían asustado incluso a los músicos y a los vendedores ambulantes. Los kioscos habían echado el cierre y hasta el lago estaba desierto. No había ni una sola barca ocupada. La lluvia, más intensa a cada minuto que pasaba, las había dejado a todas en el muelle, sin turistas, y la taquilla para la venta de billetes estaba a oscuras.

Quizá por eso me llamó tanto la atención lo que vi al llegar frente a mi destino. Justo debajo de los balcones de la academia de lady Goodman un grupo de unas seis o siete personas ocupaban la estrecha acera, al amparo de un enjambre de paraguas. Parecían llevar allí un buen rato discutiendo sobre algo. Junto a ellos conté dos furgonetas de averías de la compañía eléctrica aparcadas en doble fila, con los portones traseros abiertos y los intermitentes de alarma en marcha. «Un apagón», deduje, levantando la vista a la fachada y comprobando que no había una sola luz encendida en toda la manzana. Los semáforos no funcionaban. Las farolas y las marquesinas de publicidad electrónicas, tampoco.

La tapa de una de las alcantarillas que había frente al inmueble, en medio del asfalto, estaba abierta. Más que un sumidero se trataba de una portezuela de rejilla de tamaño medio que daba a una escalera de obra. El acceso había sido acordonado por un sencillo perímetro de vallas metálicas de contención sobre las que se apoyaban tres personas que no lo perdían de vista.

Me fijé mejor. Una de ellas era el portero de ojos de lechuza del edificio. Su gesto era sombrío.

La otra era Paula.

La reconocí enseguida. Aunque llevaba puesto un chubasquero transparente, su moño, su gran bolso de tela colgado del hombro y sus vaqueros ajustados la delataban. Debía de haber regresado a La Montaña para hacer los preparativos orientados a reconstruir los pasos de Guillermo tras el grial cuando el corte de luz la obligó a bajar a la calle. Quizá su móvil estaba en el bolso y con el trajín no lo había oído.

Un par de metros más atrás, doña Victoria y Raquel, su enfermera de noche del pelo azul, hablaban entre sí con cara de contrariedad. Lady Goodman parecía indignada. Sostenía una sombrilla de color lavanda, antigua, más propia para contener el sol que la lluvia. También estaba en la calle por la falta de luz en la manzana. Tenía sus ojos líquidos clavados en los de un operario de baja estatura que aguantaba una caja de herramientas. El hombre se encogía de hombros, sin saber qué replicar, mientras su interlocutora, que aguantaba una carpeta de folios bajo el brazo, lo acusaba con el dedo índice.

Estuve a punto de levantar la mano y saludarlas desde el otro lado de la calle cuando una tercera escena me llamó todavía más la atención. Frente a la puerta de uno de los pocos garajes de la vía, un hombre hablaba con alguien que estaba encaramado sobre una moto de gran cilindrada. Tenía el motor encendido, ronroneando por encima de los truenos que seguían sacudiendo el cielo. Me fijé en ellos porque los trabajos en el colector habían interrumpido el tráfico de ese segmento y no había más vehículos circulando por la calle.

El motorista, un varón delgado pero de cierta envergadura, tenía la cabeza enfundada en un casco con la visera levantada y lucía gafas de sol y una chupa sin emblemas ni parches. Parecía asentir a lo que le estaban diciendo, aunque me fue imposible distinguir sus facciones. Sin embargo, a diferencia de éste, el hombre de negro que estaba a su lado me resultó familiar en el acto: su tez era blanquísima, enfermiza, y la tenía vuelta hacia el mismo grupo de vecinos que yo. Iba vestido con ropa de invierno, gabardina larga y boina oscura. No tuve duda. Aquél era el tipo que había visto en el bar de mi hotel el primer día. Y el mismo que volví a encontrarme a sólo unos metros de allí, en la esquina de la casa de doña Victoria que ahora ocupaban los operarios de la compañía eléctrica. Intuí que no iba a traer más que problemas.

En efecto. A un gesto suyo, el rugido de la moto se avivó justo antes de salir disparada en dirección a la zona de la alcantarilla. Una nube de agua pulverizada se levantó del asfalto. Pensé que el piloto evitaría el perímetro y tomaría el carril lateral, pero en vez de eso dio todavía más gas a su motor dirigiéndose en rumbo de colisión contra el grupo.

Pau se volvió al oírla acelerar.

Los electricistas que se hallaban inspeccionando la arqueta levantaron los ojos a tiempo de ver con espanto de dónde procedía aquel estruendo.

Sólo un segundo más tarde, la moto —una Kawasaki z1000 negra, de cuatro cilindros, impresionante— pasó rozándolos, e hizo que tanto Paula como una mujer de unos cuarenta años que estaba a su lado cayeran de espaldas sobre un charco.

—¡Será hijo de puta!

Un alud de imprecaciones persiguió al motorista en su huida.

Me fijé en el extraño detalle de que aquel monstruo de vientre de acero no llevaba matrícula, pero también en algo que me dejó todavía más perplejo. Contra todo pronóstico, como si su piloto hubiera oído los insultos, frenó en seco en el cruce con la calle O'Donnell y empezó a girar para dar media vuelta.

Pau, aún aturdida, seguía sentada en el suelo, con los ojos muy abiertos, clavados en el casco negro.

«¡Dios mío!», pensé.

Fue como un relámpago.

De repente tuve la certeza de que iba a lanzarse de nuevo contra ella.

Sabía que aquél no era un salvaje cualquiera. Tampoco un estúpido a bordo de una máquina de más de mil centímetros cúbicos de motor. En ese instante noté cómo mi cuerpo entero se crispaba. Por una impredecible asociación de ideas me acordé de mi sueño en el castillo del Retiro y de cómo Pau me había obligado a asomarme a aquel gran agujero sin fondo. Volví a sentir el miedo a caerme dentro. O a que ella cayera. Y quise gritarle.

Por desgracia, no tuve tiempo.

El motorista soltó el freno y se lanzó calle abajo a toda velocidad, inclinándose sobre el depósito de combustible.

La calle retumbó de nuevo a su paso.

En esa fracción de segundo vi claro que tenía que hacer algo. Cualquier cosa. Lo que fuera.

Sin pensarlo, eché a correr para interferir en su trayectoria. Sabía que si me cruzaba con él, si apenas lo rozaba con un brazo, lo derribaría.

Alcancé la zona de la alcantarilla el primero y volé hasta aferrarme a una de las vallas con las que los electricistas habían marcado su área de trabajo. Ni siquiera llegué a ver a Pau. Sólo tenía ojos para aquel objeto metálico pintado de amarillo. Con el pulso a punto de desbocárseme, choqué con él empujándolo unos metros hacia delante. Era justo lo que quería. La valla se desancló de sus compañeras y, vacilante, rotó sobre sí misma, desplazándose hacia el centro de la calzada. El estruendo que provocó fue tan grande que cuando el motorista derrapó para no impactar contra ella, arrastrando sus tubos cromados por el suelo, todos contuvimos el aliento.

Durante aquella fracción de segundo el tiempo se detuvo.

Vi a Paula levantarse como a cámara lenta, y a un grito de doña Victoria huir a buscar refugio en el portal junto a Raquel. Pero también contemplé cómo el «caballero oscuro» erguía su moto de mala gana, girando la cabeza despacio hacia mí. Me miró. Comprobó los daños. Se fijó luego en quién era. Y en ese instante sentí toda su ira en mi rostro.

Aquel tipo acababa de identificarme como a su nuevo objetivo.

Aferrado al acelerador, la máquina que llevaba entre las piernas bramó como una bestia herida.

Fue una estupidez. Lo sé. Pero no se me ocurrió nada mejor que echar a correr calle abajo. Sabía que iría a por mí y que sólo tenía una pequeñísima oportunidad de escapar. No miré hacia atrás. No quise. Si aquel tipo soltaba el freno de nuevo, iba a arrollarme en cuestión de dos o tres segundos.

El rugido volvió a aumentar de intensidad.

Tronó. Y con él también lo hizo el cielo, derramándose sobre nosotros.

De pronto percibí un alboroto a mi espalda. Quise creer que los operarios de la compañía eléctrica y los vecinos estaban gritando a aquel psicópata que parecía dispuesto a llevárseme por delante. Aunque, como digo, no lo vi. Había puesto todo mi empeño en alcanzar la curva que giraba hasta la calle Menorca y ponerme a salvo entre los coches allí aparcados.

Algo, sin embargo, me dijo que ya era tarde para eso. Tenía el ruido de la moto encima.

«¡No, no, no!», gemí con la cara empapada de lluvia y el corazón intentando salírseme del pecho.

«¡Nooo!»

Sólo tuve tiempo de hacerme a un lado. Fue un movimiento instintivo. Veloz. Como si con el rabillo del ojo, con la mirada inundada, hubiera percibido algo que no debería estar ahí. Alguien pronunció mi nombre.

—¡David!

No fui capaz de reconocer su voz ronca, raspada, casi metálica, pero lo oí con toda claridad. Dos veces.

—¡David!

Lo único que puedo añadir es que fue un timbre masculino y que su exclamación fue imperiosa. Supuse que podría ser el hombre que momentos antes había estado discutiendo con el motorista, pero acababa de dejar atrás el garaje frente al que los había visto... y allí no quedaba nadie.

Entonces ocurrió.

No bien hube vuelto el rostro hacia el lugar desde donde me habían llamado, noté cómo algo impactaba lateralmente contra mi cuerpo y me empujaba fuera de la calzada. Sentí un golpe en el pecho, una explosión de dolor en el hombro izquierdo cuando tocó el suelo, y la confusión de verme rodar contra los bajos de un coche. Vi la calle dar vueltas a mi alrededor e incluso noté cómo la moto que me perseguía se alejaba de allí dejando el aire impregnado de un desagradable olor a gasolina quemada.

En ese preciso instante supe que aquella voz acababa de salvarme la vida.

25

—¡Dios mío, hijo! ¿Estás bien?

El perfil aristocrático de doña Victoria fue lo primero que encontré al incorporarme. Lo noté algo descompuesto. Como si un golpe de viento hubiera desarmado su peinado y, con ello, hubiera arrastrado también parte de su compostura. De hecho, tartamudeé algo ininteligible intentando calmarla, pero estaba muy alterada. Apuntaba con el dedo índice de su mano derecha a algún lugar indeterminado mientras su cabeza se movía nerviosa en todas direcciones.

—¡Nos han atacado, David! ¿Lo has visto? Cielo santo. ¡Nos han atacado!

—¿Pau está bien? —La ignoré, buscándola en el portal.

—Tranquilo —resopló—. Cálmate. Ella está a salvo. En casa. Y tú, tú...

Lady Goodman se hallaba a sólo treinta centímetros de mí, clavada como un arpón en el lomo de una ballena, haciendo equilibrios con su sombrilla y su carpeta de folios. Tenía las pupilas encogidas. Petrificadas. Intenté sortearla para dar también con la voz que había gritado mi nombre unos segundos antes, pero sólo tuve tiempo de intercambiar una mirada con la de un desconocido que me observaba desde una prudente distancia. Era un hombre mayor, de pelo canoso largo y revuelto, con gafas, que nada más descubrir que era capaz de moverme me sonrió desde el otro lado de la calle y desapareció rumbo al corazón del parque.

Una vez más, el tiempo se detuvo.

No sé cómo explicarlo, pero lo cierto es que sentí una extraña desazón al verlo partir. Fue algo irracional. Extraño. En ese momento, no tenía forma de saber si había sido él quien me había salvado de ser arrollado, aunque algo me decía que sí. Y también —esto me alarmó— que no era la primera vez que lo veía. De hecho estuve a punto de gritarle algo cuando la dama del misterio se interpuso entre nosotros, volviendo a señalar excitada al fondo de la calle.

—Dios mío, podrías haber muerto —repitió trémula, como si la angustia hubiera vencido al fin a su falso sosiego—. Tenemos que prepararnos, David. ¡Van a volver!

Percibiendo su estado de nervios me olvidé del desconocido, la tomé de las manos y le dije que me encontraba perfectamente, que todo había pasado y que nadie había resultado herido. Sin embargo, doña Victoria no pareció escucharme. Los flecos de su falda blanca de algodón tiritaban ahora al ritmo de sus rizos, reforzando la sensación de zozobra que se había instalado en su rostro. Me fijé entonces en el contenedor de basura que estaba volcado a dos pasos de nosotros. Yacía cual bestia varada, con su vientre abierto apuntándonos, sus pequeñas ruedas negras al aire y media docena de bolsas de residuos rotas, esparcidas sobre el asfalto. Sí. Definitivamente aquello era lo que me había golpeado. Lo que alguien —quizá aquel anciano sonriente— había lanzado sobre mí para salvarme.

Por dos veces intenté preguntarle si había reconocido al responsable de aquello. Fue inútil. Enseguida me di cuenta de que no había visto nada. Lady Goodman estaba como una madre que acabara de perder a sus pequeños en un parque de atracciones: incapaz de ocuparse de otra cosa que no fuera «lo suyo». Quizá por eso había enviado a Paula a refugiarse al portal y su única y machacona preocupación era llamar al resto del grupo para saber si se encontraban bien.

—¿Lo has visto, David? ¿Lo has visto? —balbucía sin cesar mientras subíamos a oscuras, por la escalera, empapados, los cinco pisos que nos separaban de La Montaña Artificial—. ¡Nos han atacado! ¡Lo han hecho!

Minutos más tarde la luz había vuelto a la manzana. Los operarios cerraron la alcantarilla, cargaron las vallas en sus vehículos, y antes de que las farolas de toda la calle se encendieran, el tráfico rodado había vuelto a restablecerse.

Al subir a la casa, Pau seguía en estado de shock. Tardó un par de segundos en reconocerme, pero en cuanto lo hizo se levantó de donde estaba y corrió a abrazarme.

—¿Estás bien? —le pregunté, tomando su cara entre mis manos con cuidado.

Ella se limitó a asentir con la cabeza, hundió el rostro en mi hombro y rompió a llorar.

—Tranquila. Ya ha pasado todo...

Luis, Johnny y Ches llegaron al poco. Lady Goodman los había telefoneado nada más subir. Paula tuvo el tiempo justo para recomponerse mientras doña Victoria los ponía al día de lo ocurrido. Primero ella sola, y luego con ayuda de Pau, les describieron la escena que acabábamos de vivir. Los recién llegados, impresionados, nos asaetearon a preguntas. Especialmente ésta, que no paraba de enjugarse las lágrimas y de agradecerme lo que había hecho por ella. La pobre insistía, sin demasiado convencimiento, en que lo más probable era que todo hubiera sido un extraño malentendido.

Por supuesto, la «dama del misterio» no estaba de acuerdo. Sus argumentos eran de una vehemencia tal que el director de orquesta y el joven informático no se atrevieron a replicar. De hecho, intercambié con ellos un par de miradas interrogativas. Si las sospechas de doña Victoria eran fundadas y estábamos ante un nuevo ataque de los mismos que habían asesinado a Guillermo Solís, entonces aquellos dos ya podían borrar a Paula de su lista de sospechosos. Sencillamente, no encajaba que la hubieran atacado a ella. Pero entonces, ¿quién quedaba? ¿Ches? ¿La musa frágil que de repente se había entusiasmado tanto con aquella búsqueda? Aquello empezaba a resultar ridículo.

La presencia del hombre de negro en el escenario del atropello fallido me convenció de que alguien más tenía bajo vigilancia al grupo de lady Goodman y que, tal y como se temían, sobre ellos se cernía un peligro real. Un peligro exterior.

—Al menos ahora sabemos con certeza que los enemigos de La Montaña nos han declarado la guerra. —La dama del misterio sonrió sin ganas dirigiéndonos hacia el círculo de sillones—. Y eso nos obliga a pasar a la acción.

Lejos de sentirse abatida por lo ocurrido, me pareció que el incidente le había dado nuevos bríos. Los cinco que la acompañábamos parecíamos mucho más abatidos que ella. Se podía adivinar la preocupación, el miedo y el desconcierto en cada uno de nosotros. En mi caso, no obstante, la sensación tenía una raíz distinta. Mientras el resto debatía sobre lo sucedido y empezaba a compartir sus sospechas, yo luchaba por tomar una decisión justa. Después de aquello, ¿con qué criterio podría separarme de Paula? ¿Cómo iba a decirles que me retiraba, que aquello no iba conmigo?

¿Y yo?

¿Acaso iba a estar mejor solo ahora que rodeado de todos ellos?

—Sé cómo enfrentarnos a esta amenaza. —Doña Victoria interrumpió mis pensamientos, llamándonos al orden—. Escúchenme, por favor. Creo que he encontrado una solución.

Situada en el centro del círculo, buscó con sus ojos azules a Johnny.

—Salazar —dijo—, ¿todavía sigue operativo aquel foro cifrado en internet que diseñó para nosotros?

El barbudo asintió, ahora extrañado de veras.

—¿Se refiere a los *Diarios de La Montaña*? Nunca llegamos a inaugurarlo, señora.

—Pues ha llegado el momento. —Una sonrisa cargada de determinación se instaló entre sus mejillas—. Cámbiele el nombre, Johnny. Llámelo *Diarios del Grial* y vamos a continuar exactamente con el plan que diseñamos para él. Reharemos la investigación de Guillermo, nos dividiremos en tres equipos y reconstruiremos los viajes que realizó antes de que lo asesinaran. En cuanto averigüemos por qué quisieron matarlo, sabremos quiénes son y podremos acabar con esto de una vez por todas.

—¿Vamos... vamos a separarnos? —Una sombra nubló el gesto beatífico de Ches.

—Si nos separamos, les será más complicado vigilarnos.

—¿Vigilarnos? ¿Es que sabe quiénes son? —Pau ahogó un temblor.

Quizá doña Victoria comprendió entonces que había algo en aquella determinación suya que se nos escapaba a todos porque, solícita, se apresuró a subrayar sus propias palabras.

—Nos vigilan, sí. Y no es algo nuevo. Ni subjetivo. Creo que desde la muerte de Guillermo todos hemos sentido esa sensación. A Paula, sin ir más lejos, la siguieron el día que fue a recibir a David al hotel. Y sé bien que alguno de ustedes también se ha sentido vigilado antes. Y hoy... bueno, hoy ha quedado confirmado más allá de toda duda que alguien tiene interceptadas nuestras comunicaciones.

—¿Cree que tenemos los teléfonos pinchados? —la interrogó Johnny intrigado, tomando su móvil en las manos y mirándolo con cierta aprensión—. ¿Y cómo puede estar tan segura? No es fácil descubrir algo así...

—Nuestros enemigos también cometen errores, Johnny —le respondió—. Cuando hace un rato se ha ido la luz, he telefoneado a Pau para que me trajera una documentación importante. He cometido la imprudencia de hablar más de la cuenta, de decirle que con esos papeles íbamos a encontrar lo que estábamos buscando. He dicho exactamente eso: «Lo que estamos buscando». Y eso es lo que ha debido de alertarlos.

Johnny Salazar entrecerró los ojos.

—No sé si entiendo adónde quiere llegar —dijo.

—Es muy fácil. Justo antes de que Pau cumpliera mi encargo, la he llamado de nuevo para decirle que nos veíamos en la calle. Quería enterarme de qué estaba pasando con el apagón. Y cuando ella ha llegado..., bueno..., allí estaba también ese motorista.

—Y el hombre vestido de negro... —se atrevió a verbalizar

Pau, destilando un miedo que no había visto hasta ese momento.

—No tengo duda alguna de que nos espían —la atajó lady Goodman dirigiéndose al resto del grupo—. Esos hombres se han presentado aquí para robarnos ese material. Para conocer nuestras intenciones y mantenernos alejados de Guillermo y de nuestra *quête*. Y eso no lo podemos permitir.

—¿Material? ¿Qué material?

Johnny, Luis, Ches y yo nos miramos.

—La documentación que le he pedido a Paula eran unas carpetas con los planes de trabajo que tengo para ustedes.

—Pero, señora, de ser cierto lo que dice, ¿cómo piensa eludirlos? —inquirió de nuevo el barbudo, quizá el único de nosotros capaz de calibrar el alcance de aquel comentario.

—Muy sencillo. Primero, dejando atrás este lugar. Si nos vigilan, desapareceremos de aquí unos días. Nos iremos mañana mismo de Madrid tomando rumbos distintos, y comunicaremos nuestras averiguaciones sólo a través del foro. Si no recuerdo mal, lo creó usted con un código de acceso de alta seguridad.

Sus ojillos se encendieron de golpe.

—En realidad se trata de un blog al que sólo se puede acceder por invitación, a través de un navegador especial llamado TOR.

—¿Y eso es seguro?

—Totalmente —asintió—. Cada vez que alguien lo utilice, el sistema buscará un *proxy* que se conectará a otro ordenador con un número de IP que no es el suyo y que lo hará ilocalizable. Los sistemas de rastreo habituales son incapaces de espiar algo así. Si quiere, enviaré a todos una dirección con un dominio «.onion» de dieciséis caracteres alfanuméricos y un código de acceso... —Se volvió hacia el resto—. Os va a gustar. Ya veréis. Sólo tiene un pequeño inconveniente.

—¿Cuál?

—Necesita de un wifi o una conexión a internet potente. El navegador consume mucho ancho de banda.

—Supongo que eso da lo mismo. Envíenos las claves y póngalo en marcha cuanto antes —le dijo doña Victoria. Luego, mirándonos al resto, añadió—: Lo que he pensado es que detrás de esa barrera digital crearemos un sistema de intercambio de información que tiene algo de decimonónico... pero funciona. Se trata de un método que nos mantendrá unidos como si estuviéramos físicamente juntos, invitándonos a pensar y a actuar casi como si fuéramos uno.

Ninguno de nosotros parpadeó.

—Vamos a descubrir lo que le costó la vida a Guillermo —prosiguió—. Pero en vez de hacerlo en solitario, sin rendir cuentas a nadie como hizo él, corriendo el riesgo de que vuelva a perderse lo que hallemos, dejaremos constancia de cada uno de nuestros pasos por escrito. En nuestro foro. De ese modo, si le ocurriera algo a alguno de nosotros, el resto sabría con exactitud hasta dónde ha llegado.

—Se necesita mucha fuerza de voluntad para llevar un diario en estas circunstancias, señora —objetó Johnny—. Nadie escribe bien si se siente perseguido.

—Lo sé, hijo. Lo sé. Por eso me gustaría que se plantearan esto como un reto, no como una obligación o una huida. Y tengo una idea al respecto.

Lady Goodman dejó que aquella frase flotara libre un segundo antes de continuar.

—Queridos: voy a invitarlos a participar en un duelo a textos.

26

Nunca había oído antes un término como aquél.

¿Duelo a textos? ¿A qué se refería exactamente?

Enseguida lo comprendí.

Lady Goodman, en su obsesión porque nada de esta nueva búsqueda del grial se perdiera, había decidido apelar a las diferencias de criterio entre los distintos miembros del grupo para convertir aquella suerte de fuga en un desafío sublime. Repetir los últimos viajes de Guillermo no iba a devolverlo a la vida. Descubrir a sus presuntos asesinos quizá diera paz a sus amigos, pero tropezar con el premio último que doña Victoria y él buscaron discretamente sí parecía una recompensa a tener en cuenta. Para ella, transmutar semejante decisión en un reto mantendría la mente del grupo ocupada en un puzle en el que cada uno aportaría algo. Y de paso alejaría de nosotros la parálisis que siempre atrae el miedo.

Sin embargo, lo que de ningún modo pude imaginar en ese momento fue que tras aquella singular etiqueta se escondía, una vez más, la fascinación de lady Goodman por lord Byron y Percy Shelley.

—El duelo a textos se inventó una tarde tempestuosa como ésta, aunque de 1816 —se explicó cuando todos la interrogamos.

Su origen estaba, pues, en una historia clásica de la literatura universal.

—Aquella velada —prosiguió doña Victoria, pletórica— un joven lord Byron de veintiocho años, su médico y secretario personal John William Polidori, Percy y Mary Shelley, que por aquel entonces todavía eran amantes, y su hermanastra Claire, se habían quedado aislados por el mal tiempo en su residencia de verano junto al lago Lemán de Ginebra. Sin poder ir a ninguna parte, decidieron exorcizar sus miedos y su aburrimiento de un modo único: se retaron a un «duelo». Se separarían, se concentrarían en sus habitaciones a la luz de las velas y regresarían con un texto bajo el brazo que sirviera para ahuyentar sus terrores.

A lady Goodman le cambió la cara al recordárnoslo.

—Fue un ejercicio de improvisación absoluta —dijo—. Los cinco empezaron a fantasear con personajes, lugares y crímenes tan fuertes que tapasen sus miedos más mundanos. No tenían nada a mano salvo su imaginación. Ignoraban que aquel ambiente iba a ser el más propicio de sus vidas para la creación pura. Los truenos retumbando en las montañas los empujaron a hacer la más suprema de las magias. ¡Crearon mundos como si fueran dioses!

—¿Y eso es lo que pretende que hagamos nosotros? —la interrumpió Ches algo turbada.

—De algún modo, sí. Lo que espero es que conjuren a los que asesinaron a Guillermo despertando el fuego de su mente creativa. El doctor Polidori ahuyentó sus sombras escribiendo la primera novela de vampiros de la historia ochenta años antes del *Drácula* de Stoker. Y Mary Shelley hizo lo mismo pergeñando *Frankenstein* para aquel duelo. El miedo los convirtió en fuertes e inmortales.

—Me parece que sobrevalora usted el poder de la pluma sobre la espada —objeté—. No estoy seguro de que, dadas las circunstancias, llevar un diario sirva de mucho.

—Lo he pensado todo hasta el último detalle, querido —dijo, volviéndose hacia mí—. No se trata sólo de escribir. Nos dividiremos en tres equipos de investigación. Ches y yo integraremos el primero. Luis Bello y Johnny, el segundo. Y Pau y tú haréis tándem para el tercero. Lo que anoten no sólo deberá ser una crónica fiel de lo que encuentren. Aprovechen el ímpetu de la búsqueda para hacernos vibrar a los demás con sus hallazgos. Si las sombras que nos persiguen son lo que imagino, sólo así las derrotaremos. Créanme.

Al oír aquello sentí un vuelco en el estómago. Había verdadero *entheos* en sus palabras. Los ojillos de lady Goodman destilaban una emoción contagiosa. La chamán había vuelto y estaba decidida a convertir nuestra zozobra en empeño.

—Vosotros dos marcharéis a Barcelona y retomaréis la última investigación de Guillermo justo donde él la dejó —continuó con su delirio alquímico, dirigiéndose a Paula y a mí—. Visitaréis el Museo Nacional de Arte de Cataluña y trataréis de averiguar si allí descubrió algo más en sus pinturas románicas de lo que os he contado. En cuanto a...

—Disculpe —la interrumpió de pronto Luis Bello, incorporándose en su sillón como si saliera de un ensueño—. No sé si eso es una buena idea, Victoria.

La mueca de contrariedad que oscureció de pronto su semblante me llamó la atención.

—Verá... —El director de orquesta titubeó, aclarándose la garganta—. Lo que usted nos ha contado esta mañana de esos ábsides parece apuntar a la existencia del grial como objeto real. Creo, sinceramente, que yo defendería mejor esa postura.

Doña Victoria no pareció tan sorprendida como el resto.

—En realidad, querido, he pensado en algo mucho mejor para usted —replicó ella sin perder la sonrisa—. Recuerde que el hallazgo de Guillermo en Barcelona fue de naturaleza artística, no arqueológica. Para buscar un objeto físico, un grial que pueda tocar con sus propias manos, Johnny y usted viajarán mañana a Valencia.

—¿A Valencia? —Luis, desconfiado, se mesó el bigote.

—En la catedral de esa ciudad se custodia el cáliz que durante más siglos ha sido venerado como el verdadero Santo Grial. Es el que apoya la tradición. Envié a Guillermo allí hace algún tiempo para que averiguara si era el verdadero cáliz de Cristo, pero nunca terminó su informe. «La mejor postura» es que sean ustedes quienes se aproximen a él y nos propongan un texto que establezca la verosimilitud de esa reliquia.

—¿De veras quiere que investiguemos un cáliz expuesto en una catedral? —saltó Johnny. Su pregunta emergió cargada de ironía, pero ni eso llegó a incomodar a lady Goodman, que se había acercado a una de las mesas del salón y se esforzaba por entresacar bajo un montón de libros un par de carpetas rojas.

—No subestime mi invitación, Salazar. No se trata de un simple cáliz. Si echan un vistazo a este material —dijo tendiéndoselas—, verán que se trata de la única reliquia de sus características que ha sido venerada en Europa como el verdadero grial desde, al menos, finales del siglo XIV. Hoy por hoy es el favorito de la jerarquía católica. Incluso los papas Juan Pablo II y Benedicto XVI organizaron viajes pastorales a Valencia hace unos años para oficiar misa con él.

—Eso no demuestra nada —objetó Johnny, mientras hojeaba aquel material—. Hay al menos una docena de cálices de los que se dice que son el de Cristo...

—Pero ninguno cuenta con la documentación histórica de éste. En el informe que le he entregado verá que el grial de Valencia apareció descrito por primera vez en un documento de 1399 con el que el rey aragonés Martín el Humano lo reclamó al monasterio de San Juan de la Peña, en Huesca. Resulta plausible que pueda tratarse del que la leyenda asegura que san Lorenzo escondió en los Pirineos.

—Pero «plausible» no quiere decir cierto...

—La Iglesia es muy prudente con esta clase de objetos —los interrumpió Paula dispuesta a evitar que los ánimos volvieran a enconarse—. Desde hace décadas el obispado no permite que ningún científico se acerque al grial de Valencia para sacarnos de dudas. No quieren arriesgarse a sufrir otro fiasco como el de la Sábana Santa de Turín. Hace unos años aplicaron la técnica de datación por carbono 14 a la tela y se vieron obligados a fecharla en el siglo XIII.

—¿Lo ve? —Luis se volvió hacia doña Victoria como un

relámpago—. Paula está más preparada para ir a Valencia que yo. Déjeme ir a Barcelona en su lugar.

—Ya le he dicho por qué no lo dejo, Luis. Usted busca el grial como objeto y en esa catedral hay uno al que la Iglesia respalda discretamente... ¿Qué más quiere?

—¿Y ustedes dos qué harán? ¿Van a quedarse en Madrid? —interrogó entonces Johnny a Ches y a la escritora.

—La señorita Ches Marín y yo tenemos otra misión —respondió—. Recorreremos en coche algunos hitos de la ruta pirenaica del grial. Guillermo la exploró hace algún tiempo. Por suerte, Ches conduce, es prudente y además posee los conocimientos de medicina necesarios para hacerme sentir segura. Créanme, estaré en las mejores manos.

—¿Y para qué va a tomarse tantas molestias? —gruñó Luis Bello, arrugando el bigote con una desconfianza infinita—. ¿No nos dijo ayer que el grial es un invento?

—No se equivoque, querido. —Lo atravesó con sus ojillos, brillantes de nuevo—. Aquí buscamos algo que existe. Algo a lo que dio nombre un escritor. Algo poderoso que otros disfrazaron tras mitos para protegerlo como el más valioso de los tesoros. Piénselo. Lo que yo creo es que Guillermo descubrió que el verdadero grial era una llave, algo visible que permite a un humano acceder a lo invisible.

—¿Y por eso lo mataron? —inquirí extrañado.

—No sabemos el motivo exacto por el que lo hicieron, hijo. Pero no le quepa duda de que encontró algo tan importante que obligó a sus enemigos a silenciarlo. Estoy segura de que sólo descubriendo de qué se trata podremos ponernos a salvo de sus verdugos.

—¿Y no sospecha siquiera qué pudo ser? ¿No se imagina qué encontró Guillermo exactamente? —la presionó el director de orquesta.

—Creo que descubrió cómo llegar a lo invisible a partir de algo tan mundano como una de las presuntas copas que utilizó Cristo en su Última Cena. San Pablo ya dijo en su carta a los Romanos que esa clase de búsquedas, las que permiten ir *per visibilia ad invisibilia* («a lo trascendente desde lo tangible») desatan siempre la ira de quienes desean ver a los hombres encadenados a la materia.

—Eso es una respuesta demasiado mística, señora. No parece muy plausible que mataran a Guillermo por algo así...

—Demuéstrelo —dijo señalándolo con su índice tembloroso—. Con esta misión le estoy dando la oportunidad de hacerlo. En cualquier caso, si no le gusta mi hipótesis, quédese al menos con que este duelo a textos le ofrece formar parte de una carrera entre mentes creativas en busca de un objetivo supremo. Una cordada de alpinistas empeñados en alcanzar la cumbre de una obra inspirada. Un choque de sensibilidades, desde la más racional hasta la más sobrenatural, en busca de un golpe de talento. En definitiva, una búsqueda de la luz para expulsar a las sombras.

Y diciendo eso, sonrió antes de añadir:

—Y creo, querido, que tanto a usted como a mí no nos vendrá mal ahuyentar a las nuestras. ¿No le parece?

DÍA 5

—

Duelo a textos

27

La estación de tren de Atocha, en el corazón de Madrid, amaneció húmeda aquella mañana. El cielo se había vaciado a intervalos durante toda la noche y todavía se veían pequeñas lagunas de plata en las aceras a las que se asomaba alguna que otra nube rezagada.

—¿Volverá a llover? —Yo aún seguía medio dormido.

—Ojalá. Hoy hará calor. Por suerte, ya no estaremos aquí...

Pau dijo aquello sin entusiasmo, con la sombra de la preocupación instalada en cada uno de sus gestos, justo cuando nos apeamos frente a la entrada del jardín tropical del recinto ferroviario. Acababa de recogerme en el hotel después de haberme dejado la noche anterior al terminar la reunión con doña Victoria. Eran las siete en punto de la mañana y no nos habíamos tomado ni un café. Provistos de un equipaje ligero —una escueta bolsa de viaje ella, una mochila yo—, dejamos a un lado los estanques con tortugas y palmeras y nos dirigimos a la taquilla de «trenes para hoy». Compramos los billetes del primer AVE con destino a Barcelona y conseguimos embarcarnos en el que salía sólo media hora más tarde.

Aunque Pau estuviera en horas bajas, intuía que aquel viaje le haría bien. Me repitió dos veces que apenas había pegado ojo en toda la noche y que se había pasado las horas muertas asomada a la ventana, tratando de adivinar la razón por la que aquel motorista casi le había quitado la vida. Noté el inconfundible rescoldo del miedo en sus ojos. Desde que había venido a buscarme no había dejado de mirar de soslayo a todas partes. Yo, por prudencia, no quise sacarle el tema del hombre de negro. Ni tampoco volver a preguntarle por su tatuaje —que esa mañana lucía bajo un recogido de pelo improvisado que seguía sin dejarlo ver del todo—, o por la Teoría de los Secretos que había derivado en aquel beso ya casi olvidado en el parque. Esa mañana todo aquello parecía anecdóctico. Tenía la impresión de que nada de eso había sucedido. Que todo había sido producto de mi imaginación.

Así pues, en lugar de alimentar los fantasmas de nuestro escueto pasado, me concentré en el contenido de la carpeta que Pau se sacó de la bolsa y que me entregó nada más ocupar nuestros asientos en el tren.

—Yo ya sé lo que contiene —dijo apretando los labios.

La carpeta era idéntica a la que les había entregado lady Goodman a Luis y a Johnny la tarde anterior. Una de las que, al parecer, habían intentado robarles.

—Échale un vistazo y dime qué te parece.

La abrí. No era muy gruesa. En ella figuraban un par de nombres y direcciones que no me dijeron nada, una reserva en un hotel de la plaza de España de Barcelona, y algunos recortes de prensa recientes cuidadosamente colocados en fundas de plástico. Mientras los hojeaba, intenté quitarme de encima la sensación de que aquella circunstancia —haciendo mías las palabras de Paula en la cima de la montaña artificial del Retiro— tenía algo de predestinación. De algún modo, en las últimas horas, mi vida se había alineado para que ella y yo volviéramos a estar a solas. Y eso me gustaba. Teníamos dos habitaciones reservadas para dos días. Más que suficiente para averiguar si la mujer que tenía a mi lado guardaba algún otro secreto para mí.

—¿Está aquí también la contraseña del foro? —inquirí, sacudiéndome aquellos pensamientos.

—Por supuesto. Johnny la dejó anoche en mi buzón dentro de ese sobre. No quiso correr el riesgo de enviarme las claves en un mensaje de móvil.

—Chico listo.

—Por cierto... —añadió—, doña Victoria nos ha reservado ya la primera cita. Me pidió que fuéramos a su encuentro nada más llegar a Barcelona.

—No quiere que perdamos el tiempo, ¿eh?

—Es con esa mujer... —dijo acercándoseme.

Paula señaló una de las páginas de periódico que yo tenía abiertas en el regazo. Era de *La Vanguardia*, arrancada de una edición de hacía casi seis meses.

—Beatrice Cortil. —Leí el nombre en el titular de la noticia—. ¿La conoces?

—He leído algunos artículos suyos. Es historiadora. Toda una autoridad en su campo.

La mujer que aparecía en la foto tenía el rostro afilado y la mirada inteligente. El pie de foto decía que era la directora del área de colecciones y restauración preventiva del Museo Nacional de Arte de Cataluña, además de autora de un exhaustivo estudio sobre las pinturas románicas de Tahull, las mismas en las que Guillermo había encontrado pintado el grial.

—¿Sabe ya que vamos a verla?

Paula sonrió.

—¿Lo dudas? Doña Victoria se ha ocupado de todo.

—¿Y los demás? —dije mientras veía que el tren empezaba a moverse. Naturalmente, me refería al resto del grupo—. ¿Ya han salido?

—Saldrán a lo largo del día. Contactaremos esta noche con ellos en el foro. Sólo espero que el cifrado de Johnny no nos dé problemas.

—Lo que tú digas.

Barcelona nos recibió tres horas más tarde con un calor húmedo, muy distinto del fresco que habíamos dejado en Madrid. El viaje transcurrió entre los vaivenes de una larga e intrascendente conversación que sirvió para serenar los ánimos de Paula. La invité a desayunar. Hablamos de lo diferentes que eran España e Irlanda, de lo mucho que influía el clima en el carácter de los pueblos y de lo bien que había oído hablar de aquel tren de alta velocidad en mi país. Todo lo que me habían dicho de él se quedaba corto. Poco a poco fueron disolviéndose las capas de miedo e inquietud que cubrían a mi acompañante y comenzamos a recuperar la complicidad que dejamos en el parque. El cansancio y la necesidad de sentirse a salvo fueron ganando terreno hasta que se quedó dormida sobre mi hombro. La sensación de embarcarme en un vehículo de ciencia ficción y el cosquilleo que sentí al ver pasar los paisajes agrestes de Guadalajara y Aragón a más de doscientos kilómetros por hora con Pau a mi lado adormecieron mis expectativas. El trayecto transcurrió sin incidentes, tranquilo. Nadie, sin embargo, me previno de que aquel salto al futuro iba a darse de bruces contra una estación decadente, que parecía sacada de una mala película de los años ochenta, oscura, casi de serie B, que rompería bruscamente el leve encanto del viaje.

«*Benvinguts a Sants-Estació*» leímos al poner pie en Barcelona, recordando algo.

Por suerte, mi compañera supo enseguida cómo manejarse en aquel hervidero caótico de pasajeros, tiendas de recuerdos, tótems luminosos con anuncios de restaurantes de comida rápida y viejos dispensadores automáticos de billetes de tren. Atravesamos el enorme hangar que nos recibió al tiempo que ella, nerviosa otra vez, empezó a vigilar con el rabillo del ojo a su alrededor como si quisiera cerciorarse de que nadie nos seguía.

—¿Vamos muy lejos? —le pregunté en cuanto nos tocó el turno para abordar un taxi y acomodamos nuestro escueto equipaje en el maletero.

—El museo está cerca. Te quitará el mal sabor de boca de la estación, ya verás.

—Apuesto a que no sabes de dónde viene el nombre de Sants —dije queriendo distraerla, sorprendido porque ella hubiera interpretado lo que pensaba del lugar.

Pau, intrigada, aguardó mi explicación.

—*Sants*, «santos» en catalán, procede de una iglesia románica que hubo en este lugar. Se llamaba Santa María de los Santos.

—¿Y cómo sabes tú eso?

—Sé más cosas de las que crees —dije enigmático, sin revelar que mis fuentes eran antiguas lecturas sobre España y la etimología de sus lugares—. Por ejemplo: después de desaparecer esa iglesia, se levantó otra en su lugar y se consagró a tu santo favorito: a san Lorenzo.

Nos pasamos todo el trayecto hasta el MNAC conversando sobre las historias que escondían los nombres de cualquier ciudad antigua. De hecho, Paula compensó mis comentarios contándome que el lugar al que nos dirigíamos era un palacio de principios del siglo XX levantado sobre la cumbre más famosa de Barcelona, el Montjuic, el *Mons Iovis*, el «monte de Júpiter».

—Los romanos creían que estaba viva —dijo poniendo un ánimo especial en sus palabras—. Decían que era una especie de criatura colosal que había decidido instalarse en la bahía de Barcelona y a la que convenía rendir culto si no querían que se enfadase.

La miré con algo de incredulidad.

—¡No pongas esa cara! —me reprendió con cariño—. Doña Victoria me contó que aunque fue utilizada como cantera durante siglos, nunca se agotaba. Creían que se regeneraba sola. Algo así como las colas de las lagartijas. Es una cumbre poderosa.

—Doña Victoria siempre tan pendiente de las montañas, por lo que veo...

—En realidad, tan pendiente de los lugares singulares.

—Rio.

28

Llegamos a la puerta principal del Museo Nacional de Arte de Cataluña casi sin darnos cuenta. De repente los bloques de pisos de la ciudad se habían esfumado, empujándonos al corazón de una zona boscosa domesticada con acierto. Nuestro objetivo se reveló como un edificio solemne, de color tierra, coronado por una inmensa cúpula que me recordó a la del Capitolio de Washington y con una entrada columnada de gusto neoclásico. Parecía un espejismo. Como el castillo de Chrétien.

En su majestuosa recepción, ubicada detrás de unas inmensas puertas de cristal automáticas que preservaban el aire acondicionado, una asistente con un vistoso *piercing* de plata anillado al tabique nasal nos indicó que Beatrice Cortil nos recibiría.

—La doctora está esperándolos —dijo sin emoción alguna, al tiempo que nos entregaba unas pegatinas a modo de credencial—. Dejen sus bolsas en consigna y pasen.

—Perdone, pero ¿dónde ha dicho que nos aguarda?

—No se lo he dicho. La encontrarán en las salas medievales —respondió, apuntando a un vestíbulo enorme y abovedado que se abría a su espalda—. Es por ahí.

La colección medieval estaba perfectamente señalizada. Dimos con ella sin esfuerzo alguno. Sus salas —emplazadas en un sector especial del inmueble— resultaron ser un reducto lóbrego, una especie de bodega colosal de techos altos, fresca, salpicada por estructuras de madera que asomaban por encima de tabiques de pladur provisionales. Nada más entrar, una pequeña constelación de rostros hieráticos, pintados sobre paredes de mil años de antigüedad, nos dio la bienvenida en silencio.

—Han sido ustedes muy puntuales. Lo celebro —nos saludó una mujer trajeada a la que, por el cambio de luz, me costó reconocer. Se fijó en los adhesivos que llevábamos en el pecho y continuó—: Victoria Goodman me ha telefoneado esta mañana y me ha pedido que los recibiera. Les he hecho un hueco en mi agenda. No dispongo de mucho tiempo. Síganme, por favor.

Era Beatrice Cortil. Se presentó tendiéndonos la mano. Lo hicimos nosotros también, dándole nuestros nombres.

Desde el primer momento, la doctora Cortil se me antojó como una especie de diosa guardiana del lugar. El tono de sus primeras palabras fue de suficiencia, aunque en su saludo percibí también un deje de tristeza que me llamó la atención. Mientras atravesábamos estancias llenas de tablas pintadas y estatuas de madera, la observé con interés. Caminábamos tras una mujer mucho más atractiva que la que había retratado *La Vanguardia*. Rondaría los cuarenta y cinco, era delgada, morena, olía a perfume discreto y sus modales denotaban a una persona formal y exquisita. Vestía un traje de chaqueta de raya diplomática que estilizaba su figura y se aferraba a una pequeña cartera con el logo del MNAC en relieve.

—Lady Goodman me ha contado sus sospechas —dijo en cuanto llegamos a una sala amplia, con una penumbra calculada, donde reinaba un silencio casi sacro. En un tono estudiado que me recordó al de mis profesores del Trinity, dejó que aquella frase rebotara en las bóvedas que nos rodeaban—. Guillermo —silabeó su nombre como si fuera a romperlo—. Lo siento mucho. Era un chico extraordinario.

La doctora Cortil se había detenido frente a un conjunto escultórico que identifiqué como un descendimiento. Pensé que nos iba a contar algo sobre él, pero cuando vi que estaba a punto de reemprender el camino, la abordé.

—¿Lo conoció usted bien?

—Guillermo era el sobrino de uno de los encargados de mantenimiento de este museo. Todos aquí lo conocíamos. Le dimos un permiso especial para estudiar nuestra colección de obra medieval y sí, lo traté bastante. Un joven muy inquieto. Es horrible lo que ha pasado...

—Entonces supongo que le contaría en qué estaba trabajando —intervino Pau, sin disimular la ansiedad—. Quisiéramos hablar con usted de ese extremo, si le parece bien.

—Claro, ¿por qué no? —Cortil la examinó sin ambages, como si calibrara el mérito que tenía Paula para dirigirse a ella con aquella premura—. Se lo diré con toda claridad, señorita: Guillermo Solís pretendía revolucionar nuestra visión del arte románico. Era un chico ambicioso y se había hecho una idea un tanto peregrina sobre nuestra pieza maestra, el pantocrátor de San Clemente de Tahull.

—Sabemos cuál es —dije.

—Guillermo se pasaba días y días sin apenas salir de esa sala. Venía temprano, se instalaba allí con su inseparable cuaderno de notas y se dedicaba a pasearse de un lado a otro bajo las imágenes. La semana de San Juan, que fue la última que lo vi, incluso di permiso a uno de nuestros bedeles para que le llevara la comida que le acercaba su madre. —Aquel recuerdo le dulcificó el gesto de repente—. ¿Saben? Está prohibido introducir alimentos en las zonas visitables del museo, pero no quería que se desmayara delante de todo el mundo.

Y a continuación, con su primera sonrisa aún esbozada en el rostro, añadió:

—Ya imaginan lo que sucede al final en este tipo de relaciones. Con el roce, de tanto hacer la vista gorda para que recibiera los sándwiches de pollo de su casa, mi equipo terminó por cobrarle cariño.

—¿Y no tiene idea de qué clase de apuntes tomaba del pantocrátor, doctora? —inquirió Paula.

—Lo cierto es que no. Se acercaba periódicamente a mi despacho a consultarme dudas, pero por desgracia nunca tuvo el detalle de dejarme leer sus apuntes, por más que se lo pedí —reconoció, dejando que un gesto de fastidio se dibuja-se en su rostro—. Era muy celoso con sus cosas.

—Celoso pero trabajador —acotó Pau.

—Sin duda. Y también muy perseverante. Dos cualidades muy positivas.

—Perseverante hasta la obsesión —precisó otra vez.

—Exactamente, sí. Era perseverante, meticuloso y algo obsesivo. Aunque supongo que lo que de verdad quieren saber es hasta dónde llevó sus hallazgos, ¿no es cierto? La seño-ra Goodman me ha insistido en ese punto.

—Y todavía sería mejor si nos los pudiera mostrar —inter-vine, viendo que ambas podían empezar a perderse en sus recuerdos.

—Por supuesto, claro —asintió—. Por eso los he recibido aquí. Síganme, por favor.

Los tacones de la doctora Cortil nos guiaron eficaces a través de aquel dédalo de mamparas y expositores llenos de maravillas de otro tiempo. Era casi la hora del almuerzo y el museo empezaba a vaciarse. Tanto tropezábamos con un cru-cificado de madera, como con un capitel, un frontal de altar sacado de alguna parroquia perdida de los Pirineos o con es-cenas de martirio sanguinolentas y algo naifs en las que indi-viduos pertrechados de grandes serruchos partían por la mi-tad a mártires indefensos.

—Lo que Guillermo Solís creyó haber encontrado en nuestra colección fue la primera representación artística ja-más hecha del Santo Grial —comentó al llegar a una balaus-trada que se asomaba a una gran sala en penumbra—. Aun-que eso ya deben de saberlo, ¿verdad?

—La que se encuentra en el ábside de San Clemente de Tahull, supongo —confirmé.

—Exacto. Es una de nuestras piezas más emblemáticas.

—¿Y usted le dio crédito a ese hallazgo, doctora? —quise saber.

—Bueno... —Titubeó—. Déjenme explicarles algo. Ésa

era una afirmación que venía de un advenedizo, de un aficionado, y ya se imaginan lo celosos que somos los conservadores con nuestras cosas. A nadie nos gusta que venga alguien de fuera a hacerte ver detalles que te han pasado desapercibidos, por muy familiar del museo que se sea. Pero él estaba tan pletórico con su descubrimiento que decidí escucharlo. El último día que lo vi recuerdo que se presentó en mi despacho para decirme que el Maestro de Tahull no había sido el único que había pintado el grial en esa zona de alta montaña. Creí que se estaba volviendo loco con eso, pero me hizo levantarme de la mesa y acompañarlo a estas salas.

—¿Cómo que no fue el único? —Pau reaccionó al oír aquello—. ¿Qué quiere decir? ¿Es que hay más?

—Así es. El Maestro de Tahull no fue el único artista que pintó el grial. —Alzó la nariz—. Guillermo encontró más griales en otras pinturas de ese periodo... en nuestra colección. ¿Qué saben ustedes de los fondos románicos del MNAC?

—No demasiado —admití por los dos—. Sólo que son unos de los mejores del mundo.

—Los mejores —precisó con un indisimulado orgullo—. No existe en ningún otro lugar un muestrario de las características del que tenemos aquí. En Francia o en Italia esta clase de pinturas suelen conservarse en sus iglesias nativas, en pueblos remotos o en ermitas casi inaccesibles, pero no en un museo al alcance de cualquiera, en el centro de una gran ciudad.

—¿Y cómo han terminado aquí? —pregunté interesado mientras seguíamos caminando por el museo, solos.

—Existe una razón poderosa. Estos fondos comenzaron a reunirse a principios del siglo XX cuando un grupo de aficionados catalanes al arte se dio cuenta de que norteamericanos, franceses y alemanes estaban comprando por sumas insultantes de dinero frescos antiguos a los que entonces nadie aquí daba valor. Nosotros llamamos a ese periodo la «fiebre americana». En esa época las leyes que protegían el patrimonio eran muy débiles, rara vez se aplicaban, y se permitía que aquellas maravillas salieran del país sin problemas. Pero esos entusiastas, intuyendo el tesoro que nos estaban esquilmando, empezaron a recorrer las provincias de Lérida y Gerona para arrancar las pinturas antes de que lo hicieran otros. Los fundadores de este museo actuaron como auténticos héroes. Salvaron la mayoría de nuestros tesoros.

—Un momento —intervine—, ¿ha dicho «arrancar»?

—Sí. Exacto. Estas pinturas se arrancaron de sus muros. Utilizaron una técnica inventada poco antes en Italia.

—El *strappo* —acotó Paula.

Puse cara de no entender.

—Consistía en pegar a las pinturas de los ábsides unos paños encolados, los dejaban secar y después tiraban de ellos enérgicamente para llevárselas del muro.

—Pero ¡qué barbaridad! —Me salió del alma.

—Puede parecerlo, en efecto —replicó Cortil sin inmutarse, como si estuviera acostumbrada a esa reacción—. Sin embargo, gracias a eso estas pinturas se quedaron aquí. *Strappo* es una de mis palabras técnicas favoritas. Gracias a esa invención, aquellos rescatadores las adhirieron de nuevo a unos bastidores de madera que imitaban la forma cóncava de sus ábsides originales... y aquí los tienen. Estas obras de hace mil años vuelven a lucir tal y como eran. ¿Las ven?

La doctora Cortil hizo un gesto para que levantáramos la cabeza hacia el techo del enorme pabellón que estaba unos metros más allá de donde nos encontrábamos. Pau y yo vislumbramos varias bóvedas de madera distribuidas como si fueran contenedores de embalaje de una exposición a medio montar.

—En la cara interior de cada una de esas estructuras descansan esos ábsides arrancados.

—¿Y cuántos tienen? —pregunté.

—Seis completos. Más ocho frontales de altar y varios fragmentos de pintura mural. Ésta es, como les decía, la mayor colección del mundo. —Rodeó una de ellas y se detuvo en el lado opuesto, donde podía verse una pintura iluminada con leds suaves.

Enseguida nos dimos cuenta de que aquella estructura

era mucho más que una simple cubierta. Nos hallábamos ante una oquedad de unos cinco metros de alto por tres de ancho. En su parte cóncava refulgían los fragmentos de un friso desgastado por los siglos. Mostraba seis personajes aureolados, pintados sobre fondo oscuro, ricamente ataviados.

—Fíjense. Éste fue uno de los últimos ábsides que llamó la atención de Guillermo. —Cortil nos alineó hacia la pieza—. Ese día me enseñó a verlo con sus ojos. Como comprobarán, se trata de un conjunto magnífico, aunque peor conservado que el de San Clemente de Tahull.

Lo que decía era cierto. El tiempo —y quizá también el *strappo*— había dañado irremisiblemente la maravilla que teníamos frente a nosotros. Apenas habían sobrevivido unos fragmentos del pantocrátor en la parte más alta. Las figuras de los profetas que lo acompañaban también se encontraban en un lamentable estado de conservación. Según nos explicó, el conjunto había sido arrancado del altar mayor de la iglesia del monasterio abandonado de San Pedro del Burgal, en el pueblecito leridano de Escaló. Se trataba del ejemplo más primitivo de arte románico de los Pirineos.

—Pero no se alarmen —añadió—. La parte de sus pinturas que interesaba a Guillermo ha llegado intacta a nosotros.

—¿Ah, sí? —Pau se acercó al falso ábside.

—Echen un vistazo al friso de apóstoles que sostiene la bóveda. A eso lo llamamos «el tambor». A la derecha está san Juan Bautista con el agnusdéi en el regazo, y junto a él, san Juan Evangelista.

—El autor del Apocalipsis —susurré.

—Exacto —asintió Cortil—. Deténganse en la parte de la izquierda. ¿Distinguen a san Pedro sosteniendo las llaves del cielo? ¿Ven a la Virgen María a su lado? Y, sobre todo, ¿reconocen lo que sujeta en la mano izquierda? Pau y yo nos acercamos a donde nos señalaba.

—Pero si eso es...

—Eso es el grial —terminé yo su frase.

Cortil esbozó una leve sonrisa y retrocedió un paso para

Museo Nacional de Arte de Cataluña (MNAC).
Ábside de San Pedro del Burgal, ca. 1095-1120

darnos la oportunidad de apreciar la imagen en todo su esplendor.

Nos quedamos un momento contemplándola en silencio. Aunque la pintura era tosca, bárbara, irradiaba algo muy potente. La Señora de manto azul y mirada severa emanaba autoridad. Sostenía algo parecido a una lámpara sobre la que descansaba un pequeño recipiente cóncavo del que emergían unas vistosas iridiscencias. Tuve que aproximarme más allá del perímetro de seguridad de la pieza para apreciarlo mejor. Entonces me detuve. Su mano derecha parecía querer mantenerme a distancia, como si avisara de que la reliquia podía llegar a ser peligrosa.

—Un momento, doctora... —dijo Pau, descolgándose la bolsa del hombro y extrayendo de ella su teléfono móvil. Lo activó hasta dar con su álbum de fotos—. Aquí está. Esa Virgen es iconográficamente idéntica a la de San Clemente de Tahull. Mire la posición de su mano derecha. ¿La ve? Y fíjese cómo esconde la izquierda bajo el manto. ¡Son idénticas! Es como si ambas Señoras se guardaran de tocar ese objeto...

Cortil observó impasible aquella imagen que conocía de memoria.

—Sus rasgos faciales también son muy parecidos. Duros. Fríos —continuó Paula.

—Como si pretendiera que no nos acercásemos demasiado —añadí.

La doctora ladeó un par de veces la cabeza ante nuestros comentarios.

—Comprendo su interés —dijo apartándose de la pantalla—, pero por desgracia en toda la literatura científica no existe un solo texto que nos ayude a interpretar esos gestos que tanto les llaman la atención, ni que expliquen por qué los repitieron una y otra vez los artistas que decoraron estas iglesias. Les mostraré alguna otra para que se hagan una idea.

—¡Ah! Pero ¿hay más? —musité.

—He de admitir que cuanto más las observa uno, más atrapado queda en su misterio.

—Díganos, doctora: ¿de cuándo data exactamente ésta? —propuso Pau, sin tiempo de detenerse en la cartela que ya dejábamos atrás.

—Es curioso... —Suspiró—. Esa misma pregunta fue la que obsesionó a Guillermo durante su estancia entre nosotros. De hecho, terminó dando con una respuesta inquietante.

—¿Ah, sí? ¿Cuál? —la apremió.

—Verán —continuó en voz más baja, mirando de reojo a dos turistas rezagados que acababan de entrar—: A diferencia de lo que sucede con los frescos de San Clemente de Tahull, aquí no se ha conservado ninguna inscripción que ayude a fecharlos. Sin embargo, sus autores nos dejaron un detalle revelador: se trata de la figura femenina que vemos bajo el friso de los apóstoles y la Virgen, en el zócalo, y que seguramente representa a la mecenas que encargó la obra.

Paula y yo nos volvimos hacia la dirección que indicaba. En efecto: en el extremo inferior derecho del ábside, como si se saliera de la composición, una mujer pintada a tamaño natural parecía observarnos. Tenía una actitud intimidatoria. Era otra dama sin sonrisa, severa. Sostenía algo —un cirio tal vez—, y extendía la mano derecha como si, de nuevo, quisiera impedir que nadie se le acercara.

—Su rictus es feroz —murmuró Pau.

La efigie vestía una saya fina, con bordados y encajes que subrayaban su condición aristocrática.

—¿Se sabe quién es? —pregunté.

—Creemos que se trata de Lucía de Pallars. La esposa del conde Artau, un noble excomulgado en el siglo XI por robarle tierras al obispado de Urgel. Seguramente ella edificó esta iglesia para exonerar a su marido y poder enterrarlo en tierra sagrada.

—Perdone, ¿ha dicho «Urgel»? —la interrumpí.

—Sí. San Pedro del Burgal se encuentra a apenas cuarenta kilómetros de la Seo de Urgel. Toda esa zona pertenecía al condado del mismo nombre.

—¿No fue ahí donde dijiste que se escribió la palabra *grial* por primera vez? —Me volví hacia Paula. Creí detectar un brillo leve en sus ojos.

—La palabra *grazal*, para ser exactos —afirmó ella—. Es cierto. Apareció en un testamento del mismo siglo que esta bóveda.

—Y entonces, ¿de cuándo es esta pintura exactamente? —interrogué de nuevo a la doctora, que nos escuchaba con curiosidad, como si necesitara calibrar el alcance de nuestros conocimientos antes de responder.

—Lucía de Pallars gobernó la región hasta su fallecimiento hacia el año 1090.

—Es decir —añadí intentando moderar mi sorpresa—, que esta imagen es incluso anterior al grial de San Clemente. Y su presencia coincide con la primera mención histórica de la palabra *grial* en un documento civil. ¡Y nueve décadas antes de que se escribiera *El cuento del grial*!

—Veo que conocen bien el periodo —asintió la conservadora haciendo un gesto para que bajara la voz—. Aunque debo precisarles que esto no es todo. Guillermo descubrió también la existencia de siete iglesias más con pinturas que mostraban a la Virgen sosteniendo un cuenco o una copa, siempre a través de un manto.

—¿Ocho iglesias en total? ¿Incluyendo la de Tahull?

—Exacto. Y todas en un área de menos de cien kilómetros a la redonda.

—Un área geográfica ciertamente limitada... y significativa —comenté.

—Creíamos que lo de San Clemente de Tahull era una excepción —intervino Pau—. Un *unicum*, en términos de arte.

—Pues parece que no lo es —precisó Cortil—. Aunque lo que más extrañó a Guillermo, a mi entender, no fue el número de iglesias, todas de una misma zona geográfica en el antiguo condado de los Pallars, sino que ese motivo de la Señora con el cuenco radiante se representó sólo durante un periodo muy reducido de tiempo. Apenas cuarenta o cincuenta años. Después, por alguna razón que ignoramos, dejó de usarse y no se extendió a ningún otro lugar.

—¿A ninguno?

—A ninguno. A ninguno... del mundo —señaló—. No existen otras imágenes de la Virgen entre los apóstoles sosteniendo un grial, en toda la Edad Media. Si mal no recuerdo, a esas
vírgenes Guillermo las llamó «las damas del grial». Es una
buena definición.

—¿Y usted las ha visto?

La doctora Cortil asintió.

—Naturalmente. La mayoría están guardadas en este mismo museo.

—¿Podríamos verlas?

29

Beatrice Cortil esbozó una sutil mueca de fastidio que no nos pasó desapercibida a ninguno de los dos. Seguramente pensó que ya nos había dicho todo lo que necesitábamos saber pero, aun así, accedió a regalarnos algo más de su valioso tiempo. En silencio, echándole vistazos fugaces a su reloj de pulsera de oro, nos condujo hasta los otros ábsides con damas del grial. Tal y como había dicho, comprobamos que había cuencos radiantes en todas partes. Ahí estaban. Inconfundibles. Extraños hasta rozar lo etéreo. Casi idénticos entre sí. La iconografía que los envolvía era también muy parecida en todas las bóvedas: siempre era la Virgen la que sostenía el *grazal* y lo hacía con gran reverencia. Por alguna razón, allí nunca fue pintado en manos de un varón, aunque éstos lo escoltaran de cerca. Sólo en uno de esos frescos, Nuestra Señora aparecía rodeada únicamente de mujeres. La pieza databa de mediados del siglo xii, en otra fecha sin determinar. Procedía del altar de Santa Eulalia de Estaón, un remoto asentamiento del valle pirenaico de Cardós. Una fila de devotas acompañantes flanqueaba una escena en la que Jesús recibía el bautismo de manos de san Juan en el Jordán. A cierta distancia podía distinguirse a la madre de la Virgen, santa Ana, y también a santa Lucía y a santa Eulalia, patrona del templo. Y en medio de todas ellas, María sostenía una especie de bandejita de la que irradiaban esos extraños haces de luz.

—He de admitir que éste es el fresco más atípico de todos —dijo la doctora Cortil cuando nos detuvimos algo más de la

Museo Nacional de Arte de Cataluña (MNAC).
Ábside de Santa Eulalia de Estaón, mediados del siglo XII

cuenta ante esa pintura—. Guillermo le dedicó una especial atención. Incluso quiso ir a ver el emplazamiento de la iglesia original, pero no tuvo oportunidad.

—¿Y qué es eso que sujetan las otras mujeres, las que hay al otro lado del tambor, y que también la acompañan? —pregunté, echando un vistazo a las dos damas aureoladas de la izquierda del ábside.

—Son lámparas. Por cómo las sostienen, el maestro pintor debió de creer que eran tan sagradas como el grial.

—Lámparas maravillosas... —indiqué acordándome de la obra de Valle-Inclán.

—En cualquier caso, parece que estamos ante un símbolo. Un icono con un significado preciso que debían de entender pintores, eclesiásticos y fieles.

—Ésa es la clave de este asunto, joven —aceptó Cortil complacida por la acotación de Pau—. Su compañero se obsesionó por averiguar el significado real de ese icono, pero por desgracia él y yo sólo hablamos de ello un par de veces. Guillermo era muy hermético cuando se llegaba a ese punto. Ya les he dicho que ni siquiera quiso mostrarme sus notas cuando se las pedí, y siempre que comentábamos la teoría más aceptada al respecto, la oficial, zanjaba nuestra conversación.

—¿Una teoría? —Me extrañó oírle decir aquello—. ¿Es que hay una teoría oficial sobre estos... temas?

—Supongo que para ustedes no será un problema si entro en algunos tecnicismos, ¿verdad?

—No. Claro que no —dijo Paula—. Adelante.

Beatrice Cortil se acarició su melena oscura antes de continuar.

—A principios de los años setenta, algunos expertos mundiales en arte románico como Otto Demus y Max Hirmer ya identificaron estos objetos como «griales radiantes». Nadie les hizo mucho caso y el asunto no pasó de una mera mención en sus libros. Luego vendrían trabajos como los de Joseph Goering, que confirmaron esa atribución.

—Pensé que había dicho que Guillermo había sido el primero en descubrir esos griales... —susurré, algo desconcertado.

—Tiene razón, David —dijo, leyendo mi nombre de la etiqueta identificativa—. Técnicamente, Goering fue el primero en darse cuenta de que estos griales pintados se adelantaron más de medio siglo a la primera descripción literaria de ese objeto en Europa.

—Usted, claro, conoce bien lo de *El cuento del grial*...

—Así es. Y sé también que Guillermo llevó esa idea mucho más lejos que esas referencias. De hecho, fue él quien me hizo ver lo raro que era que esa novela, escrita en la lejana frontera entre Francia y Alemania en 1180, mencionara justo el mismo objeto luminoso que decoraba nuestras bóvedas en Cataluña, a mil kilómetros de distancia. Sin embargo... —añadió bajando el tono de voz y ensombreciéndolo, como si la sola mención de lo que iba a decir la intimidara—, lo que me cuesta creer es que un hallazgo de ese tipo, puramente intelectual, le haya podido costar la vida.

—Tal vez no fue tan intelectual como cree... —soltó Paula.

Beatrice Cortil amagó un leve escalofrío.

—Eso he pensado yo también, ¿saben? Quizá por eso no me dejó ver su cuaderno. O quizá estamos haciendo cábalas sobre la nada. Todo podría ser.

—Pero doña Victoria le ha contado sus sospechas, ¿verdad? —preguntó Pau con cierta aprensión.

—Sí, claro. Cree que lo mataron por algo que descubrió en estas pinturas. Por eso me ha pedido que les facilite todo lo que recuerde, hasta el menor detalle. Lo malo, como ven, es que Guillermo sólo me dejó dudas. Muchas. Y todas muy teóricas. ¿Qué inspiró a los maestros de Tahull, Estaón o Burgal a representar estos cuencos? ¿Creían estar pintando el mismo objeto que Jesús utilizó en la Última Cena? ¿Y por qué lo representaron siempre emitiendo luz? ¿Acaso tuvieron un modelo del que sacaron la idea? ¿O lo retrataron de oídas? ¿Y por qué dejaron de hacerlo de repente y limitaron su programa iconográfico a apenas ocho iglesias? ¿Los detuvo algo? Y en ese caso, ¿qué?

La doctora Cortil comprendió que enmudeciéramos.

—Las respuestas a esas preguntas no son fáciles para un experto en arte —añadió—. Pero por complejas que sean, me resisto a creer que puedan tener que ver con su muerte. A menos que... —Dudó.

—¿A menos que qué?

Nuestra interlocutora se quedó meditabunda un segundo, levantando la mirada a los ángeles justicieros con sus alas llenas de ojos.

—A menos que el grial, tal y como parece advertirnos la gestualidad de estas «damas», sea algo peligroso en sí mismo y destruya a quien se acerque de forma imprudente a él.

Paula y yo nos miramos.

—Oh. ¿De veras cree que el grial puede matar? —le preguntamos.

—En realidad no importa lo que yo crea, sino lo que se creía en la época en que lo pintaron. El grial de los poemas medievales daba la vida eterna, pero mal manejado también podía quitarla —evocó—. Imaginemos que se trate de algo parecido al uso moderno del átomo. O de la electricidad. Su bondad depende de lo que hagamos con él. Lo malo —continuó, volviendo a echar un rápido vistazo a su reloj— es que no lo sabremos mientras no averigüemos qué es o qué fue exactamente ese dichoso grial. Y si quieren que les diga la verdad, es un tema que empieza a incomodarme bastante.

—¿La incomoda? —le espetó Pau de nuevo, viendo que en cualquier momento nuestra interlocutora podría desaparecer—. ¿En qué sentido?

—Es obvio. Alrededor de este tema flota algo siniestro.

—Perdóneme, pero ahora sí que no la entiendo, doctora. —Se encogió de hombros.

—No pretendo asustarlos, pero creo que no se han dado cuenta aún de un pequeño detalle: el programa pictórico de todas estas iglesias se inspira en el Apocalipsis de san Juan.

Sus escenas no tienen nada que ver con la Última Cena, donde supuestamente estuvo el grial. Estos pantocrátores eran la imagen de Jesús regresando al final de los tiempos. Y los apóstoles que lo acompañan son los que el evangelista Mateo* asegura que volverán junto a Él. Fíjense bien. La mayoría de los que vienen a admirar estas pinturas buscan sólo contemplar arte, pero más allá de lo estético se vislumbra en ellas una fe y una angustia profundas. Atávicas. Estas pinturas fueron ejecutadas para infundir el temor de Dios. Son imágenes del fin del mundo. Del más allá. Una advertencia sobre lo que nos espera al otro lado. A mí, a veces, me asustan.

—Pero usted es historiadora. Sabe cómo acercarse a estos iconos con cierta distancia —dije.

Beatrice Cortil asintió a su pesar.

—Pero antes que historiadora soy un ser humano.

—¿Quiere decir que estas imágenes la sugestionan mil años después de haber sido pintadas? ¿A usted?

La doctora nos escrutó sorprendida. Seguramente nadie le había hecho una pregunta como ésa.

—Hay algo que el hombre moderno no comprende —respondió más seria que nunca—. Estas maravillas se pintaron en iglesias tenebrosas, en edificios de muros de piedra maciza con ventanucos que apenas dejaban pasar la luz del sol. Nos cuesta imaginar cómo debían de ser en el siglo XII. Sus paredes estaban completamente cubiertas de pinturas y los fieles iban descubriéndolas a la luz de las velas, envueltos en un silencio sepulcral. Cuando la vista se les acostumbraba, los apóstoles, la Virgen y su cuenco, y hasta Nuestro Señor Jesucristo, debían de parecerles criaturas vivas. No olviden que quienes entraban ahí no sabían leer ni escribir. No habían visto nunca un manuscrito iluminado, ni una pintura mural, ni seguramente conocían el mundo más allá del valle donde malvivían. Pero allí dentro, bajo la mirada de estas figuras sin párpados, los fieles sabían que estaban en la antesala del cielo. Se sentían

* Mateo 19, 28.

abrumados por el peso de lo divino. Estoy segura de que la mayoría no llegó nunca a pensar que aquello era una representación. Lo tomaron como algo real. Y, de algún modo, lo era.

—Los lugares aislados, los recintos cerrados sometidos a un control estricto de la luz y la ventilación, siempre fueron un paraíso para los visionarios del mundo antiguo —dije—. Lo sé por experiencia...

—Entonces comprenderá que si uno pasa mucho tiempo entre imágenes como éstas, termine sucumbiendo a ellas. Usted lo acaba de decir: no debemos olvidar que estamos ante imágenes visionarias. Y lo visionario se contagia.

—¿Cree que fue eso lo que le ocurrió a Guillermo? ¿Que se sugestionó?

—Como les he dicho, su amigo pasó días enteros sin salir de aquí. Quizá terminó atrapado por ese Apocalipsis. Y tal vez... —dudó—, tal vez fue eso lo que lo mató.

La doctora Cortil dejó escapar entonces un comprensible mohín de disgusto, como si la idea de que aquellas pinturas pudieran matar a alguien la desagradara profundamente. Con descaro, consultó el reloj por tercera vez y anunció al fin lo que Paula y yo llevábamos temiéndonos desde hacía un buen rato.

—Lo siento, pero debo irme. Tengo otras visitas que atender.

30

—¿Qué impresión te ha dado? ¿Qué te ha parecido?

Pau apenas pudo esperar a que dejáramos atrás las puertas automáticas del MNAC para interrogarme sobre lo que acabábamos de oír. Nos faltó tiempo para recoger nuestras cosas de la consigna del museo y buscar la luz del día como si fuéramos dos polillas que la ansiáramos con desesperación.

—Me parece que la doctora ha echado algunos balones fuera —respondí, aturdido por el brillo que nos recibió en la calle—. ¿Y tú?

—Eso mismo pienso yo —asintió.

Paula señaló una escalera entre estatuas que parecían discurrir montaña abajo, invitándome a descender por ellas.

—Eso de que las pinturas la asustan me ha parecido muy raro —añadió.

—¿Y no te ha extrañado que dijese que el hallazgo de Guillermo no le sentó bien porque era el de un advenedizo? ¡Si él casi creció entre esas paredes!

—Bueno... —Frunció el ceño—. En realidad creí que era más rara esa insistencia suya por ver su cuaderno de notas.

—Mira, en eso le doy la razón. No hay nada más revelador para conocer a un investigador que acceder a sus apuntes.

—Ya, pero ¿por qué no se los enseñaría? No tiene sentido. Sobre todo si se veían tan a menudo como ha dicho.

—¿Te los enseñó a ti? —contesté.

Paula se detuvo en el primer rellano que alcanzamos, extrañada ante mi pregunta.

—No. Tienes razón —suspiró meditabunda—. A mí, tampoco.

De pronto, al levantar la vista al frente, pensativo, me di cuenta de dónde estábamos. Desde aquella balaustrada de piedra se veía la inmensidad de Barcelona. Una fresca brisa mediterránea barría amable la ciudad, despejándola, dejando al alcance de la mirada sus monumentos más emblemáticos. Las torres venecianas de la plaza de España se erguían justo a nuestros pies y, tras ellas, como en un mosaico de teselas brillantes, creí distinguir la Sagrada Familia atrapada en una red ordenada de calles rectas, admirables, que habían pasado a la historia de la arquitectura urbana como una de las mejores soluciones urbanísticas del siglo XIX. De todo aquello había leído o visto algo, con la admiración del niño que contempla un tesoro pegando su nariz a la vitrina de un museo. Pau se dio cuenta entonces de que era la primera vez que asistía a semejante espectáculo y me concedió un minuto para explicarme que estábamos en un mirador privilegiado, el mejor de Barcelona, rodeado de edificios novecentistas que imitaban antiguos palacios del Renacimiento, jardines umbríos, cascadas y cuevas artificiales, por no hablar de la Font Màgica, un enorme surtidor de hormigón en forma de plato que por la noche, explicó, lanzaba enormes haces de luz al cielo en medio de un espectáculo de agua y música que transformaba el lugar en el gran símbolo de la ciudad.

—Acabo de caer en la cuenta de algo... —dijo, llevándose a la cara unas gafas de sol que había encontrado en su bolsa—. ¿Recuerdas las direcciones que nos dio doña Victoria en su dosier?

—Una era la de Beatrice Cortil. La segunda pertenecía a otra mujer. ¿No te suena?

Hurgué en la carpeta que Pau me había dado en el tren. Enseguida encontré lo que necesitaba.

—Aquí está. Montserrat Prunés. Calle Larrard, 63.

—¿No imaginas de quién se trata? —Sonrió misteriosa.

Negué con la cabeza.

—Es la señora que le llevaba los sándwiches a Guillermo al museo —respondió.

—¿Su madre?

—Sí. Y a lo mejor ella sí sabe dónde está su cuaderno de notas. Deberíamos ir a verla ahora mismo.

31

La calle Larrard es una de las más empinadas de Barcelona. Jalonada en su mayor parte por hotelitos de una sola planta, su verticalidad me provocó cierta desazón.

En su afán por evitar que nadie pudiera seguir nuestros pasos, Pau le había pedido al taxista que nos dejara al principio de la misma, en la esquina con la muy concurrida Travessera de Dalt, justo donde una marabunta de japoneses armados con palos de selfi, sombreros de paja y máscaras anticontaminación se disponía a acometer su escalada hacia el parque Güell.

—Subiremos a pie —anunció, empujándome hacia el grupo—. Esta zona de la ciudad te va a encantar. Me sorprende que Guillermo nunca me dijera que vivía aquí.

—¿De veras? —Resoplé—. ¿Qué tiene de especial?

—El parque Güell es casi tan famoso como la Sagrada Familia. También lo diseñó Gaudí y esta calle es su acceso principal. Si vivieras en una calle emblemática como ésta no se te escaparía..., ¿no?

Moví la cabeza con la mirada perdida en la cuesta.

Tardamos algo menos de diez minutos en alcanzar nuestro objetivo. Jadeantes y con la ropa pegada al cuerpo, nos situamos al fin delante de la finca que marcaba la nota de doña Victoria. Me tomé un minuto para comprobar la dirección y recuperar el resuello. Aquél era un bloque de pisos más bien feo, de cuatro plantas, con barandillas de hierro y cristal biselado, y vistas a un aparcamiento de motos. Al menos no tenía una tienda de *souvenirs* en los bajos, pero tampoco la heladería que me hubiera gustado asaltar.

Habíamos decidido presentarnos en casa de Montserrat Prunés sin avisar, así que cuando tocamos al timbre del segundo derecha y nos abrió una mujer menuda, vestida con una camisola larga y gris que la cubría hasta los tobillos y unas viejas zapatillas de felpa mordidas por el tiempo, su gesto de asombro era de esperar. A diferencia de Beatrice Cortil, doña Victoria no la había advertido de nuestra visita y nos bastó verla para saber por qué. La señora Prunés casi nos dio con la puerta en las narices cuando le dijimos que queríamos hablarle de su hijo.

—No mi hijo está —balbució, como si le costara hablar.

Al fondo de la casa, el ruido de un televisor encendido ahogaba su voz trémula hasta casi hacerla inaudible.

—Lo sabemos, señora, y lo sentimos mucho —le dijo Paula con toda la dulzura que pudo.

Montserrat, que debía de rondar los sesenta, replicó entonces algo que nos dejó desconcertados:

—No sé cuándo vendrá. Si viene. Vuelvan tarde más.

«¿Tarde más?»

Me fijé mejor en nuestra interlocutora. La señora Prunés tenía las mejillas tan agrietadas que me recordaron el craquelado de algunas tablas renacentistas. Sobre ellas, agarradas como sabandijas, unas ojeras amoratadas y enormes delataban una falta de sueño casi crónica y una preocupante dejadez en las habilidades sociales. Si en ese momento el rellano de la escalera hubiera estado mejor iluminado, me habría dado cuenta de que también tenía la mirada perdida.

—Es de Guillermo de quien queremos hablarle —precisé antes de que cerrara.

Pero ella no pareció inmutarse.

—Somos amigos suyos de Madrid —insistí.

—¿De Madrid? —Aquella mención pareció interesarle—. Guillermo mucho va por allí.

—Sí, sí... Lo sabemos. ¿Nos deja pasar, por favor?

Montserrat Prunés, huraña, dio un paso atrás y, como si hubiéramos pronunciado unas palabras mágicas largamente olvidadas, concedió unos centímetros a su puerta para que pudiéramos entrar. Pau y yo nos miramos sorprendidos. El piso de la madre de Guillermo era apenas un salón que hacía las veces de recibidor, cocina y sala de estar. Un pequeño pasillo al fondo debía de conducir a los dormitorios y, como mucho, a un cuarto de baño. Aquello no daba para más. No tenía aire acondicionado ni lámparas en el techo. Sólo casquillos con bombillas de bajo consumo a punto de desprenderse. Todo lo que alcanzaba nuestra vista estaba desordenado, con ropa y revistas entreveradas con envases de comida vacíos, fotos viejas de familia en marcos rotos y pequeñas montañas de cajitas de medicamentos. No olía mal, pero el ambiente era sofocante y sólo un destartalado ventilador movía perezoso el aire. Junto a la tele —un viejo aparato de tubo— había una especie de consola con un botón rojo, grande, que dedujimos que conectaba con alguna compañía de atención médica, y una lista de teléfonos de urgencias pegada a la pared.

—Desordenado está —murmuró mientras cerraba la puerta a nuestra espalda y buscaba el mando para bajar el volumen del televisor—. Lo siento. Visitas no esperaba.

Era evidente que aquella mujer no estaba bien. Las cajas de pastillas que veía por todas partes eran antidepresivos y sus ojos —que ahora sí pude contemplar— miraban sin ver del todo.

La señora Prunés nos hizo sitio en el único sofá de la vivienda y volvió a insistir en que no sabía cuándo volvería su hijo.

—¿Cuánto... cuánto hace que no lo ve? —la tanteó Paula.

—Esta mañana ha desayunado conmigo y luego se ha ido al museo.

Sentí una pena infinita por ella. No era difícil deducir que se había quedado sola y había perdido por completo la noción del tiempo. En los portafotos que acertaba a ojear desde mi posición reconocí alguna imagen suya en bañador, en alguna playa del Mediterráneo, con un marido y un niño en el que me esforcé por reconocer a Guillermo, cuyas fotos me habían enseñado Luis y Johnny el día anterior.

—Guillermo se dejó aquí sus cuadernos y nos ha pedido que viniéramos a recogerlos —soltó de repente Pau, con una naturalidad pasmosa—. ¿No sabrá dónde los tiene?

—Raro es —musitó la señora Prunés rascándose la cabeza y escarbando en un montón de revistas del corazón atrasadas—. Muy raro. Guillermo nunca se olvida de sus cosas... Pero los buscamos.

—¿Puedo mirar yo también?

—Claro, hija. —Sonrió—. Eres su amiga.

Vi cómo las dos se afanaban durante unos minutos en explorar aquel caos informe, levantando cojines y platos de cartón sin ningún resultado. Me uní a ellas con cierta aprensión, cuidando de no alterar demasiado aquel desorden. Después de todo, semejante pandemonio debía de tener algún sentido para ella, como lo tenía la marea de libros y papeles que desde hacía años señoreaba mi despacho en Dublín.

Tras unas cuantas maniobras infructuosas que sólo me llevaron a descubrir unos patines y un casco de bicicleta que necesariamente tuvieron que pertenecer a Guillermo, me dejé caer de nuevo en el sofá para aplicar la única técnica que me funcionaba en lugares así: otearlo todo desde un rincón e intentar decidir dónde dejaría yo algo tan práctico como un cuaderno de notas.

Entonces lo vi.

Junto a la puerta de la calle.

Sobre un minúsculo aparador en el que descansaba un cenicero de cerámica lleno de llaves.

Al principio lo pasé por alto pensando que era un viejo cable de teléfono pero luego me percaté de que se trataba de otra cosa. Un bloc de espiral grande.

—¿Puedo? —pregunté.

—Eso no es lo que Guillermo se ha dejado —respondió la señora Prunés al ver mis intenciones—. Es su agenda.

—Quizá sirva. ¿Puedo...?

Paula se acercó con interés a echar un vistazo. La agenda en cuestión era otro amasijo informe de papeles y post-its de colores, garabateado con bolígrafos de todas las razas. Era de 2010 y lucía un bonito paisaje de alta montaña en la cubierta bajo la palabra *Dietario*. Ni ella ni yo reconocimos la estampa, así que pasamos a las últimas anotaciones por si podían darnos alguna pista. Tampoco había gran cosa en ellas. Apenas listas de la compra de material de oficina, los tiques de caja de un par de librerías del centro de Barcelona, horarios de emisión de algunos programas de la tele y apuntes sin mucho sentido. En una de las páginas, la correspondiente a la semana del 5 al 11 de julio, me tropecé con un par de folios que desplegué para ver qué contenían.

Al hacerlo, busqué los ojos de Pau.

—¿Cuándo...? —La señora Prunés me miró y frené la frase en seco, justo a tiempo para reformular de nuevo mi pregunta—: ¿Lo de Guillermo no fue el 8 de julio?

Pau captó el sentido al vuelo.

—Sí. ¿Por qué?

—Mira esto. —Le tendí los folios—. Tenía previsto viajar de Madrid a Barcelona ese día para asistir a un concierto... ¡con Beatrice Cortil!

—¿Lo pone ahí?

Paula vio lo mismo que yo.

—Qué raro. No nos ha contado nada... —dijo examinando aquello con los ojos muy abiertos, como si algo en aquellas líneas impresas no terminara de encajarle. Eran dos entradas compradas por internet en la página del Teatro del Liceo de Barcelona para asistir a una ópera homenaje en recuerdo de cierto Francesc Viñas.

—¿Y te has fijado en lo que iban a ver? —la interrogué capcioso.

—¡*Parsifal*! —exclamó absorta—. La ópera que Richard Wagner dedicó al grial.

—Curioso, ¿no? Quizá deberíamos hacerle algunas preguntas más a la doctora Cortil.

—¿Y no has visto nada más? —Paula me devolvió aquellos folios, que escamoteé hacia uno de mis bolsillos.

—Nada llamativo... salvo un nombre que se repite mucho en los últimos días de junio. No sé si te dirá algo.

—¿Ah, sí? A ver...

Echó un nuevo vistazo a la agenda, deteniéndose en varias fechas. El 24 de junio. El 28 de ese mes. Y el 3 de julio. En todos figuraba la misma anotación a bolígrafo, pero al verla negó con la cabeza.

«Prof. Alessandra. Consulta. Museo.»

—¿La conoce usted? —interrogó a Montserrat Prunés; la mujer estaba agachada recogiendo unas revistas del suelo, como si aquello no le importase demasiado.

—¿Alessandra? No. No me suena... —Sacudió la cabeza al leer esos apuntes—. ¿No amiga vuestra es?

Pau retuvo la agenda en sus manos un poco más, examinándola con renovado interés. Comentamos que quizá podría ser alguien del equipo de Cortil. Una de las especialistas que cuestionaron sus teorías. Pero la hipótesis se derrumbó en cuanto la vi pasar a las últimas hojas del mes de agosto. La mayoría estaban vacías. Inmaculadas. Con sus finas rayas horizontales esperando a recibir alguna que otra anotación.

De pronto nos detuvimos en una que había sido garabateada.

—Mira. Aquí está otra vez —dijo—. La profesora Alessandra.

En efecto. Una nueva cita, con la misma letra que las anteriores, rezaba: «Prof. Alessandra. Congreso Nacional de Magia y Brujería».

Escruté a Paula tan sorprendido como ella por aquella inesperada inscripción. «Magia» y «brujería» no parecían encajar en aquel puzle.

—Espera. ¿Te has fijado en la fecha? —murmuró.

Volví a mirarla.

—¡Es hoy!

32

Aquello tenía que significar algo. Estábamos seguros.

Antes incluso de abandonar el piso de la señora Prunés, Paula había localizado en el navegador de su móvil que, en efecto, esa semana se estaba celebrando un congreso nacional de ese nombre en un recinto de la ciudad. En el programa de actos se anunciaba la conferencia-coloquio de una tal profesora Alessandra Severini —«canalizadora, vidente y experta en ciencias ocultas»— y se decía que su intervención tendría lugar en menos de una hora. *El arte como puerta de comunicación con lo trascendente*, se titulaba.

—No te vas a creer dónde se celebra el congreso... —Pau levantó los ojos del móvil, entre divertida e impresionada.

—Sorpréndeme. —Temblé. Ya conocía ese gesto.

—¿Sabes dónde está el Palacio de Congresos de Barcelona? —Naturalmente, negué con la cabeza—. A los pies de Montjuic.

Llegamos justo a tiempo. Deprisa, pero a tiempo. Por un momento nos olvidamos del cuaderno de Guillermo y de que nuestra búsqueda había fracasado. De repente teníamos otro objetivo... y éste no parecía que fuera a escapársenos.

El Palacio de Congresos —una mole moderna, de vidrio y metal ubicada muy cerca de la plaza de España— bullía de actividad cuando una de las azafatas accedió a vendernos las entradas para la última sesión de la jornada. Aunque debimos pasar horas antes por delante de la enorme pancarta del congreso con un macho cabrío goyesco de tamaño dinosaurio, no reparamos en ella hasta ese instante. Creo que incluso si me hubiera dado de bruces con los tenderetes de sus hechiceros y tarotistas, tampoco me habría detenido a curiosearlos. Nunca me habían interesado ese tipo de eventos. Es más, los evitaba. En Irlanda ya había tenido bastante con aguantar las interminables celebraciones paganas del Samhain, del Lugnasad, o los *happenings* con falsos druidas y sacerdotisas wiccanas que echaban a perder el campus de mi facultad cada solsticio de verano llenándolo de basura y desperdicios.

Aquello tenía un punto más vulgar si cabía. A las previsibles mesas de venta de libros y amuletos se les sumaba una insondable constelación de posibilidades en las que perder unos cientos de euros. Lecturas de aura, piedras para absorber radiaciones, filtros magnéticos para el agua y hasta escáneres para detectar vidas pasadas se ofertaban a las puertas de un inmenso salón de actos decorado con algo que atrajo al instante mi atención.

—¿Has visto eso? —le susurré atónito a Pau en cuanto entramos. La conferencia acababa de empezar y en la pantalla de cine que cerraba el escenario se proyectaba una pintura de los ábsides románicos del cercano MNAC.

—Chist. Calla... —me advirtió, dejando su bolsa sobre una butaca vacía.

Nos acomodamos en una de las últimas filas dispuestos a comprobar quién diablos era la tal profesora Alessandra. La sala estaba prácticamente llena. Mil localidades ocupadas por un público que miraba embelesado hacia la tribuna.

Al fondo, un hombre vestido con una americana roja de paño grueso, de rostro ovalado oculto tras una perilla, se movía con un micrófono en la mano. En los monitores dispuestos en los pasillos, la cámara lo seguía en un plano medio. El hombre sudaba. Llevaba la camisa abierta y del cuello le colgaban media docena de cadenas con extraños amuletos.

—Ya sabéis que Barcelona es un lugar *màgic...* —declamó

ante la concurrencia, deslizando alguna que otra palabra en catalán en medio de su discurso—, ¿no es cierto?

La sala se agitó.

—Quienes estuvisteis ayer en la cena de homenaje en Set Portes comprobasteis que ese edificio del Port Vell está decorado con simbología alquímica. —Un nuevo murmullo subrayó sus palabras, engolando aún más al *speaker*—. *Doncs bé*: no es un caso único. Barcelona está sembrada de casas y monumentos que rebosan simbología ocultista. Y no hablo sólo de la Sagrada Familia, de Gaudí, donde podéis encontrar cuadrados mágicos y otros detalles esotéricos de mayor calado. Me refiero a lugares tan emblemáticos como éste, que han atraído desde siempre a magos y practicantes de lo oculto —dijo, señalando a la imagen del ábside—. ¿Y sabéis por qué?

Un bisbiseo de desconcierto se elevó del auditorio.

«¿Qué tiene que ver eso con la magia?», me dije, sumándome al tumulto.

Él se sobrepuso al rumor contestando a su propia pregunta:

—*Molt fàcil!* —exclamó—: Cataluña en general, pero Barcelona en particular, siempre ha sido un cruce de caminos para librepensadores. Una tierra abierta a los heterodoxos. A sabios que se salen de la norma. Pensad en Dalí y en sus pinturas llenas de magia. O en el gran Antoni Gaudí, un contradictorio alquimista católico que llenó su Sagrada Familia de imágenes cismáticas. Volved al barrio del Eixample y fijaos bien. Fue planificado por un masón llamado Ildefons Cerdà y rebosa guiños para iniciados. Y casi lo mismo puede decirse del Barrio Gótico, del Borne o de las Ramblas... —El hombre de la chaqueta roja inspiró hondo y añadió—: Aunque lo que debéis saber es que toda esa pasión por lo oculto tuvo su edad de oro a principios del siglo XX cuando se levantó el Palacio Nacional y se llevaron allí estas pinturas.

Los asistentes se quedaron embobados mirando el ábside. Un crédito surgió justo debajo, dando cuenta de lo que sospechaba. Aquélla era una de las escenas que habíamos visto por la mañana en el MNAC. Una de las ocho iglesias con grial de su colección. «También es casualidad», pensé al ver el rótulo que la identificaba con la bóveda de Santa María de Ginestarre. La expectación casi se podía palpar. Paula y yo nos miramos sin saber qué decir.

—Sin duda os preguntaréis qué une este arte religioso con la magia y la brujería. Yo os lo diré: pinturas como éstas, traídas de iglesias perdidas de los Pirineos al museo de arte de esta ciudad, fueron en realidad obras de videntes como la *professora* Alessandra Severini.

«Videntes.» El término retumbó en mi cabeza.

En ese momento una ovación tronó en la sala mientras una mujer madura, no muy alta, con una permanente rubia poco favorecedora, subía al estrado. Parecía una muñeca de porcelana articulada. Me llamó la atención que llevara entre las manos un pequeño cofre, una especie de joyero damasquinado que trataba con gran mimo, y aún más que se acercara al presentador con cierta desconfianza.

El hombre de la americana roja prosiguió:

—Alessandra sabe, como antes Dalí o los arquitectos del Eixample, que aquellas gentes de hace mil años no hicieron su obra para decorar la iglesia, sino con una intención profundamente sagrada —añadió en tono circense—. La más sagrada a la que puede aspirar un ser humano: abrir con su arte una puerta entre éste y el otro mundo. De ahí el título de esta conferencia: *El arte como puerta de comunicación con lo trascendente.*

Otro aplauso sirvió para sonrojar a la conferenciante.

—Gracias, gracias. —Ella sonrió, dirigiéndose al aforo. Su rostro luminoso ocupó la pantalla que antes había dominado el presentador—. Lo primero que me gustaría proponerles es que echen un vistazo a esta imagen. ¿Qué ven?

El auditorio se concentró en aquellos rostros de trazo grueso, rígidos, ataviados con túnicas, que parecían escrutarnos desde la pantalla. Paula y yo no teníamos ojos más que para el retrato de la única mujer del grupo, una María de

Museo Nacional de Arte de Cataluña (MNAC).
Ábside de Santa María de Ginestarre, mediados del siglo XII

gran nariz, mofletes realzados con dos manchas rojas y mirada penetrante. Sostenía un grial con la mano protegida bajo la túnica y volvía a dirigir su palma derecha hacia nosotros.

Noli me tangere, «No me toques», parecía advertirnos.

—El profesor Uranus ha olvidado deciros algo —comenzó en tono cantarín, simpático. Paula y yo aguardamos expectantes. ¿Mencionaría el grial?—. No os ha contado que estas pinturas están inspiradas en el libro más oscuro y profético de la Biblia: el Apocalipsis. Por eso dice que son visionarias. Aunque supongo también que no lo ha hecho para no asustaros...

Lo que a la audiencia le hizo reír a nosotros nos intrigó. Aquélla era la misma idea que Beatrice Cortil nos había trasladado esa mañana.

—¿Y no lo son? ¿No son visionarias? —la interrumpió el tal Uranus—. No irás a dejarme mal ahora...

La profesora Alessandra tragó saliva. No le gustaba aquel hombre.

—Bueno... Uranus no es el único que defiende ese punto de vista, eso es cierto. Aunque a mí quien me enseñó qué significan realmente estos maravillosos ábsides fue doña Amalia, la mujer a la que rendimos homenaje en este congreso. —La foto de una mujer de nariz recta y barbilla prominente, tocada por un sombrero antiguo, se abrió en una ventana de la pantalla como por arte de magia—. Como muchos sabéis, ella fue una ilustre antepasada mía, sevillana, una señora con todas las letras que acabó sus días en Barcelona como una de las escritoras más injustamente olvidadas de su tiempo.

—A lo peor algunos de nuestros amigos no la conocen —la acotó Uranus, mirando a dos chicas en la primera fila a las que, para su vergüenza, enseguida mostraron los monitores de los pasillos.

Alessandra captó la indirecta.

—Es verdad. Disculpadme. —Volvió a acariciar el cofre—. Mi antepasada se llamaba Amalia Domingo Soler. Fue una mujer extraordinaria. Comenzó a escribir poesía a los diez años y a los dieciocho ya estaba publicando. Si hubiera vivido en estos días, sería como Victoria Goodman, pero tuvo la desgracia de adelantarse a su tiempo.

Al oír aquello, Pau y yo volvimos a mirarnos.

—Además —prosiguió— publicó sus novelas a la vez que Unamuno o Valle-Inclán, aunque la crítica la despreció porque era lo peor que se podía ser entonces: mujer... y espiritista.

—¿Lo ves? Para que luego no creas en señales —susurró Pau mientras me hacía un gesto con la barbilla para que prestara atención.

Sentí un súbito ardor en la garganta y preferí no responder nada.

Alessandra ya no paró de hablar ni para tomar aire. Contó, como si fuera la cosa más natural del mundo, que a Amalia, de jovencita, se le aparecía su madre muerta para consolarla. Aunque también que su gran valedor en el más allá fue el espíritu atribulado de cierto «padre Germán» y que, gracias a él, su ilustre antepasada se codeó con los grandes médiums de su tiempo.

De vez en cuando Alessandra acariciaba el joyero que tenía en las manos y miraba con solemnidad a su alrededor. La profesora iba creciéndose por momentos.

—Un año antes de morir, mi tía abuela conoció a un importante fotógrafo de Barcelona —prosiguió—. Era un tipo nervioso con el que se tropezó en la redacción de *La Ilustració Catalana*. El caso es que a doña Amalia le cayó bien. Había dirigido revistas y abanderado movimientos por la igualdad de la mujer e intimaron enseguida. El hombre acababa de regresar de los Pirineos, donde le habían encomendado que fotografiase estas pinturas en sus iglesias originales, y estaba profundamente conmovido por lo que había visto.

—¿Y en qué año fue eso? —la interrumpió Uranus interesado.

—Debió de ser a primeros del siglo pasado. No lo sé con certeza.

—*No passa res*. No importa.

—Bueno, imagino que los dos debieron de citarse para ver esas fotos, porque doña Amalia se quedó muy impresionada. Tanto, que cada vez que alguien se las recordaba caía en un ensimismamiento del que había que despertarla con sales.

—Pero cuéntales, Alessandra, por qué le pasaba eso —la urgió.

La profesora tragó saliva, cada vez más molesta por sus interrupciones.

—Veréis —dijo seria—, además de creer en los espíritus y escribir mucho sobre ellos, mi tía abuela fue una gran médium.

Pau percibió mi sorpresa.

—¿Y por qué le pasaba eso? —la presionó Uranus.

—Hombre, profesor. Usted debería saberlo mejor que nadie —respondió seca—. Como ya he dicho, estas pinturas se hicieron para ilustrar el Apocalipsis. Aunque ahora hemos sabido que no están sacadas sólo de ahí, como nos contó el doctor Antonio Piñero en su conferencia de ayer. ¿No la recuerda?

—Una conferencia magistral, sin duda —subrayó el maestro de ceremonias, ajeno al pullazo—. El doctor Piñero es uno de los grandes expertos en textos evangélicos, canónicos y apócrifos. Un catedrático sabio donde los haya... ¿Qué dijo?

Alessandra resopló.

—Que si nos fijamos en ábsides como el de Santa María de Aneu o el de Santa Eulalia de Estaón veremos que esos ángeles con alas llenas de ojos son propios de la visión del profeta Elías y no del Apocalipsis. O que las ruedas entrelazadas que aparecen en estos ábsides se corresponden con los trances del profeta Ezequiel. Doña Amalia creía que los que pintaron estas cosas lo hicieron a modo de aviso, de señal dirigida a los visionarios de su tiempo. En la Edad Media, los Pirineos rebosaban de profetas, brujas y herejes que buscaban refugio en las montañas a las persecuciones de musulmanes y cristianos ortodoxos... Y ellos, claro, reconocían en Elías o Ezequiel a personas con su misma capacidad de ver lo invisible. Creo que estas pinturas honraban justo eso. Y sirvieron de punto de encuentro para gentes que debieron de ser muy especiales.

—¿Eso creía Amalia? —indagó el profesor Uranus.

—Bueno... Ella lo intuyó viendo sólo las placas en blanco y negro de aquel fotógrafo. Por alguna razón se convenció de que estas escenas habían servido para propiciar una comunicación directa con lo divino. Que eran una especie de máquinas para la iluminación interior que atraían a gentes con el don de ver lo que otros no podían.

—¡Máquinas! —aplaudió Uranus, que cada vez me parecía un hombre más simple—. Eso es interesante. ¿Y podrías enseñarnos cómo funcionaban, querida Alessandra?

La señora miró al tal Uranus como si fuera tonto de remate, pero se cuidó de decirlo.

—¿Aquí? No creo que sea posible, profesor.

—Pero has traído algunas reliquias de tu antepasada, objetos poderosos que ella manejó para abrir estas puertas... —dijo, mirando el cofrecillo del que Alessandra no se había separado ni un instante.

—Me temo que mostrarlos en este lugar no serviría de gran cosa, Uranus. Lo lamento. Aunque subiéramos ahora mismo al museo y nos colocáramos delante de la pintura original, tampoco podríamos activarla.

—¿Ah, no? —La miró estupefacto.

—Claro que no. Esas pinturas fueron arrancadas de sus bóvedas originales. La máquina no funcionaría. Es como si las hubieran desenchufado de la fuente que las alimentaba.

—Vamos, *professora*... ¿no será que incluso a usted la asusta recuperar esos rituales de su ilustre antepasada? —insistió.

—No tengo miedo a nada —protestó ella ofendida.

Su extraña conversación no duró mucho más. Uranus debió de notar que su invitada no iba a ceder un milímetro a sus pretensiones y, aun así, el muy miserable todavía intentó forzarla para que al menos improvisara una meditación (un «círculo de energía», dijo).

Alessandra, digna, se negó.

—No es el momento... —zanjó—. Ni el lugar. Tal vez mañana.

A Uranus no le gustó aquello. Se dio cuenta de que Alessandra había dejado de ser la dócil interlocutora con la que esperaba entretener a su audiencia, así que, como buen tahúr, decidió dar por finalizada la charla. Tras pedir un aplauso que aún no tocaba, le rogó que abandonara el estrado.

—Quienes deseen que la *professora* les firme algún ejemplar de sus obras, podrán solicitárselo en la librería de la entrada —anunció con un ánimo que sonó a falso—. Mientras tanto, nosotros procederemos con la última presentación de la tarde, el mago Llobet y sus rituales de velas.

Pau y yo supimos que aquélla era nuestra oportunidad. Teníamos ya unas cuantas preguntas que hacerle, pero después de escucharla nuestra lista de dudas se había multiplicado. ¿De qué conocía Alessandra a lady Goodman? ¿Era casualidad que la hubiera mencionado en su charla? ¿Y también lo era que hubiera decidido ilustrar su conferencia precisamente con uno de los ábsides que había estudiado Guillermo en el MNAC? ¿Acaso Guillermo lo sabía y por eso anotó aquella intervención en su agenda? Había que reconocer que empezaba a tener cierta lógica que hubiera consultado a una vidente moderna para comprender un arte inspirado en visiones, pero ¿fue eso lo que Guillermo necesitó de ella?

Fuera como fuese, teníamos la sensación de estar a punto de resolver todo aquel misterio.

33

Un olor a mil perfumes distintos nos recibió nada más dejar el salón envolviéndonos, al tiempo que una marabunta de señoras de mediana edad, todas peinadas de peluquería y bien vestidas, aguardaban a que la conferenciante hiciera acto de presencia en el vestíbulo del Palacio de Congresos. Por un momento estuve a punto de dar marcha atrás y buscar otro resquicio para llegar al puesto de los libros, pero Pau me empujó hacia delante. Entre codazos y empellones discretos, me fijé en la clase de obras que había escrito Alessandra Severini. *Diez días en la luz: memorias de una médium, El amor más allá de la muerte* o *Yo lo veo todo* fueron los títulos que acerté a leer en los regazos de aquel grupo. Eran ediciones bien encuadernadas, lujosas, con sobrecubiertas de vivos colores, en las que el nombre de la adivina figuraba de un modo prominente y su foto a toda página en la contra.

—¿Qué crees que pudo querer Guillermo de ella? —susurré a Pau mientras una de esas fotos casi se me estampa en la cara.

—¡Cuidado! —me avisó—. Bueno... Nos lo dirá ella misma. Aunque casi puedo imaginármelo.

—¿De veras? —Me zafé de una señora que casi me había dejado sin nariz con su ejemplar recién comprado—. ¿Y qué imaginas exactamente?

—¿Recuerdas cómo definió doña Victoria al verdadero grial? Algo visible para acceder a lo invisible. *Per visibilia ad invisibilia.*

—Entonces, ¿te parece que Guillermo necesitaba a una

vidente para eso? ¿Para acceder a «lo invisible» con ella y dar así con el grial?

Una ovación le impidió responder. La esperada autora acababa de llegar. La profesora Alessandra saludó cortés a su público, se detuvo a hacerse un par de fotos con algunas admiradoras y tomó asiento detrás de una mesa en la que sólo se veían una pila de libros y una caja registradora. «¡Aquí, aquí!», gritaban desde el fondo. «¿Cuándo volveremos a oírla en la radio?» «¿Va a publicar pronto sus memorias?» «¿Lleva usted misma las redes sociales?» La vidente ignoró con una elegancia natural aquella avalancha de preguntas, mientras Pau y yo lográbamos situarnos a sólo un par de pasos de ella. Con la ayuda de una chica muy joven, casi una niña, hizo un gesto a la primera señora de la fila para que se acercase y se dispuso a dedicarle su libro de un modo muy profesional.

Alessandra, pese a lo que estábamos viendo, me pareció una mujer discreta. No llevaba joyas ni un maquillaje excesivo. Su pelo teñido de rubio necesitaba un repaso y no me dio la impresión de que el bolso que llevaba fuera caro o que hiciera alarde de dinero ni de posición social.

—¿Y usted cómo se llama?

De pronto, sus pupilas ambarinas estaban puestas en mí. Éramos los siguientes.

—¿Qué quiere que le dedique, caballero? —insistió.

—Profesora..., en realidad querríamos hablar con usted a solas.

—Oh, claro —dijo, como si eso fuera lo más natural del mundo, echándole un descarado vistazo a Paula. Y dirigiéndose a su asistenta pidió—: Clara, por favor, dales una tarjeta de la consulta a estos señores. Pueden llamarme cuando gusten.

La muchacha se zafó de la algarabía, buscó algo en una cartera y me tendió una cartulina de color azul con las letras impresas en blanco. A continuación nos hizo un gesto para que nos apartásemos.

—Es sobre Guillermo Solís —añadí antes de que me tragara la marea humana.

No sé si fue lo correcto, pero Alessandra Severini mudó de expresión. Se quedó mirándome perpleja, a punto de decir algo, pero antes de que lo hiciera, un zarandeo nervioso, apremiante, tiró de mí a un lado.

—David... —La voz de Paula sonó como un lamento a mi espalda—. David, ¡mira!

Giré el rostro hacia ella, alarmado. La encontré pálida. Descompuesta.

—¡Detrás de ti...! —insistió.

Preocupado, me volví hacia donde señalaba.

Me costó creer lo que estaba viendo.

Junto a una de las puertas de acceso al Palacio de Congresos, un hombre vestido de negro de pies a cabeza, alto, robusto, con la piel blanca como el mármol de Derry y una boina oscura cubriéndole parte del rostro, oteaba a su alrededor. Parecía estar tratando de localizar a alguien.

Por instinto empujé a Pau lejos de la mesa de libros, intentando protegerla con mi cuerpo.

—¡Agáchate! —ordené, buscando refugio detrás de un grupo de cuatro lectoras de Alessandra que nos miraron como si estuviéramos locos.

—¿Es...? —Sus ojos gritaban de terror.

—Es el hombre que vimos ayer, sí —confirmé.

—¡Dios! —Tembló—. ¿Qué vamos a hacer ahora?

Eché un rápido vistazo al lado opuesto de la cola, intentando encontrar una buena respuesta para esa pregunta. A sólo unos pasos de nosotros había una puerta de una hoja que supuse debía de ser una entrada de servicio. Si la alcanzábamos con discreción, quizá podríamos evitar encontrarnos con él.

Paula, que no se había despegado aún de mí, comprendió el plan sin que dijera palabra.

Lo que no podía saber era que, en ese momento, mi cabeza barajaba a toda velocidad otra opción. ¿Y si nos enfrentábamos a él y resolvíamos aquella situación de una vez por todas? Estábamos en un lugar público y era poco probable que ese hombre quisiera montar un escándalo. Si nos dirigíamos tranquilamente hacia la salida y tomábamos un taxi o nos perdíamos en el metro, sería difícil que se atreviera a actuar contra nosotros.

«¿O no?»

Lo observé de nuevo. El gigante pálido seguía clavado en el mismo lugar, sin mover un músculo de la cara, girando la cabeza poco a poco en todas direcciones. Fue justo entonces cuando vi algo que me hizo cambiar de opinión. Mientras hacía un nuevo reconocimiento del terreno, se irguió sobre las puntas de sus pies dejando que la americana que llevaba puesta se elevase. Durante un segundo, una riñonera de cuero atada al cinturón se dejó sentir bajo la ropa. Un arma. Pau también se dio cuenta.

—¿Cómo nos ha encontrado? ¿Cómo? —susurró desesperada, tirando otra vez de mí.

—Ahora eso no importa. Vámonos. ¡Ya!

Con la mirada fija en el suelo, la mochila al hombro y la bolsa en bandolera, abandonamos la fila hacia la salida que acabábamos de localizar. Avanzamos cuatro o cinco metros hasta cruzar la única zona del vestíbulo donde íbamos a quedar a la vista.

Sé que no debería haberlo hecho... pero lo hice.

Me detuve durante una fracción de segundo y eché un nuevo vistazo atrás. Necesitaba saber si nos había visto.

Y pasó.

«¡Maldita sea!»

Mis ojos se cruzaron fugazmente con los suyos.

Estábamos lejos. A unos diez o doce metros. Sin embargo, supe que nos habíamos reconocido.

—¡Ahora, Pau! —La empujé—. ¡Corre!

Al instante, un puñado de rostros se volvió hacia nosotros. El hombre de negro reaccionó y echó a correr en nuestra dirección arrastrando con dificultad una de sus piernas.

Pero tuvimos suerte. Y no fue sólo por su cojera. La puerta que habíamos convertido en nuestra primera y última esperanza cedió con facilidad, abriéndonos paso fuera de allí. Y la fila de los seguidores de la profesora Alessandra, más compacta de lo que había pensado, actuó de retén momentáneo para nuestro perseguidor. Éste se enzarzó con un señor mayor, con gafas y pelo largo, que por un momento me recordó a alguien. No tuve tiempo de pensar en quién. Sólo vi que el hombre de negro le gritó algo en un tono de voz bronco, sordo, casi mecánico, y que tardó unos segundos en zafarse de él, derrumbándolo violentamente contra una mesa de libros y causando un revuelo considerable.

Ese encontronazo nos dio una ventaja preciosa. Paula y yo salimos a la calle como una exhalación. A esa hora, los alrededores del Palacio de Congresos estaban atestados de niños con bicicletas, novios de la mano y grupos de turistas pertrechados de cámaras fotográficas. Los sorteamos en zigzag, a toda prisa, y evitando cometer el error de detenernos ni siquiera a tomar aire, volamos hacia el cruce más cercano, con la Gran Vía de les Corts Catalanes. En nuestra huida, aún tuve tiempo de adivinar sobre el monumento de inspiración barroca que decora la rotonda de la plaza un enorme pebetero de bronce, con dos líneas paralelas cerca de borde superior, rodeado de tres damas con los brazos alzados.

—¡Ahí! —señaló Paula, que iba dos pasos por delante tirando de su bolsa—. ¡Vamos ahí!

Al otro lado de la calle, sobre la fachada lisa y gris de un gran edificio con ventanas cuadradas, reconocí el nombre del hotel que doña Victoria había reservado para nosotros. Hotel Catalonia Plaza.

«¡Buena idea!», pensé.

En cuestión de segundos habíamos irrumpido en la recepción, vigilando la calle a través de sus escaparates, con la respiración entrecortada.

No vimos a nadie.

34

—¡Debemos avisar a los demás!

Los ojos verdes de Paula brillaban de miedo. No se había dado cuenta de que el recepcionista del hotel y tres o cuatro clientes nos miraban atónitos.

—Cálmate, por favor. Lo haremos ahora mismo —susurré intentando no montar un escándalo, mientras le acariciaba el brazo para que reparara en la escena.

—¿Disponen de reserva los señores?

La pregunta del joven que nos examinaba desde detrás del mostrador de acero devolvió a Pau a la realidad. Admito que en esas circunstancias no debíamos de tener el aspecto de huéspedes de un establecimiento de cuatro estrellas, pero de alguna parte saqué algo de mi aprendida flema británica y compuse una sonrisa que lo desarmó.

—Por supuesto. —Me acerqué a él y le tendí el pasaporte, aparentando normalidad—. Tenemos dos habitaciones a nombre de Esteve y Salas. Búsquelas, por favor.

—Y denos una clave de acceso al wifi —añadió Paula, haciendo un esfuerzo por disfrazar la adrenalina que le sobraba.

El chico se encogió de hombros ante una pareja tan dispar.

—Tenemos wifi gratis en el hall. En las habitaciones es de pago.

—Denos el acceso de más capacidad que tenga —le pidió muy seria, echando otro vistazo nervioso hacia la calle—. Y dese prisa, por favor.

Me interpuse entre ellos con la mejor de mis sonrisas para

solicitarle también que nos cambiase de los alojamientos reservados a dos *junior suites*, y que llevaran unas bebidas frías, unos sándwiches y una ensalada a la primera que nos adjudicaran. Paula me lo agradeció con una gran sonrisa. Pensé que después del sobresalto estaríamos más a gusto en una habitación amplia. El recepcionista cambió de tono al ver mi Visa Titanium. Nos asignó dos habitaciones consecutivas en la undécima planta con unas espléndidas vistas a Montjuic y nos prometió que tendríamos la comida en cuestión de minutos.

—¿Podrías ir abriendo el ordenador, David? —me urgió Paula nada más llegar a nuestra planta, abrir la puerta de su *suite* y arrojar su bolsa de viaje al interior sin asomar siquiera la cabeza dentro.

—¿El ordenador? —La miré, entrando en la mía—. ¿Quieres escribir a lady Goodman? Tal vez sería mejor llamarla.

Paula me dedicó un gesto de asombro.

—¿Estás loco? —Vino tras mis pasos, bloqueando el pestillo de la puerta al entrar, dejando claro que no pensaba separarse de mí—. ¿No oíste lo que dijo ayer doña Victoria de nuestros teléfonos?

—Pero debe saber que nos han seguido.

Ella no se arredró. Echó un vistazo a la plaza de España desde aquella altura, amagando un leve estremecimiento.

—Si la llamas, pondrás también sobre aviso a quien le haya dicho a «esa gente» dónde estamos.

—Tranquilízate, ¿quieres? —Me acerqué, tomándome la libertad de ponerle una mano sobre el hombro.

Pero Paula, nerviosa, se zafó insistiendo en que sacara de mi mochila el ordenador portátil y que le dictara las claves de acceso al navegador de Johnny.

—Lo haremos como doña Victoria nos pidió. ¿De acuerdo? Es lo más seguro.

—De acuerdo —asentí.

Tardamos algo más de lo que pensaba en conectarnos al dichoso programa de Johnny Salazar. La descarga del navegador TOR (siglas de *The Onion Router*) necesitaba de un acceso potente a internet y ni el wifi ni el cable que conectamos al equipo —y que encontramos en uno de los cajones— nos lo proporcionaron. La conexión del hotel estaba diseñada para usuarios con necesidades normales, no para un software que había sido diseñado para no dejar huella digital alguna en la red.

—Nos estamos metiendo en la *deep web* —murmuré mientras TOR se descargaba perezoso y yo vigilaba la barra de descarga desde el borde de la cama.

—¿Lo has hecho antes alguna vez?

—No —respondí—. Siempre pensé que este internet que nadie ve era para actividades ilegales.

—Buscar el grial no lo es, ¿verdad?

—Eso creo... —Sonreí, para tranquilizarla.

Una vez finalizado aquel paso, encontrar el foro *Diarios del Grial* fue mucho más sencillo. Bastó con introducir una dirección rarísima en su barra de búsqueda para que una sobria pantalla verde nos diera la bienvenida y nos pidiera un número de acceso que Johnny también nos había proporcionado.

—Mira, David. —Pau señaló la pantalla, apuntando a un menú que acababa de abrirse—. Ahí hay un mensaje.

Nuestras pupilas se detuvieron en el nombre de su remitente. Procedía de Victoria Goodman.

—¿Quieres que lo leamos antes de escribir el nuestro? —pregunté.

—¿Tenemos tiempo?

—Tenemos toda la noche —le contesté con un tono de voz más grave de lo que pretendía—. Dudo que nadie nos encuentre aquí dentro.

Paula distrajo los ojos de la pantalla y me miró con una expresión insondable.

—Tienes razón... —asintió, agarrándose a los brazos de la silla y echando la cabeza hacia atrás—. Leámoslo primero. Ábrelo.

La pantalla se iluminó con un blanco inmaculado. Tras un breve titubeo, un texto nos dio la bienvenida.

35

Diarios del Grial
Entrada 1. 4 de agosto. 20.56 h
Invitado

Queridos:

Hace casi veinticuatro horas que nos despedimos en La Montaña Artificial y veo con cierta preocupación que ninguno de ustedes ha dejado todavía un mensaje en este foro. No me malinterpreten. No quiero fiscalizarlos; tampoco estoy angustiada. Sólo espero que se encuentren bien y que su falta de noticias se deba a que se han enfrascado tanto en su tarea que no han encontrado aún el momento adecuado para escribirme.

Ches y yo hemos tenido una jornada intensa que no queremos dejar de compartir con ustedes.

Nos hallamos en Jaca, la capital de los Pirineos aragoneses y uno de los supuestos escondites del Santo Grial. He de recordarles que nos hemos dividido en tres equipos para reconstruir los últimos viajes que Guillermo hizo antes de que su investigación le costase la vida. Su estancia en Jaca fue la penúltima. Llegó aquí justo antes de su viaje a Madrid y pocos días después de que encontrara en Valencia algunas pistas sensibles que lo empujaron a visitar estas montañas. Ahora lamento que nunca me explicase con exactitud qué vino a hacer exactamente a un lugar como éste. Sólo sé que llegó a finales de junio, alrededor de las fiestas locales dedicadas a san Juan, santa Orosia y san Pedro, y que se quedó muy impresionado de que hubiera tantas ermitas antiguas, iglesias, fortalezas, plazas y hasta barrios enteros con el nombre de ese último santo, justo el que la tradición asegura que recogió el grial de Cristo tras la Última Cena.

Pero Guillermo, como digo, nunca compartió sus notas conmigo. Decía que prefería acabar la investigación que le había encargado antes de dejarme leer sus conclusiones. Un día, sin embargo, logré sonsacarle algo que hoy nos ha sido de una tremenda utilidad: que en la catedral de Jaca —un monumento casi ciclópeo, de piedra gris, sin formas, del que dicen que fue la primera basílica de España—, le había recibido el director de su Museo Diocesano y lo había ayudado a centrar su investigación como ningún otro contacto anterior.

Ése, como imaginarán, ha sido nuestro objetivo nada más llegar.

En realidad, nos ha resultado fácil dar con él. El director del Museo Diocesano de Jaca es un hombre muy conocido en el pueblo. Tiene setenta y nueve años y lleva más de treinta al frente de una de las colecciones de arte románico más importantes de la península Ibérica. Don Arístides Ortiz —así se llama— nos ha parecido una persona afable. Detrás de sus gafitas de alambre antiguas y su cara llena de arrugas se esconde alguien de una inteligencia despierta y servicial... y de una memoria extraordinaria.

—¿Guillermo Solís? —ha mascullado mientras nos invitaba a sentarnos frente a un escritorio enterrado bajo toneladas de libros y papeles, sin extrañarse de que lo reclamaran dos mujeres recién llegadas de Madrid—. Sí. Lo recuerdo perfectamente. Estuvo aquí al principio del verano, pero se marchó enseguida. De hecho, ni siquiera se despidió. No me gustó eso. No, señor.

Como supondrán, no nos hemos atrevido a contarle lo que le había pasado. En cambio, sí le hemos explicado que trabajábamos con él en un proyecto que se había visto interrumpido por su repentina desaparición, y que habíamos decidido ir a verlo para intentar reconstruir sus avances. Era una verdad a medias. Incompleta. Pero, dado su talante, eso ha bastado para que se ofreciera a ayudarnos.

Don Arístides ha sido de lo más diligente en sus explicaciones. Nos ha dicho que Guillermo llegó a Jaca interesándose por algo de lo que había oído hablar en Valencia: que los romances del Santo Grial tan famosos en toda Europa se basaban en realidad en hechos sucedidos a los primeros reyes de la Corona de Aragón.

—Lo felicité por haber llamado a la puerta adecuada. —Ha sonreído al recordarlo—. Y es que justo en esta catedral trabajó el hombre que descubrió ese vínculo.

Don Arístides nos ha contado que en torno a los años veinte del siglo pasado trabajó en esa misma seo un sacerdote llamado Dámaso Sangorrín que fue deán y cronista de la ciudad. Fue un hombre de profundas inquietudes intelectuales que empezó coleccionando leyendas y chascarrillos de la diócesis y que terminó obsesionado con la tradición del grial jaqués. De hecho, publicó varios artículos en la prensa provincial en los que demostró que «su» catedral se empezó a construir en 1077 por orden del primer rey de Aragón y de Pamplona, Sancho Ramírez, y que la grandiosidad del edificio —una mole de piedra inmensa, que debió de ser toda una anomalía arquitectónica en el siglo XI— obedeció al plan de aquel monarca de dar una sede noble a la copa que Cristo consagró en la Última Cena.

—Guillermo se pasó tres días completos, de sol a sol, revisando los papeles del padre Sangorrín —nos ha explicado—. Quedó fascinado especialmente con una de sus conclusiones: que Sancho Ramírez consiguió situar su catedral, esta catedral, nada menos que a la altura del Templo de Salomón y muy por encima de la de Santiago de Compostela. Esto es: construyó un castillo relicario para proteger un objeto directamente conectado con la divinidad. Algo que la lógica dicta que no podía ser sino el Santo Grial.

Con todo, don Arístides aún ha añadido un detalle más.

—La lástima —ha dicho— es que su amigo se asustara tanto después de ese hallazgo y que decidiera irse de nuestro archivo sin terminar de examinar todos los papeles.

—¿Se asustó por algo que leyó en sus archivos? —le hemos preguntado.

—No, no... Nada de eso —nos ha negado enérgico—. En realidad, creía que alguien lo estaba siguiendo. Que iban a por él. ¡Qué tontería!, ¿verdad? Yo intenté tranquilizarlo varias veces. pero ni siquiera se calmó cuando le enseñé las pocas pruebas físicas que nos quedan de que éste fue el gran templo del grial. Lo cierto es que logré el efecto contrario. Se puso todavía más nervioso.

En ese punto, Ches y yo nos hemos mirado cómplices.

—¿Pruebas físicas? —ha susurrado a la vez—. ¿Y podría enseñárnoslas a nosotras también?

—Por supuesto —ha concedido—. No son ningún secreto.

Fuera ya de su despacho, don Arístides nos ha advertido de lo poco que hoy queda de la catedral original de Sancho Ramírez. Ese templo del siglo XI ha sufrido cambios enormes desde entonces y de su decoración primigenia prácticamente no queda nada. «En tiempos tuvo incluso un zodiaco», nos ha dicho. Uno completo. De acuario a capricornio. Pero sus signos se desmontaron hace siglos y se reutilizaron para levantar otras paredes. También albergó representaciones de copas y cuencos, casi todos desaparecidos, que según nos ha explicado debieron de servir para transmitir una idea muy particular en la Edad Media: que allí podía llegar a transmutarse al hombre rudo, rústico, de aquellos pagos y convertirlo en una criatura espiritual y elevada.

—En este lugar se encendía en el *homo brutus* de finales del siglo XI la dimensión trascendente que la guerra y las malas condiciones de vida mantenían apagada —ha sentenciado muy serio—. Aquí se venía a transfigurar el alma.

Imagínense el efecto que ha provocado en nosotras semejante revelación, liberada sin énfasis alguno. La transmutación, como saben gracias a los textos que hemos examinado en La Montaña, es una de las características principales del grial, si no la principal.

Definitivamente, Guillermo encontró algo importante en este lugar.

Don Arístides nos ha guiado entonces hasta la entrada principal del templo, un acceso situado en el extremo occidental de la nave, justo debajo del campanario. Allí ha querido que admiráramos su *Magna Porta*, una portada enmarcada por unas arquivoltas reconstruidas no hace mucho. Sobre su dintel, inscrito en una medialuna de piedra, nos ha mostrado la primera de las «pruebas físicas» que compartió con nuestro compañero: un crismón. El más grande y hermoso que hayamos visto nunca.

¿Han oído ustedes alguna vez hablar de ellos?

Los crismones son piezas decorativas singulares que sólo se encuentran en algunas iglesias medievales. Solían colocarse sobre vanos y lugares de paso y por lo general se reducían a un círculo en el que se inscribían las letras griegas rho (ρ) y ji (Χ), que eran las dos primeras del nombre en griego del Mesías (Χριστός). El ejemplar de Jaca ha resultado ser, sin embargo, muy distinto a todos los que conozco. Está flanqueado por dos leones simétricos, y sus letras, de un relieve afiligranado, forman una suerte de anagrama.

Don Arístides nos ha entregado incluso un grabado antiguo para que pudiéramos apreciar mejor sus inscripciones. Éstas, escritas en un latín repleto de arcaísmos, advierten a quien entra que sólo el que purifica su alma y se humilla en ese suelo alcanzará la vida eterna y superará la «ley de la muerte».

Deténganse en este punto un momento. ¿No era precisamente eso a lo que aspiraban los caballeros de los relatos artúricos? ¿No fue la superación de la muerte el principal atributo del grial?

Para rematar ese simbolismo, y siempre atendiendo a las explicaciones de don Arístides, el cantero del crismón subrayó su mensaje añadiéndole ocho margaritas que son prácticamente endémicas de esa pieza. Éstas se encuentran entre los radios, talladas con un detalle que maravilla. Son, nos ha dicho, muy raras en un símbolo de este tipo aunque su intención debió de ser muy clara en tiempos de Sancho Ramírez: se trataba de una marca de pureza. Un símbolo de renacimiento.

—Un guiño a otra de las características del grial —ha concluido.

—Pero ahí no se ve ningún grial... —ha murmurado entonces Ches decepcionada.

—No. No se ve. —Le ha sonreído con cierta malicia en la mirada—. Para eso tenemos que acercarnos a la segunda puerta de esta catedral. ¿Me acompañan?

Magna Porta, *catedral de San Pedro de Jaca, Huesca*

Don Arístides nos ha invitado a seguirlo hasta la fachada meridional del templo, a la vuelta de la esquina. Junto a una segunda puerta románica, un conjunto de siete columnas sostenía un pequeño atrio que daba sombra a la entrada. Sus capiteles historiados nos han resultado impresionantes al primer vistazo.

—Estas piedras —las ha señalado orgulloso— se tallaron cinco siglos antes del descubrimiento de América. Están esculpidas por los cuatro costados. Estos capiteles hablan, señoras. Tienen su propio idioma. Sólo hay que detenerse a escucharlos. Y uno de ellos tiene algo muy importante que decirles.

En un tono misterioso, el director del museo nos ha situado entonces frente al atrio, mirando hacia una escena en particular. Un hombre con un corte de pelo frailón, vestido con ropas lujosas, entregaba algo a un segundo individuo.

—Ese de ahí es san Sixto, uno de los primeros papas de la Iglesia católica —ha dicho ufano, sin quitarle el ojo de encima.

—¿San Sixto? —Me he sobresaltado al oír ese nombre—. ¿Se refiere usted a Sixto II, el papa mártir?

A don Arístides se le ha iluminado la cara.

—¿Lo conoce? Aquí en Jaca se le tuvo una enorme veneración. No sé si ustedes comprenden el alcance de esta imagen, pero déjenme decirles, señoras, que su compañero lo captó enseguida.

—¡Pues claro que lo conozco! ¿No fue Sixto el papa que confió a su diácono Lorenzo el cáliz con el que los cristianos oficiaron sus primeras misas en Roma? ¿No fue él quien, para evitar las persecuciones del emperador Valeriano, le pidió que se lo llevase lo más lejos posible de la capital de los césares? Ése debe de ser... —he dicho mientras escrutaba el bulto que sostenían las figuras— el mismo recipiente que, según la tradición, Jesucristo utilizó en la Última Cena y que san Pedro se llevó a Italia cuando empezó a predicar en Occidente. La misma reliquia que más tarde terminaría ocultándose en Huesca y que pasaría a la literatura universal con el nombre de Santo Grial.

Don Arístides se ha quedado mudo, complacido por mi explicación.

—¿Recuerda qué dijo Guillermo cuando vio esto? —ha indagado entonces Ches, certera, sin quitar el ojo a aquel inescrutable hatillo que Sixto estaba entregándole a Lorenzo.

—Oh, desde luego —le ha replicado muy serio—. Comentó algo muy extraño. De hecho, su reacción me dejó pensativo durante días. Sobre todo cuando ya no regresó al archivo y se marchó asustado de aquí.

—¿Qué fue? —he insistido.

—Dijo que los que reciben el grial están condenados a una persecución perpetua. A huir permanentemente de sus enemigos.

En ese momento, Ches y yo nos hemos mirado, perplejas.

—Ah... ¿Es que ustedes también lo creen?

36

El relato de doña Victoria se interrumpía ahí. Sin más explicaciones. Lo había dejado suspendido justo en ese punto, como si de repente hubiera decidido que lo concluiría en otro momento. Pero aun inacabado, su contenido nos electrizó.

Pau y yo terminamos de leerlo a la vez, con las cabezas pegadas y los cuerpos descaradamente juntos. Conscientes de nuestra cercanía, permanecimos mudos ante el texto durante unos segundos, sentados codo con codo, acomodando todas aquellas revelaciones en nuestros cerebros. De reojo, la vi repasar las dos imágenes que la dama del misterio había insertado en su informe. Lo hizo absorta, mientras apuraba el último refresco del minibar de la habitación.

—¿Y bien? —murmuró al fin, minimizando TOR hasta convertirlo en un icono más del monitor para abrir un explorador más corriente—. ¿Qué piensas, David?

Yo, todavía algo confuso ante la imagen del capitel de san Sixto, ladeé la cabeza perplejo.

—No sé qué decir. —El tic tic tic de sus dedos sobre el teclado, dando las últimas instrucciones para regresar al internet de siempre, ahogó mi mala respuesta—. No he estudiado Historia del Arte. No tengo mucha idea de crismones ni de reyes medievales. Eso es cosa tuya. —Suspiré—. ¿Qué piensas tú?

—Bueno... —Paula no me miró siquiera. El término *crismón de Jaca* acababa de aparecer en la barra de búsquedas de

Google atrapando toda su atención—. Algunas cosas ya las conocía, claro. Pero no logro quitarme de encima la idea de que doña Victoria nos está pidiendo ayuda.

—¿Ayuda? —Era extraño; el texto de lady Goodman me había parecido de lo más triunfal—. ¿Estás segura?

—Completamente. —Asintió con la cabeza—. Recuerda lo que dijo de lo del duelo a textos. Ella ve esto como una cordada. Una empresa común en la que cada uno aporta lo que tiene al otro. En la que nadie avanza si no recibe el impulso constante de sus compañeros.

—Pero no nos pide que la ayudemos —objeté—. Ni siquiera nos invita a opinar sobre sus hallazgos.

—Yo, en cambio, creo que nos da algo porque espera recibir. Esto funciona así.

Paula dijo aquello mirándome a los ojos, como si en el fondo se estuviera refiriendo a nosotros y no a doña Victoria.

—De acuerdo. —Simulé indiferencia—. En ese caso, lo mejor será que focalicemos nuestra respuesta en lo que nos ha contado Cortil, ¿no?

—Buena idea.

La noté algo agitada. Al parecer, no era el único allí al que le costaba mantener bajo control sus emociones.

—Quizá ahora lo más importante sea centrarnos en lo que pudo descubrir Guillermo. Lo otro —dijo, refiriéndose claramente a nuestro percance en el Palacio de Congresos— podríamos contárselo al grupo más adelante. ¿No te parece?

Asentí algo extrañado.

—A doña Victoria le irá bien que la ayudemos con lo de los crismones —insistió.

—Vale. Como quieras. Pero hace un segundo no pensabas eso. ¿Estás segura de que no los pondremos en peligro omitiendo esa información?

Justo en aquel instante llamaron a la puerta. Era nuestro almuerzo. Abrí el pestillo, recibí la comanda y firmé la nota que me extendió el camarero, mientras dejaba que preparase la mesa en nuestro saloncito. En cuanto se marchó miré a

Pau y, sin decir nada, le ofrecí la mano para que me acompañara.

—Vamos —la animé—. Será mejor que comamos algo antes de continuar.

Mi gesto tuvo un efecto inmediato. Ella se recogió el pelo, se frotó los ojos, se desperezó y, mucho más tranquila, se sentó a la mesa y comenzó a preguntarme todo tipo de cosas. Durante unos minutos hablamos de simbología, de matemáticas, de maestros constructores y hasta del tránsito del románico al gótico. Nada de aquello nos llevó a una conclusión sensata, pero al menos nos entretuvo. La primera idea práctica que se nos ocurrió fue la de comparar el croquis del crismón de la catedral de Jaca con el del friso de los Reyes Magos de San Pedro el Viejo. Fue fácil encontrar ambos en Google. Comprobamos que en ambas representaciones aparecía la figura del círculo cruzado con las iniciales griegas de Cristo y que las dos estaban vinculadas de un modo u otro a la leyenda del grial. También fue sencillo dar con la transcripción completa de los textos del ejemplar jaqués. En ese dintel no se hablaba sólo de la «purificación del alma» necesaria para alcanzar la vida eterna, se mencionaba también un misterioso concepto, «la segunda muerte», y se facilitaban incluso las instrucciones precisas para leer aquel símbolo. Habían sido talladas con esmero en el círculo externo y decían así:

Hac un sculptura, lector, sic noscere cura: P, Pater; A, Genitus; duplex est SPS Almus. Hii tres iure quidem Dominus sunt unus et idem.

«Lector, en esta escultura trata de conocer esto: P es el Padre, A el Hijo, y la letra doble el Espíritu Santo. Los tres son en verdad por derecho propio el único y el mismo Señor.»

La P era en realidad la gran ρ (rho) que dividía el crismón en dos mitades. La A, una α (alfa). Y la «letra doble», la ω (omega). Tres caracteres griegos intercalados en un texto latino me parecieron una rareza singular y así se lo dije.

—¿Sabías que el primer símbolo que se usó para representar a Jesús fue un pez y no una cruz? —me preguntó, animada de repente.

Yo, naturalmente, conocía esa historia. Cualquiera que hubiera leído algo sobre cristianismo primitivo había oído hablar de ella.

—Hasta donde yo sé, en griego antiguo *pez* se escribía *Ichtus* (ΙΧΘΥΣ). Los primeros cristianos, casi todos de origen gentil, lo eligieron como símbolo de Jesús porque resultaba un acrónimo de la frase «Jesús, Cristo, Hijo de Dios, Salvador».*

—Muy bien, doctor Salas. —Sonrió—. Así pues, cuando alguien familiarizado con esa fe veía el esquema de un pez dibujado en un colgante, sobre la proa de un barco, en la puerta de una casa o en un tejido, sabía que su dueño era cristiano. El pez se convirtió en un signo de reconocimiento.

—Entonces, supones que nuestro crismón tiene que ser algo así. Una especie de señal, de logotipo para que se reconozcan los miembros de algún grupo.

—Sólo hay un pequeño problema con eso. —Señaló la pantalla—: He visto decenas de crismones desde que me licencié. La provincia de Huesca está repleta de ellos. Fueron muy populares en las iglesias del Camino de Santiago, pero muy pocos tienen ocho radios como éste. Lo normal es encontrar crismones de seis que se obtienen al cruzar la rho (ρ) con la ji (X). Al superponerse forman un aspa de seis rayos (☧). Así de sencillo.

—Entonces, ¿de dónde surgen los de ocho? Algo significarán.

—Ése es el tema, David. ¡Nadie parece saberlo! Aunque lo más intrigante es que el de Jaca todavía tiene más ochos en su estructura.

Eché un vistazo al monitor donde estaba el crismón.

—Fíjate bien. —Me invitó a acercarme aún más—. Lo aca-

* En griego clásico, Ιησού Χριστέ, Υιέ του Θ ού, Σωτήρα.

bas de leer en la nota de doña Victoria. Ese relieve muestra ocho margaritas. ¿Las ves?

—Ocho... —Conté sobre el esquema que nos había enviado. Era cierto—. Y además las inscripciones están ordenadas en ocho hexámetros leoninos. Son una especie de poema.

—El ocho es un número raro en el contexto religioso judeocristiano —añadió, tan absorta como yo en la imagen—. El siete es mucho más común: los siete días que tardó Dios en crearlo todo, los siete años de vacas gordas y flacas del sueño del faraón, los sietes citados en el Apocalipsis: las siete trompetas, los siete sellos...

—Entonces tienes razón: el ocho tiene que ser una pista. Algo en lo que quisieron insistir sus diseñadores.

—La cuestión es: ¿una pista de qué?

Paula sonrió, se levantó del ordenador y echó un vistazo a la ciudad desde la ventana de la *suite*. Barcelona empezaba a cubrirse de reflejos dorados. A menos que ocurriera un milagro, los dos empezábamos a ser conscientes de que esa noche no íbamos a poder aportar ninguna idea que iluminara los pasos de doña Victoria. Si acaso explicarle lo que habíamos aprendido en nuestra visita al museo, que no era poco.

—¿Y lo de Alessandra Severini? —pregunté de repente.

Pau se volvió hacia mí, se frotó los ojos, y pensativa se acercó a la mesilla donde había dejado la tarjeta de entrada a su habitación y algunos papeles más. Eligió uno.

—¿Y qué vamos a decirle de ella? —dijo, enarbolando la tarjeta azul de la vidente como si fuera a hacerla desaparecer en un truco de magia. De repente me pareció que su cara reflejaba un cansancio profundo—. ¿Que Guillermo la consultaba? ¿Y sobre qué? ¿Desde cuándo? ¿Y por qué?

—Ya —admití, levantándome y acercándome hasta donde estaba—. Quizá estés en lo cierto. Pero entonces deberíamos informar al grupo de a quién hemos visto. Al menos, avisarlos de que es a nosotros a quienes siguen.

La mirada de Paula se encendió al ver cómo recuperaba un asunto que hubiera preferido no nombrar siquiera.

—¿Quieres contarles lo del hombre de negro? —susurró. El miedo escondió de golpe los signos de agotamiento—. Ese individuo se ha presentado en Montjuic, David. Sabía dónde encontrarnos. Tengo la sensación —tragó saliva— de que alguien que conoce nuestros movimientos le ha informado de dónde estamos. Y no son muchos los que lo saben. Es horrible decir esto, lo sé, pero ni siquiera aquí estamos seguros.

—¿Sospechas de alguien del grupo? —Traté de que mi pregunta no sonara a acusación.

Ella asintió.

—No quiero acusar sin pruebas. Compréndelo.

La tranquilicé poniendo la mano sobre uno de sus hombros.

—Déjame terminar con esto, ¿quieres? —dije entonces, mirando de reojo al ordenador—. Mañana, si te parece, decidiremos qué hacer.

Debían de ser las once menos cuarto de la noche cuando me puse a teclear con frenesí en la ventana que me había ofrecido TOR para nuestro resumen del día. Traté de recapitular nuestra charla con la doctora Cortil sin escatimar detalles y de dejar en una calculada ambigüedad nuestra visita a Montserrat Prunés. Lo hice lo más rápido que pude, pero aun así me entretuve un buen rato. Pau, paciente, se refugió en un sillón justo detrás de mí, como si no le apeteciera pasar la noche sola en la habitación de al lado. Si aún tenía miedo, no lo dijo, pero se arrebujó entre los cojines hasta quedarse traspuesta.

—¿Te importa? —murmuró con los ojos casi cerrados.

—De ninguna manera —respondí, volviéndome hacia ella y acariciando levemente su rostro adormilado—. Duerme un poco.

A mitad de mi trabajo, con la habitación en penumbra, recordé algo. Necesitaba volver a ver el viejo grabado del tímpano de la iglesia de San Pedro el Viejo, el mismo que me había mostrado Paula en el Retiro. De repente había recordado que ese crismón estaba flanqueado por dos ángeles en vez de por dos leones y necesitaba estar seguro. Se me había ocurrido que quizá viéndolo otra vez encontraría alguna pista nueva sobre el uso del número ocho y su posible significado, y que la «cordada» agradecería verlo. Pero Pau dormía.

Lo pensé sólo un segundo. A tientas, me acerqué a donde estaba en busca de su teléfono móvil. Si lo encontraba, no me llevaría más de un minuto enviar esa imagen a TOR. Por suerte, di con él enseguida. Estaba casi escondido debajo del mando del televisor, así que lo cogí sin hacer ruido.

No me costó acceder a su álbum de fotos y empezar a buscar aquella imagen. «Mañana me disculparé», pensé. Pero en ese proceso tropecé con algo que no esperaba. Al tocar la pantalla, el álbum de Paula se dividió en un mosaico que permitía pasar las imágenes de seis en seis. En el primer grupo reconocí algunas fotos del día anterior en casa de lady Goodman y un par obtenidas desde la ventanilla del tren esa misma mañana. En el segundo hallé fotos de portadas de libros y de paisajes. Y en el tercero, el grabado que buscaba... aunque también otra cosa. Las cinco imágenes restantes eran muy distintas a las anteriores. Se trataba de fotos de una misma secuencia en las que adiviné a Paula junto a un chico. Aparecían retratados muy cerca el uno del otro, haciéndose carantoñas y sonriendo. Parecían felices. Radiantes.

No sé cuánto tiempo estuve mirándolas. El caso es que las amplié y las examiné una a una.

—¿Qué... qué haces? —Pau se agitó adormilada, sorprendiéndome con su móvil en la mano.

Iba a decirle que necesitaba la foto del crismón de San Pedro el Viejo y que no quería despertarla por eso, pero de mi garganta salió otra pregunta.

—¿Quién es?

—¡Dame eso! —Me arrancó el móvil.

El joven con el que estaba retratada llevaba el pelo largo, oscuro, recogido en una coleta, y se apoyaba contra su hombro. Tenía la cabeza ladeada y no se lo veía del todo bien. Una extraña desazón me abrazó de repente el pecho. ¿Tenía novio?

Por supuesto, no se lo pregunté. Me limité a pedirle la imagen que necesitaba y ella, solícita, se apresuró a enviármela por correo electrónico para que pudiera usarla. No hizo ninguna mención más de aquellas otras fotos. Y yo tampoco.

Cuando Paula terminó de leer lo que había escrito, ya era más de medianoche. Lo hizo con los ojos enrojecidos por el sueño y cierta nube de suspicacia instalada en el rostro. Me pareció, no obstante, que agradecía que hubiera decidido escribir aquel primer informe para los *Diarios del Grial* por ella. Sin embargo algo me decía también que lo que verdaderamente la había complacido era que no le hubiera preguntado por aquellas fotos.

—Me parece que ya hemos tenido bastante por hoy —dijo, bajando la pantalla del ordenador—. Mañana, si te parece, llamaremos a Alessandra y lo aclararemos todo. Dormir nos ayudará.

—¿De veras crees que lo aclararemos? —murmuré, conteniendo un bostezo.

—Estoy segura, David. Cuando algo te ocupa con la intensidad de este asunto, tu mente trabaja incluso durmiendo.

—Dudo que la mía pueda. —Esbocé una media sonrisa, sin disimular el cansancio.

—¿Nunca has consultado un problema con la almohada? Siempre funciona.

—Probaré.

En ese momento, ninguno de los dos nos dimos cuenta de que un nuevo mensaje acababa de entrar en el foro que terminábamos de desconectar. En realidad, hacía sólo unos segundos que había sido enviado desde 340 kilómetros de distancia.

37

Diarios del Grial
Entrada 3. 5 de agosto. 00.11 h
Invitado

Discúlpenme. Por culpa de nuestro encuentro con don Arístides Ortiz, casi olvido mencionarles el desagradable incidente con el que ha terminado esta primera jornada en Jaca. Antes de retirarme a dormir, aunque sea de un modo sucinto, se lo referiré. Tómenlo como un aviso —otro más, si hacemos caso de lo que nos ha dicho de Guillermo el director del Museo Diocesano— de que no podemos bajar la guardia ni un minuto.

Verán. Tras nuestra excitante tarde de hallazgos en la catedral, don Arístides ha insistido en acompañarnos al coche y darnos unas últimas indicaciones para nuestros planes de mañana. Creo que se ha quedado tan asombrado por el efecto que han tenido en nosotras sus palabras frente al capitel de san Sixto, que no ha dudado en entregarnos fotocopias de algunos artículos técnicos y tres o cuatro grandes tomos de fotos editados por la Diputación de Huesca en los que se habla de esa pieza y, también, de otros crismones.

—El de Jaca —nos ha dicho— tiene una especie de «hermano gemelo» que tal vez les interese examinar.

Al parecer, ese segundo crismón se encuentra a mitad de camino entre Jaca y San Juan de la Peña y lo cobija una iglesia levantada también en tiempos de Sancho Ramírez.

—Yo que ustedes no dejaría de verlo por nada del mundo

—nos ha exhortado—. Esos crismones fueron marcas para indicar dónde se guardaba el grial. Y no querrán perdérselo, supongo. Eso ha tenido lugar hace poco más de tres horas.

Con exquisita amabilidad ha querido llevarnos la pesada bolsa con ese material hasta el coche. Lo habíamos dejado en un aparcamiento público que hay detrás de la catedral, bajo una plaza diáfana muy concurrida a esa hora de la tarde. El caso es que al ir a retirar el vehículo nos hemos dado cuenta de algo muy extraño: tenía los dos neumáticos delanteros pinchados. Los dos.

Ya lo hemos arreglado. No se preocupen. A nuestro inesperado ángel de la guarda jaqués le ha faltado tiempo para llamar a un taller y ocuparse de todo. Gracias a él nos han cambiado las cubiertas. Como supondrán, no se ha tratado de un accidente. Alguien las ha rajado con un cuchillo o una navaja, dejándolas inservibles. El asunto, claro, nos ha puesto algo nerviosas. Aunque en el taller han insistido en que eso ha debido de ser una gamberrada y que estas cosas a veces pasan en verano, cuando hay tanta gente de fuera en el pueblo, Ches ha preferido pedirle a don Arístides que nos acompañase mañana a la visita que pretendemos hacer a San Juan de la Peña.

Para mi sorpresa, ha aceptado. Es todo un caballero.

—Los buscadores del grial debemos ayudarnos, ¿no les parece? —nos ha dicho.

Yo opino exactamente lo mismo, ¿saben? Los buscadores somos, de algún modo, la parte visible del grial. Recuerden que el objetivo de nuestra *quête* es precisamente dar con aquello que, siendo tangible y físico, nos permita saltar al mundo de lo sublime, de las ideas, del espíritu. *Per visibilia ad invisibilia*, ¿recuerdan? Ése es el verdadero espíritu de esta búsqueda. Apoyarse en lo visible para saltar a lo que nuestros torpes cinco sentidos no alcanzan. Mañana lo pondremos a prueba.

Estoy segura de que ustedes harán lo mismo allá donde estén.

DÍA 6

—

Visiones oscuras

38

Aquella noche volví a soñar.

Me acosté —qué absurdo— dándole vueltas a la indicación de Paula de que «consultar los problemas con la almohada» nos ayudaría a entender la locura en la que nos habíamos metido. Mi razón no lo creía posible. Pensaba que aquella frase hecha sólo podía ser el recurso de un pueblo sureño, hedonista, que adoraba sestear, pero estaba equivocado.

Por un prejuicio intelectual —seguramente uno inculcado en tiempos del abuelo José—, nunca conecté la idea de llevarse los problemas a la cama con las «incubaciones» de Parménides ni con la necesidad que tiene el cerebro humano de poner orden en el caos de las ideas conscientes. Qué error. Sólo ahora que puedo reflexionar sobre ello descubro que algunas de las grandes aportaciones a la historia del pensamiento y de la ciencia se han urdido en ese estado. No es una frivolidad que el gran químico ruso Dimitri Mendeléiev lograse ordenar en sueños la tabla periódica de los elementos. O que el alemán August Kekulé diese con la fórmula del benceno mientras dormitaba. Ambos creían que todo en la naturaleza funcionaba gracias a un lenguaje oculto que se expresaba de forma matemática. Los números les «hablaron» mientras descansaban. Incluso Johannes Kepler intuyó en un sueño que los planetas se deslizan en órbitas elípticas alrededor del Sol. O Mary Shelley, que en aquel duelo a textos que tanto maravillaba a los de La Montaña, confesó haber visto en sueños por primera vez a su Frankenstein. Yo, desde luego, no los tuve presentes esa noche... pero lo que me pasó esa madrugada bien podría engrosar semejante lista de revelaciones oníricas.

Todo aconteció de un modo brusco, extraño. Fue como una idea sobrevenida de repente. Una conclusión susurrada. Una revelación.

Mi conexión con esa particular fuente de las ideas resultó tan simple como evocadora: ¿y si la clave del crismón de Jaca que doña Victoria estaba buscando se encontraba en las ocho margaritas? ¿Y si lo importante fuera el número? ¿Dónde más lo había oído ese día? Ocho... Beatrice Cortil había mencionado ocho iglesias con griales pintados. ¿Y si esa cifra, la más repetida de la composición, fuera una mención *para iniciados* a las ocho iglesias que había estudiado Guillermo Solís en el MNAC? ¿Acaso no fueron todas ellas construidas a la vez que la catedral de Jaca?

Al despertar, intenté sacudirme semejante idea de encima. Demasiado simple, pensé. Pero no pude. Era difícil no admirarse de lo bien que encajaba aquello con el primer mandamiento de la Teoría de los Secretos: los ocho cuencos de las iglesias pirenaicas —todas situadas originalmente a poco más de treinta leguas de Jaca— estaban, sin excepción, en manos de la Virgen *y resultaban muy visibles*. En la iconografía cristiana, María se asociaba a menudo con flores. En la pagana, la presencia de flores solía aludir a la vida, la belleza y la esperanza. De algún modo era un símbolo que compartía su contenido con el grial.

Y la mente, libre, comenzó a barajar sus cifras:

Ocho radios del crismón.

Ocho flores.

Ocho vírgenes con ocho griales.

Ocho iglesias.

La conexión parecía tener cierto sentido.

Abrí el portátil para verificar mi idea. Me bastó una breve búsqueda para comprobar que, en efecto, los crismones de ocho radios son los más raros que existen. Los expertos los llaman «de tipo jaqués» precisamente por el ejemplar que tanto había admirado doña Victoria y, además de escasos, se los consideraba los más antiguos.

¿Debíamos tomar esos ocho radios como otra alusión a las ocho iglesias con pinturas del grial de las que nos había hablado la doctora Cortil? ¿Y si el crismón era una especie de mapa? ¿O un recordatorio?

Eran sólo las nueve de la mañana y ya tenía la impresión de que la cabeza me iba a estallar. Necesitaba una ducha.

Diez minutos más tarde, aseado y reconfortado por el agua fría, telefoneé a la *suite* de al lado. Pau me dio los buenos días, me dijo que estaba a punto de bajar a desayunar... y admitió que también tenía algo urgente que contarme. Apagué el ordenador, anoté mis ideas en un folio con el membrete del hotel, y bajé hasta la planta del restaurante por la escalera, venciendo los escalones de dos en dos. El aroma a café y tostadas recién hechas me abrió el apetito. Pau esperaba sentada a una de las mesas del fondo del amplio e iluminado bufé, junto a una ventana desde la que se apreciaba claramente el cuenco de bronce del monumento de la plaza de España. Sonrió al verme y me preguntó si había dormido bien. Asentí. Pero era ella la que parecía tener prisa por hablar, así que le dejé tomar la iniciativa.

—¿Has vuelto a entrar en TOR? —quiso saber.

Negué con la cabeza, tomando asiento frente a ella.

—Yo sí —confesó, poniéndose seria—. Y no sé si las cosas van bien, David.

Fue innecesario pedirle más explicaciones. Se adelantó a mis preguntas y me puso al día: aparte de que seguía sin haber noticias de Johnny y Luis, me describió con detalle el último envío de doña Victoria.

—... así que dicen que hoy irán a la zona de San Juan de la Peña con el director del Museo Diocesano de Jaca —concluyó.

—En ese caso, si van a visitar más iglesias —tercié, intentando restar importancia al incidente de las ruedas rajadas—, igual les vendría bien que les contara un par de cosas sobre los crismones.

—¡Ah! —Me miró—. ¿Has averiguado algo?

Sentados frente a nuestros cafés la hice partícipe entonces de mis sospechas numéricas. Procuré que la relación entre los ochos del crismón de Jaca y las ocho iglesias con cálices radiantes del MNAC pareciera creíble, pero ella, la verdad, no pareció demasiado impresionada. De vez en cuando perdía la mirada a lo lejos, hacia la montaña de Montjuic, como si nada de lo que dijera pudiese aliviar la angustia que le había anidado dentro.

—Has dicho que esa idea apareció en tu cabeza de repente. ¿No crees que algo o alguien ha podido dejártela dentro mientras dormías? —señaló como distraída.

—¿Algo o alguien? ¿Lo dices en serio?

—Ya veo. —Dio un sorbo a su café—. ¿Sabes? Me parece que deberías empezar a asumir que tu abuelo te dejó en herencia algo más que una biblioteca.

Aquella observación me incomodó. Sabía lo que estaba insinuando y no me gustó. Pau detectó mi malestar, pero se limitó a esbozar una tímida y lejana sonrisa.

—Doña Victoria piensa que tienes cierto don oculto, y está a la espera de que despierte —añadió—. Si eso ocurriera, estaríamos todos más protegidos. Más seguros. Quizá incluso no sea casual que ayer nos pusiéramos tras la pista de una vidente, ¿no?

—¿Crees que alguien con esos... poderes... podría protegernos?

La pregunta me sonó rara incluso a mí.

—En ese caso haríamos bien en llamarla —sugerí.

—Ya me he tomado la libertad de hacerlo —respondió—. Me quedé con su tarjeta, ¿recuerdas? Su secretaria me ha dicho que hoy va a estar en Montjuic todo el día, y que dentro de un par de horas tiene previsto participar en otro acto del congreso. Uno al aire libre. Deberíamos ir a verla. Hablar con ella.

—¿Has llamado a la profesora Alessandra? —pregunté confundido.

—¡No me mires así! No me gusta demasiado tener que regresar a Montjuic, pero creo que no nos queda otra opción.

—¿Y la has telefoneado desde tu móvil? —dije sin prestarle atención.

Ella negó con la cabeza.

—No, claro que no, David —me tranquilizó, volviéndose hacia mí—. La he llamado desde la habitación. Llevo despierta desde temprano y he aprovechado para hacer también algunas averiguaciones más.

—Pues me encantaría oírlas —dije.

—Está bien —asintió, algo más repuesta—. Entre las cosas que leímos anoche en los *Diarios*, hubo una que se quedó rondándome por la cabeza. En Jaca todo lo importante está dedicado a san Pedro. Y lo está, según doña Victoria, porque ese santo fue el que heredó el cáliz de Cristo tras la Última Cena y ese objeto se guardó allí durante décadas. Naturalmente estamos hablando de lo que dice la tradición, no la historia. Pero, David —continuó, llenándose de nuevo la taza de café—, en Huesca la misma tradición asegura que todas las iglesias que albergaron el grial se consagraron a san Pedro.

—Eso ya me lo contaste en el Retiro.

—Sí. Lo sé. Pero ahora quiero dar un paso más. Esta mañana, con esa idea dándome vueltas, he empezado a repasar los nombres de las iglesias que vimos ayer en el MNAC con la doctora Cortil. Las que tienen un grial radiante en sus ábsides se llaman San Pedro del Burgal, Santa María de Ginestarre, Santa María de Tahull... Hasta ahí, todas son advocaciones con un claro sentido griálico. Pedro, el portador del grial. María, cáliz viviente, portadora de la sangre de Cristo. Pero...
—tragó saliva—, ¿a cuento de qué la más impresionante de todas, la que puso a Guillermo tras la pista de ese cuenco radiante anterior a Chrétien de Troyes, fue dedicada a san Clemente?

Sacudí la cabeza, sorprendido por aquella observación.

—San Clemente de Tahull. Tienes razón... Sería más lógico un San Pedro de Tahull.

Paula irguió la espalda, dejando su taza a un lado, como si se dispusiera a añadir algo aún más relevante.

—Creo que he averiguado el porqué —anunció—. El problema me ha tenido en vilo hasta que he recordado la gran moraleja del libro de Chrétien de Troyes: que más importante aún que la respuesta que obtienes es la pregunta que haces. Así que, ya ves, me he propuesto averiguar si la mía tenía o no sentido y he comenzado a buscar. He pasado dos horas yendo de página en página de internet tras una explicación.

—¿Querías saber por qué consagraron la iglesia con el grial radiante pintado más famoso de la cristiandad a san Clemente y no a san Pedro?

—Así es.

—¿Y lo has averiguado? —pregunté.

—Sí —asintió, con la primera sonrisa de la mañana—. Y también algo más que no esperaba. ¿Tú sabes quién fue san Clemente?

—Ni idea. —Me encogí de hombros.

—Fue uno de los primeros papas de la Iglesia.

—¿Como san Sixto? —La animé a seguir.

—Exacto. Pero san Clemente vivió casi doscientos años antes. De hecho, fue el hombre que dio forma a la estructura jerárquica de la Iglesia tal y como la conocemos. Un contemporáneo de san Pedro y también uno de sus primeros sacerdotes.

—¿Y por eso le consagraron la iglesia de Tahull?

Pau negó rotunda con la cabeza.

—No. Claro que no. ¿Recuerdas lo que dijeron ayer Beatrice Cortil y la profesora Alessandra sobre el programa iconográfico que tienen las iglesias románicas con grial?

—Cómo olvidarlo —asentí—. Dijeron que representan escenas del Apocalipsis de san Juan y de la Segunda Venida de Cristo.

—Exacto. ¿Y recuerdas lo que dijo Alessandra en su conferencia sobre qué clase de personas pudieron haberlas pintado?

—¿Te refieres a lo de que fueron obra de videntes?

—Eso es. —Su sonrisa maquiavélica me incomodó.

—No entiendo...

—Espera —me contuvo—. En el fondo todo tiene un sentido.

Pau prosiguió con sus preguntas:

—¿Te has olvidado de cuando la doctora Cortil se puso tan seria y nos dijo que ella era capaz de ver las pinturas románicas de su colección tal y como lo hacían los campesinos del siglo XII?

—Nos sugirió que ésa era la única forma de entenderlas...

—Pues bien, lo que he averiguado es que san Clemente era papa en Roma cuando san Juan redactó su Apocalipsis a finales del siglo I. Y por si no has caído en la cuenta, ese libro surgió de una visión. De un acto de videncia puro; un trance en el que un ancianísimo Juan, el último de los discípulos vivos de Jesús, vislumbró la Segunda Venida de Cristo encerrado en una cueva de la isla griega de Patmos. Tenía más de noventa años cuando le pasó.

—Eso suena a incubación —musité.

—Así es. —Se le iluminó el semblante—. ¿Y eso no te parece significativo?

—Lo único significativo aquí es que empiezo a ver videntes por todas partes.

—No es poca cosa —asintió Pau ignorando el tono cínico de mi respuesta—. Yo ya tengo una hipótesis. Es como si la consagración de san Clemente en Tahull bajo un ábside con una visión del Apocalipsis se hubiera hecho para apuntalar dos conceptos dirigidos a quien supiera entenderlos en el futuro: que se trataba de una iglesia construida bajo la protección directa de los herederos de san Pedro, con Clemente como padre apostólico de la Iglesia y sucesor suyo, y que era una obra de y para videntes. Por eso Guillermo quiso consultar sus hallazgos con Alessandra. ¡Necesitaba una intérprete a la altura de las pinturas!

—Ya... —Me acaricié la barbilla pensativo. Aquello, aunque audaz, tenía sentido—. Pero eso es sólo una especulación. Nada nos asegura que sea así.

—Salvo que lo contara en su cuaderno.

—Un cuaderno que no hemos encontrado —acoté.

—Sí. Tienes razón. —Suspiró—. Aunque también puede que me esté volviendo loca, claro.

—En cualquier caso, sólo hay una persona que podría sacarnos de dudas.

Pau asintió:

—Sí. Alessandra Severini.

39

Diarios del Grial
Entrada 4. 5 de agosto. 11.23 h
Administrador

Buenos días, por decir algo:

Soy Johnny. Os escribo desde mi iPad porque, después de lo que nos ha pasado esta mañana, al fin he conseguido hackear una conexión lo bastante potente como para acceder a TOR y haceros llegar este mensaje.

Luis y yo hemos ido a poner una denuncia por robo en una comisaría de policía del centro de Valencia y aquí el wifi es fabuloso. Forzarlo y acceder a él no ha sido demasiado difícil; ya me conocéis. Pero que no cunda la alarma. Casi puedo oír vuestras protestas. Lo único que importa ahora es que estamos bien, aunque hayamos sido víctimas de un hurto. Por suerte, lo que nos han sustraído no era de gran valor material. Sin embargo, después de leer lo que anoche escribió lady Goodman en estos *Diarios* hemos decidido advertir a las autoridades.

A estas alturas tenemos la certeza absoluta de que alguien sigue nuestros pasos. Y también la convicción de que, como dijo doña Victoria, esta herramienta es lo único que va a poder protegernos.

Lo entenderéis mejor en cuanto os contemos qué ha sucedido.

Ayer por la tarde llegamos a la ciudad sin más tiempo que para instalarnos y buscar un restaurante en el que cenar algo. En ningún momento vimos a nadie sospechoso y en el hotel la noche fue de lo más tranquila. Lo único malo fue el acceso a internet de nuestras habitaciones. Resultó tan precario que cuando logré acceder a TOR sólo tuve cobertura para descargar vuestros mensajes y no consideré seguro enviaros una respuesta a través de esa red. Lo que leímos, claro, nos preocupó y esta mañana hemos tomado la decisión de ponernos en marcha manteniendo los ojos muy abiertos.

Gracias a la documentación que recibimos en Madrid teníamos muy claro por dónde empezar. La presencia del grial en un lugar público, expuesto al culto todos los días del año en el corazón de la tercera ciudad más grande de España, cumple a la perfección con el primer mandamiento de nuestra Teoría de los Secretos. Esta reliquia —que aquí llaman «el Santo Cáliz» y no Santo Grial por pura prudencia cristiana— lleva en Valencia desde 1437 a disposición de los fieles. Y como todo buen secreto de ese tipo, tiene su propio guardián. Un custodio que lo protege y vigila desde una prudente distancia.

Guillermo, según las notas que nos entregó doña Victoria, lo conoció hace unos meses. Ese custodio se llama Jaume Fort y lo localizamos en la dirección que se nos proporcionó en el dosier.

El padre Fort ha resultado ser un hombre de unos cincuenta años, recio, de rasgos angulosos, pelirrojo y con una enorme barba rizada. Nos ha recibido temprano en su pequeño despacho, en un edificio del obispado que se esconde justo detrás de la catedral. Allí, sorprendido porque sabíamos a qué se dedicaba, ha recibido la noticia que Luis y yo le llevábamos. La verdad es que no hemos tenido tantos miramientos como lady Goodman y Ches con el director del Museo Diocesano de Jaca. El padre Fort no sabía que Guillermo Solís hubiera aparecido muerto en Madrid hace poco menos de un mes y la noticia le ha afectado mucho.

—Se lo dije, se lo dije... —ha murmurado apretando las mandíbulas. Su rostro ha palidecido y se ha llevado las manos a la cabeza—. ¡Lo que pretendía ese chico era una locura peligrosa!

Naturalmente, hemos aguardado a que se calmara, lo hemos invitado a un café y le hemos preguntado por esa «locura peligrosa» en cuanto hemos visto la ocasión.

—No, no y no... —Se ha agitado ofendido, perdiendo casi la compostura—. ¡De ninguna manera! No pienso reproducir lo que pretendía hacer con el cáliz de esta casa. ¡Ni pensarlo! En estos tiempos, cuanto más estrafalaria es una idea, a más velocidad se propaga.

Al principio ni siquiera Luis, apelando a su saber estar y a sus años de seminario, ha logrado persuadirlo para que nos lo contara. Pero lo ha intentado. Y yo sé por qué lo ha hecho: en el camino a Valencia vinimos hablando mucho de que la búsqueda del grial puede derivar con facilidad en sinsentidos, y que en nuestro propio grupo —perdón, doña Victoria—, hay una tendencia malsana a buscarlo en ideas metafísicas y no en cosas más tangibles. Luis, preocupado por este extremo, ha pensado que si un sacerdote serio como Fort nos hablaba de esa locura, tal vez podría servir de reflexión a los demás.

Al padre Fort, hombre de sotana y alzacuellos, le ha costado entrar en razón. Antes bien, ha recurrido a uno de esos gestos duros de cura de colegio de pago que te hace temblar hasta la médula. Luis lo daba por perdido al oírlo balbucir vaguedades pero yo, que no tengo nada que perder en esa clase de lances, he vuelto a insistir. Al final ha concedido prestarnos un librito que, al parecer, había fascinado a Guillermo y que fue el que, según el padre Fort, le dio su «peligrosa» idea.

—Si ustedes al leerlo llegan a la misma conclusión... bueno —dudaba el cura barbudo—, en ese caso igual tendría que hacérmelo mirar.

Lo que nos ha dejado ha sido un tomo de pocas páginas, apenas ciento treinta, de tamaño folio, papel amarillento y grueso, titulado *El Santo Cáliz de la catedral de Valencia*.

—Éste es el único informe científico que se ha escrito sobre un Santo Grial en toda la cristiandad —ha añadido solemne—. El único. Cuídenmelo. Es la última copia que tenemos en el cabildo.

Hemos tomado aquel documento con cierta aprensión, con la

duda de si ahí íbamos a encontrar alguna clave importante. Impreso en 1960, enseguida hemos descubierto que se trataba del trabajo de un profesor de arqueología de la Universidad de Zaragoza, el doctor Antonio Beltrán, del que se habían editado apenas mil ejemplares. Fort nos ha invitado a hojearlo y a que observáramos que la reliquia de Valencia no es en realidad una copa al uso. Ni es un cáliz, ni es de metales nobles, ni de barro ni de madera. En realidad se trata de un «compuesto» formado por dos cuencos minerales de ágata rojiza, quizá cornalina, unidos a una filigrana de oro y piedras preciosas. Uno, el de mayor tamaño y antigüedad, ocupa la parte superior de la reliquia. El otro, más chato, se colocó en su base, boca abajo, a modo de pie.

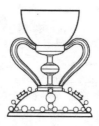

—Beltrán desmontó esa estructura por primera vez, le quitó los adornos y las joyas, y midió y fotografió esos cuencos al detalle —nos ha explicado mientras ojeábamos sus gráficos y esquemas—. Luego llegó a un dictamen contundente: nuestro grial es en verdad un vaso típico de las mesas de familias pudientes del Oriente romanizado. Por su aspecto, incluso lo situó entre los siglos IV antes de Cristo y I de nuestra era. Y concluyó que procedía con toda seguridad de Egipto, Siria o Palestina.

—¿Eso fue lo que interesó a Guillermo, don Jaume? —le ha preguntado Luis—. ¿El informe pericial?

—No. No fue eso. La cronología de nuestro cáliz le interesó sólo relativamente —ha admitido—. Pero prefiero no condicionar su lectura, si les parece.

Esto ha sucedido a primera hora de hoy.

Algo más tarde, a eso de las diez, Luis y yo estábamos otra vez en la calle, frente a la catedral, con un librito de hacía medio siglo en las manos, y con el compromiso de devolverlo sin falta en unas horas.

Se nos ha ocurrido acercarnos al recinto en el que guardan el grial y comenzar a leerlo en la capilla que llaman del Santo Cáliz. Qué mejor lugar. Quizá ya sepáis que junto al Miquelet —uno de esos raros campanarios con nombre propio, como la Giralda de Sevilla— se levanta la estancia en la que los fieles adoran a esta reliquia. Entrar a verla no es gratis. Nos ha costado catorce euros. Pero precisamente ese detalle lo convierte en un espacio casi olvidado. Lo curioso es que ha sido justo ahí donde nos han robado.

Luis y yo nos hemos sentado a leer en uno de los bancos de madera del lugar, frente a la hornacina con cristal blindado en la que se guarda el famoso grial. En ese momento no había nadie dentro. Animados por tener aquella habitación gótica sólo para nosotros, hemos empezado a cotejar el informe del doctor Beltrán con el libro de *Li contes* que doña Victoria nos regaló. Luis ha sido el primero en darse cuenta de algo. El poeta de Troyes nunca dijo que el grial estuviera hecho de piedra, pero escribió textualmente que «en el grial había piedras preciosas de diferentes clases, de las más ricas y de las más caras que haya en mar y tierra». Y eso era exactamente lo que teníamos delante.

Hemos estado murmurando un rato sobre aquello, emocionados, sin casi darnos cuenta de que habían entrado dos chavales jóvenes en la capilla. Iban vestidos con ropa deportiva, se han sentado justo detrás de nosotros y han comenzado a rezar. Al principio los he mirado de reojo. Tendrían diecisiete o dieciocho años, no más. He pensado que debían de ser monaguillos o algo parecido, así que me he relajado. Mal hecho. Luis y yo nos hemos levantado para acercarnos a la urna donde se exhibe el grial con la idea de ver más de cerca sus joyas, y cuando hemos regresado al banco los chicos ya no estaban. ¡Y tampoco el libro del doctor Beltrán!

Lo increíble es que no se han llevado mi iPad ni nuestros teléfonos móviles, que también se han quedado en el banco. Sólo el libro.

¿No os parece raro?

Luis está terminando de poner la denuncia. Después iremos al despacho del padre Fort a decírselo. No sé cómo se lo tomará. En cualquier caso, mantendré informado al grupo.

40

El día era luminoso y fresco cuando pusimos el pie de nuevo en la calle. A nosotros, sin embargo, se nos antojó tenso y lóbrego. Habíamos accedido por última vez a TOR unos minutos antes y la lectura de la última entrada al foro nos había dejado más preocupados si cabía.

—Todos tenemos problemas —murmuró Paula.

Yo asentí devorado por una sensación cada vez más incómoda. Si los tres grupos estábamos recibiendo ataques de un modo u otro, tal vez no nos enfrentábamos a un enemigo interno, sino a una amenaza exterior que parecía saberlo todo de nuestros pasos e intenciones.

—Ahora no podemos asustarnos. Eso nos hace débiles —le dije, tratando de reunir fuerzas mientras ponía toda la atencion en la calle.

Nos separaban más de doscientos metros de la embocadura de las torres venecianas de la plaza de España, y algo más para alcanzar las escaleras mecánicas al aire libre que nos conducirían hasta donde la profesora Alessandra iba a celebrar su acto esa mañana. Demasiada distancia. Demasiado riesgo para un escenario que ya sabíamos que conocía el hombre de negro.

Pau, que había salido del hotel con una camiseta blanca con un estridente *J'adore Paris* estampado en el pecho y se había recogido el pelo en una coleta, se colocó unas enormes gafas negras y apretó el paso hacia nuestro objetivo. Se acercó, me tomó inesperadamente de la mano y, como si fuéramos un matrimonio recién llegado a Barcelona, cruzamos la Gran Via de les Corts Catalanes antes de detener a un taxi.

—Si tenemos que hacerlo, hagámoslo de una vez —dijo al subirnos.

Por un momento me abstraje del peligro. No había motoristas sin matrícula ni hombres con boina oscura merodeando. Y en cambio, sí una dama anhelante guiando mis pasos. Su aplomo me recordó al de la bella Blanchefort de cierta escena de *Li contes del graal* que doña Victoria había evitado contarnos el día que comentó el libro. Quizá la consideró superflua. O demasiado picante. Sin embargo, yo la había leído en el manoseado ejemplar que llevaba encima... y me había encantado.

En uno de los primeros capítulos del *Contes*, Parcival se detiene en un castillo asediado a descansar. La señora del lugar es la bella y sin par Blanchefort. Lo recibe, hace que se siente a su lado y lo colma de atenciones. Y sin casi intercambiar palabra con él —algo habitual en esa época entre desconocidos de distinto sexo— la pareja se retira a descansar. A media noche, por sorpresa, Blanchefort visita su habitación y se introduce en la cama del caballero implorándole ayuda para escapar del sitio al que está sometida...

—Llegamos tarde. ¡Qué fastidio! —comentó Pau, sacándome de mi ensimismamiento.

—¿Perdona?

—La secretaria de Alessandra me dijo que empezaría su ritual sobre la una del mediodía. Y mira qué hora es.

«¿Su ritual?»

Bordeamos la fachada del Palacio de Congresos hablando de todo un poco. Paula seguía dándole vueltas al asunto de las iglesias de Tahull y a sus nombres, y en especial a un pequeño detalle que la tenía desconcertada. En sus consultas en internet se había dado cuenta de que Tahull era un pueblo de doscientos setenta habitantes. Seguramente fueron aún menos en el siglo XI. Y pese a ello tenía dos iglesias decoradas de un modo asombroso. Una, la de Santa María, estaba en el centro del pueblo y mostraba una escena de los Reyes Magos con un grial apagado que doña Victoria nos mostró en Madrid. La otra, la de San Clemente, estaba a las afueras, era más grande que la parroquia principal y contenía la imagen del cuenco resplandeciente sobre la mano tapada de la Virgen. ¿Qué otra cosa, sino la conservación de algo importantísimo, habría justificado la existencia de esos dos templos en un lugar tan apartado y despoblado? ¿Fue ese «algo» lo que Guillermo encontró?

Tan distraídos estábamos que casi no nos dimos cuenta de que al final del último tramo de escalera mecánica, justo al bajar del taxi junto a la Font Màgica, a esa hora se arremolinaba un grupo de personas alrededor de una mujer arrodillada. Entre el bullicio distinguimos una voz que nos resultó familiar en el acto.

—¡Ahí está! —Pau la señaló—. ¿No es ésa la profesora Alessandra?

Agucé la mirada hacia donde apuntaba y asentí. En efecto. La mujer que habíamos visto la tarde anterior ocupaba ahora el centro de un nuevo corrillo. Al aproximarnos, se levantó sin reparar en nosotros. Bajo la luz del sol pude fijarme mejor en ella. Vestía una túnica vaporosa de color marfil que se recortaba contra los poderosos surtidores de la fuente que tenía a la espalda. Tras ellos, en una cuidada escenografía, Barcelona se extendía hasta perderse en los cerros del Tibidabo, realzando aún más su silueta.

«*Tibi dabo,* "te daré", en latín», rumié.

Alessandra mantenía los brazos levantados al cielo, la cabeza vuelta hacia arriba y los ojos cerrados. Bajo cuatro inmensas columnas jónicas, monumento a los patriotas catalanes, me recordó a las imágenes antiguas de las sibilas emergiendo de sus oráculos.

«El ritual.»

Los más próximos a ella —acólitos vestidos de blanco, con vistosos collares y pulseras— habían improvisado una cadena humana uniendo las manos y entonaban un *om*, la sílaba sagrada, que prolongaban hasta la extenuación. Media docena de jarras en las que quemaban incienso habían llenado la explanada de aromas místicos que llegaban sin dificultad hasta nosotros. Observé con detenimiento a los congregados y comprobé con alivio que el hombre de negro no estaba allí.

—¡Que se abran las puertas del cielo! —Alessandra empezó a desgranar una letanía.

—Que se abran —la corearon.

—¡Que el camino de la vida eterna se despeje!

—Que se despeje.

—... ¡y que tu alma encuentre en él la luz que mereces y puedas guiarnos a los demás! —la oímos terminar su ensalmo.

—Amén.

Aquella Alessandra me pareció algo diferente a la de la víspera. No sé. Quizá más etérea. Más espiritual. Creo que fue su forma de moverse lo que me despistó.

La mujer que teníamos delante no era la señora rechoncha y comedida que la tarde anterior se escabullía de las insinuaciones del profesor Uranus. Ahora iba cargada de abalorios; se había trenzado el pelo con una diadema muy vistosa y lucía un maquillaje mucho más intenso. Además, se movía como voluta de humo por la plaza. Había bajado la cabeza hacia el suelo en señal de profundo recogimiento, y aún con los ojos entornados fue capaz de iniciar una especie de danza sagrada alrededor del pequeño cofre damasquinado con el que la habíamos visto la tarde anterior, y que ahora descansaba en el suelo sobre un paño de seda.

Poco a poco, nos acercamos hasta situarnos detrás de la primera línea de seguidores.

—¿Qué está haciendo? —Pau bisbiseó su pregunta a una de las señoras de la fila.

—Es una ceremonia.

—Ya —asintió—. ¿Y una ceremonia de qué?

La señora la miró como si tuviera enfrente a una perfecta ignorante.

—Está utilizando unos objetos que pertenecieron a una antepasada suya espiritista para abrir un portal con el otro lado. Una ceremonia de apertura.

La naturalidad con la que respondió aquello nos sorprendió.

—¿Y cómo lo hace?

—¿No lo ve? —replicó algo molesta señalando a Alessandra, que en ese momento sacaba del cofre una medalla y se la colocaba en el cuello. Desde nuestra posición no acertábamos a distinguir los símbolos representados en ella, demasiado pequeños.

—La verdad es que no.

—Usted no tiene ni idea de rituales mágicos, ¿verdad? Fíjese mejor, mujer. Se pone la reliquia sobre este ónfalos y se alinea su mente con el mundo espiritual.

—Sobre este... ¿qué?

41

Ónfalos. Así se decía «ombligo» en la época de Parménides. Hay palabras que tienen la extraña capacidad de trasladarte en el tiempo. De arrancarte de donde crees estar y devolverte de pronto a otro momento de tu existencia. Son las llaves que abren las puertas de la memoria. Y aquella mañana descubrí que el vocablo griego ὀμφαλός *(omphalós)* era una de ellas.

El abuelo José fue la primera persona a la que se la había oído pronunciar.

Fue la mañana que siguió al entierro de la abuela Alice.

La sonoridad de ese término, o quizá la combinación entre la palabra y el olor a incienso, me trasladó a aquel instante perdido.

El caso es que al oírla cerré los ojos y, dócil, como si necesitara bucear dentro de mí, me dejé llevar por un recuerdo que no había refrescado en años.

—¿Damos un paseo? —me propuso el abuelo, listo ya para salir a la calle con su abrigo, su bastón y su sombrero. Era noviembre de 1990. Sábado 17, por más señas—. Ven, anda. Me gustaría enseñarte una cosa.

Lo miré como lo habría hecho cualquier niño de mi edad. Con curiosidad, pero también con lástima. A través de sus gafas de pasta negras se percibía un ademán cansado, gris, que creí humedecido por la tristeza y la soledad. Y, solícito, corrí a buscar mi chaqueta y mi bufanda. Cruzamos la calle para adentrarnos en el jardín que teníamos frente a casa. Caminamos a paso lento, en silencio, lanzando nubes de vaho por la boca. Había dejado de llover y un olor a tierra mojada lo inundaba todo de una especie de melancolía.

—¿Cómo estás, abuelo? —me atreví a preguntarle cuando nos quedamos a solas.

Hacía mucho que no paseábamos juntos, y aún más que no le daba la mano al hacerlo. Yo ya tenía diez años y me creía un hombrecito. Pero ese día lo hice. Pensé que era la mejor forma de subrayar mis palabras.

—¿Y tú?

—Yo estoy muy triste —admití.

—¿Por qué? ¿Porque no has visto a la abuela esta mañana? Asentí conteniendo un sollozo.

—Yo también la echo de menos, David, pero de eso precisamente quiero hablarte.

El abuelo se detuvo en medio del parque, e inclinándose hasta ponerse a mi altura susurró algo que me produjo una profunda turbación.

—Debes saber que, en realidad, las personas a las que quieres no se van nunca de nuestro lado. Quizá no seas capaz de verlas durante algún tiempo, pero ten por seguro que se quedan. El amor es un lazo que no se rompe jamás. Por eso sé que tu abuela sigue aquí. Acompañándonos. Protegiéndonos.

Luego, cambiando inesperadamente de conversación, me preguntó:

—¿Te has leído ya el libro que te regalé?

—¿El... El forastero misterioso?

—Ése. El de Twain.

—Sí, abuelo. Dos veces.

—Entonces te habrás fijado en cómo el extranjero que visita a los protagonistas del relato les dice que la vida es sólo una visión. Que nada existe como creemos. Que, en realidad, todo es un sueño. Tu sueño.

—¿Mi sueño?

—Sí, David —afirmó él con la cabeza, llevándose la mano al sombrero—. Este parque, las nubes, la casa donde vivimos, la abuela, su entierro ayer o yo mismo somos parte de «tu sueño». De algún modo tienes la capacidad de crear lo que te rodea. Todos la tenemos.

—Pero... —protesté.

—No hay peros. Créeme. Si tomases un microscopio y analizases a fondo cualquiera de las cosas que nos rodean, terminarías viendo que están hechas de... ¡nada! Esa nada es algo intangible, misterioso, una energía que se condensa en átomos que, a su vez, dan forma a lo que ven nuestros ojos. La materia está hecha de partículas sin cuerpo unidas por grandes, enormes espacios vacíos. Hay más «nada» que «algo» en eso que llamamos «realidad». Si hicieras lo mismo contigo, si te analizaras bajo la lente más potente del mundo, verías que tampoco tú eres distinto a ese patrón. En el fondo no eres lo que piensas que eres. Estás hecho de la misma energía invisible que el resto del universo, sólo que de algún modo tu energía es autoconsciente y se las ingenia para entrar a formar parte temporalmente de los sueños de los demás.

—No... No sé si te comprendo, abuelo.

—¿Te acuerdas del día que me preguntaste por el origen de mis historias? ¿Por la fuente de mis ideas?

—S-sí, claro —tartamudeé otra vez.

—Pues nacen de esa energía que está en todo y que a todos nos une. Y de la capacidad que tenemos cada uno de nosotros para conectarnos con ella durante los instantes fugaces que dura la inspiración. En ese momento surge un fuego, un ardor invisible, que te enciende por dentro. Ven. Te enseñaré algo. Hoy es el día perfecto para que lo veas.

El abuelo José, que tenía uno de esos rostros severos, de grandes barbas blancas y mirada escrutadora que se ven en los retratos de los edificios oficiales, tiró de mí con cariño. Me condujo hasta el centro del parque —allí, en Dublín, lo llaman aún el Jardín del Recuerdo— y me hizo bajar la escalera que da paso a su monumento más emblemático. Era una especie de foso de planta cruciforme en el que un pequeño estanque rectangular de aguas limpias, flanqueado por bancos de madera, invitaba a sentarse y a conversar.

Aquella mañana, sobre una suerte de altar situado al otro extremo de donde nos encontrábamos, un hombre vestido de negro quemaba incienso delante de un muro. Se trataba de alguien robusto, ancho de hombros, con manos de dedos largos y blancos que en la distancia parecían las de un esqueleto. Las volutas que salían de su quemador caracoleaban graciosas hasta nosotros, llenándonos de una fragancia muy parecida a la que me había catapultado hasta allí desde Barcelona.

La gran escultura de unos cisnes tirando hacia el cielo de los cuerpos de tres niños —yo sabía que eran niños muertos— me conmovió. Eran los *Children of Lir*, símbolo de renacimiento y resurrección en la tradición irlandesa.

—La clave de una vida feliz, querido David, es que aprendas a dirigir bien tus sueños. Tu visión. Que descubras qué forma dar a esa «nada» que a la vez lo es «todo». —Las palabras del abuelo sonaron muy serias—. La visión es como ese caldero mágico de los antiguos cuentos de este país que se llena por sí mismo y es capaz de colmar tu apetito y tus deseos durante toda la vida. Sólo tienes que encontrarlo y asegurarte de que nadie te lo robe. Cuando lo hagas, ése será el grial personal que te alimentará siempre.

No supe qué decir, así que callé y bajé la mirada al suelo.

—¿Ves a ese señor de allí? —dijo, levantando el brazo y señalando al fondo del parque.

Asentí. Cuando volví a mirarlo, el hombre había interrumpido su labor. Se había puesto de pie, como si nos hubiera oído, y nos vigilaba desde lejos en actitud expectante.

—Es un viejo enemigo de nuestra familia. Tal vez el peor que tenemos. El único que podría robárnoslo todo. Incluida la visión.

—¿Lo... lo conoces?

—Claro —respondió él sin atisbo de emoción—. De algún modo, lo he atraído yo.

Miré a mi abuelo como si se hubiera vuelto loco.

—No pongas esa cara —me amonestó—. En Grecia dirían que es un *daimon*.

—¿Un demonio?

—No. No es un demonio. —Me tranquilizó sólo a medias—. Los demonios se los inventó la Iglesia para asustar a sus fieles. *Daimones* y *diabolus* no son lo mismo. Los primeros son una especie de emanaciones inteligentes que se adueñan de las almas de las personas y condicionan sus vidas desde dentro. Al principio actúan como voces que te hablan desde lo más profundo de tu propio ser. Cuanto más fuerte, entregada y poderosa sea una persona, más fuerte es el *daimon* que la controla. Lo que debes saber, David, es que en algunas ocasiones estas criaturas pueden llegar a hacerse visibles y a actuar de un modo independiente. Pitágoras enseñó en su escuela que esos *daimones* superiores pueden ser tanto divinos como malignos. Suelen ser positivos cuando se mantienen dentro de ti, pero cuando emergen y saltan de cuerpo en cuerpo... la cosa cambia. Pueden llegar a vivir en el mundo de los humanos y hacerse pasar por cualquiera de nosotros. Pero antes de que eso suceda, sólo unos pocos somos capaces de verlos y de contenerlos.

—¿Somos? —tartamudeé.

—Sólo los que tenemos alma de poeta. El gran trovador irlandés William Yeats los vio. Trató con ellos. Llegó a conocerlos muy bien. Y luego advirtió al mundo en uno de sus escritos de que sólo los que no tienen inteligencia ni sabiduría niegan su existencia. Intentó avisarnos. Eso hacemos todos los que accedemos a ese umbral de percepción.

—¿Y... qué hace ése ahí? —Señalé al frente, sin atreverme a mirarlo.

—Ese que está ahí es el mío... Un *daimon* que estuvo dentro de mí hasta que logré expulsarlo independizándome de sus dictados y que ahora, exiliado en el mundo exterior, lucha por robarme la creatividad. Combato a diario contra él para que no me deje sin nada.

—¿Y por qué quiere robártela, abuelo?

Él me regaló entonces una mirada condescendiente en la que se asomaban chispas de una remota preocupación.

—Quiere recuperar lo que cree que le pertenece. Esa luz interior que una vez prendió en mí con sus susurros, y que ahora brilla sin su intervención.

—Pero ¿es bueno o es malo? —Temblé.

El abuelo me miró, regalándome una sonrisa tibia, apática.

—¿Sabes? El universo en el que habitamos se sostiene sobre la lucha de los opuestos. El bien no existiría sin el mal. No habría luz sin sombras. Alegría sin tristeza. Salud sin enfermedad. Amor sin odio. Ni creatividad sin vacuidad. Eso de ahí se esfuerza por oponerse a mí. Cuanto más persevere yo en una idea que sea contraria a su energía, más se enfrentará a lo que soy.

—¿*Eso*? —repetí sin entenderlo del todo—. ¿Qué quieres decir? ¿No crees que sea alguien real?

—Esa criatura forma parte ahora de lo que nos es opuesto, David —me explicó levantando el bastón en su dirección—. Si está aquí, es porque no quiere que nos acerquemos a ese muro. No desea que te muestre lo que hay escrito en él. Que te transmita lo que en esa pared se dice para ti. Lo malo es que no puedo destruirlo. Sería algo así como matar a mi propia sombra. Mucho me temo —añadió— que lo verás más veces en tu vida. Como el forastero de Mark Twain, se te aparecerá siempre que estés a punto de dar un paso en la dirección correcta. En cada una de esas ocasiones tratará de hacer que te equivoques, de desviarte de tu destino. Recuérdalo y evítalo.

—Pero entonces, si eso no es humano, ¿qué es? —Sentí un escalofrío al oírme decir aquello.

—Ya te lo he dicho. Es un *daimon* superior. Una idea que de tarde en tarde se cuela en un cuerpo humano para modificar nuestro destino. Para arrebatarnos la luz que tenemos dentro.

Mi abuelo enunció aquella definición tan contundente sin perder al señor de vista, lo que no me tranquilizó demasiado. Deduje que ésa debía de ser su particular forma de contenerlo. Y agarrado a su mano, yo también le eché un vistazo, sobrecogido de miedo. El *daimon*, o lo que quiera que fuera aquello, llevaba la cabeza cubierta con una boina que apenas dejaba al descubierto un rostro blanco como el papel. Incluso creí distinguir en él unos brazos inusitadamente largos que le llegaban casi hasta las rodillas. A aquella distancia me fue imposible calcular su edad, pero en cambio se me grabó a fuego la mirada que nos dirigió. Era fría. Negra. Penetrante. Casi podía notarla perforándome la piel.

—¿Y qué está haciendo? —balbucí aterido.

—Trata de impedir que nos acerquemos al ónfalos de este parque.

—¿Al qué?

—Al ónfalos, David. Es el lugar en el que los opuestos se tocan. Donde las energías de signo contrario del universo que habitamos se hacen tangibles de vez en cuando y en circunstancias especiales. Un punto geográfico singular donde es posible pasar de este mundo al otro y viceversa. Deberías estudiar a los fundadores de la filosofía griega. La mayoría habla de esos ónfalos. Están por todas partes, aunque no siempre sepamos dónde. Todos los oráculos del mundo antiguo protegían uno. Y la mayoría de los templos también. Los arqueólogos creen que los ónfalos eran sólo piedras mágicas, tal vez meteoros caídos del cielo con propiedades extraordinarias, pero no es del todo así. Un ónfalos puede adoptar cualquier forma. Puede ser una roca, pero también un manantial, una torre, un horizonte, una joya o una pintura...

—¿Y qué forma tiene el ónfalos de este lugar, abuelo?

Don José abandonó por un instante su expresión severa al oír mi pregunta y se inclinó sobre mi oreja.

—Aquí toman la forma de los versos que quiero enseñarte —murmuró—. Ya ves: unas sencillas palabras inscritas en la piedra. Se los leía a menudo a tu abuela.

—¿En serio?

—Sí. Se los sabía de memoria. Por eso sé que ha cruzado al «otro lado» sin contratiempos y que puede volver cuando quiera. Pero, ¿ves?, ahora que quiero leértelos a ti para que nunca te falte esa llave, aparece él...

—¿Y si nos vamos ya? —dije tirándole de la manga del abrigo, muerto de miedo.

—¿Y si le plantamos cara?

No respondí. No pude. La garganta se me secó del pánico.

—Sólo hay un modo de contenerlo.

—No vayas, abuelo...

Pero no me hizo caso. Se zafó de mi mano con un gesto brusco y, como si encarnara a uno de los héroes de sus libros, clavando sus ojillos penetrantes en aquella especie de sombra, se dirigió hacia él con determinación. Avanzó hacia el centro de la escalera de acceso a la plataforma sobre la que se encontraba, sin mirar atrás.

En ese momento la sombra volvió a mirarnos, poniéndose en guardia.

Yo me quedé rezagado. Pálido. Sin saber qué hacer. Todo lo que acerté a distinguir fue cómo mi abuelo caminaba hacia él, metiéndose la mano en el pecho como si buscara algo que llevara al cuello. Y debió de arrancárselo porque, de repente, empuñaba algo que hizo retroceder a aquella sombra. No dijo una palabra. Sólo le mostró esa cosa con la mano izquierda mientras de un modo lento, teatral, levantaba la derecha con los dedos índice y corazón izados hacia el cielo.

Temblando de miedo, cerré los ojos, me adelanté hasta donde estaba mi abuelo y me aferré a su abrigo.

No sé lo que pasó. Únicamente recuerdo que apreté los párpados tanto que el dolor me hizo abrirlos de golpe. Cuando lo hice, *eso* ya no estaba allí.

42

—David... David... ¿Estás bien? ¡Despierta, por favor!

Un alboroto de palabras lejanas me arrebató aquel recuerdo.

Sentí un intenso dolor de cabeza, casi como si hubieran intentado succionarme el cerebro. Por instinto, me llevé las manos a las sienes para retenerlo.

Quizá tardé en responder. No podía articular palabra.

Volví a intentarlo una, dos y hasta tres veces. Y cuando al fin conseguí que las cuerdas vocales respondieran a mis órdenes, descubrí que también me dolían las piernas y que tenía la espalda entumecida.

Una constelación de rostros preocupados que no fui capaz de reconocer me miraba desde arriba.

—Gracias a Dios. Ya vuelve en sí. —Distinguí el timbre de Pau.

—¿Qué... qué me ha pasado? Me duele la cabeza.

—Te has desmayado, hijo —diagnosticó otra voz.

—Hemos avisado a una ambulancia —añadió una tercera.

—Con estos calores...

«¿Una ambulancia?»

Les rogué que anularan esa llamada. No quería verme dentro de una maldita ambulancia. No estaba herido. Sólo necesitaba un tiempo para recomponerme.

Entonces unos brazos fuertes me izaron por las axilas hasta dejarme en posición vertical. No logré ver bien de quién se trataba, pero deduje que serían uno o varios seguidores de la profesora Alessandra. Oí a Pau decirles que no se preocuparan, que estábamos alojados muy cerca, en el Catalonia Plaza, al pie de la montaña, y que podíamos volver tranquilamente paseando.

—¿Qué... qué me ha pasado? —repetí.

Pero en medio de aquel jaleo no logré entender ninguna de sus respuestas.

Tomé asiento como pude en el zócalo del pequeño estanque que recogía las aguas de las cuatro impresionantes cascadas que caían desde la fachada del Palacio Nacional. Todavía estaba aturdido, aunque, como Pau, tenía la certeza de que me iba a recuperar enseguida.

—Respira hondo. Todo lo hondo que puedas. Eres un alma muy sensible en el cuerpo de un hombretón... —dijo con admiración alguien a mi espalda.

Al volverme descubrí a Alessandra Severini.

—No te preocupes. Esto pasará enseguida. Conozco esos síntomas.

—¿Qué...?

—Nos conocimos ayer y me fijé en ti —me interrumpió—. ¿Lo recuerdas? ¿Cómo te llamas?

—David... —susurré.

—Yo soy Paula, señora. Paula Esteve —añadió ella, sin alejarse ni un milímetro de mi lado—. De hecho, la estábamos buscando. Queríamos hablar con usted, si tiene un minuto.

—Sé de qué queréis hablarme. —La vidente la atajó, acercándose a mí—. Pero antes tendremos que ocuparnos de David. ¿Te encuentras mejor? ¿Qué has visto? —me preguntó—. Porque algo has visto, ¿verdad?

Me sentía tan débil que no di con el modo de evitar sus preguntas, así que, sin pensarlo demasiado, le murmuré no sé cuántas razones inconexas. Atropelladamente le hablé del ónfalos. Del abuelo. Del hombre oscuro que acababa de ver y que —inspiré— de repente había descubierto que me acompañaba desde la infancia. Y hasta de los versos grabados en un muro de Dublín... Ella atendió cuanto salió de mi garganta como si lo entendiese de veras, aunque algo me decía que no había terminado de comprenderlo. Era imposible. Mis frases eran balbuceos. Mis palabras brotaban entrecortadas, torpes, bocetando absurdos ininteligibles.

Poco a poco, el aroma dulzón que desprendía y el tacto suave de sus manos sobre las mías me ayudaron a serenarme.

—No pasa nada. Pronto estarás mejor —prometió.

Pau nos observó con apremio.

—¿Está segura? —La preocupación ensombrecía su rostro.

—Oh, sí, querida, completamente —respondió Alessandra con una sonrisa balsámica en el rostro—. Conozco bien estas situaciones. A veces, cuando se abre una puerta como ésta, las personas más sensibles experimentan desconexiones de la realidad. Es algo normal. Creo que eso es justo lo que le ha pasado a tu amigo. Pero no es nada grave. No te preocupes.

—¿Una pu-puerta? —susurré atónito.

—Eso he dicho, sí —asintió, mirándome—. Este lugar, todo él, es una puerta. Un umbral a otros mundos. ¿Por qué crees que lo llaman la Font Màgica, la «fuente mágica»?

A mi cerebro acudió de repente la pitonisa que imaginó Eduardo Mendoza para su novela *La ciudad de los prodigios*. Pero sobre todo, sus alusiones a la Barcelona para la que se levantó aquel monumento.

—Pensé que esto se hizo pa-para... —dudé— para la Exposición Universal de 1929.

Alessandra, ajena a lo que en ese instante acababa de pasar por mi mente, me animó a seguir hablando.

—Su-supongo que debieron de darle ese nombre porque en esa época los chorros de agua y los espectáculos lu-luminotécnicos les parecerían mágicos a los barceloneses...

La profesora sonrió más beatífica aún.

—Eso es lo que han hecho creer a la mayoría, David. Pero me temo que ésa es sólo la respuesta exotérica. La vulgar.

—Pero hay otra, ¿verdad? Una más... esotérica —intervino Pau, que nos escuchaba con atención.

—Claro —asintió—. Mi familia perteneció a la burguesía que reformó Montjuic para aquella exposición. Como dice tu amigo, los años veinte fueron los de las grandes maquinarias, el telégrafo, la electricidad. Todo eso parecía mágico, cierto, pero mis antepasados fueron también unas gentes profundamente religiosas. Casi místicos, diría. Y no confundirían un alarde técnico con un poder invisible. Si estuvisteis ayer en mi conferencia, ya estaréis al corriente.

—Estuvimos —replicó Pau—. Me pareció fascinante.

—¿De veras?

—Sí. Me sorprendió mucho oírles decir que Gaudí, Dalí o esos arquitectos famosos de la Barcelona de principios de siglo eran tan amantes de lo oculto —dijo—. Siempre había tenido la imagen de una alta sociedad muy apegada al catolicismo, no muy interesada en «poderes invisibles».

—¿Tú has leído la Biblia, querida? —Le sonrió con una pizca de mordacidad—. Lo digo porque está llena de alusiones a lugares de poder. Desde el monte Sión, donde se levantó el Templo de Salomón, hasta el Tabor, donde Cristo se transfiguró en luz.

—Es verdad. Tiene razón —admitió.

—Creer en esas cosas forma parte del ADN de Occidente. Por eso no debería extrañar a nadie que lo que mis antepasados pretendieran fuese marcar para las futuras generaciones un lugar que inspirara, una plaza elevada, un altar desde el que la ciudad no perdiera nunca el contacto con el mundo espiritual. Un ara. Fue como dejar tendida una «escalera de Jacob» de forma permanente con la que poder ascender a lo supremo.

«Un ónfalos», pensé, mientras lidiaba con una leve punzada de dolor.

La cabeza me retumbaba. Me costaba seguir el rumbo que estaba tomando la conversación. A esas alturas lo único que quería era cerrar los ojos y salir de allí. Pero Pau miraba fascinada a la profesora Alessandra, pidiéndole más explicaciones.

—¿Y para qué querrían construir algo así? —preguntó.

—Muy sencillo —dijo misteriosa, pasándose la mano entre los cabellos—. ¡Todos necesitamos ese canal de contacto! Quizá no individualmente, pero sí como especie. Desde la noche de los tiempos, querida, todas las civilizaciones se han sustentado de un modo u otro en su conexión con ese «algo» sublime que las ha hecho grandes. Los antiguos sabían que en lo invisible se encuentra la simiente de todo lo visible. Por esa razón deificaron al amor, a la vida o a la sabiduría, y marcaron con sus edificios de piedra, sus símbolos o sus obras de arte los lugares en los que esas fuerzas invisibles se sentían con más intensidad.

—Arte para comunicarse con lo superior —se repitió Pau, como si necesitara procesar aquella respuesta—. ¿Fue eso lo que le preguntó Guillermo Solís cuando acudió a verla, profesora?

Alessandra Severini, que hasta ese momento había tenido una aproximación dulce, se tensó como un arco.

—Guillermo Solís... —Incluso su voz se afiló.

—Ayer, en su conferencia, mencionó pinturas que estaba investigando... —dejó caer Pau.

—Así es. Y vosotros gritasteis su nombre en medio del tumulto que se montó a la salida. Fue una imprudencia.

—Necesitamos saber qué le dijo de las pinturas del Museo Nacional de Arte de Cataluña. Ayer empezó su charla con una de ellas.

—Me pidió que lo ayudara a estudiarlas, pero entiendo que no puedo hablarles de ese tema sin su permiso.

—Está muerto —soltó Paula.

—Lo sé. —Los ojos de la vidente dudaron dónde anclarse, perdiéndose en algún punto más allá de su interlocutora—. Lo he sabido ahora. De hecho, ya comprendo por qué llevo un rato viéndolo detrás de ti. Y dice... —Cerró los ojos—. Me dice que deberíais salir corriendo de aquí.

43

Diarios del Grial
Entrada 5. 5 de agosto. 15.50 h
Administrador

Nunca he visto a nadie tan afectado por la pérdida de un viejo libro como al padre Fort.

Acabamos de salir de su despacho y hemos corrido a la plaza del Ayuntamiento, que no está muy lejos, para pinchar el wifi del consistorio —bastante potente, por cierto— y contaros lo que nos ha sucedido. Es alucinante.

Después de pasar en comisaría un buen rato —donde casi se han burlado de nosotros por denunciar el robo de un libro de los años sesenta—, hemos ido a contárselo todo a su legítimo propietario. El hombre ha puesto los ojos como platos, pero aún más al saber que los supuestos ladrones han sido dos chicos tan jóvenes.

—¿No ven que eso no tiene ningún sentido? —nos ha dicho alarmado—. Un ratero no entra nunca en la catedral. No paga una entrada por acceder a un lugar que casi siempre está vacío... ¡y no se lleva un libro! Una cartera, una cámara de fotos tal vez... pero ¡un libro, no!

—A no ser... —iba a replicarle Luis.

—A no ser que supiera exactamente qué se estaban llevando... Y de qué los estaban privando. —Nos ha atravesado con la mirada.

El padre Fort nos ha regalado otro de sus mohínes severos antes de admitir que, aunque raro, aquel ejemplar de *El Santo Cá-*

liz de la Catedral de Valencia del doctor Beltrán no era imposible de encontrar en librerías de viejo.

—¿Saben qué lo hacía único? —ha añadido—. Estaba anotado a lápiz por el propio Beltrán, con correcciones y enmiendas que ahora están perdidas.

Fort ha fruncido entonces el gesto poniendo sobre la mesa otra cuestión que desconocíamos: en los últimos meses el templo ha sido objeto de otros hurtos de documentación similares, como si a alguien le interesara hacer desaparecer la historia del cáliz. Ninguno ha sido demasiado grave. Opúsculos sin importancia, libritos de edición local y tirada reducida con relatos sobre la influencia del grial de Valencia en la pintura o acerca de cómo se salvó de las campañas de destrucción de objetos religiosos durante la guerra civil española. Pero lo que más le mosquea es que esos robos están empezando a afectar a los fondos de la propia biblioteca del cabildo... y el nuestro ha sido el último zarpazo.

Luis se ha disculpado y se ha ofrecido a buscar otro ejemplar para reponérselo cuanto antes, pero acordándose de lo bueno que sería compartir con vosotros lo del peligro de creer en un grial demasiado etéreo, ha aprovechado la circunstancia para volver a insistir en lo que Guillermo había descubierto en aquella obra.

Estábamos a punto de llevarnos una sorpresa.

—Don Jaume —lo ha interpelado muy serio—: Guillermo era nuestro amigo. Queremos saber quién o qué lo mató y creemos que está relacionado con lo que anduvo buscando aquí. ¿De veras no va a ayudarnos?

Pensaba —lo juro— que el cura se iba a levantar de su mesa y a echarnos de allí, pero en vez de reaccionar de ese modo he notado cómo se ablandaba y empezaba a avenirse a razones.

Al final nos lo ha contado todo. O eso creo.

Según él, nuestro Guillermo llegó a la catedral de Valencia hace dos meses, fascinado con la idea de que el cáliz estaba formado en realidad por dos cuencos de piedra.

—Yo nunca le había dado una importancia especial al material del que estaba hecho —ha admitido—, hasta que me dijo que formaba parte de un proyecto de investigación que llevaba tiempo estudiando las fuentes del grial. Y eso para su grupo era clave.

—Sí, nosotros somos parte de ese mismo proyecto —ha admitido Luis, disimulando nuestra sorpresa ante semejante afirmación—. Y supongo que le hablaría de Chrétien de Troyes, claro.

—Me habló de él, en efecto. Dijo que ese trovador nunca describió con exactitud el grial. Que dejó incompleto su trabajo y que sólo uno de sus seguidores, otro poeta que vivió no muy lejos de su Troyes natal, dio al fin el detalle preciso de la naturaleza del grial.

Luis y yo nos hemos mirado. En La Montaña Artificial hemos pasado de puntillas por el tema de las continuaciones del libro de Chrétien, así que nos hemos dispuesto a escucharle.

—El texto que desvela de qué está hecho el grial es otro romance. Fue escrito menos de veinte años después de *Li contes*. Se trata de la obra de un trovador bávaro llamado Wolfram von Eschenbach. *Parsifal* es su título. ¿La conocen?

Yo no había leído nunca a Von Eschenbach, sólo se lo había oído nombrar a doña Victoria, pero Luis sabía que ese libro había servido de inspiración a una de las óperas más famosas de todos los tiempos: el *Parsifal* de Wagner.

—¿Y ahí se dice de qué está hecho el grial? —ha preguntado.

—Bueno... Von Eschenbach fue tan ambiguo como Chrétien a la hora de decirnos cómo era exactamente el grial —ha continuado—. Leyéndolo da la sensación de que ese objeto es tan sagrado, tan inefable, que describirlo es algo así como mancillarlo. Pero aun con todo, da una pista fundamental: dice que el grial está hecho de piedra.

—¿De piedra? —Luis y yo hemos comprendido en el acto el alcance de aquel detalle.

—Una piedra caída de la frente de Lucifer, para más señas. Que es lo mismo que decir que puede llegar a ser peligrosa si no se maneja con cuidado.

El padre Fort se ha acercado entonces a una estantería acristalada que tenía en un lateral de su austero despacho y ha extraído de uno de los anaqueles una edición del *Parsifal* de Von Eschenbach. El volumen estaba sembrado de puntos de libro de colores.

—Guillermo me regaló este ejemplar —ha dicho con una sombra de nostalgia en sus palabras—. Podéis echarle un vistazo. Todo está ahí.

Luis y yo hemos pasado un rato saltando de marca en marca.

—El *Parsifal* fue el primer texto que se escribió para completar la aventura de Chrétien —nos ha explicado Fort al vernos llegar al final—. Como habréis leído en esa marca roja grande, Von Eschenbach describe la visita de Parcival al misterioso castillo del grial en términos casi idénticos a Chrétien, pero añade detalles sabrosos como que ese objeto es en realidad una *lapis exillis* (una piedra) que «proporciona a los seres humanos tal fuerza vital que su carne y sus huesos rejuvenecen al instante». Y dice también que cada Viernes Santo se posa sobre él una paloma que porta una hostia, y que lo custodian los caballeros templarios en una fortaleza escondida en una montaña llamada Montsalvat, cerca de la *Terre Salvaesche*, la tierra salvada.

Luis y yo nos hemos mirado confundidos.

—Pero lo más impresionante de ese libro no es su profusión de pistas y detalles nuevos, sino que cierra la peripecia de Parcival después de que viera el grial y casi enloqueciera por no haber sabido preguntar qué era. Von Eschenbach nos desvela que el caballero logrará reencontrarse con el Rey Pescador, del que descubriremos que se llama Anfortas, y conseguirá hacerle la pregunta que no le formuló la primera vez. Gracias a esa pregunta lo salvará de su enfermedad y le asegurará, aunque sin explicar cómo, la inmortalidad.

—Aquí se dan muchos nombres propios y de lugares —ha observado Luis—. ¿Nadie ha hecho un mapa con todo esto?

—Su compañero Guillermo andaba en ello. Estaba convencido de que todos esos nombres, desde Montsalvat hasta Anfortas, eran adaptaciones de topónimos y apellidos españoles.

—¿Españoles? ¿Menciona España expresamente? —hemos dicho, acordándonos de lo que leímos en el mensaje de ayer de doña Victoria y de ese padre Sangorrín de Jaca.

—Von Eschenbach menciona varias veces nuestro país —ha asentido—. Cuenta que ha logrado completar la peripecia de Chrétien gracias a cierto Kyot de Provenza, un trovador que a su vez la conoció gracias a un libro compuesto en árabe que encontró en Toledo. Y de ese Kyot da incluso una pista más: lo llama «duque Kyot de Cataluña». Sí. Definitivamente, la clave está en España.

¿Montsalvat?

¿Tierra salvada?

¿Anfortas?

¿Toledo?

¿Cataluña?

Ahora, con permiso de lady Goodman, estamos seguros de haber tropezado con algo que va más allá del mito. Si lo que nos ha dicho el padre Fort es cierto, parece claro que los textos literarios que «concibieron» el grial y que tan caros le son se construyeron para contar algo que sucedió realmente en la península Ibérica. Cualquier medievalista sabe que era práctica común disfrazar la historia en los romances, inventándose lugares y nombres que enmascararan los auténticos con el propósito de hacer circular ciertas ideas sin temor a sufrir represalias. Anfortas y Parcival esconden por fuerza identidades hispanas. Montsalvat y *Terre Salvaesche* deben de ser, en consecuencia, topónimos nuestros. Si los descifráramos y ubicáramos, podríamos superponerlos a la historia de la región, a lo que Guillermo descubrió antes de morir, y seguramente tendríamos que admitir que el grial de piedra de Valencia es lo que buscamos.

Luis, que como podéis imaginar está entusiasmado con todo esto, no ha querido irse sin hacerle al padre Fort la pregunta clave:

—Entonces, ¿qué pretendía hacer Guillermo con el grial exactamente?

—Oh, eso... —El cura se ha agitado en su escritorio.

—No saldrá de nuestro grupo de trabajo —ha insistido Luis—. Le doy mi palabra.

—Está bien, está bien. —Ha hecho un aspaviento—. Es una locura, pero...

—¿Qué locura?

Los ojos de Luis han brillado.

—Guillermo quiso tener el grial en sus manos para examinar un detalle que suele pasar inadvertido y que el doctor Beltrán describe en su libro.

—¿Cuál? —hemos preguntado a la vez, impacientes.

—Es algo que... —ha dudado—, algo que Beltrán encontró sobre el segundo cuenco cuando lo examinó. Según él, ese recipiente es un objeto más moderno, quizá de época musulmana, tallado para convertirlo en la copa que hoy es y poder engarzarle sus perlas, rubíes y esmeraldas.

—Lo comprendo, pero ¿qué encontró en ese cuenco? —he insistido.

—Tiene una inscripción en uno de los lados —ha dicho.

—Una inscripción... ¿Se refiere a un texto? ¿A un mensaje?

—Sí, exacto —ha confirmado—. Al parecer es algo en caligrafía cúfica, la forma más antigua de escritura árabe conocida.

—Pero... ¡eso es absurdo! ¿Qué hace un texto árabe en el grial? —he preguntado.

—No es absurdo. Al contrario. Según Beltrán, ese segundo cuenco podría ser un objeto de procedencia musulmana, tal vez capturado en alguna de las incursiones cristianas de la Edad Media a los territorios peninsulares dominados por el islam. Y al considerarlo de valor, lo añadieron como pie al cáliz...

—Eso es sólo una suposición, claro —he dicho.

—Pero ¿se sabe qué dice? ¿Se ha traducido? —ha insistido de nuevo Luis, más práctico para estas cosas.

—Oh, sí. Desde luego. Beltrán hizo un gran trabajo. En su librito lo contaba. Es lo que impresionó a su amigo.

Ha tomado entonces un folio de su escritorio y, de memoria, ha trazado unos garabatos ininteligibles sobre él.

—Ésta es la inscripción.

—¿Qué significa?

—Dice *li-Izahirati*, «el que brilla». O quizá, «para el que brilla».

Lo que quería Guillermo era encontrar un modo de hacer que el cuenco antiguo, el de la parte superior del cáliz, brillara de nuevo.

Luis y yo no hemos sabido qué decir. Hemos recordado, eso sí, que Chrétien había descrito el grial como «algo» capaz de hacer perder el brillo a las velas de la sala de banquetes del Rey Pescador y se nos han puesto los pelos de punta.

—¿Ven como es una locura?

44

—Guillermo... ¡Ha visto a Guillermo...!

Las palabras de Pau sonaron entrecortadas. Le faltaba el resuello. Nerviosa, apretaba los puños y tenía los ojos tan abiertos que parecía que iban a salírsele de las órbitas. La culpa la tenía la absurda huida que habíamos emprendido monte arriba al oír la orden de la profesora Alessandra para que saliéramos corriendo de allí. Ella sugestionada, yo más mareado que nunca tras el desmayo, buscamos refugio en uno de los recodos del último tramo de la escalera, justo antes de alcanzar el Palacio Nacional.

—Cálmate... A veces se dicen cosas sin sentido... —le dije.

—Y no le hemos... preguntado... por qué Guillermo... se reunía con ella.

A Paula le costaba respirar. Sofocada, inclinada sobre su estómago, había soltado la bolsa y tenía la mirada extraviada.

—Ya lo haremos, tranquilízate —murmuré, buscando algo que la relajara, al tiempo que yo también me reponía—. En cuanto a lo de ver muertos... —sonreí—, me parece una idea muy mexicana. Si Juan Rulfo viviera, seguro que sacaría una novela de eso.

—No es gracioso, David... —protestó—. Aquí están pasando cosas muy raras.

—Lo dices por Alessandra. Rara es, sí.

—No —me atajó—. Lo digo por ti.

La miré totalmente desconcertado. Ella se incorporó.

—Por Dios, David. Cuando te has desmayado ahí abajo,

has empezado a balbucir. Decías algo sobre un demonio. Y no sé qué de un jardín. Me has asustado, ¿sabes?

No tenía ni idea de que hubiera estado hablando en voz alta.

—Ponte en mi lugar —prosiguió, sin quitarse aquel gesto de urgencia del rostro—. Primero fueron las crisis de doña Victoria, y ahora ponemos el pie en este lugar y tú tienes otra. Tengo de qué preocuparme, ¿no te parece?

Paula, que había recobrado ya el aliento, no dudó en interrumpirme de nuevo cuando intenté meter baza.

—¿Tú estás bien? ¿Estás seguro de que no quieres que te vea un médico?

Su preocupación parecía sincera.

—No, no... No hace falta. Nunca me había pasado algo así —le dije a modo de excusa—. Seguramente ha sido el incienso de Alessandra. Eso es —colegí—. El incienso me ha hecho perder el conocimiento, luego me he visto en otro lugar y...

—Aguarda un momento. —Pau me detuvo, extrañada—. ¿Te acuerdas de lo que has visto?

—Sí, claro.

Le conté lo poco que podía en ese momento: que el mero hecho de oír la palabra *ónfalos* me había trasladado al tiempo en el que vivía con mi abuelo en Dublín. Y le expliqué cómo éste, al día siguiente de enterrar a mi abuela Alice, había querido llevarme a un parque donde había una pared con unos versos grabados.

—Me he abstraído. Eso ha sido todo. Ha sido como si hubiera oído una especie de «ábrete sésamo» y una brecha hubiera agrietado mi mente dejando escapar ese recuerdo.

Pero Pau se detuvo en otro detalle.

—¿Has dicho que has visto unos versos? ¿Qué versos?

—Estaban inscritos en metal, en el parque que teníamos frente a casa, en Dublín. El Jardín del Recuerdo.

—¿Vuestro parque se llamaba el Jardín del Recuerdo? —indagó cada vez más nerviosa—. ¿Estás seguro?

—Exacto... sí. *The Garden of Remembrance.* ¿A qué viene tanta pregunta?

—Es que eso es... extraordinario —murmuró—. ¡Tienes que ver una cosa!

Pau recuperó su bolsa y revolvió frenética en su interior.

—Doña Victoria me entregó en Madrid algo para que te lo diera —explicó sin parar de rebuscar en sus profundidades—. Me dijo que lo hiciera en algún momento tranquilo del viaje. Y pensaba hacerlo, David, te lo juro, sólo que anoche, con todo lo que pasó, se me olvidó.

Extrajo entonces un sobre grueso. Era rectangular, pequeño, anudado con varias gomas elásticas. Parecía muy viejo, casi como si acabara de rescatarlo del cajón de un anticuario.

—Son las fichas de tu abuelo —admitió algo ruborizada, extrayendo de él un mazo de tarjetas amarillentas con los bordes desgastados—. Victoria pensó que podrían serte útiles.

No supe qué decir. Casi me había olvidado de la existencia de esas fichas.

—No quiero parecerte una entrometida —prosiguió, mientras las barajaba—, pero anoche, como no lograba dormir, me entretuve echándoles un vistazo y una de ellas me llamó la atención...

—¿En serio?

—Sí. Completamente. —Se había detenido en una garabateada por ambas caras—. Mira. Es ésta: «El Jardín del Recuerdo». Tu abuelo la tituló así.

Me la tendió. Era, en efecto, idéntica a la que me había enseñado en Madrid el día que nos conocimos. Reconocí en ella la letra alargada y meticulosa del abuelo y algunas cifras. Incluía un pequeño dibujo que enseguida identifiqué como un mapa del parque. En la parte superior derecha, junto a una X mayúscula, pude leer sin esfuerzo: «Fuente: El Jardín del Recuerdo». Y bajo esa anotación, un nombre propio, Liam Mac Uistin. Y unos versos. Los versos.

—Mac Uistin... —murmuré tratando de ubicar aquel apellido.

—Me pareció tan curioso que tu abuelo diese esa referencia que anoche *googleé* a ese tipo desde mi teléfono móvil —dijo Paula señalando la cartulina.

—¿Ah, sí? —Un extraño presentimiento me hizo sujetar con más fuerza la ficha entre las manos—. ¿Y qué averiguaste?

—Poca cosa. Liam Mac Uistin es un escritor algo más joven que tu abuelo. Todavía vive. En Irlanda lo consideran un experto en tradiciones célticas. También es el autor de los versos del Jardín del Recuerdo de Dublín. Seguramente los mismos que don José Roca quiso enseñarte aquel día y no pudo.

—Me sorprende que estés tan segura. Podría tratarse de cualquier otra inscripción.

—San Google no falla, David. Un paseo virtual por el parque me bastó para saber que son los únicos versos que hay grabados allí.

Me quedé absorto en la caligrafía del abuelo. Había escrito aquel poema tres veces —en irlandés, en inglés y en español—, ocupando las dos caras de la ficha. Aparte del pequeño mapa, del nombre del poeta y de los versos, lo más destacado de su contenido era la palabra *fuente*. Pero ¿fuente de qué?

—Los versos están inspirados en viejas leyendas de la isla. —Pau se arrimó entonces a mi hombro para leerlos conmigo.

—Es curioso que mencione una fuente —murmuré meditabundo, con la sensación de que algo importante estaba a punto de encajar—. Y que ahora digas lo de las viejas leyendas. En la tradición celta pagana se hablaba ya de algo parecido al grial.

Paula me invitó a proseguir.

—En textos celtas muy anteriores a las pinturas de Tahull se mencionaba cierto caldero mágico que se creía que lo contenía todo, saciaba el hambre y hasta concedía la resurrección de los muertos —dije, rememorando las palabras de José Roca en el jardín—. Y ahora recuerdo de qué me suena Mac Uistin. Es un poeta amante de las tradiciones folclóricas irlandesas. Tiene un libro sobre «el caldero de Dagda». En él se cuenta la historia de un recipiente que, como el cuerno de la abundancia de los griegos, no tenía fondo. Una especie de cuenco milagroso.

—Pues menuda coincidencia que aparezcan esos versos en tu trance, ¿no te parece?

—Sí —acepté incómodo—. Pero aquí —dije señalando los versos en la ficha—, aquí no se menciona específicamente el grial. Este poema va de otra cosa.

—Ya me he dado cuenta de eso. —Sonrió—. Habla de la visión. Lo repite mucho. La visión. Pero eso también tiene su gracia. «En la oscuridad de la desesperación tuvimos una visión...» —comenzó a leer—. «... en el desierto del desánimo tuvimos una visión.» David... Esto, de algún modo, parece que habla de nosotros.

Mientras repasaba la ficha otra vez, ella insistió.

—¿No te das cuenta? —dijo sin perder apremio—. Hemos venido a encontrarnos con una vidente, tú entras en un trance rarísimo y tienes una especie de visión. Ahora hallamos estos versos que hablan del tema y vamos a regresar a un museo lleno de pinturas elaboradas por visionarios... Yo no creo que esto sea una casualidad. Algo o alguien quiere darnos un mensaje.

—Me recuerdas a Yeats, el gran poeta irlandés —murmuré, evocando al abuelo y dándome tiempo para valorar aquella apretada lista de coincidencias—. Yeats, como tú, estaba fascinado también con lo visionario. La mirada interior. Esas cosas.

Pau me miró sin imaginar adónde pretendía llegar.

—En sus biografías se cuenta que su mujer fue una médium importante —proseguí—. Una especie de Alessandra. De hecho, se dice que fue ella quien le dictó en trance el que sería uno de sus poemas más famosos. Lo tituló también, qué curioso, «La visión».

—La visión... —El rostro de Pau resplandeció.

—Yeats mantuvo hasta su muerte que aquellos versos fueron elaborados en «el otro lado». Pero también dijo algo más. Que su esposa tuvo graves problemas para recibirlos, como si hubiera tenido que luchar contra una fuerza empeñada en interceptarlos. En destruir ese canal creativo en el que su mente sintonizaba con una fuente superior.

—¿A qué te refieres exactamente? —El semblante afable de Pau duró poco.

Noté una aspereza en la garganta. Una bola que disolví con una tos. El abuelo había mencionado algo en mi desmayo que no había terminado de comprender y que ahora, de repente, cobraba cierto sentido. Lo llamó «el *daimon*». Un término de origen griego para referirse a una fuerza oscura, una voz capaz de tomar forma y oponerse al avance de nuestras ideas. De nuestra creatividad. Yeats también lo mencionaba.

—¿Sabes cómo lo llamó él?

Paula, intimidada ante lo que acababa de oír, negó con la cabeza.

—El Frustrador —dije.

Yo mismo, al pronunciarlo, evalué ese nombre como un tasador enfrentado a una piedra preciosa. Se trataba de un término cargado de oscuras resonancias. Un vocablo perfecto para definir a esas criaturas a las que tanto temía el abuelo porque creía que podrían robarle la inspiración. Por un momento reconocí en el hombre de negro que nos había seguido desde Madrid, en el «forastero misterioso» de Twain, en el «desconocido de Posidonia» del que hablaba Parménides y en el *daimon* de mi abuelo a una misma persona. En ese instante, como surgidas de la nada, regresaron a mi memoria las palabras que un día me había dicho el abuelo José: «Cuídate de los forasteros misteriosos, David. Son terribles. Siempre acechan. Siempre».

—Dios mío... —murmuró Paula, ajena a todos aquellos pensamientos—. Doña Victoria me lo dijo en Madrid. Tú... tú eres un médium. Eres capaz de reconocer a los *daimones* igual que tu abuelo. Eres capaz de detectar lo oscuro en cuanto lo ves.

Sus palabras, deslizadas con una admiración asustadiza, me produjeron un profundo malestar.

—Sólo he tenido un desmayo, Pau. —Me resistí—. Y si acaso un recuerdo olvidado. Nada más.

—Yo no lo veo así, David. —Un nuevo gesto de inquietud eclipsó su rostro—. Me parece que aquí lo de la visión esconde una clave. ¿No crees que deberíamos contarle esto a doña Victoria cuanto antes?

—No sé... quizá deberíamos ver antes a la doctora Cortil —propuse, intentando posponer una explicación como ésa, para la que no me sentía preparado, un poco más—. Su museo está aquí mismo y tenemos unas cuantas preguntas nuevas que hacerle.

Pau levantó la cabeza y se dio cuenta de que, en efecto, la majestuosa fachada del MNAC estaba a sólo unos metros de nosotros.

—Llevas razón —aceptó—. Podemos escribir a doña Victoria más tarde.

45

Llegamos a las puertas del Museo Nacional de Arte de Cataluña poco antes de las tres de la tarde. En la recepción encontramos más revuelo del que esperábamos a esa hora, en pleno verano, y con algunas de las mejores playas del Mediterráneo atrayendo a hordas de turistas a pocos kilómetros de allí. El edificio rebosaba gente, como si se estuviera celebrando algo. La zona de los escáneres de seguridad y las taquillas estaban colapsadas por un tumulto de visitantes ruidosos que parecían... enfadados. Aquello nos extrañó. Por alguna razón no los dejaban acceder al interior del edificio y eso los había enfurecido.

—¿Y la recepcionista de ayer? —murmuró Pau, estirando el cuello para intentar averiguar qué sucedía.

Pero la muchacha del *piercing* en la nariz no estaba en su puesto. Al abrirnos paso, descubrimos que la reemplazaba un hombre con el uniforme azul de los Mossos d'Esquadra que parecía examinar las cámaras de seguridad. El gesto del agente era de tensión. Uno de los guardias de seguridad del museo pasaba las imágenes fotograma a fotograma mientras aquél las escrutaba con profesionalidad. Tras ellos, de pie, otros dos individuos, trajeados y provistos de pinganillo, miraban a todas partes como si hubieran perdido algo.

—Lo siento, no pueden quedarse aquí —nos advirtió un tercero señalándonos la puerta—. Estamos cerrando. Deben abandonar esta zona.

Al echar un vistazo a nuestro alrededor nos dimos cuenta

de que tres vehículos patrulla y una ambulancia del 112 habían tomado al asalto el área de aparcamiento más cercana al ingreso al MNAC. La idea de un robo —lo primero que pensamos— se desvaneció en ese preciso instante.

—¿Volvemos al hotel? —propuso Pau en un susurro—. Podemos llamar a la doctora Cortil y reunirnos con ella más tarde.

No respondí. Por un lado, la idea de regresar a mi habitación y tumbarme un rato me tentaba, pero temía que acabáramos otra vez frente al ordenador escribiendo para nuestro foro sobre mi experiencia en la Font Màgica. Persuadí a Pau para que esperáramos en las inmediaciones del edificio y tratáramos de localizar a Beatrice Cortil.

Aceptó.

Mi mirada se extravió en la inmensidad que se abría a nuestro alrededor. Sólo el edificio que albergaba las grandes colecciones de arte de Barcelona ya resultaba sorprendente. Si el día anterior me había recordado al Capitolio de Washington, ahora, mientras decidíamos rodearlo a pie para hacer algo de tiempo, se me antojó una especie de catedral gigantesca, una suerte de nueva basílica de San Pedro. Un templo al que, por alguna razón, habían practicado accesos en cada una de sus fachadas disfrazándolos tras grandes masas arbóreas. Por lo que vimos enseguida, se trataba de entradas tranquilas, sin servicio, casi siempre bloqueadas. Por eso la última de ellas —la que descubrimos a punto de completar la primera vuelta al palacio— nos llamó tanto la atención. Era la puerta de la fachada norte. Estaba abierta de par en par y, en ese momento, un furgón de una empresa de servicios fúnebres tenía sus portones abiertos hacia ella y recibía una camilla con un gran bulto cubierto por una funda de plástico.

Estábamos a sólo cinco metros de él y no había nadie alrededor. Segundos más tarde, media docena de agentes emergieron del vientre del inmueble. Se movían inquietos y miraban a todas partes.

—¡Despejado! —oímos gritar al primero.

Nada más verlos, por instinto, nos refugiamos tras un vehículo de reparto aparcado cerca de nosotros. La escolta se había adelantado unos metros para alcanzar una mejor visión de la zona, y como nuestra posición quedaba un poco rezagada, no nos detectaron. En cuanto la consideraron segura, el agente de vanguardia —un tipo enorme, rapado al uno y con un intercomunicador en la oreja izquierda— hizo una señal al furgón para que se pusiera en marcha. El chófer salió tras una sombra y la movió con lentitud.

Justo cuando enfiló el camino de descenso de la montaña, distinguimos algo más.

Una distante nube de polvo dio paso a un Audi A4 negro que se cruzó a toda velocidad con el vehículo funerario. Le hizo una señal con las luces largas y se dirigió directamente al grupo de policías. Era un vehículo civil, sin distintivos, con una sirena portátil adherida al techo. El conductor lo detuvo en seco a sólo una decena de metros de nuestro escondite. Entonces, del asiento del copiloto emergió una figura familiar.

Un hombre de constitución robusta, rostro blanco y ademanes poderosos, echó pie a tierra. Se caló una boina negra, dio un par de pasos trémulos como si arrastrara una pierna y husmeó el aire con gesto depredador. Pau se agitó horrorizada.

—¡Él! —dijo antes de que le tapara la boca con la mano.

Lo que terminó de asustarla fue comprobar que los policías lo saludaban con toda naturalidad. Aunque no tanto, sin embargo, como cuando dirigió de nuevo la cabeza hacia donde estábamos y se llevó la mano a la frente a modo de visera.

—¡Sígueme! —Tiré del brazo de Paula, ocultándonos en el lado opuesto de la furgoneta de reparto—. Tenemos que salir de aquí.

En un abrir y cerrar de ojos, agachados, vencimos la distancia que nos separaba de la puerta que habían dejado abierta y nos colamos en el interior del edificio. Aquel acceso desembocaba en un pequeño pasillo, fresco y oscuro, que moría al poco en una impresionante sala oval con gradas. Pau y yo dudamos si atravesarla o no. Era un espacio demasiado abierto, una especie de cancha deportiva expuesta a cualquier mirada. Al comprobar que el lugar estaba vacío pensamos que lo más prudente sería poner cuanta más distancia de por medio, mejor. Tras dejarla atrás a la carrera, un enorme panel colgado en una de las paredes indicaba: OFICINAS. ACCESO RESTRINGIDO.

—Vamos a ver a Cortil —susurré—. ¡Ahora!

Nos colamos en un corredor estrecho, de paredes pintadas de blanco, con puertas a los dos lados y pequeñas placas de plástico con el nombre y la función de cada ocupante. Todos parecían vacíos a esa hora. «¿Qué ha pasado aquí?» Allí no se oía ningún rumor tras las puertas ni tampoco el familiar timbre de algún teléfono o de una impresora en marcha. ARCHIVO, Carme Domènech y Emili Albi —leímos—. ADQUISICIONES, Empar Albert. PRÉSTAMOS, Sofía Pastor y Raquel Gisbert. ADMINISTRACIÓN, David Zurdo. CONSERVACIÓN, Beatrice Cortil.

—¡Aquí es!

Paula observó atónita cómo colocaba el oído en la puerta y, tras un par de segundos de espera, me animaba a entrar sin llamar.

Por suerte, la cerradura cedió sin oponer resistencia. La habitación que se abrió ante nosotros era pequeña, provista de dos mesas de trabajo enfrentadas, un par de estanterías metálicas llenas de carpetas archivadoras cuidadosamente rotuladas, un ordenador y varios carteles promocionales del museo que cubrían las paredes. La selección de esas imágenes nos llamó la atención enseguida. Sabíamos qué hacían allí. La doctora Cortil había elegido dos detalles de los ábsides de Tahull y Santa Eulalia de Estaón en los que sólo se veía a las damas del grial con sus cuencos. Y entre ellas, un enorme ojo del pantocrátor de San Clemente de Tahull.

—¿Dónde estará la doctora? —murmuró Pau, absorta en los carteles.

—Más bien habría que preguntarse dónde están todos. Esta zona parece vacía.

El silencio nos animó a echar un vistazo más a fondo a las mesas. La de Cortil se encontraba repleta de papeles. La reconocimos porque sobre una de las pilas descansaba la cartera con el logo del museo con la que nos había recibido la mañana anterior. Al lado, un iPhone 4 conectado al cargador enviaba señales que informaban de que su batería estaba ya llena. Fue Pau la que se acercó más y, con toda tranquilidad, se sentó en su silla y comenzó a explorar aquel paisaje.

—No sé —murmuró, levantando un par de portafolios—. Imaginaba que tendría un despacho más solemne. Más lleno de biblias.

—¡De biblias! —Sonreí—. Menuda idea.

—Bueno... ayer nos echó una buena charla sobre el Apocalipsis de san Juan, ¿no? Y aquí no hay ninguna.

—¿Has probado a mirar en los cajones? Los gedeones dejan una en cada habitación de hotel que pueden —dije medio en broma.

Pero Paula se lo tomó en serio. La cajonera de la doctora Cortil no estaba bloqueada y pudo explorar, una a una, las cuatro gavetas que la componían. De una extrajo un curioso muestrario de tejidos. De otra, una lupa de gran aumento y un cuaderno de dibujo. Pero tras un par de minutos cuidando de no dejar nada fuera de lugar, llegó a la inferior y se sobresaltó.

—¡Mira esto, David!

Dejé de revolver en las estanterías.

De su mano pendía una libreta negra, desgastada, forrada con pegatinas de escudos, banderas y logotipos de varias ciudades, como las de aquellas maletas de cartón, viejas y viajadas, de otra época. Su gesto de sorpresa me hizo escrutarla con cuidado.

—¡Es el cuaderno de Guillermo...! —se adelantó.

—¿Estás segura?

—Completamente. Es el que llevaba siempre con él...

—Pero eso es imposible —protesté—. La doctora Cortil nos dijo que nunca lo había visto.

—Pues es el suyo, David. Estoy segura. Además, mira. Esa etiqueta lo demuestra. —Señaló una de sus muchas muescas gráficas—: «GSP». Guillermo Solís Prunés. No hay duda.

Leí las tres iniciales con incredulidad, intentando entender por qué nos habría mentido la doctora Cortil sobre ese cuaderno, y le pedí que me lo dejara. Nada más abrirlo, reconocí su caligrafía, la misma que habíamos visto en la agenda que nos mostró su madre. Una letra pequeña, abigarrada, que apenas dejaba espacio entre líneas y que cuando se juntaba demasiado se hacía imposible de leer. Lo hojeé con curiosidad, hasta llegar a las últimas páginas escritas. Allí había varias anotaciones curiosas relativas al número ocho. Distinguí un torpe boceto del crismón de Jaca junto a otros que no reconocí, y algunas notas mnemotécnicas que enunciaban conceptos sin desarrollar. Iluminación. Resonancia. Vibración...

—Fíjate en esto —añadí, enseñándole a Paula una hoja suelta, depositada en el forro del cuaderno—: Parece que Guillermo estaba trabajando en algo académico con la doctora Cortil.

Plegado en cuatro, un folio de impresora mostraba la primera página de lo que parecía un artículo técnico. Llevaba la firma de ambos, y bajo el título figuraba un resumen en inglés y español. «Más allá de la fuerza simbólica del grial pirenaico: teoría y práctica de la función transmutativa del arte.»

Pau se quedó inmóvil. Sus ojos se vidriaron, como si fueran incapaces de interpretar aquella pieza tan fuera de lugar para sus esquemas.

—Será mejor que nos llevemos todo esto —dije devolviéndolo a su sitio, comprendiendo que iba a necesitar tiempo para examinarlo.

Ella me miró alarmada, viendo cómo metía el cuaderno en la mochila.

—¿Qué haces? ¡Se va a dar cuenta!

—Ya... ¿Y no crees que debería haber sido más honesta con nosotros? Si este cuaderno debe estar en algún lugar es en La Montaña Artificial, ¿no? —El cierre de la cremallera de mi mochila retumbó en el despacho—. Y además, está ese artículo. Los dos se habían puesto de acuerdo para escribir algo juntos.

—Sí... ya lo veo —aceptó con la desazón instalada en el rostro—. Guillermo nunca me dijo nada de ese trabajo. Y ayer la doctora Cortil tampoco nos habló de eso.

—Curioso, ¿verdad? —respondí.

—¿Lo buscamos en su ordenador antes de irnos?

La miré sintiéndola más cómplice que nunca. Era la idea que estaba deseando que me propusiera.

Le pedí a Paula que me permitiera ocupar por un segundo el asiento de Beatrice Cortil. Los dos habíamos comprendido a la vez que no podíamos salir de ese despacho sin intentar averiguar si ese texto estaba completo en algún lugar. Y el mejor sitio para dar con él era la terminal que teníamos delante.

Lo que quería intentar era difícil, pero sabía que no iba a tener una oportunidad mejor.

Moví el ratón de su ordenador para que se activara y un salvapantallas del MNAC me recibió en el acto.

—¡Mierda! —gruñí.

Pau se asomó por encima de mis hombros y vio lo mismo que yo.

—¿Y ahora qué?

—Es un programa de protección antiguo —masculllé, escrutando aquello—. Al menos, podremos introducir todas las claves que queramos sin que el sistema se bloquee.

Se encogió de hombros, no demasiado convencida.

—¿Será un número?

—No —dije—. No lo creo. Demasiado largo para eso. Y Cortil es mujer de letras.

—Entonces, son siete letras —apostilló.

—¿Se te ocurre algo?

—Prueba con *San Juan*. Ayer parecía entusiasmada con él.

Era una buena idea. El redactor del Apocalipsis le iba como anillo al dedo a la doctora. Pero no funcionó. Tampoco lo hizo *El Grial*, ni *Cuencos*, ni *Bóvedas*, ni *Ábsides*, ni la versión castellana de su nombre, *Beatriz*, ni ninguna variante de esos elementos.

Pau, lejos de desanimarse, me alentó a seguir intentándolo. Yo resoplé.

—No pongas esa cara —me reprendió—. Si terminaron ese trabajo, debería estar aquí. Y si lo encontramos, sabremos exactamente qué nos esconde la doctora... ¿No crees?

Con las esperanzas cada vez más mermadas, probé a introducir conceptos de los que no habíamos hablado con ella pero que podrían encajar. Al teclear *Crismón* y no pasar la prueba, estuve a punto de abandonar.

—Deberíamos irnos. Si nos pillan vamos a tener que dar muchas explicaciones —dije.

—Espera. Una palabra más.

—¿Una más? ¿Cuál?

—¿Recuerdas cuál dijo que era su término técnico favorito?

—¡Es verdad! —salté—. ¡*Strappo*!

—Tiene siete letras. Prueba.

La tecleé... y *voilà*. La pantalla se iluminó dando acceso, al fin, al escritorio.

«La palabra lo abre todo», pensé.

Sin perder un segundo, introduje en el motor de búsqueda del ordenador el título del artículo. Pau estaba en lo cierto. Una ventana se abrió ofreciendo un único y preciso resultado.

«¡Aquí está!»

Al ser clicado, el archivo se abrió con docilidad, dejando a la vista un texto completo. Diez folios.

—Esto podemos imprimirlo y llevárnoslo sin problema...
—musité al tiempo que daba la orden pertinente al ordenador.

Pero un ruido brusco nos obligó a volvernos hacia la puerta del despacho.

—¡Eso será cuando se desprecinte este lugar! —bramó de
repente una voz desconocida desde el umbral del despacho.

46

El corazón nos dio un vuelco. Una pareja de agentes de los Mossos acababa de descubrir nuestro escondite y nos miraba con gesto severo. Con las manos apoyadas en las fundas de sus pistolas, se limitaron a ordenarnos que nos separáramos de aquella mesa con cuidado, comprobaron que no íbamos armados y, algo más calmados al ver que no oponíamos resistencia, nos informaron de que estábamos detenidos por violar un precinto de seguridad.

—Espero que tengan una buena razón para estar aquí —dijo una de ellos, una mujer rubia, de pequeña estatura, mientras su compañero llamaba por radio a un tercero y lo informaba en catalán de algo que no acerté a entender—. Por lo que veo no son ustedes del museo —añadió, comprobando de un vistazo nuestra ausencia de credenciales.

—Eh... —Pau dudó—. En realidad queríamos ver a la doctora Cortil.

—¿Beatrice Cortil? —Inesperadamente, la agente se crispó un poco más—. ¿Tenían ustedes cita con ella?

Hubo algo en el modo de pronunciar su nombre que nos alarmó.

—¿Ocurre algo?

Pero la policía no respondió. Tampoco lo hizo su compañero. Se limitaron a escoltarnos hasta el vestíbulo de entrada, literalmente tomado por personal de varios cuerpos de seguridad, y a pedirnos que aguardáramos instrucciones. Nos quedamos unos minutos esperando al lado de un gran ventanal que daba a los jardines. Habríamos podido huir. La ventana estaba abierta. Pero Pau me quitó la idea de la cabeza incluso cuando vimos pasar a lo lejos una sombra que, por un segundo, creí reconocer. Cuando al fin nos sacaron de allí descubrimos junto a la librería del MNAC a tres hombres y una mujer vestidos de paisano, con el distintivo de los Mossos d'Esquadra colgando del cuello, que discutían acaloradamente.

—Disculpe, sargento. —La agente que nos había detenido se dirigió al más alto del grupo—. Hemos encontrado a esta pareja en el despacho de la doctora Cortil. Creo que son los mismos que aparecen en las grabaciones de seguridad de ayer —añadió.

El sargento y sus compañeros dejaron su conversación al momento y nos observaron con cierta hostilidad.

—¿Alguien puede decirnos qué está pasando, por favor? —acerté a preguntarles—. ¿No podemos ver a la doctora Cortil?

El hombre alto dio un paso adelante, acercándose a donde estábamos.

—¿Han venido a verla? ¿En serio? —musitó.

Los dos asentimos.

—La doctora Cortil ha sido hallada muerta hace dos horas en este museo —dijo seco, como si leyera un atestado—. Me temo que tendrán que responder a unas cuantas preguntas.

—¡¿Muerta?! —Una nube me enturbió los ojos, devolviéndome a la escena del furgón funerario.

Paula y yo cruzamos una mirada de franca preocupación mientras la agente que nos había detenido se echaba a un lado para responder a una llamada del móvil. «Sí, señor», dijo. «Son ellos, en efecto.» «Han vuelto.» «Enseguida, señor», añadió antes de colgar. Pau me cogió la mano. Noté su angustia y se la apreté.

—Está bien. —La agente nos miró mientras se guardaba el teléfono en el bolsillo—. Tendrán que acompañarme.

—¿Adónde?

El sargento se adelantó a su compañera.

—A responder unas preguntas, ya se lo he dicho.

Tomamos un ascensor que desembocaba en otro dédalo de pasillos y despachos que se parecía mucho a la zona de oficinas que ya conocíamos. Enseguida llegamos a un ala del edificio en la que se abría un salón enorme, bien iluminado, que estaba casi desierto y olía a ambientador de pino. Había mesas separadas por anaqueles bajos y una de las ventanas que daba a la montaña de Montjuic se había quedado entornada. Junto a ella un hombre de unos sesenta años impecablemente vestido de negro, con la cabeza afeitada, apuraba con deleite un puro enorme. Parecía llevar un rato esperándonos. Dejó caer con parsimonia la ceniza sobre el alféizar y nos recibió con un rictus de contrariedad en los labios.

—Aquí los tiene, inspector —anunció nuestra escolta en cuanto lo alcanzamos.

—Excelente. Quédese con nosotros, agente.

¡Yo conocía a ese hombre! Me estremecí al reconocer en él la sombra que acababa de ver pasar a toda prisa. «¡El hombre de negro!»

—Buenas tardes. —Dio entonces un paso hacia nosotros, renqueante, mientras nos tendía la mano—. Soy el inspector Julián de Prada. Les agradezco que hayan venido. La verdad es que no pensé que tuviera que presentarme ante ustedes tan pronto.

Sus palabras se quedaron flotando en la estancia, empujadas por un aire levemente amenazador. El inspector De Prada nos ofreció asiento junto a una mesa sobre la que descansaba un maletín abierto, un pequeño ordenador portátil, dos teléfonos móviles, una pistola fuera de su funda y una boina de felpa negra.

—Sé muy bien quiénes son ustedes —continuó con sonrisa de hielo, ajeno a mi estupor—. Paula Esteve, veintisiete años. Historiadora. Y David Salas, treinta. Ciudadano irlandés y español. Profesor de Lingüística. Llegó a España hace sólo unos días. Ambos son alumnos de Victoria Goodman, escritora, profesora de Filosofía. Y sé también que están aquí porque ella los ha enviado para entrevistarse con Beatrice Cortil. ¿Me he dejado algo?

Pau le devolvió una mirada brillante, temblorosa, como si acabaran de sorprenderla en algo vergonzoso. Ni por asomo se le ocurrió responder.

—¿Qué le ha pasado a la doctora Cortil? —pregunté yo.

—Ha aparecido muerta en el museo, señor Salas. En la zona de los ábsides románicos.

La confirmación de la noticia de su muerte nos pareció irreal, imposible.

—Estamos revisando las últimas horas de la doctora en el museo, y ustedes parecen ser la última visita que recibió.

—Eso fue ayer, inspector —aduje, reponiéndome de la impresión—. Cuando nos despedimos, nos dijo que iba a verse con otras personas...

—Verán —se acarició una oreja mientras ladeaba la cabeza, disponiéndose a calibrar nuestra reacción—, no tengo el propósito de intimidarlos, pero creo que deberían saber por qué estoy aquí. Pertenezco a una brigada especializada en delitos de patrimonio y llevo el caso de la muerte de Guillermo Solís.

—¿Usted dirige la investigación sobre la muerte de Guillermo? —Paula se sobresaltó, soltándome la mano, que hasta ese momento había tenido entre las suyas.

—Cuando un chico brillante como él, tan joven, con una prometedora carrera por delante, fallece en un espacio público de un modo tan extrañamente natural, nuestra obligación es investigar hasta el fondo.

—Pero doña Victoria nos dijo que la policía había dado su caso por cerrado —objeté.

—La policía, sí, señor Salas, pero mi departamento no —admitió sin despegar los ojos de Pau—. Sus visitas a colecciones y lugares patrimoniales llevaban meses levantando sospechas en mi unidad. Esta mañana, sin ir más lejos, tenía la intención de reunirme con la profesora Beatrice Cortil por este asunto. Ella fue la última persona con la que trabajó Solís y su investigación me interesaba mucho. Pero, ya ven, al llegar me he encontrado con dos cosas que no esperaba: una, que estuviera muerta, y dos, que ustedes, alumnos de doña Victoria, la visitaran justo antes de que yo mismo pudiera hablar con ella. Y ahora reaparecen husmeando en su despacho. Una extraña coincidencia, ¿no les parece?

Me revolví incómodo.

—¿Qué insinúa?

—De momento, nada. —Apuró su gran cigarro, levantando una nube entre nosotros—. Pero, como comprenderán, resulta muy llamativo que estemos ante dos muertes tan parecidas en tan corto espacio de tiempo, y ambas vinculadas de un modo u otro con la escuela a la que ustedes pertenecen. Mi trabajo consiste en no creer en las casualidades. Supongo que me comprenden.

El inspector De Prada dijo aquello sin apartar la vista de Pau, que no había dejado de moverse inquieta en su silla. Su actitud, aunque tranquila, irradiaba algo profundamente oscuro. Como si le costara contener una ira que podría desbordarse en cualquier instante. Fue eso lo que me hizo cerrar la boca y no cuestionar el seguimiento al que estaba sometiendo al entorno de lady Goodman, o el más que reprobable incidente que había tenido lugar frente a su casa y que casi me costó un disgusto. Pensé que enfrentarnos a él sólo nos traería más problemas.

—Señorita Esteve: le ruego que me aclare algo, por favor. —Carraspeó con falsa amabilidad, volviendo a lo suyo—. Cuando hace un mes se encontró el cadáver de Guillermo en Madrid, la Policía Científica sospechó que le faltaba alguna pertenencia. ¿Sabe de qué le hablo?

Pau apartó la mirada del inspector, huidiza.

—Está bien —resopló De Prada, volviéndose hacia la agente que en todo momento había permanecido en pie tras él—. Agente, por favor, abra sus bolsas.

Comprendí de golpe lo que ese tipo estaba buscando. Paula, pálida, también lo hizo, e instintivamente dio un paso atrás.

El sonido de nuestras cosas al caer sobre una de las mesas vacías que teníamos enfrente retumbó en toda la estancia.

—No está aquí —dijo al fin la mujer policía tras hurgar entre bolígrafos, un monedero, botellitas de perfume y varias prendas de ropa, mezclando sin miramientos nuestros escuálidos equipajes.

El gesto del inspector se arrugó contrariado al comprobar por él mismo que lo que decía su subordinada era cierto.

Pau se volvió hacia mí. Muda, me miró estupefacta.

—¿Qué está haciendo? —increpé a De Prada, sonriendo para mis adentros—. ¿No estará insinuando que Paula tuvo algo que ver en la muerte de Guillermo Solís? Ellos sólo se conocían de la escuela de lady Goodman.

El inspector me escrutó severo. Noté toda su frustración. Entonces, con una actitud cargada de malicia, dio un paso titubeante al frente y descargó toda su decepción concentrándola en dos escuetas frases:

—Ah, señor Salas. Su amiga no se lo ha dicho aún, ¿verdad? —masculló.

—¿Decirme qué?

La sonrisa siniestra del inspector dejó al descubierto una dentadura amarilleada por la nicotina.

—Que Paula Esteve y Guillermo Solís eran algo más que compañeros. ¿Me equivoco, señorita?

Miré al inspector algo confundido. Y luego a Pau, que pasó de la sorpresa al estupor en una décima de segundo. Aquel comentario la había paralizado.

—No se equivoque, señor Salas —añadió él, saboreando lo que interpreté como una clara represalia a mi actitud—. Si hay alguien aquí que pueda responder a mi pregunta es ella. ¿Sabe qué pertenencia de Guillermo desapareció tras su muerte? ¿Sí o no?

De Prada formuló su nuevo interrogante con el rostro vuelto hacia Pau. La noté azorada, como fuera de lugar, con la mirada clavada en el suelo y las manos sobre las rodillas.

—¿Y bien? —insistió.

—Él y yo... no teníamos nada serio —reaccionó al fin.

En ese momento yo alcé la vista y la miré a los ojos. Ella rehuyó los míos ruborizada. Una imagen me vino a la memoria de repente. Acababa de darme cuenta de quién era aquel joven que había visto en las fotos de su teléfono móvil y a qué momento de su vida correspondían las imágenes.

Paula, girando con levedad la cabeza hacia el inspector, añadió en un susurro:

—Y no. No eché nada en falta, señor.

—¿Seguro? He estado revisando la transcripción de sus SMS, los mensajes de correo electrónico y las llamadas que se intercambiaron ustedes en los días previos a la muerte de Guillermo Solís, y me ha sorprendido que fueran tan..., cómo decirlo..., profesionales.

—Así que era usted quien intervenía las comunicaciones —protesté.

Pero De Prada me ignoró. Las sospechas de lady Goodman eran ciertas, después de todo. El inspector, impaciente, endureció aún más la expresión y, acercándose a donde estaba Paula, se inclinó sobre ella.

—Si tiene algo más que contarme, éste es el momento —insistió.

—N-no.

—Dígame lo que sepa, señorita Esteve. Y créame: es mejor que me lo explique usted. Si averiguo por mis medios que ha ocultado algo, podría acusarla de obstrucción a la autoridad y encubrimiento.

Me dio la impresión de que el hombre de negro conocía a mi compañera de viaje bastante mejor que yo; sabía cómo presionarla y tenía una idea clara de lo que necesitaba de ella.

Pau bajó de nuevo la cabeza, asustada. Me miró como si intentara decirme algo. Luego, tras unos segundos en los que pareció recomponer un estado de ánimo algo más fuerte, logró hilvanar una respuesta.

—Tal vez no sea nada importante...

—Eso está mejor. —De Prada sonrió, alejándose de su rostro—. Continúe por favor.

—Guillermo y yo discutimos la noche antes de su muerte.

Tuve la sensación de que en realidad era a mí a quien estaba a punto de confesarle aquello. Que, de algún modo, lo que iba a escuchar le daría un sentido diferente a todo lo que nos había sucedido en los últimos días y justificaría que no me hubiera dicho ni una palabra de su vínculo con Guillermo.

—Nos conocimos en la escuela de doña Victoria —añadió con un hilo de voz y los ojos húmedos—. Él iba y venía a Barcelona cada semana. Era un chico con una vida intensa. Sabía de arte, de criptografía, le interesaban los clásicos y la política... Fuimos a cenar un par de veces y en alguna ocasión durmió en casa. De hecho, aprovechaba los ratos que se quedaba solo para leer y preparar los proyectos de trabajo que llevaba con doña Victoria. Era una persona muy tranquila. Cuidadosa. Buena... Me resulta difícil creer que alguien quisiera... —Tragó saliva—. Que alguien quisiera matarlo.

—¿Y tiene usted alguna idea de qué proyectos eran ésos?

—Creía que sí... pero últimamente me inclino a pensar que me ocultó muchas cosas. Él y lady Goodman se habían embarcado en algo que llamaban la búsqueda del «fuego invisible».

De Prada paladeó aquel término como si fuera un bocado exquisito.

—El fuego invisible. Muy bien. Continúe.

—¿Conoce esa expresión? —Paula lo miró desconcertada.

—Infravalora mi capacidad de investigación, señorita Esteve. —Sonrió—. Poco antes de morir su amigo, la doctora Cortil y él dejaron escrito un artículo en el que esa expresión aparece mencionada con frecuencia. Mi departamento consiguió intervenir ese texto hace unos días en el servidor de este museo.

Paula y yo nos miramos.

—Por eso precisamente estoy aquí —prosiguió—. Y ¿sabe qué?, he descubierto cuál era su origen.

—¿Su origen? —Titubeó. Aquello parecían arenas movedizas para ella—. ¿A qué se refiere?

—Su querido Guillermo estaba al corriente del delicado estado de salud de doña Victoria Goodman. Quizá usted misma se lo dijo. Y sabía también que sufría ataques epilépticos durante los cuales sentía que su mente se iluminaba, llenándosele de imágenes extrañas. A eso su mentora lo llamaba en privado «el fuego invisible» y él aprovechó esa información para ganarse su confianza. No se sorprenda. Lo cuenta todo en ese artículo. Y también que los dos se convirtieron en inseparables. Lady Goodman le confesó que ese fuego, en realidad, la quemaba por dentro. Que en esos episodios veía a gente que ascendía a los cielos, como Cristo en el monte Tabor; a místicos que tenían una epifanía súbita que les hacía comprender el sentido del universo y su funcionamiento; a caballeros que penetraban en castillos intangibles que eran la metáfora del acceso al mundo de las ideas, o a mujeres maduras como ella que sostenían objetos radiantes que abrían las puertas a esa dimensión como si fueran llaves. Decidieron que todo eso tenía que significar algo. Que, de algún modo, se trataba de una especie de revelación que se estaba abriendo en su cabeza, y Guillermo Solís se las ingenió para convertirse en los ojos y los brazos de lady Goodman a fin de investigar ese don y atar cabos para ella. De hecho, la convenció para tratar de dominar ese «fuego» en el que ambos veían la chispa absoluta de la creatividad humana..., hasta que, una vez que comprendió que lo de lady Goodman no era nada nuevo, decidió abandonarla por otra clase de experta.

—Cortil... —dedujo Paula, con la perplejidad instalada en el rostro.

—Sí. Beatrice Cortil. Ambos se asociaron para explorar el fuego invisible por su cuenta y elaboraron un trabajo en el que afirmaban haber encontrado las claves para dominarlo a voluntad en las pinturas románicas. «La función transmutativa del arte», lo llamaron.

Vi a Pau apretar los puños de impotencia, de rabia, y me

dio lástima. Si aquello era lo que parecía, Guillermo Solís la había traicionado y sólo en ese momento se estaba dando cuenta. De Prada notó también su zozobra y se dispuso a rematar la faena.

—Su amigo llegó a la conclusión de que el cerebro de doña Victoria estaba dañado y que recibía señales equívocas —prosiguió—. Entonces quiso dejarla al margen de su búsqueda. Y ella se enfadó en cuanto supo que había decidido encontrar cerebros más cristalinos que el suyo, mejor preparados para «recibir», para explorar ese campo.

Un destello iluminó mi memoria en ese punto de su explicación. La imagen de las notas con el nombre de Alessandra Severini en su agenda brotó de repente en mi cabeza. «La sustituta.» Pero no dije nada.

—En su última visita a Madrid, me imaginé que andaba con otra persona, pero no sabía quién era. Por eso discutí con él... No tenía derecho a dejarnos al margen de sus avances...

—Y entonces decidió matarlo. —La voz del inspector De Prada congeló la frase de Paula.

—¡No! ¡Claro que no! —reaccionó—. Guillermo intentó reconciliarse con lady Goodman y conmigo contándonos que lo estaban siguiendo. Que creía haber despertado con su trabajo unas fuerzas poderosas, oscuras, que no querían que nada de esto trascendiese. Se sentía vigilado por un mal atávico y profundo que iba a intentar detenerlo a toda costa.

—Como los frustradores de Yeats —murmuré a su lado.

—¡Exacto! —asintió—. Los mismos que ahora han acabado con la doctora Cortil.

—¿Ah, sí? —masculló De Prada, mirándola cada vez más suspicaz—. ¿Y cómo ha llegado usted a esa conclusión, señorita Esteve?

Pau volvió a inspirar.

—¿No es obvio? Beatrice Cortil y él iban a publicar ese trabajo que usted ha interceptado, revelando cómo funcionaba el mecanismo del fuego invisible.

—¿Y qué más sabe usted de eso? —Se irguió.

—Nada, señor.

—Es una lástima. —Chascó la lengua, sacando otro puro de una cajita de madera en la que hasta entonces no había reparado. Al encenderlo, una gran nube de humo llenó de nuevo el espacio que nos separaba—. Guillermo debió de dejar escritos en alguna parte sus descubrimientos. Llevo meses siguiendo esa pista. Buscando esas notas. Espero, por su bien, que ni usted ni su amigo irlandés me estén ocultando nada de eso.

—¿Nos está amenazando, inspector? —intervine molesto.

—Tómeselo como quiera, señor Salas. Pero recuerde algo: mi unidad se dedica a la protección del patrimonio. El grial, tanto si existe como si es una fuerza poderosa que ilumina a Dios sabe qué o quién, si está aún en este país debe contar con el amparo de las autoridades. ¿O no piensa usted lo mismo?

47

No. Yo no pensaba lo mismo.

Pero no se lo dije.

El interrogatorio no se prolongó por más tiempo. El inspector De Prada lo zanjó tomando buena nota de nuestras señas en Barcelona y asegurándose de que dejáramos nuestros números de teléfonos móviles y correos electrónicos en un registro que la agente que lo acompañaba guardó en una carpeta. «Tal vez necesite hablar con ustedes de nuevo», dijo con una leve sombra de amenaza.

Abandoné aquella sala en silencio, sin mirar a Pau, con la sensación de haber estado todo ese tiempo rodeado de mentirosos. De haber sido manipulado. Pero, al alcanzar la calle, ni siquiera me dio tiempo a pedirle explicaciones.

—¿Qué has hecho con el cuaderno? —me increpó ella—. ¿Dónde está?

No le respondí. Eché a andar en silencio hasta uno de los laterales del edificio que ya habíamos recorrido antes y ella me siguió. Junto a un arbusto, muy cerca de una papelera, yacía la libreta de Guillermo Solís. Al levantar la mirada hacia la enorme fachada del MNAC, Pau comprendió que yo mismo la había lanzado desde la ventana del vestíbulo después de ver de lejos la silueta de De Prada.

Paula sonrió, entre asombrada y preocupada, esperando una confirmación que no llegó.

Recogimos aquel prometedor legajo cuidando de que nadie nos viera, sin ánimo para celebrarlo. Mi corazón estaba en otra parte. La falta de sinceridad, barrunté, nos había abocado a un punto difícil de remontar. Yo pensaba que Paula era mi amiga, en cualquier caso algo más que una compañera de cordada, pero me había equivocado. Me sentía profundamente decepcionado.

¿Por qué no me había dicho nada de su relación con Guillermo? ¿Por qué nadie me había explicado aún con claridad qué era ese «fuego invisible»?

La mentira es la madre de todos los males. Nos mentimos para no parecer débiles, para no ofender, para proteger nuestra integridad física e incluso para salvaguardar lo que no es nuestro. Mentimos y nos mienten casi desde que nacemos. La infancia está llena de ellas. Los Reyes Magos, el hada de los dientes o Santa Claus son las más comunes. Las que todos aceptamos como si fueran normales, incluso buenas. De adultos esas farsas se refinan tanto que a veces incluso se institucionalizan. La ciencia, la historia, el arte, el deporte, la política o la filosofía están sembrados de historias espurias. Aprendemos a convivir tan bien con la mentira que sólo cuando ésta aparece desnuda ante nosotros nos damos cuenta de cuán perversa es.

Pau no me había contado que Guillermo y ella habían sido «buenos amigos». Ni que pasaban días bajo un mismo techo. Había tenido que ser un extraño como De Prada, el mismo que llevaba persiguiéndola desde hacía días y que había tratado de intimidarla de mala manera en Madrid, el que despertara mis recelos hacia ella.

¿Recelos?

¿O eran, quizá, sólo celos?

¿Y celos de quién?, quise recapacitar. ¿De un muerto?

Por desgracia, no hallé paz en mi reflexión.

Aquella tarde regresaría al hotel con otra dolorosa sensación de impotencia a las espaldas. Había muerto una persona a la que acabábamos de conocer. Alguien que también nos había mentido. Una mujer que se había acercado al mismo misterio que Guillermo Solís y había pagado con su vida por ello.

Escruté severo a Paula durante nuestro descenso de Montjuic, sin ocultar mi hastío. Mientras bajábamos por la escalera mecánica de aquella montaña, rodeados de turistas de todas las nacionalidades, noté cómo hacía lo posible por evitarme. Tenía la mirada perdida y rostro de cariátide. Sin embargo, cuando llegamos a la plaza de España y vio que ya no era posible continuar esquivándome, se encaró conmigo.

—No vas a conseguir que me sienta culpable por no haberte contado mi vida, David —dijo.

—Ni siquiera lo pretendo —repliqué—. De hecho, admiro tu capacidad de mantener esa fachada de mujer imperturbable hasta en los momentos más difíciles.

—No puedo creer que digas eso.

—Oh, lo siento mucho —fingí—. Si quieres, a partir de ahora hablaremos sólo con eufemismos.

Paula frunció el ceño.

—No digas tonterías. Ese hombre —dijo señalando el MNAC, arriba de todo— ha estado siguiéndonos. Eso es lo que debería preocuparnos.

—Ha estado siguiéndoos «a vosotros» —precisé.

—También busca el cuaderno de Guillermo. Ya lo has visto.

—Os busca a vosotros —insistí—. Al grupo de La Montaña Artificial.

—No. No te equivoques —me corrigió mezclando melancolía y firmeza en una misma frase—. ¿Aún no te has dado cuenta de lo importante que eres tú, «precisamente tú», en todo esto?

—¿Importante? ¡No me tomes el pelo! ¡Me habéis manipulado!

—Vamos, David. Eso no es del todo cierto. Déjame explicártelo.

Pau se detuvo a la sombra de las torres venecianas de la plaza, cogiéndome de un brazo y clavándome sus ojos verdes. Suplicaba un segundo de atención.

—Adelante, suéltalo —dije—. Aunque te advierto que ya me he cansado de esto. No pienso creer ni una más de vuestras mentiras.

—Escúchame primero y luego haz lo que quieras. —Se

encogió de hombros—. Pero deberías saber que cuando Guillermo se apartó de nosotras para encontrar por su cuenta una mente pura, clara, con la que acercarse al verdadero grial, nosotras te buscamos a ti. Ésa es la verdad. Ese hombre de ahí arriba no lo sabe. Y tampoco que tenemos el cuaderno. Por eso nos ha dejado ir.

—¿Me buscasteis? Más bien me acosasteis, me engañasteis..., ¿y para qué? —Enrojecí—. ¡Para involucrarme en una peripecia inverosímil que ha puesto en peligro la vida de todos nosotros!

—Lamento que lo veas así —dijo casi en voz baja—. Puedes preguntárselo a doña Victoria si no me crees. Fue ella la que le pidió a tu madre que te enviase a España. Lo hizo antes incluso de que Guillermo apareciera muerto, pero tu madre nos dijo que tenías trabajo. Que deberíamos esperar a las vacaciones. La Montaña Artificial necesitaba al nieto de un médium que había demostrado sobradamente que podía dominar el fuego invisible y al que habían preparado desde niño para una aventura como ésta.

—No me vengas ahora con eso del «fuego» —rezongué, intentando recuperar la compostura—. Estoy demasiado enfadado.

—El «fuego» es algo que todos tenemos dentro, David, pero que sólo en unos pocos se sublima. Hay casos increíbles. Piensa en músicos como Mozart o Mendelssohn, o en Arriaga en España. Desarrollaron algunas de sus mejores creaciones en la infancia porque tenían ese rescoldo dentro. O piensa en Beethoven, que también lo tuvo. En la cúspide de su fama, murió entre delirios diciendo lo mismo que Guillermo le contó a lady Goodman antes de morir: que seres hostiles, sombras como los *daimones* de tu abuelo, lo atacaban para impedir que trajera más luz al mundo de la que éste es capaz de soportar. ¿No lo comprendes? ¿No ves que lo que estamos buscando está al alcance de nuestra mano?

Miré a Paula algo confundido. Ella me tomó de ambas manos y detuvo sus ojos en los míos.

—Perdona si te hemos hecho sentir así —se disculpó—. Te prometo que tu seguridad y tu bienestar significan mucho para nosotros. Mi error fue creer que...

—¿Creer que...?

—Creer que Guillermo era de los nuestros. Me equivoqué. Y si te cuento ahora todo esto es porque no quiero volver a equivocarme. No contigo.

Aquello fue como derramar un jarro de agua fría sobre las ascuas de mi enojo.

—Piensa en lo que te he dicho —insistió—. Si quisiera seguir ocultándote cosas, no te hablaría así.

No respondí. Me quedé un par de segundos en silencio, concediéndole una tregua que en ese momento no sabía si merecía. El caso es que le hice caso y mastiqué sus frases, desgranándolas con cuidado. Algunos de sus términos empezaron a retumbar en mi cabeza, uno tras otro. Cuaderno. Fuego. Médium. Muerte. Músicos. Y como si una idea ajena se hubiera abierto paso de repente en mi interior, busqué las palabras adecuadas para expresársela.

—¿Hablaste de eso alguna vez con Guillermo? —murmuré.

—¿*De eso?* ¿A qué te refieres? —Pau notó que algo había cambiado en mi tono de voz.

—Has mencionado músicos... y fuego, ¿no?

Asintió extrañada.

—¿Sabes? —Inspiré, haciendo un esfuerzo por dominar mi estado de ánimo—. Tal vez tengas razón. Quizá, después de todo, dispongamos todavía de un hilo del que tirar.

Hurgué entonces en uno de mis bolsillos y extraje de él algo que había dejado olvidado allí el día anterior. Eran las dos entradas para la ópera *Parsifal* que había sustraído de la agenda de Guillermo. De Prada tampoco las había interceptado. Desplegué aquel último vínculo entre Solís y Beatrice Cortil con cierta curiosidad. Seguramente necesitaban buscar algo allí, pensé. Algo para culminar el trabajo que estaban escribiendo. Tal vez sabían que el único modo de encarar aquello era hacer caso a aquella vieja ficha del abuelo que me mostró doña Victoria en Madrid y en la que se decía que *Oimês* y *Oimos*, el canto y el camino para los griegos, eran una misma cosa. Que la única vía de acceso a las respuestas que necesitábamos pasaba por acercarse al mito griálico a través del *Oimês*.

—¿Qué sabes tú de esto? —dije agitando las entradas en el aire.

—¿De la ópera *Parsifal*? —Dudó—. Nunca me la mencionó.

—¿Ni tampoco a Wagner?

Pau se quedó pensativa.

—Bueno... Guillermo hablaba a veces de él con Luis —reconoció meditabunda—. Como Bello estuvo en Estados Unidos estudiando las entrevistas de aquel crítico musical del *The New York Times*, le contó que Wagner admitió una vez, mientras estaba trabajando en su *Parsifal*, que se conectaba con algo así como las «corrientes del pensamiento divino» y que de ahí llegaban sus mejores trabajos.

—Fue otro médium entonces... —apunté. Era justo lo que esperaba.

—Como todos los grandes genios, sí.

—¿Y de Francesc Viñas? En estas entradas dice —volví a mirarlas— que el concierto del Liceo al que iban a ir estaba dedicado a él.

—¿Viñas? —Sus cejas se arquearon—. Eso deberíamos preguntárselo a Luis. Creo que fue una personalidad de la lírica en el siglo XIX que se especializó en interpretar óperas de Wagner. Se hizo famoso por su papel de Parsifal.

—El Parsifal, Parcival o Perceval inspirado en los libros de Wolfram von Eschenbach y de Chrétien de Troyes... —asentí—. ¿Sabes qué? Estabas en lo cierto. Deberíamos pedir ayuda a Luis en esto.

—¡De inmediato! —dijo risueña de repente—. Ahora mismo le mandamos un mensaje.

Sonreí. Acabábamos de firmar una tregua.

48

Cruzamos el recibidor del hotel sin mirar a nadie. La urgencia por compartir los cabos sueltos que empezábamos a coleccionar nos llevó de nuevo a mi habitación y a sentarnos frente al portátil que había dejado conectado la noche anterior. A Pau le faltó tiempo para enviar una nota al foro, dirigida a Luis Bello, pidiéndole su consejo imprescindible sobre el tenor Viñas. Fue un mensaje escueto que no tardó en subir a la *deep web*.

Pero justo cuando íbamos a abrir otro documento más específico, para advertirles de lo que nos había sucedido en el MNAC e informarles de la identidad de la «sombra» que nos había estado persiguiendo todo este tiempo, algo nos detuvo.

TOR destelló ofreciéndonos un mensaje de lady Goodman que llevaba un rato esperando a ser leído.

Diarios del Grial
Entrada 6. 5 de agosto. 18.40 h
Invitado

Queridos:

Deben disculparme por lo atropellado de estas líneas. No acostumbro a escribir llevada por un impulso, pero lo que acabo de ver lo justifica todo. Todo.

¿Recuerdan la invitación que anoche nos hizo don Arístides al terminar nuestra visita a la catedral de Jaca? ¿Se acuerdan de que, después de ver el crismón de la *Magna Porta*, nos habló de una iglesia cercana que no debíamos dejar de visitar por nada del mundo?

Oh, Dios. El director del Museo Diocesano se quedó corto. Muy corto. Hoy ese hombre ha conseguido —todavía no sé si consciente o inconscientemente— hacerme acariciar la esencia del verdadero grial.

Perdonen si me detengo aquí un momento. Debo tomar aire. Pararme a pensar. Estoy algo confusa y presiento que debo atenerme a una explicación pausada, cronológica, de lo sucedido si no quiero que esta entrada del blog se malinterprete.

Esta mañana temprano, a eso de las ocho, don Arístides Ortiz se ha presentado en la recepción del hotel Reina Felicia, donde Ches y yo hemos decidido alojarnos estos días. Lo ha hecho con una carpeta de cartón bajo el brazo y un viejo mapa de carreteras del Pirineo lleno de marcas. Me ha tendido sus tesoros acompañándolos de una sonrisa de franca satisfacción.

—Espero que esto le haga perdonar el mal rato de anoche —ha dicho.

—Si se refiere a lo de las ruedas pinchadas, fue usted muy amable. No tenía por qué.

—Acéptelo como una pobre manera de compensar las molestias —me ha atajado cortés—. He hablado esta mañana con la policía local y parece que todo ha sido un bochornoso incidente. Cinco vehículos más sufrieron los daños de un vándalo. El seguro del aparcamiento se ocupará de todo.

He tomado aquella carpeta entre las manos, sorprendida, y la he abierto mientras él estudiaba mi reacción. El contenido de aquel fajo de documentos me ha dejado boquiabierta: era —me ha explicado— la colección completa de artículos que publicó el padre Dámaso Sangorrín entre 1927 y 1929 sobre el grial en una revista local. Fue en ellos donde el deán de la catedral de Jaca trató de justificar que la reliquia que hoy se venera en Valencia estuvo entre los siglos XI y XIV en tierras de la provincia de Huesca. Y yo, que me había pasado toda la noche enfrascada en la lectura de estos *Diarios del Grial*, repasando las propuestas de Paula y David sobre los crismones y las revelaciones que el padre Fort les hizo ayer a Luis y Johnny, me he quedado de una pieza. Todo empezaba a encajar.

—Esto fue lo que su alumno estuvo consultando en la biblioteca de la catedral —ha dicho Arístides—. He pensado que le gustaría examinarlo. Aquí están todos los descubrimientos del deán.

Me he fijado en sus ojillos vivarachos tratando de adivinar las intenciones que escondía aquel regalo.

—Le estoy muy agradecida, pero el tamaño de la letra de estos recortes es muy pequeño. ¿Le importaría ayudarme y decirme qué descubrió el padre Sangorrín exactamente? —le he preguntado.

—Oh, señora —ha gesticulado complacido—. Sus hallazgos fueron sensacionales. Casi una revelación. Se dio cuenta de que Chrétien de Troyes primero y Wolfram von Eschenbach después redactaron sus poemas del grial a partir de historias orales nacidas aquí mismo, en Jaca. Historias que atravesaron toda Europa hasta llegar a sus oídos deformadas por la distancia y el tiempo.

—Historias... ¿reales? —lo he interpelado escéptica.

—Bueno... Según el padre Sangorrín, la historia de Aragón del siglo XI puede superponerse a las que subyacen bajo *El cuento del grial* y el *Parsifal*. La prueba está en los nombres propios y los topónimos que ambos trovadores utilizaron en sus textos. Lo explica todo ahí —ha dicho señalando de nuevo sus papeles—. Ya ve. El secreto de este asunto lleva siglos delante de nuestros ojos, pero hasta que llegó él, nadie se había dado cuenta de su alcance.

He acariciado aquellos folios intuyendo que don Arístides no había hecho más que empezar a hablar.

—Si estudia el *Parsifal* de Von Eschenbach verá que ahí, por ejemplo, se describe el grial como una piedra portentosa que se escondió en un lugar inaccesible, junto a un gran peñasco llamado Montsalvat, el Monte Salvado. El poeta asegura que ese enclave se encuentra en la región más abrupta de España, en el camino a Galicia, a poca distancia de un bosque llamado de Salvatierra, dentro de un recinto levantado por una nueva dinastía de reyes.

Una sonrisa ligeramente maliciosa ha emergido de su rostro.

—Lo fascinante es que todas y cada una de esas indicaciones coinciden con el entorno del monasterio de San Juan de la

Peña, un lugar emplazado en pleno Camino de Santiago, en ruta hacia Galicia, en mitad de la región más inhóspita de la Península, cerca de una aldea que aún hoy se llama Salvatierra de Esca. ¡Salvatierra! Además, durante siglos la Peña se tuvo por el lugar más sagrado de Aragón. El punto más santo de la Península. Y Sangorrín creyó que eso fue porque allí se escondió el grial. Ya lo ve. Sólo hay que saber dónde prestar atención.

Imaginen mi sorpresa al leer hace apenas un rato lo que hoy mismo el padre Fort ha contado a Luis y a Johnny sobre Von Eschenbach. Su idea era, en esencia, la misma. Igual de literal. Para ambos, el continuador de Chrétien de Troyes apuntó al norte de España como el escondite medieval del cáliz de la Última Cena.

—Me admira usted, don Arístides —he dicho sin perder la sonrisa.

—¿Saben? En realidad la prueba de todo esto se encuentra en los nombres de los lugares. Lleva siglos yendo de boca en boca sin que nadie se haya dado cuenta. Si me demuestran su confianza les enseñaré que los topónimos de esta región son como libros abiertos. En ellos está todo.

Veinte minutos más tarde, don Arístides estaba instalado en el asiento del copiloto de mi coche, conduciendo a Ches por la angosta carretera que une Jaca con el remoto monasterio de San Juan de la Peña. No ha dejado de hablar ni un minuto. De hecho, su conversación nos ha hecho olvidar la sensación de amenaza constante con la que hemos convivido en los últimos días. Ufano, se ha pasado la mitad del trayecto invocando un diálogo de Platón, el *Crátilo*, en el que ese personaje discute con otro el verdadero valor de los nombres. Mientras hacía alarde de su cultura humanística y se posicionaba a favor del protagonista y de su máxima («El que conoce los nombres conoce también las cosas»), nos ha explicado que allí hasta las montañas hablan del grial. Para él, cada uno de los vocablos empleados para dar nombre a este territorio abrupto es una prueba de su existencia.

—¿Por qué si no llamarían «sierra del Gratal» a estas cumbres? —ha dicho, señalándome algún punto en el viejo mapa que me había entregado—. ¿O por qué la fabulosa cima en la que se esconde San Juan de la Peña recibe el nombre de «Peña Oroel»... «El-Oro»? ¿A qué oro sino al del Santo Cáliz se refiere?

Hemos sacudido la cabeza, perplejas.

—No se preocupen —ha dicho, inasequible a nuestro escepticismo—. Les mostraré una última evidencia.

Al cabo de unas cuantas curvas más, cerca de unas amplias zonas de pasto, nos ha pedido que abandonásemos la carretera principal y que aparcáramos en la plazuela de un pueblo recoleto, de calles adoquinadas y tejados de lascas de piedra, que parecía morir en una iglesia fortificada a las afueras de un pequeño casco urbano. Aquel enclave se llamaba Santa Cruz de la Serós.

—Presten mucha atención a ese nombre, señoras —ha advertido—. Es fundamental.

Empiezo a emocionarme al recordarlo.

Ahí es donde ha pasado todo.

En medio de su calle principal, don Arístides nos ha explicado que «serós» es una antigua deformación de la palabra latina *sorores*, «hermanas», pues en ese lugar las hermanas del primer rey de Aragón y Pamplona, Sancho Ramírez, levantaron un convento y un templo formidables donde según la tradición local custodiaron el grial durante décadas.

El conjunto nos ha impresionado al primer golpe de vista.

Su iglesia románica ha resultado ser un edificio macizo, de sillares envejecidos, solemnes, inusualmente alto para los estándares arquitectónicos de finales del siglo XI. En medio de la nada, rodeado de un sobrecogedor mutismo, sus paredes se elevan hacia el cielo como si pretendieran competir con las cumbres del entorno. En aquella plaza calentada por el sol, el silencio era atronador. Arístides lo ha roto, mientras nos acercábamos al templo:

—Si recuerdan lo que escribieron Chrétien, Von Eschenbach y todas sus cohortes de imitadores, el grial aparece siempre portado por doncellas de una pureza inmaculada. Pues bien, señoras: doncellas de esa clase fueron justo las que vivieron aquí. Éste fue el lugar de las damas del Santo Cáliz. Seguramente, el recinto donde Parcival vio por primera vez el cuenco refulgente del Rey Pescador...

—¿Las damas del grial? —Me he sobresaltado, levantando la mirada al campanario.

Pese al calor que ya hacía, he sentido un ligero escalofrío. Aquel término, «las damas del grial», me ha recordado a las pinturas del MNAC y a lo que David y Pau nos contaron ayer de ellas.

—No crean que la existencia de esas damas es un mito. Es historia —me ha atajado ajeno a mis pensamientos, mientras nos invitaba a acercarnos más a la iglesia—. Aquí residieron las doncellas más nobles del reino. Las únicas con dignidad suficiente para portar una reliquia tan sagrada como el cáliz de Cristo. La primera de ellas fue doña Sancha, hija de Ramiro I y hermana de Sancho Ramírez, viuda del conde de Urgel. Doña Sancha vivió en este lugar hasta el año 1097. En su túmulo funerario la representaron incluso sosteniendo entre las manos un objeto rugoso, basto, que bien podría ser la «piedra del grial» que citó Eschenbach.

—¿Algo como lo que se ve en el capitel de san Sixto? —Me he encogido de hombros.

—Sí. Algo así. En efecto.

Ches ha mirado a don Arístides más dubitativa que nunca.

—Y como en Jaca, también en este lugar puede admirarse la marca que indica la presencia de esa reliquia —ha añadido—. Un crismón. El de La Serós es tan magnífico como el que vieron ayer. ¡O quizá más!

Don Arístides nos ha conducido entonces hasta la entrada del templo en la cara oeste del edificio. Su fachada estaba a la sombra, oscurecida por el resto de la estructura. Una soberbia portada románica protegida bajo un tejadillo con dosel ajedrezado resguardaba, en efecto, un desgastado crismón.

—Ahí lo tienen. La señal del grial. ¿Qué me dicen ahora? —Ha sonreído.

Ches y yo la hemos examinado con interés. La pieza, magnífica, tallada en un solo bloque, presidía la puerta de entrada al templo irradiando como un sol sobre el horizonte.

—La presencia del verdadero grial se anunciaba en la Edad Media con este símbolo —ha dicho solemne—. Los leones representan las fuerzas opuestas, visibles e invisibles, que combaten

*Portada occidental del antiguo monasterio de Santa María
de Santa Cruz de la Serós, Huesca*

para que jamás lo encontremos... o, por el contrario, para que una vez conquistado gocemos de él por toda la eternidad.

Hemos observado de nuevo la escena. El crismón lucía los mismos ocho radios que el de Jaca, los mismos que tanto han llamado la atención de Pau y David. Pero a diferencia del que vimos ayer, éste estaba en un estado de conservación mucho más delicado. El penitente caído bajo las patas de uno de los leones había sido sustituido por una margarita enorme, de la misma factura que las de Jaca, y había inscritas unas letras latinas casi borradas por el tiempo. Los caracteres alfa y omega se habían tallado en lugares distintos, lo mismo que la serpiente o la «ese» que aquí aparecía en el lado derecho del diseño.

—Señoras —nos ha interrumpido don Arístides—: ahí donde lo ven, este pórtico encierra una lección magistral. Nos enseña que el grial no es sólo un objeto físico sino también... algo más.

El rostro agrietado de nuestro casi octogenario guía ha refulgido de repente. Llevado por un entusiasmo que no ha dejado de crecer desde que hemos dejado el hotel, se ha quitado las viejas gafas de montura de concha y ha dejado que sus ojos pálidos por la edad nos escrutaran de arriba abajo.

—Seríamos unos necios si a partir de aquí sólo buscáramos un objeto tangible —ha dicho—. No podemos dejar de lado que el grial es también una vía de conocimiento. Von Eschenbach lo sugirió en su poema. Y la inscripción que tienen ustedes delante lo confirma.

—¿Pu-puede usted leer eso? —lo ha interrogado Ches bajando el móvil con el que ha empezado a fotografiar el relieve.

—Sólo es cuestión de buena vista, señorita.

Un atisbo de orgullo ha asomado al tono de voz del director.

—Hágalo, por favor. ¿Qué dice? —lo he urgido.

—La inscripción alrededor del círculo es la más interesante. —Ha carraspeado, elevando la mirada al crismón—. «Yo soy la puerta» —ha traducido—. «Por mí pasan los pies de los fieles. Yo soy la fuente de la vida.»

—Suena muy griálico, en efecto.

—Y aún lo es más la leyenda horizontal, la que descansa sobre el dintel: «Corrígete primero para que puedas invocar a Cristo» —ha añadido.

—¿Dice «para que puedas invocar a Cristo»? ¿Está seguro? —He ladeado la cabeza, sorprendida, mirándolo de reojo—. ¿No dice «para que podamos invocar» o «para que la Iglesia pueda invocar»? ¿La frase se dirige directamente al fiel?

—Así es, señora. Y me alegra mucho que aprecie lo extraordinario que resulta ese matiz. Concede al que cruza la puerta el privilegio de poder dirigirse al Hijo de Dios sin necesidad de un mediador. Y eso, en términos eclesiásticos, debió de ser toda una anomalía en su época. Por mucho menos quemaron a los cátaros décadas más tarde.

—¿Y cómo interpreta usted esa... anomalía? —he indagado, segura de que don Arístides tenía ya preparada una respuesta.

—Bueno. —Él se ha acariciado el mentón—. Es evidente que para quienes levantaron este templo el grial no daba sólo la vida eterna sino también, sobre todo, la posibilidad de hablar directamente con Dios. Si lo piensa, ambos privilegios se parecen bastante. Quien logra dirigirse a Dios se pone por un momento a su altura. Consigue penetrar en el tiempo y el espacio infinitos en los que Él habita. Se hace eterno. Inmortal. Y ése es el principal don que garantiza el grial, ¿no le parece?

He sentido un ligero mareo al escuchar esas palabras. Impresionada, he tomado asiento entre las jambas de aquella puerta para meditar lo que acababa de oír. La iglesia que se abría a partir de ese punto estaba prácticamente vacía. Un frescor irresistible manaba de su interior. Sólo una chica de unos dieciocho o diecinueve años se encontraba parapetada tras una mesa llena de folletos de la zona, aguardando a que decidiéramos comprarle una entrada. La muchacha ha reconocido a don Arístides, lo ha saludado y ha dejado que nos tomáramos nuestro tiempo antes de entrar.

A mí me ha venido bien. Todavía no había encajado el último comentario del director del Museo Diocesano, así que al cabo de un minuto, animada ante aquel giro en su discurso, me he atrevido a preguntarle cómo podría algo como una copa o un cuenco facilitar esa comunicación con lo divino.

—Quizá existió un cuenco de piedra al que se llamó grial —ha concedido, sentándose a mi lado—. Tal vez incluso sea el que hoy se conserva en Valencia. Pero aunque así fuese, y Sangorrín tuviera razón, ese objeto no sería más que naturaleza muerta para el propósito último del grial.

—¿Naturaleza muerta? ¿Qué quiere decir?

—Pues exactamente eso. Un cáliz es un objeto inerte. Un legado sometido a las leyes de la física, condenado al envejecimiento y a la destrucción más pronto que tarde.

—Continúe —lo he apremiado.

—Para que el grial se considerara la maravilla que describen los trovadores, no le bastaría con ser un objeto sacado de la mesa de Nuestro Señor. Debería ser un instrumento que hiciera algo sublime *per se*. Algo que prendiera los corazones de quienes se acercaban a él, como les ocurrió a los apóstoles cuando recibieron al Espíritu Santo. Sólo así, y siguiendo lo que sugieren los primeros textos que hablan de él, un alma pura podría servirse de ese objeto y emplearlo para hablar de tú a tú con Dios. Y es justo eso (la manifestación de la energía, no el grial en sí) lo verdaderamente difícil de encontrar.

He sentido que aquellas palabras resonaban de un modo profundo dentro de mí.

—En realidad, entender esto es muy sencillo. —Don Arístides, de repente convertido en hierofante del lugar, en maestro de nociones ocultas, me ha mirado fijamente a los ojos—. Le pondré un ejemplo: si usted se encuentra un teléfono móvil que no tiene batería, poco va a poder hacer con él, ¿verdad? La energía de la que le hablo es al grial lo que la batería a ese teléfono. Sin esa energía invisible pero necesaria, el objeto nunca revelará su verdadera función. Uno debe, pues, aprender a llenarlo y entonces...

—¿Y cómo se consigue esa energía? —lo he interrumpido.

—Bueno. —Ha sonreído—. Para eso precisamente estaban los lugares como éste.

Alzado de Santa María de Santa Cruz de la Serós.
El camarín se levanta sobre la nave central

—¿Como éste? ¿Se refiere a esta iglesia?

—En realidad —ha titubeado—, quizá sea más correcto decir el camarín de esta iglesia.

Don Arístides ha dejado ese término flotando entre nosotros.

—¿El camarín? ¿Qué diablos es el camarín? —he reaccionado.

—¿No se ha fijado aún en lo peculiar que es este templo cuando se contempla desde afuera? ¿No ha visto lo alto que es, lo compacto que parece desde el exterior?

—Sí, claro. Imposible ignorarlo.

—Eso es porque a la estructura tradicional de un recinto románico, por lo general de escasa altura, se le añadió una habitación secreta sobre la bóveda principal. Y no fue por capricho, créame. Se trata de un habitáculo al que antaño se accedía por una escala móvil, y en donde la tradición afirma que las damas del grial se retiraban a hacer sus invocaciones. Los ritos que se celebraban en ella no aparecen descritos en ninguna crónica, aunque resulta inevitable suponer que servían al propósito de iluminar el grial tal y como sugieren Von Eschenbach y Chrétien de Troyes en sus textos.

—¿Y dónde está ese lugar?

—Justo encima de ustedes. Miren. —Ha señalado.

En efecto. A unos siete u ocho metros sobre nuestras cabezas, adosada al muro septentrional de la iglesia, he vislumbrado una oquedad del tamaño aproximado de una persona. Hasta aquel agujero ascendía una escalera de caracol hecha de hierro y con escalones de piedra cuyo acceso estaba bloqueado por una mesa con folletos y ejemplares de la última hoja parroquial.

—¿Y las damas del grial subían hasta ahí arriba? —He tragado saliva.

—Y seguramente por una escalera mucho más inestable que ésa, querida. —Él ha sonreído.

—No quiero imaginarlo...

—Ahí iluminaban el grial y después salían en procesión con él hasta el Montsalvat de San Juan de la Peña. El templo de La Serós, señoras, debe entenderse como una especie de montaña artificial dotada de una cámara de invocaciones que iluminaba el cuenco con algo que las orantes le concedían.

Aquella revelación —imagínense— me ha producido una fuerte impresión. «Una montaña artificial», he temblado. «Un lugar para conferir *spiritus* a un objeto.»

—¿Y cree que..., bueno... —he elevado la vista hacia el estrecho hueco de aquella escalera—, cree que podríamos visitarla?

—¿La estancia secreta? ¿El camarín? —Don Arístides ha sonreído divertido—. Oh, por supuesto. Ahora ya no es ningún lugar prohibido. Está abierto a los turistas. Pueden subir. Si aún se encuentran con fuerzas, claro.

He echado un vistazo a aquella minúscula puerta colgada en las alturas del templo y he dudado. ¿Sería capaz de hacerlo?

49

Tres débiles timbrazos nos arrancaron de la lectura de los *Diarios* de doña Victoria. Al principio me costó identificar el origen de aquel sonido. Procedían de algún lugar del interior de la habitación, más allá de la cama y de mi mochila. Pau me miró distraída, como si tuviera que saber qué era aquello exactamente.

—¿No vas a responder? —dijo.

Los tonos se repitieron de nuevo. Venían del teléfono inalámbrico que descansaba sobre la mesilla de noche.

Levanté los ojos del portátil y me volví hacia allí. El alma me pedía ignorar aquella injerencia y seguir con la peripecia de lady Goodman. Nos había anunciado que acababa de ver algo extraordinario. Que acababa de «acariciar la esencia del verdadero grial». Pero Paula insistió.

—Atiende la llamada.

—Nadie fuera del grupo sabe que estamos aquí —repliqué.

—Pues con más razón. Quizá sea importante.

A regañadientes, me levanté, eché un vistazo cargado de frustración al texto desplegado en la pantalla y descolgué el auricular.

—¿David? —Una voz de mujer me abordó.

—Sí. Soy yo. ¿Quién es?

—¡Gracias a Dios! —soltó con alivio desde alguna parte—. Soy Alessandra Severini. Nos hemos visto esta mañana en Montjuic.

—Sí..., claro —dudé. Miré a Pau y, al ver que seguía con la atención puesta en el ordenador, decidí salir a la terraza de la *suite* para hablar mejor desde allí.

—He estado buscándoos por todas partes —añadió mi interlocutora con urgencia—. Por suerte, antes de que desaparecierais, tu compañera dijo en qué hotel estabais.

—Pero... —La imagen de la profesora Alessandra, con su pelo rubio de bote, su silueta más bien grande y su rostro sobremaquillado se me manifestó con nitidez—. Dígame, ¿en qué puedo ayudarla? ¿Es que ocurre algo?

Paula, sentada todavía, hizo entonces el ademán de acercarse, pero la contuve con un gesto. «Un momento.» Le señalé el cuaderno de Guillermo que había dejado sobre la cama, y entendió que podía aprovechar aquella interrupción para echarle un vistazo mientras terminaba con la llamada. Por nada del mundo quería que siguiera leyendo a doña Victoria sin mí.

—David, escúchame —insistió Alessandra arrancándome de esos pensamientos—. Estás en un grave peligro. Y tu amiga también. Lo he visto.

—¿Qué? —Su tono debió de hacerme palidecer—. ¿Está segura?

La línea crepitó.

—Lo que voy a decirte va a parecerte raro, pero esta mañana, cuando habéis huido de mi ceremonia, he tenido una visión muy clara sobre vosotros: el mal os acecha —soltó. Aquella frase, en efecto, sonó como una locura. Extemporánea. Pero indiferente a mi silencio, continuó—: Lo que te ha pasado cuando te has desmayado junto a la fuente no ha sido accidental. Conozco bien esa clase de desfallecimientos. En realidad, has recibido una advertencia del más allá. Un aviso. No me creas si no quieres, pero al menos haz caso a tus sensaciones. Hay un viejo mal que se ha encarnado y que busca vuestro fracaso. Esta tarde he tirado las cartas para averiguar algo más sobre él y... me ha salido el arcano de la Muerte. Dos veces. Estoy preocupada.

—Un... un momento —la interrumpí, comprobando que Pau no nos escuchaba. Necesitaba saber algo—: ¿Dice que *ha visto* todo eso?

—Así es, hijo. Tengo el don de ver lo que nadie ve.

—¿Lo ha visto como hace un rato ha visto a Guillermo Solís rondando alrededor de nosotros?

Me pareció oírla suspirar.

—Tú lo has dicho.

—Comprenderá que aún esté haciéndome a esta clase de afirmaciones....

—Lo sé, lo sé. Pero entiendo que no es la primera vez que oyes hablar de estas cosas, ¿verdad, hijo?

La vidente tenía razón. No era la primera vez, pensé mirando a Paula desde la terraza de la *suite*, que ya se había hecho con el cuaderno de Guillermo y empezaba a hojearlo tumbada en mi cama.

—Tenemos que reunirnos —añadió imperativa—. Necesito hablaros. Debo daros algo para que podáis protegeros del mal.

—¿Darnos algo? No es necesario, yo...

—Esta tarde, a las ocho en punto, antes de que cierren el cementerio de Montjuic, te espero frente a la tumba de Amalia Domingo Soler.

—Pero...

Fue inútil. La profesora Alessandra había decidido no escucharme.

—Puedes venir con tu amiga si quieres —añadió.

Y colgó.

50

—¿Quién era?

Pau preguntó a quemarropa nada más verme entrar en la habitación. En realidad la suya fue una reacción automática, casi instintiva, porque en ese momento se encontraba abstraída en el cuaderno que le había pedido que examinara. La miré y dudé. Desde nuestro encuentro con Alessandra Severini, el incidente del desmayo y nuestra detención posterior en el MNAC estábamos intentando recuperar la confianza mutua. De repente supuse que si volvía a mencionarle a la profesora, regresaría la sombra de aquellos momentos y se pondría peor.

—Eran de la policía —mentí—. Querían asegurarse de que les habíamos dado correctamente nuestras señas.

—Ya... —admitió, como si en el fondo no le importara mi respuesta. Su atención estaba anclada en algo bien distinto—. ¿Tú te has fijado en esto?

Las manos de Pau manoseaban impacientes la libreta de Guillermo, deteniéndose aquí y allá por momentos. Las páginas crujían al pasar. Su mirada bailaba excitada sobre guarismos y anotaciones que desde mi posición se me antojaban inescrutables. Curioso, me acerqué a ella, negando con la cabeza.

—¿Has encontrado algo interesante?

El cuaderno estaba escrito casi hasta la última página. Al igual que la agenda, su propietario se había encargado de rellenarlo con una letra apretada, meticulosa, caligrafiada en tintas de varios colores, que dejaba grandes márgenes junto a los párrafos que luego llenaba con dibujos o signos de exclamación. Allí se adivinaban bocetos del pantocrátor de Tahull, de los cuencos de San Pedro el Viejo, el Burgal o Estaón. Y listas de nombres y cifras. Listas por todas partes.

—Sólo he podido leer algunas páginas, aquí y allá —admitió.

—¿Y...? —dije superponiendo mi impaciencia a su curiosidad.

—Bueno... Mira. Al final del cuaderno hay una pegatina de las que dan en la Biblioteca Nacional de Madrid cuando te acreditas como lector. Lleva la fecha del 6 de julio, dos días antes de su muerte.

Y añadió:

—Parece que estuvo consultando las obras de un autor británico. Alguien de principios de siglo. Un contemporáneo del padre Sangorrín. Mira. Lo menciona en este recuadro. —Señaló lo que parecía una ficha bibliográfica escrita a mano—. Se llama sir Oliver Lodge. ¿Lo conoces?

—¿Lodge? —Hice memoria—. Fue un científico, creo.

—Sí. Justo eso dice aquí. —Leyó—: «Después de asombrar al mundo a finales del siglo XIX con el primer experimento público de telegrafía inalámbrica de la historia, se dedicó a investigar los misterios del cerebro humano». A Guillermo le interesó en especial un libro suyo que publicó en 1929... Éste. —Señaló una línea—. Lo tituló *Por qué creo en la inmortalidad personal.**

—¿Y dice por qué le llamó la atención?

—Oh, sí, desde luego. Guillermo incluye hasta un resumen. Al parecer, sir Oliver Lodge creía que el cerebro humano era una especie de receptor de radio. Y que todo lo que consideramos ideas, deducciones o genialidades son, en realidad, «señales» que captamos desde fuera.

—Eso se parece mucho al fuego invisible, ¿no?

* Oliver Lodge, M. Aguilar Editor, Madrid, 1929.

—Lo mismo he pensado yo —asintió—. De hecho, eso de que cuando creamos accedemos a contenidos que están en alguna parte, ahí fuera, se parece mucho a «la nube» de los modernos dispositivos electrónicos. Johnny nos ha hablado mucho de ella.

No sé si terminé de entenderla.

—¿La nube?

—En realidad me refiero al origen de las ideas, David. El lugar donde descansan todas. Sólo que en vez de usar una contraseña para acceder a ellas, usas ese «fuego».

—¿Y las cifras? —dije, señalando los márgenes de la libreta, literalmente ocupados por cálculos numéricos.

—No tengo ni idea.

Recordé entonces que en algún lugar Guillermo había escrito algo sobre el número ocho. Lo había visto de pasada en el despacho de la doctora Cortil y sentí curiosidad por saber si mi idea de que el dígito oculto en los crismones era una alusión velada a las ocho iglesias de los Pirineos con cuencos ardientes se le había ocurrido también a él.

Le pedí el cuaderno y comencé a buscar aquellas páginas.

—¿Qué haces? —dijo Paula extrañada—. ¿Te ayudo?

—Guillermo anotó algo sobre la cifra ocho en alguna parte...

Paula sonrió.

—Esas notas están en el centro de la libreta. Explican que en tiempos de los primeros crismones, a principios del siglo xi, el papa Silvestre II decidió introducir los números arábigos en la cristiandad. También explica que esa operación de sustitución se culminó durante las cruzadas, en la época ya de Chrétien de Troyes, cien años más tarde...

Rastreé las páginas a las que se refería Paula. La coincidencia, sin duda, resultaba significativa.

Enseguida localicé un enorme ocho arábigo, afiligranado, esquemático pero antiguo, que ocupaba el centro de una de ellas. Al lado, en apariencia sin mucho sentido, Guillermo había incluido un esquema del cáliz de Valencia idéntico al que habían enviado Luis y Salazar a los *Diarios del Grial*.

—Parece que al principio los cristianos no veían en esos números su valor matemático, sino sólo un dibujo. Estaban tan acostumbrados a usar las cifras romanas que esos guarismos nuevos sólo los interpretaban en clave simbólica. Y en el ocho... ¿Adivina qué vislumbraban?

No respondí. Decidí tomarme un segundo para imaginar esa situación. Pensé en cómo veía yo grafismos como los kanjis japoneses. O los ideogramas chinos. O los glifos mayas...

Bajé la vista a aquellas notas y las examiné con cuidado. Volví a contemplar el ocho y la copa, la copa y el ocho...

Entonces lo vi.

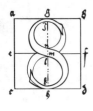 

—¡Dios mío! ¡Si el ocho es un grial!

Paula asintió complacida.

—Guillermo descubrió que en tierras pirenaicas el dibujo del ocho se interpretaba como la unión de dos elementos opuestos, uno dirigido al cielo y otro a la tierra, tal y como se engarzarían los cuencos de piedra del Santo Cáliz durante su estancia en San Juan de la Peña.

Iba a decir algo, pero Pau me detuvo.

—Aunque si te fijas, lo que más le interesó de ese simbolismo fue el punto de intersección del ocho. El lugar donde se comunicaban el óvalo superior y el inferior. ¿Sabes cómo lo llama en esas notas?

Negué con la cabeza, desconcertado. Me acerqué a una pequeña palabra garabateada con trazo limpio en la cintura de aquel ocho y la leí.

«Ónfalos.»

Yo sabía exactamente qué significaba aquello.

—Por todos los diablos... —murmuré—. Entonces Guillermo descubrió que el grial servía para comunicar mundos.

Paula me regaló un mohín que entonces no supe interpretar.

—¿Comunicar mundos? —dijo, arrebatándome la libreta—. De eso también se habla en las notas que sacó del libro de Lodge. Están al final. Mira, aquí: «La inspiración, las ideas geniales sobrevenidas, surgen cuando el cerebro se convierte en receptor» —leyó—. «Y éste funciona siempre mejor en contacto con lugares especiales que favorecen el tránsito entre mundos.»

—Lugares especiales... —Sí. Un destello interior me hizo comprender algo más—. ¿No es en uno de ésos donde estaba a punto de entrar doña Victoria?

Paula se volvió de repente hacia el ordenador. TOR seguía abierto justo donde lo habíamos dejado.

—¡Pues claro!

Los dos nos abalanzamos sobre la pantalla.

51

Diarios del Grial
Entrada 6 (continuación). 5 de agosto. 18.40 h
Invitado

He echado un vistazo a aquella minúscula puerta colgada en las alturas del templo y he dudado. ¿Sería capaz de hacerlo? La oquedad gravitaba a una altura considerable, más allá de lo conveniente para mis fuerzas.

—¿Está segura de querer subir ahí arriba, señora? —me ha interrogado don Arístides con cierta cautela.

Yo ya había tomado una decisión.

—¿No me ve capaz? —lo he desafiado—. No se preocupe. Subiré y lo haré sola.

Quizá debería haber sido más prudente. Lo admito. Tengo las articulaciones de las rodillas delicadas y subir escaleras nunca ha sido mi fuerte. Sin embargo, una cosa es padecer una lesión propia de la edad y otra muy distinta que un hombre cuestione tus capacidades después de tentarte con el grial.

Intrigada por lo que el director del Museo Diocesano había dicho del camarín, me he encaramado a la escalera de caracol más incómoda que he subido en mi vida. Aquel tubo arrancaba justo detrás de la pila bautismal. Era de peldaños de pobre, como suele decirse, con la huella estrecha, la tabica incómodamente alta y tan reducidos que casi había que ascenderlos de lado. La chica que cuidaba del lugar nos ha mirado con cara de no entender por qué podría interesarle a una señora de cierta edad como yo un lugar como ése, pero no ha hecho preguntas.

—Tenga cuidado —ha sido cuanto ha dicho mientras don Arístides y Ches vigilaban mis pasos—. Si se cae, el médico más cercano vive a veinte minutos de aquí.

No me he caído. Ni siquiera he tropezado. De hecho, he alcanzado la misteriosa estancia tras desembocar en otro pasillo ascendente, aún más angosto y oscuro, que nacía dentro de la estructura de la nave, a ocho metros sobre el nivel del suelo. En cuanto he podido levantar la cabeza y estirar los brazos —diecinueve arduos e irregulares escalones más arriba—, he sabido que el esfuerzo había merecido la pena.

El camarín ha resultado ser una estancia de planta lobulada, algo irregular, situada sobre la vertical del crucero de la iglesia. Allí podrían haberse reunido medio centenar de «guardianas del grial» sin demasiados problemas. Era amplia, iluminada por varios ventanucos verticales sellados con láminas de alabastro, y olía a cerrado.

Con la sensación de haber puesto pie en un salón secreto, he buscado el techo. También estaba más alto de lo que imaginaba. He comprendido que lo más valioso del lugar debía de ser precisamente aquella bóveda octogonal, armónica y perfecta, asentada sobre cuatro columnas que conservaban aún sus viejos capiteles historiados.

«Los capiteles hablan», he recordado.

Sobrecogida, me he acercado a ellos y los he examinado tratando de no pasar ningún detalle por alto.

A primera vista no he apreciado nada llamativo. No soy una experta en arte románico, pero me ha estimulado comprobar que sus personajes —aupados sobre caballos o asomados a torres almenadas— mostraban el mismo peinado frailón que el san Sixto de la catedral de Jaca. Parecían hechos por la misma mano. La escena mejor conservada mostraba un maravilloso ángel Gabriel con una túnica en la que se distinguían todos los pliegues y pespuntes. Muy serio, el enviado del Señor contemplaba a una muchachita arrodillada, de hermosos ojos almendrados, que no podía ser sino María a punto de quedarse encinta. Su rostro reflejaba sumisión. Y también temor. Todo un prodigio para un cantero que precedía en varios siglos a Michelangelo Buonarroti, el sin par Miguel Ángel.

Ha sido entonces, al ponerme de puntillas para escrutar aquellos ojos, cuando he sentido eso que Henry James, en su maravilloso libro de fantasmas *Otra vuelta de tuerca*, llamó «un estado del espíritu».

No tengo una frase que lo describa mejor. Ni tampoco una referencia literaria tan justa.

Ha sido algo parecido al ensimismamiento de quien ve una ópera de la que no entiende una palabra, hasta que misteriosamente termina haciéndose con el argumento.

Una revelación.

Una especie de soplo.

Una epifanía, tal vez.

El fenómeno en cuestión ha empezado con una suave corriente de aire que me ha acariciado la espalda. La sensación, gélida, breve, me ha hecho apartar la mirada del capitel y echar la vista atrás.

Ilusa, he pensado que el día había girado a tormenta. A veces esas cosas pasan en los Pirineos.

No acierto a explicarme aún cómo no me he asustado, porque lo que he visto al darme la vuelta era para haber lanzado un grito y haber regresado a la iglesia, rodando escaleras abajo.

De repente, puedo asegurárselo, la habitación no era la misma.

O no «exactamente» la misma.

Suena extraño. Soy consciente. Pero ha sido eso lo que ha pasado.

En cuestión de un abrir y cerrar de ojos «alguien» había cubierto las paredes del camarín de estandartes de color granate.

Era absurdo. Lo sabía. Mi mente racional gritaba que era imposible. Pero mis ojos me decían lo contrario. «Alguien» o «algo» había colocado un candelabro en cada esquina y había cubierto el suelo con esteras y grandes almohadones. Y, por si eso no bastase, una especie de melodía monótona, casi imperceptible, ha empezado a sosegar el ambiente envolviéndome en una extraña melancolía.

He pensado que estaba alucinando. Que debía de haberme desmayado por el calor y que mi mente estaba divagando sin control.

Pero no. Aquello era real.

Incluso más real que la realidad.

Aun así, lo que de verdad me ha dejado pasmada estaba por venir.

De pronto, a sólo cuatro o cinco metros de donde yo estaba, una dama ataviada con una saya encordada de color azul que le caía hasta los pies me miraba con los ojos intemporales de quien lleva ahí una eternidad.

Me he sentido morir.

La mujer estaba de pie, casi en la esquina opuesta, la cabeza cubierta por un velo y los brazos extendidos como si sostuvieran algo.

Me he quedado de piedra, sin atreverme a mover un músculo. Entonces ella, ajena a mi sorpresa, se ha acercado a donde me encontraba, lenta y majestuosa, como si atravesara un escenario y actuara frente a un público invisible.

Les aseguro que aquello no ha sido un delirio. Ni tampoco un sueño. Lo he sabido en cuanto el aire se ha llenado de un fuerte olor a incienso, inundándolo todo con su fragancia. ¡Y las alucinaciones no huelen!

La dama en cuestión se ha detenido a mi lado.

Con prudencia la he saludado. Lo he hecho levantando la mano derecha. Pero ella no ha reaccionado.

Era como si no quisiera hablarme.

Como si no estuviera del todo allí.

Sé, de nuevo, que les costará creerme.

Yo misma dudo de mi juicio mientras escribo.

Sin embargo, como si mi mente hubiera unido los puntos de un dibujo a medio hacer, he comprendido de golpe que aquella señora, aquella mujer de la saya azul, «tenía que ser» una de las damas del cortejo del grial que describió Chrétien de Troyes.

¿No les ha pasado alguna vez que al tratar de poner en palabras algo que han soñado, las frases que son capaces de componer resultan sencillamente ridículas?

Así me siento al describir esto.

No importa.

Todavía me queda por contar lo más impresionante.

Confundida pero a la vez llena de alegría, he vencido los centímetros que me separaban de la doncella y he posado mi mano sobre su brazo. Al contacto he experimentado un sorprendente alivio. Por un momento he pensado que podría tratarse de un fantasma, pero ¡la he tocado! ¡Era real! Tan real que en ese instante ha reaccionado y su rostro inexpresivo se ha animado como si despertara de un profundo letargo.

Lo que ha pasado a continuación es lo que más me inquieta de esta experiencia.

Cuando la dama ha clavado sus ojos en los míos, la he reconocido. Y cuando digo que lo he hecho, lo afirmo más allá de cualquier duda razonable.

Aquella mujer era Beatrice Cortil.

Sí. Lo sé. Es raro.

Muy raro.

Rarísimo.

Onírico.

Casi surrealista.

Pero les juro que no estaba dormida y era tan consciente como lo soy ahora de que Beatrice se encontraba en ese momento en Barcelona, seguramente charlando con David y Pau sobre las pinturas de Tahull.

Por desgracia, no me ha hablado.

De hecho, no ha dicho ni palabra.

Se ha limitado a mostrarme lo que llevaba en las manos. En realidad no lo tocaba directamente, sino a través del paño de su manto, y lo ha sostenido a la altura justa para que pudiera examinarlo con atención.

Y eso también ha sido extraordinario.

El objeto que sostenía era un cuenco.

Un pequeño y bien tallado cuenco de piedra traslúcida, de color sangre, que como en *Li contes* ha comenzado a irradiar una asombrosa luminiscencia que ha llenado el camarín de brillos tornasolados.

Muda de asombro, me he asomado al recipiente y lo que he visto en su interior me ha dejado extasiada.

En el fondo, como flotando, he distinguido una especie de símbolo. Un anagrama extraño. Como una «A» sin barra transversal a la que hubieran añadido una estrella en su lugar. Me ha recordado de inmediato el dibujo que el abuelo de David me regaló hace ya tiempo y que a él le había entregado Valle-Inclán casi un siglo atrás. El símbolo esquemático de una montaña con una luz en su interior.

Una montaña... artificial.

Al levantar la mirada y buscar la de Beatrice para pedirle una explicación..., no sé cómo decirlo..., la dama ha comenzado a oscurecerse.

Tampoco yo lo comprendo.

Beatrice —o quienquiera que fuese esa dama— ha empezado a perder brillo de un modo inexorable, como si sus células tuvieran la facultad de tornarse grises y diluirse en la oscuridad del entorno. Me ha dado la impresión de que la doncella se estaba apagando desde dentro, y yo, que me había desasido ya de su brazo, he notado claramente que la temperatura del camarín se desplomaba, haciéndome temblar de la cabeza a los pies.

Lo último que ha hecho ha sido levantar el brazo derecho y, abriendo la mano, ha estirado los dedos índice y corazón hacia el cielo, como si me indicara dónde mirar. Pero por encima de ella no había nada.

Nada.

Eso ha ocurrido más o menos a la vez que he oído cómo me llamaba la voz alarmada de don Arístides Ortiz desde el hueco de la escalera de caracol.

—¿Se encuentra bien, señora? —lo he oído gritar—. ¿Por qué no contesta? ¡Se nos hace tarde!

Me he vuelto entonces hacia donde creía que estaba la mujer del grial y, con el corazón saliéndoseme del pecho, he descubierto que la estancia volvía a estar como al principio. Piedra desnuda. Sin estandartes, ni esterillas, ni Beatrice, ni música relajante... ¡ni nada!

¿Cómo ha ocurrido?

No lo sé.

Me he sentido desorientada. Confundida. Ignorante sobre lo que acababa de pasarme.

—¡No se preocupen, estoy bien! —he gritado todavía conmocionada. Y, a tientas, he descendido de nuevo hasta el mundo de los vivos.

Díganme la verdad: ¿qué piensan? ¿Estoy enloqueciendo?

¿De dónde viene todo esto?

¿De mi cabeza?

¿O son señales?

Y en ese caso, ¿de qué? ¿O de quién?

Les envío un fuerte abrazo.

Contéstenme pronto, por favor.

52

—¿Qué hacemos?

No me di cuenta de cuán imperiosa era la pregunta de Pau.

—Parece que ha sufrido uno de sus ataques epilépticos —respondí con calculada vaguedad, tratando de encontrarle algún sentido a lo que acabábamos de leer.

—Pero David... ¡Ha visto a Beatrice Cortil!

—Eso es imposible y lo sabes. La doctora Cortil está muerta.

—¡Exacto! —Un leve tono de pánico asomó a su réplica—. ¿No te das cuenta? Nosotros no se lo hemos dicho..., y acaba de encontrársela como si fuera un fantasma. ¿Y si hubiera conseguido abrir ese ónfalos del que habla este cuaderno? —dijo blandiendo de nuevo la libreta de Guillermo.

Aquello me hizo reaccionar.

—¿Qué quieres decir?

—Que... que ha visto a alguien que está al otro lado de esta realidad —soltó, llevándose las manos a la cara, como si aquella sola idea la horrorizara.

—Quizá sólo ha sido una alucinación. —Intenté contenerla—. Un efecto colateral del estrés. O algo de su epilepsia...

—¿Una alucinación en la que aparece justo alguien que acaba de morir? Apostaría a que hasta la hora de la muerte de la doctora Cortil y su visión coinciden.

—Tampoco sé si eso significaría algo.

Mi respuesta no la convenció. Hizo un gesto de desagrado, como si mi diagnóstico de la situación fuera superficial y simple, impropio de alguien a quien tenía por inteligente. Luego me dio la espalda. Noté una perturbación profunda en ella. Se levantó del sillón donde estábamos, echó las cortinas del balcón para impedir el paso del sol de la tarde y, después de trastabillar un par de veces con la alfombra y una mesilla baja de la habitación, se dirigió al mueble bar para rebuscar algo en él. Eligió un botellín de ginebra y una tónica; se lo sirvió todo con un par de cubitos de hielo en una copa de balón y los mezcló sin esperar a que la copa se enfriara.

—¿Quieres uno? —preguntó, resoplando—. Creo que necesito algo fuerte.

La miré atónito. Era la primera vez que la veía beber algo más que vino y negué con la cabeza.

—Discúlpame. —Con el primer sorbo recuperó cierto aplomo—. Este asunto me está poniendo un poco nerviosa. Llevo meses presenciando las crisis de doña Victoria y ninguna ha sido tan... tan impactante como ésta.

—Los escritores son gente especial. Con mucha imaginación. Créeme, lo sé por experiencia. Si tuvieran alucinaciones, seguro que les costaría distinguirlas de la realidad —insistí.

—Estoy segura de que eso no ha sido una alucinación, David —negó señalando a la pantalla aún encendida de mi ordenador—. Doña Victoria ha dado realmente con algo. Ha activado algo. Su grial personal, tal vez.

Sus palabras, aunque serias, sonaron huecas. Me pareció que sólo estaba asustada y trataba de convencerse de su propio argumento.

—¡No me mires así! —gruñó—. No es la primera escritora a la que le sucede una cosa así.

—¿A qué te refieres?

Las pupilas de Paula se dilataron en la penumbra.

—Creo que doña Victoria ya te habló de Valle-Inclán. Don Ramón también buscó encender su fuego invisible, su grial interior, y terminó tan absorbido por sus propias visiones, tan embebido de ideas que no sabía de dónde le venían, que recurrió a médiums como tu abuelo para lograrlo. Ansioso, buscó lugares de «inspiración» para conectarse con lo sublime y, ahora lo comprendo, terminó acudiendo a la montaña artificial del Retiro para iluminarse. Y tras él llegaron más buscadores de esos ónfalos. —Arqueó una ceja, como si acabara de recordar algo importante—. Otros autores destacados tuvieron también visiones de ese tipo en ellos. Alguno incluso cerca de San Juan de la Peña. No te lo vas a creer, pero...

—¿Otros escritores en San Juan de la Peña? ¿Quiénes? —la interrumpí.

Paula completó otra vuelta entera a la habitación y, haciendo girar la copa entre sus manos, dijo:

—Unamuno, por ejemplo.

—¡¿Unamuno?!

—Miguel de Unamuno —asintió, dando un sorbo al brebaje—. Otro clásico de las letras españolas. Junto a Valle-Inclán, quizá el autor español más influyente de principios del siglo XX.

Yo sabía algo de Unamuno. Mi abuelo tenía sus obras completas en nuestra casa de Dublín. Alguna vez me habló de él, admirado de cómo había logrado fundir sus ideas políticas con la literatura, plantando cara a las injusticias de su tiempo, procedieran del rey o de los dictadores que tuvo España. Fue un escritor racionalista, republicano, afecto al socialismo pero a la vez hombre de fe comedida..., un cóctel que en mi mente lo situaba en las antípodas de una visión en un santuario cristiano de los Pirineos.

—¿Y qué le pasó? —pregunté, preparándome para cualquier revelación.

—Siendo ya mayor, cuatro años antes de morir, viajó a Jaca. Recorrió castillos, iglesias, cenobios y monasterios como si buscara algo que hubiera perdido. Y algo vio. O creyó ver. Fuera lo que fuese, un «deslumbre» lo impresionó lo suficiente como para escribir un artículo para el diario *El Sol*, donde insinuaba haber tenido una visión extática. Estudié ese texto en la facultad. Casi había olvidado lo sorprendida que me dejó.

La animé a seguir.

—Nuestro profesor de Literatura medieval nos pasó ese artículo para que hiciéramos un comentario de texto —prosiguió—. Unamuno admitió que un «nubarrón de visiones»* se le manifestó cerca de San Juan de la Peña como si fueran sombras sacadas del *Infierno* de Dante. No fue demasiado explícito en su descripción, pero dijo que gracias a ellas comprendió que aquella roca era la boca a un mundo distinto, espiritual.

—Entonces..., ¿podría ser el lugar el que provoca esas visiones? —pregunté.

—No estoy segura. Quizá se trata de algo que anida en la mente de algunos creadores —sugirió, con los ojos brillándole de excitación—. Poe, Doyle, Yeats, Valle-Inclán, Unamuno, quizá Twain..., todos ellos convivieron con esas sombras interiores. Y si no hablaron ni escribieron abiertamente casi nunca de ello, fue porque las suyas fueron experiencias inefables; imposibles de compartir. Solitarias. Casi intransferibles.

—Si existieran ciertos lugares que activasen esas visiones —murmuré, dando voz a mis pensamientos—, eso explicaría lo que acaba de sucederle a doña Victoria en La Serós. Incluso mi propio desmayo esta mañana en Montjuic tendría un sentido. Hablaríamos de espacios capaces de afectar a cierto tipo de cerebros. —Y, casi sin darme cuenta de lo que decía, añadí—: Si estamos en lo cierto, entonces lo que Guillermo descubrió fue mucho más allá de ese grial en las pinturas de Tahull. Se percató de que en el mundo antiguo los lugares para conectarse con lo trascendente se señalaron con signos y leyendas. El grial fue uno más. Quizá el último antes de la llegada del pensamiento racional.

Pau dejó de pasearse casi a oscuras por la habitación, se detuvo y me miró como si fuera un intruso que acabara de colarse en ella. Primero se extrañó, pero enseguida una euforia súbita pareció devorar las nubes que la habían ensombre-

* Miguel de Unamuno, *El Sol.* 4 de septiembre de 1932.

cido hasta ese momento. Tras regresar al minibar, se sirvió otro trago; me mostró a continuación un botellín de whisky y preparó una segunda copa con hielo que me tendió.

—¿Sí? ¿No crees que doña Victoria y yo estemos locas? —Sonrió—. ¿Admites que el grial pudo servir para marcar lugares donde en la Antigüedad se alcanzaban esos trances?

—Bueno... —El licor me quemó la garganta, empujándome a responder—. Digamos que ya estoy preparado para aceptarlo. Aunque en realidad sólo hay una manera de saberlo.

Los ojos de Pau me miraron expectantes.

—¿Cuál?

—Hagamos un experimento —dije, a sabiendas de que lo que estaba a punto de proponerle era una locura—. ¿Y si nos acercamos a la Font Màgica de Montjuic y comprobamos de modo claro si ese ónfalos todavía sigue funcionando? ¿No dijo la profesora Alessandra que era un umbral a otros mundos?

—¿Pretendes volver a caer en trance allí?

—¿Y por qué no? Sería una especie de *incubatio*. Tengo cierta experiencia.

—Pero le dijiste a doña Victoria que tus incubaciones habían sido una práctica fallida.

—No importa —repliqué—. Vale la pena intentarlo.

—No sé... —Apuró el último sorbo de su *gin-tonic*—. Me da miedo.

—¿Miedo?

Un gesto extraño, diferente a cualquiera que le hubiera visto antes, se instaló en su rostro.

—Miedo por ti, David —respondió—. Lo que te ha pasado esta mañana allí, lo que le ha ocurrido a doña Victoria, es... tan raro. Ya han muerto dos personas... Y tú, tú...

—Quizá doña Victoria y tú tengáis razón y se esté despertando algo en mí —la interrumpí—. Tal vez sea ese don de mi abuelo.

—Ya. Pero me importas... ¿Sabes? No podría soportar que

te pasase nada malo —murmuró llevándose las manos a la cara.

Guardé silencio. Ella también. Y empujado por una súbita ternura, me acerqué a Pau y le aparté las manos con cuidado. Sus ojos, convertidos en una rendija, me miraron avergonzados. Seguramente pensó que no debería haberme dicho aquello. Que el alcohol le había jugado una mala pasada. Pero lo había hecho. Le retiré un mechón de pelo con delicadeza y la besé suave en los párpados, primero en uno, luego en el otro.

—Gracias —musité—. Yo tampoco dejaré que te ocurra nada malo.

Ella exhaló un profundo suspiro. Y yo, como empujado por una fuerza que llevaba varios días reprimiendo, decidí que ya era hora de hacer lo que deseaba desde que me había conducido al parque del Retiro.

La besé.

Los labios de Paula se fundieron con los míos, apenas sorprendidos por aquella nueva aproximación. El beso se prolongó y, un segundo antes de que decidiera apartarme, su boca se aferró a la mía con una pasión que me resultó dulce y explosiva a un tiempo. Sentí alivio al dejarme llevar por esa impresión y no percibir el sofoco de ningún pensamiento turbio. Creo que los dos comprendimos en ese instante que iba a ser más fácil ceder al deseo que desde hace días nos rondaba que intentar racionalizar aquel torbellino.

La estreché entre mis brazos, sin pensar ya en separarnos, y volví a descender sobre su rostro.

Pau me correspondió sin ninguna inhibición. Nos movimos a ciegas por el cuarto, danzando al son de un ritmo invisible que derribó nuestras copas vacías y el ordenador portátil, haciendo rodar los últimos hielos sobre la moqueta. Ella hundió las manos en mi pelo, apretando con fuerza su cuerpo menudo contra el mío.

De pronto nada pareció atraernos más que la enorme cama que presidía la estancia. Había sido primorosamente preparada con colchas y grandes almohadones blancos que no tardaron en adornar el suelo. Con la respiración jadeante y sin dejar de besarnos, nos arrancamos la ropa el uno al otro.

La ropa no fue lo único que perdimos. También la razón.

La camiseta de *J'adore* fue a parar al otro extremo de la estancia. Pau correspondió desabotonándome con prisas la camisa. Cuando hubo terminado, sin pronunciar palabra, volví a atraerla hacia mí y a besarla con pasión. La tomé en brazos y la tumbé con delicadeza sobre las sábanas de algodón mientras ella luchaba con los últimos botones.

¡Aquel verdor insondable, mareante, de sus ojos brillaba como esmeraldas en la mortecina luz de la alcoba!

Terminé de quitarle el sujetador y la recorrí con deseo. Era mucho más hermosa de lo que había imaginado. Enseguida se despojó de los pantalones y la ropa interior sólo moviendo las piernas, hasta quedar completamente desnuda.

No lo dudé. Hundí el rostro en la curva de su cuello, tropezándome con el tatuaje que nunca había podido ver. Era una «A» rota que de inmediato asocié a la nota que Valle-Inclán le envió a mi abuelo y a lo que doña Victoria acababa de visualizar en aquella iglesia de los Pirineos. «¿Qué es esto?», iba a preguntar. Pero el instinto me retuvo. Mis manos prefirieron deslizarse por su cuerpo hasta alcanzar la cara interior de los muslos.

—David...

Mi nombre sonó a súplica en sus labios.

—Paula —respondí—. Pau...

Pronuncié el suyo con deleite, descomponiendo en mi boca cada una de sus sílabas. Me acordé del día que lo confundí con el de un chico y sonreí ante la ironía de aquel encuentro. Con luz en la mirada, volví a besarla seguro de que si avanzábamos por aquel camino se borrarían el dolor, la desconfianza y los equívocos con los que habíamos tropezado desde que nos cruzamos.

Paula aceptó cada beso, cada caricia, cada avance. Se abandonó cuando mi boca recorrió sus senos y descendí por su vientre. La noté tensarse de placer hasta que me coloqué sobre ella, buscando con un anhelo atávico la unión de nuestros cuerpos.

—Mírame —le pedí mientras entraba en ella.

El momento de nuestra unión resultó tan dulce que me estremecí al descubrir cómo las lágrimas volvían a aflorar a sus ojos.

—*Deja que tu alma vuele...* —susurré. Ella abrió los ojos como nunca lo había hecho, y yo caí en la oscuridad de sus pupilas.

Su cuerpo se integró con el mío con una naturalidad maravillosa, acompasándose al son de una melodía invisible que nos mantuvo unidos durante un tiempo infinito. Creo que en ese instante perdimos todo contacto con el mundo. Nuestras almas volaron y se reconocieron más allá de lo físico, difuminando todo pensamiento racional mientras alcanzábamos juntos el clímax.

Nunca —y puedo jurarlo por lo más sagrado— había experimentado nada parecido. La magia de ese instante nos hizo sentirnos plenos. Durante el tiempo que nos sincronizamos hubo algo entre nosotros, un ánima, una energía, que nos hizo reconocernos más allá de lo explicable. Esa fuerza se dejó ver apenas un instante, pero su impronta se grabó a fuego en mi memoria.

Cuando todo acabó, jadeante, Paula se apartó de mí, se dio la vuelta y se cubrió los ojos con un brazo... Comprendí que trataba de prolongar la visión interior que yo también había vislumbrado.

Guardó silencio. Tampoco yo quise pronunciar palabra alguna. Sin embargo, durante un buen rato pude percibir su agitada respiración e intuir cada uno de sus pensamientos, como si nuestras almas conectadas participaran de una misma energía.

Me volví hacia ella y la abracé por la espalda, rodeándola por la cintura. No pude verle la cara, pero entrelazó sus dedos con los míos, aferrándose a ellos.

Permanecimos allí tumbados, con la brisa del Mediterráneo entrando entre los pliegues de las cortinas, acariciando nuestros cuerpos hasta que finalmente nos quedamos dormidos.

53

Veinte minutos antes de las ocho mis ojos se abrieron de repente. La habitación seguía inmersa en una agradable penumbra, y aunque al sol todavía le quedaba más de una hora para ponerse, su escaso fulgor lo teñía todo de un discreto brillo dorado.

No tardé ni un segundo en saber qué era lo que me había desvelado.

Alessandra Severini.

La profesora nos había citado a las ocho en punto, aunque Paula aún no lo sabía. La vi tan relajada, tan tranquila después de unos días tan cargados de tensión, que sentí la obligación de preservarla de lo que quiera que fuese a compartir la profesora con nosotros. Verla era volver a enfrentarse a la oscuridad de las últimas horas, y yo no deseaba eso para ella.

«Es mejor que se quede», decidí maravillado ante su perfil desnudo, abrazado a la almohada. Me levanté con cuidado y sin hacer ruido garabateé una nota en el bloc que descansaba en la mesilla.

Eres maravillosa, Pau.

He bajado al gimnasio un momento. Te recogeré a las diez para cenar. Instálate en mi habitación, por favor. No soportaría no verte esta noche.

Después, cerré la puerta con cuidado.

A la hora convenida, un taxi me dejaba en la puerta principal del cementerio de Montjuic. Pensé que llegaría tarde a la cita, pero el trayecto duró apenas diez minutos. Era sorprendente que semejante mar de tumbas estuviera tan cerca del hotel, pero aún más que en esa vertiente del macizo el camposanto compartiera terrenos con naves industriales, grúas y contenedores de multinacionales navieras. El contraste parecía deliberado. Daba que pensar. A un lado de la autopista bramaban las sirenas de los cruceros y bullía la febril e incansable ambición humana por prosperar y vender. Al otro, la eterna quietud de quienes ya no necesitan nada lo dominaba todo.

Busqué las oficinas del lugar. Tardé en darme cuenta de que eran dos caracolas de obra alineadas unos metros más allá de la parada de taxis.

Un empleado joven con aspecto de becario me recibió solícito y se ofreció a ayudarme. A mi orden tecleó el nombre de Amalia Domingo Soler en su base de datos: más de ciento cincuenta mil sepulturas, indexadas por identidades, fechas y la confirmación de estar al corriente de pago.

Al dar con la ficha por la que le había preguntado, sonrió.

—Descansa en el sector de los espiritistas —anunció con calculada formalidad.

—¿Sector de los espiritistas? —Me sorprendió que existiera algo así—. ¿Y eso es fácil de encontrar?

—Oh, desde luego —asintió, tendiéndome la fotocopia de un plano del cementerio y marcando con rotulador rojo un área llena de calles y rotondas—. Nosotros estamos aquí, ¿lo ve? Y la tumba que busca está aquí.

Me pareció que marcaba un punto muy alejado de la entrada.

—No se preocupe —dijo—. Está usted muy cerca y a esta hora que ya hace fresco el paseo es agradable.

Le di las gracias, no demasiado convencido, tomé el folio que me brindaba y me dispuse a alcanzar mi objetivo lo antes posible.

El camposanto estaba desierto. Impresionaba.

A uno y otro lado de la amplia cuesta asfaltada que remonté vi aparcados algunos carritos de jardinero, aunque a ningún operario trabajando. Las tumbas que me iban saliendo al paso eran mausoleos antiguos que probablemente llevaban una eternidad sin recibir las lágrimas de nadie. Un templete de columnas papiriformes y una exuberante rejería modernista descansaba junto a otro conjunto escultórico más siniestro en el que un esqueleto de mármol sostenía el cuerpo inerte del dueño del enterramiento. Ángeles, parcas, descendimientos, damas cubiertas por sudarios de piedra, santos de difícil identificación y cruces, cientos de cruces, fueron marcándome el camino.

El «paseo agradable» recordaba a un enorme jardín de calles cuidadas, muchas de ellas serpenteantes, separadas según épocas y estratos sociales. Los burgueses ricos del siglo XIX parecían agruparse a un lado, en la zona alta con vistas al mar. Los prohombres de la ciudad, al otro. Los clérigos y miembros de órdenes religiosas se alineaban en un tercero. Y al fin, los espiritistas, masones y demás familias sospechosas se arracimaban en las orillas de un meandro de asfalto algo más estrecho que el resto, sombreado por árboles que parecían disfrutar de un suelo al que, me estremecí de sólo pensarlo, no iban a faltarle jamás los nutrientes.

En aquel lugar reinaba una lógica que se me escapaba. Un sentido histórico por un lado, pero íntimo por otro. Si uno se fijaba bien, se podía llegar a leer la biografía reciente de Barcelona e imaginar sin esfuerzo todo el dolor que se encerraba allí.

¿Por qué me habría citado la profesora Alessandra en semejante escenario?

Al alcanzar un grupo de eucaliptos la vi.

Su silueta emergió a lo lejos. Estaba en pie, bajo la sombra de unos cipreses sin podar, con la mirada perdida en un nicho blanco y las manos extendidas, sujetando algo que a esa distancia no reconocí. Adiviné que vestía un traje bastante elegante, más propio de una empleada de banco que de una vidente, mucho más discreto que la túnica que llevaba la víspera. Fue su pelo rubio y alborotado el que la hizo inconfundible.

Apreté el paso hacia ella dejando atrás una colección de epitafios que, de pronto, me hubiera gustado examinar con más detenimiento.

«Aquí yace la envoltura corporal de un hombre honrado.»

«Ahora que has desencarnado, eres ya libre para siempre.»

—David... Gracias al cielo que estás aquí. Por un momento creí que no te atreverías. —La profesora se volvió en cuanto notó mi presencia—. ¿Vienes solo?

Asentí. Ella no hizo más preguntas.

Alessandra aguardaba frente al nicho de Amalia Domingo Soler. Leí su nombre grabado en la losa de mármol que había estado mirando. Vista de cerca, la lápida mostraba la efigie de una mujer de cierta edad con un peinado recogido en un discreto moño. Sostenía una pluma mientras miraba al frente y una cabeza surgida de ninguna parte parecía susurrarle algo a la espalda. La imagen, por peculiar, me atrapó. Como en las otras tumbas de aquel sector, ésta tampoco lucía una cruz ni ningún otro símbolo cristiano. «Aquí se guardan los restos de la insigne escriba espiritista Amalia Domingo Soler», leí justo bajo el número del nicho. El 35.

—Mi tía abuela fue una gran mujer. La admiro mucho, ¿sabes?

—La comprendo muy bien. Yo siento lo mismo por mi abuelo.

—Mi familia cree que he heredado su don para oír las voces... —Se arrancó al ver mi interés por la «cabeza susurrante» grabada en el mármol—. Y las oigo, sí, pero por desgracia no heredé su don para la escritura.

—Vi cómo hablaba de ella en la conferencia —respondí.

—Oh, por supuesto. —Asintió con la cabeza—. Lo que nunca cuento es que una vez al año le llevo este cofre con sus pertenencias más queridas.

La vidente bajó la mirada acariciando lo que sostenía entre las manos. Tuve la impresión de que estaba a punto de justificarse por el extraño emplazamiento elegido para nuestra cita, pero en lugar de eso me hizo ver que el objeto que sostenía era la misma cajita damasquinada que había llevado al Palacio de Congresos de Barcelona la primera vez que nos encontramos.

—Te parecerá absurdo —añadió—. Un par de veces al año le acerco sus cosas para que no las eche de menos y sepa que están a buen recaudo.

En ese momento, tratando de ser cortés, le tendí la mano para saludarla pero ella, en vez de estrechármela como esperaba, depositó el cofre en la repisa del nicho y la tomó entre las suyas para ponerla boca arriba.

—Lo sabía. Eres una criatura muy especial, hijo —cuchicheó escrutándome la palma—. Tienes el monte de la luna muy prominente. Y mira esta línea. Y estos dermatoglifos en forma de estrella. Hum... Eso indica una mediumnidad muy marcada. Justo lo que imaginaba... Yo también lo tengo. Y Amalia también.

—Pero...

—Pero nada. —Siguió mirando.

—Profesora —la interrumpí serio, recuperando mi mano y sin comprender ni una palabra de aquella jerga—, he venido hasta aquí como me ha pedido. Me ha dicho que quería prevenirnos de un peligro. Que quería darme algo...

—Sí, por supuesto. Tienes toda la razón. No hay tiempo que perder. Las sombras nos acechan.

Alessandra echó entonces un vistazo a uno y otro lado, como si aguardara la llegada de alguien más. Era absurdo. No se veía a nadie. Estábamos solos. La suya fue solo una curiosa manera de subrayar sus palabras. Una argucia que, en aquel contexto, me llenó de una inquietud fría e incómoda.

—Espero que lo que quiero entregarte baste para protegeros.

—¿Qué... qué quiere decir?

—A tu amiga y a ti os persiguen —prosiguió—. No estoy ciega. Lo vi ayer al acabar mi conferencia, cuando nos cruzamos por primera vez, y de nuevo esta mañana. No os habría dicho nada de no ser porque uno de vuestros perseguidores... Bueno... —La profesora Alessandra reprimió un suspiro—. Porque a uno de ellos lo conozco muy bien. Y es temible. Él mató a Guillermo.

Me asaltó un escalofrío profundo, doloroso. Alessandra tenía muchas cosas que aclarar de su relación con Guillermo, pero en vez de preguntarle por ello decidí tantear hasta dónde sabía en realidad.

—Guillermo Solís apareció muerto en Madrid hace poco menos de un mes. Sin signos de violencia —dije.

—Quien os persigue no mata con violencia visible. Se limita a arrebatarte la vida. Ven. Te lo explicaré. Es una energía tenebrosa que cambia de forma continuamente, que posee a los hombres que necesita para cumplir sus propósitos, y cuya única obsesión es apartar a las personas sensibles y creativas como tú del camino de la luz.

Mientras me tomaba del brazo sin darme opción a réplica, me pidió que la acompañase cuesta abajo al tiempo que parloteaba sobre su certeza de que los humanos tenemos en verdad cuatro ojos. Dijo exactamente eso. Y añadió que en África, entre los *nganga* de Camerún, se trataba de algo sabido.

—Dos los abrimos al nacer, mientras que los otros dos sólo se abren cuando morimos —añadió.

Pero dijo además que algunas personas vienen al mundo por accidente con los cuatro ojos abiertos y que, cuando eso sucede, son capaces de ver a los muertos y esa clase de «energías» que, según ella, nos estaban acechando.

—Debéis de haberos acercado a algo muy importante —dijo—. De lo contrario no se interesarían así por vosotros.

Eché un vistazo al frente. Aquella mujer me estaba llevando campo a través, pisando tumbas.

—¿Sabías que el Oscuro sólo aparece cuando alguien se aproxima demasiado a la luz?

—¿El Oscuro? —La miré intentando no pisar en un mal sitio—. ¿Quién es?

Sus pupilas se dilataron.

—El Oscuro, el Misterioso, el Merodeador, el Frustrador, el Adversario... Tú mismo mencionaste un «hombre oscuro» la última vez que nos vimos, ¿recuerdas? Estabas en trance. ¡Tenías los cuatro ojos abiertos! Deberías saber que por todos esos nombres se conoce al que os vigila. Mi tía abuela luchó contra él hace cien años y perdió. Entonces la pobre no sabía que los escritores eran un colectivo especialmente vulnerable a su presencia y mucho menos que algunos de ellos habían acabado devorados por su apetito de luz.

Frenó en seco en cuanto volvimos a pisar asfalto. Algo nubló su gesto. Lo percibí a la vez que una nueva frase salía de sus labios.

—Oh... —Suspiró—. Tú eres escritor, ¿verdad?

—Yo no diría eso... Pero mi abuelo lo fue. —Me mordí el labio para no darle demasiados detalles.

—¡Lo sabía!

Alessandra debió de captar la alarma en mis ojos. Su mención explícita al Frustrador, al mismo término tomado de Yeats que acudió a mis labios cuando Pau y yo hablábamos de mi abuelo, me había dejado boquiabierto. Torpe, balbucí algo sobre su antepasada y ella retomó su discurso describiéndome lo desgraciada que había sido por vivir en una época en la que los hombres dominaban la literatura y en la que nadie la tomó en serio, salvo, quizá, el dandi de Valle-Inclán. La animé a que me lo explicara mejor, aunque sólo dijo que, durante uno de sus viajes a Barcelona, el exótico autor de *Luces de bohemia* le confesó que también él había visto varias veces al Oscuro merodearle. Sobre todo —añadió— mientras estuvo escribiendo su libro más incomprendido, *La lámpara maravillosa*, ese en el que Valle-Inclán volcó con cierta doblez sus visiones místicas y teorizó sobre el origen sublime del pensamiento literario. Ese que, según doña Victoria, el propio don Ramón obligó a leer a mi abuelo cuando lo reclutó por sus habilidades visionarias. El mismo que, según apuntó Alessandra sin entrar en más detalles, contenía pistas sobre cómo «salirse del tiempo» para llegar a la creación verdadera y evitar al Oscuro con la luz que da lo inspirado. El Oscuro. Un enemigo al que Valle-Inclán llamó «la sombra del desconocido que va con nosotros».

Pero mi asombro se multiplicó de veras cuando, en vez de entregarme lo que quiera que fuese para dar por terminada aquella cita, la vidente mudó el semblante y me observó con una mirada dominadora, intensa, que me hizo sentir transparente como el cristal, incapaz de ocultarle nada. Sus ojos se convirtieron en dos rayas horizontales apenas separadas. Parecía mirar al sol, pero en realidad no me quitaba la vista de encima. Murmuró dos o tres onomatopeyas sin sentido y, sin venir a cuento, me preguntó por mis padres.

—Tú no eres huérfano, ¿verdad? Tus padres siguen en este plano.

—¿Mis padres? —repetí, temiendo otra de sus revelaciones—. Mi madre va a casarse el mes que viene.

—¿Y tu padre?

Su pregunta me incomodó de un modo especial. «¿Mi padre?» Sentí una extraña opresión en el estómago.

—No lo sé... En realidad, no sé nada de él desde hace años.

—Pues también a él puedo verlo, querido. Te merodea... —dijo muy seria, arrugando la frente y llevándose las manos a las sienes—. Lo siento como una presencia remota que de repente se hubiera activado. Un hombre dominado por el Oscuro, que intenta librarse de él y ayudarte.

—¿Está vivo? —pregunté, disimulando una angustia antigua que casi había olvidado por completo. Los «cuatro ojos» de Alessandra parecían especialmente entrenados para ver muertos y eso me asustó.

—Sí. Lo está —sentenció muy seria—. De hecho, te ronda desde que te embarcaste en esta búsqueda. ¿No te has dado cuenta?

—¿Mi padre está cerca de mí?

La profesora cerró los ojos, apretando las mandíbulas.

—Lo siento más próximo de lo que crees.

—Pero ¡eso es imposible!

Alessandra abrió los ojos. Por un instante temí haberla ofendido.

—Hijo —soltó, de repente sorprendida—, ¿qué diablos estáis buscando?

Quizá por instinto, sabiendo que ya no iba a poder zafarme de su pregunta, me llevé las manos a los bolsillos y me encogí de hombros. Nervioso, palpé el teléfono móvil y la tarjeta magnética de la habitación del hotel, y también un papel plegado que había olvidado por completo. Y en vez de responder a su pregunta, buscando una excusa con la que evitar darle alguna información sobre mí, saqué lo que resultó ser un folio mal doblado.

Ella asistió a la maniobra mirándome extrañada, sin pestañear.

—¿Es ésa tu respuesta? —preguntó.

Cuando terminé de desplegar el papel me di cuenta de lo que era: las entradas al *Parsifal* a cuya representación nunca pudieron asistir Beatrice Cortil y Guillermo Solís.

Alessandra, para mi sorpresa, se alborozó al comprender de qué se trataba.

—¡Francesc Viñas! —exclamó.

La profesora se había detenido en la frase en negrita en la que se precisaba que la función era un homenaje a ese artista. Yo, atónito, negué con la cabeza, pero no sirvió de nada. La vidente tenía ya su respuesta.

—Ahora lo entiendo todo. —Sonrió enigmática—. Si lo que buscas está relacionado con él, no puedes marcharte de aquí sin ver algo.

54

Al cementerio debía de faltarle poco para el cierre cuando Alessandra apretó el paso y tiró de mí como si de repente le hubiera entrado la prisa. El eco de sus tacones resonaba en los muros que íbamos dejando atrás. Las sombras de las tumbas eran cada vez más alargadas y la brisa marina nos golpeaba ya fría. En breve anochecería.

Mientras atravesábamos aquella colina sembrada con la muerte me recordó que no debíamos despedirnos sin que me entregara lo que había traído para mí. «Es vital», murmuró. Y, convencida, pronosticó que le encontraría una utilidad nada más recibirlo. Yo asentí más por cortesía que por convencimiento, en realidad impaciente por salir de allí y regresar con Pau.

La vidente se detuvo en mitad de una curva pronunciada con vistas a los viejos edificios portuarios de Barcelona.

—Aquí es. —Suspiró por el esfuerzo—. Ya hemos llegado.

A nuestra espalda crecían paredes enteras de nichos y una suave pendiente cuajada de mausoleos algo más solemnes. Ninguno me llamó demasiado la atención.

—Lo que quiero que veas está justo a tu izquierda —dijo.

Me volví esperando tropezar con un cartel indicador o con el inicio de algún sendero, pero lo que encontré casi me hizo desmayarme de la impresión. A sólo unos metros de donde estábamos, un conjunto escultórico dominado por una enorme cruz de piedra protegía el lado más agudo de aquel paraje. Parecía más el monumento de una plaza pública que una tumba. Eran tres figuras masculinas formidables, de tamaño natural, fundidas en bronce, con evidentes señales de abandono. La central, situada sobre una especie de podio, vestía una túnica larga ceñida por una sencilla cuerda y sostenía entre las manos una copa con asas idéntica a la de las imágenes del Santo Cáliz que nos habían hecho llegar Luis y Johnny la noche anterior.

Por si me cupiera alguna duda de que aquel objeto era una representación del grial, bajo el «oficiante» estaba inscrito un nombre en letras mayúsculas:

PARSIFAL

Alessandra, que observaba atenta mi reacción, percibió mi sorpresa.

—¿Sabes qué es esto? —preguntó.

Negué con la cabeza. En el frontal del monumento no acerté a distinguir ningún nombre o fecha que diera una pista.

—Es el sepulcro de Francesc Viñas. El tenor de tus entradas. —Sonrió misteriosa.

Y añadió:

—¿Y bien? ¿Vas a decirme de una vez qué estáis buscando?

Le pedí un minuto para examinar aquella maravilla. Lo que buscábamos —recapacité— era lo mismo que Guillermo: comprender cómo hacer funcionar al verdadero grial, dar con ese elemento visible que nos permitiera el acceso al mundo superior, algo que a él le había costado la vida, pero no tuve el ánimo de contárselo. Verbalizar algo así fuera de La Montaña Artificial me parecía arriesgar demasiado.

Al ver que no decía nada, Alessandra Severini se animó a explicarme algo que yo ya había visto: que la copa que sostenía la figura de Parsifal era una réplica exacta del «Cáliz de la Cena» de la catedral de Valencia. Pero la profesora deslizó también otro detalle que yo entonces ignoraba por completo: que el propietario del monumento, tras representar en numerosas ocasiones la ópera de Wagner, terminó tan obsesio-

Parsifal sostiene el Santo Cáliz de Valencia en la tumba del tenor Viñas,
en el cementerio de Montjuic, Barcelona

nado con esa reliquia que incluso escribió un librito sobre el tema con sus conclusiones.

—Es toda una rareza para los bibliófilos —susurró.

Iba a preguntarle por el título de aquel trabajo cuando un nuevo hallazgo me distrajo. En su parte trasera encontré el único acceso al interior del monumento. Una portezuela de metal, sellada, del tamaño justo para que cupiera un féretro. Aunque lo que me cautivó de veras fue que tuviese un anagrama en relieve fundido que ocupaba casi toda la pieza.

Era un crismón de ocho ejes.

—Las verdades más codiciadas se sellan siempre tras grandes símbolos. Lo dice la Teoría de los Secretos —susurró Alessandra, advirtiendo mi gesto de sorpresa.

Me volví hacia ella. ¿La había oído bien? Se encontraba tan cerca de mí y el lugar era tan silencioso que resultaba imposible haberla malinterpretado.

—¿Conoce... la Teoría de los Secretos? —Titubeé, encadenando un asombro tras otro.

—Claro que la conozco, hijo. Y Francesc Viñas también la conoció. Y Valle-Inclán. Y mi tía abuela Amalia. Y seguro que también tu abuelo. Y Guillermo. ¿Por qué crees si no que vino a verme? Todos sabían que cuando alcanzas un conocimiento verdaderamente esencial, estás condenado a no compartirlo más que con los tuyos. Con los que han recorrido antes el camino que te llevó a alcanzarlo y saben valorarlo.

—Con los tuyos... —Masculló el término durante un instante—. Es una curiosa forma de decirlo.

—Ya no hace falta que me digas lo que estáis buscando. Ya lo sé, hijo. —Y levantando la mirada hacia el grial de bronce, añadió—: El grial es una meta muy alta. Es normal que el Oscuro siga vuestros pasos.

Y abriendo el cofrecito que aún llevaba entre las manos, extrajo de él una cadena de plata con una medalla del tamaño de una moneda de euro unida a ella.

—Ahora sí que estoy segura de que necesitas esto —dijo—. Llévalo siempre contigo. Te protegerá.

Tomé aquel objeto entre las manos y lo examiné con curiosidad. Parecía un viejo amuleto similar a los que había visto tantas veces en el Museo de Historia de Dublín sin prestarles mayor atención. En el relieve resaltaba un signo que me resultó familiar de inmediato. Aquella «A» rota se parecía mucho a lo que doña Victoria había visto en el fondo del grial en Santa Cruz de la Serós. Pero, sobre todo, era el mismo símbolo que Paula llevaba tatuado en el cuello.

—Mi tía abuela lo llamaba «el Signo de los Ocho». —Alessandra, ajena a mis cábalas, observó cómo lo escrutaba—. Amalia decía que estaba hecho con ocho trazos que se repetían una y otra vez hasta el infinito. Ocho caminos. Ocho senderos. Ocho vías. El ocho le recordaba al símbolo de infinito, la lemniscata de los matemáticos. Le evocaba el enorme poder de los emblemas conectados con nuestra búsqueda. Pero, sobre todo, lo tenía como un signo que la protegía del...

—¿... del Frustrador? —la interrumpí.

Alessandra asintió, no muy sorprendida.

—Sí. Eso es.

—¿Y sabe de dónde lo sacó ella?

La profesora negó con la cabeza antes de recurrir a un tono pesaroso para matizar su respuesta.

—Eso lo ignoro, David —dijo—. Decía que el amuleto no era suyo. Que era una marca por la que se reconocían los buscadores de la luz. Que sólo lo tenía en depósito, a la espera de que alguien lo mereciera más que ella. Yo siempre sospeché que se lo había confiado Valle-Inclán en alguna de aquellas citas que tuvieron. Él era gallego y eso tiene un aire celta. Insistía en que el medallón guarda un mensaje que sólo emerge si su poseedor entiende el símbolo y lo trasciende. Si el alma vuela al contemplarlo y capta su significado mirándolo desde las alturas.

—Gracias. —Tragué saliva, mientras abría el cierre del colgante y me lo ponía al cuello—. Intentaré estar a la altura de su anterior propietaria.

—A la altura, exacto. —Sonrió—. ¿Sabes? No te he dicho lo de volar por decir. Ésa era una de las frases favoritas de mi tía abuela. «Dejar volar el alma.»

Asentí, pero no dije ni palabra.

Yo había oído esa misma frase a doña Victoria. También Paula la había pronunciado atribuyéndosela a mi abuelo y antes aún al propio Ramón del Valle-Inclán. Incluso la había hecho mía hacía sólo unas horas. Sin embargo, oída allí, a los pies de aquel Parsifal de bronce, bajo la sombra de su inesperado grial, adquirió un insólito matiz. Acaso más grave. Comenzaba a vislumbrar una trama de conexiones sutiles que no sabía si eran reales o el producto de una imaginación que empezaba a disparárseme. Me hubiera gustado preguntarle a Alessandra por qué el día anterior había mencionado a doña Victoria en su charla del Palacio de Congresos, pero no vi el momento. Tampoco la interrogué sobre su relación exacta con Guillermo. Ni tuve la pericia de indagar más sobre aquel Signo de los Ocho que, de inmediato, asocié a los ocho ejes del crismón de Jaca, a las ocho margaritas de su interior o a las ocho iglesias pirenaicas con pinturas griálicas custodiadas en el MNAC y al ocho arábigo, trasunto del mismísimo grial con su ónfalos en el centro. Tantas evocaciones —y la incómoda sensación de intuir por qué Pau nunca quiso hablarme de su tatuaje— me dejaron meditabundo. Abrumado. Sin ganas de decir nada.

Paula sabía más de todo esto de lo que me había contado. Mucho más. Ella era, de algún modo, parte de ese secreto.

En ese momento, ni Alessandra ni yo advertimos que, desde lo alto de la montaña, una gran furgoneta Mercedes negra descendía a poca velocidad hacia nosotros. Era casi de noche y no llevaba las luces encendidas. Cuando nos percatamos de su presencia, ya la teníamos encima. Los cristales tintados impedían distinguir al conductor. Supusimos que sería un vehículo de los servicios fúnebres. Pasó por nuestro lado sin que le prestáramos atención.

La furgoneta se detuvo en plena curva, a sólo unos metros de donde estábamos.

A partir de ese instante, todo ocurrió muy rápido.

El portón lateral del vehículo se descorrió con estrépito. Tuvimos el tiempo justo para ver salir de su interior a dos individuos vestidos con camisas y pantalones negros, gafas de sol oscuras y sendos pasamontañas que les tapaban el rostro. La penumbra de la tarde no ayudó a que comprendiéramos quiénes eran o qué intenciones tenían, y antes de que pudiéramos reaccionar, se abalanzaron sobre nosotros y nos inmovilizaron.

La imagen del Oscuro que había vislumbrado en mi trance revivió, paralizándome.

Vi a la profesora Alessandra forcejear delante de mí, mientras uno de aquellos tipos la abrazaba del mismo modo y la arqueaba peligrosamente hacia atrás. Con una precisión que parecía fruto de un entrenamiento profesional, le oprimió el rostro con una mano abierta, tirando con violencia hacia atrás de su cabeza.

«¡Una llave mataleón!», pensé alarmado.

No había visto una desde mis tiempos de estudiante de artes marciales. Hecha con demasiada fuerza, podía resultar mortal.

La vidente dejó escapar un lamento sordo pero no pude hacer nada por ella. Mi agresor estaba cortándome el flujo de oxígeno igual que a ella, mientras forcejeaba por taparme el rostro con los antebrazos. Las arterias palpitaban desesperadas por bombear algo al cerebro.

Noté que empezaba a desfallecer.

Lo peor fue que sabía exactamente lo que iba a pasar.

Lo último que vi fue cómo Alessandra se desplomaba, pálida, con el rostro inexpresivo, sin poder elevar un grito siquiera. El tipo que la sostenía notó que su resistencia había cesado y la dejó caer cuneta abajo, donde rodó hasta quedarse inerte, con la cabeza vuelta en una postura antinatural, junto al número del mausoleo de Francesc Viñas excavado en la piedra. Otro 35. «Tres más cinco igual a ocho», razoné en el colmo del absurdo.

—¿No la habrás matado? —oí decir a una de aquellas sombras.

—No te preocupes por eso. Ya no molestará más —respondió la otra.

Aquellas palabras, cargadas de una rabia profunda, me resultaron familiares, pero mi mente ya no tuvo tiempo de explorar por qué.

A continuación, todo se volvió oscuro.

55

No sé cuánto tardé en despertar, pero cuando lo logré me costó un mundo abrir los ojos. Tenía la garganta seca, los músculos de las piernas agarrotados, un dolor punzante en el antebrazo derecho y otro más que iba y venía en la base del cuello.

En cuanto reuní las fuerzas necesarias me palpé la zona dolorida. Sólo entonces advertí que llevaba puesto el colgante que me había regalado la profesora Alessandra. Su perfil metálico se me había hincado en la carne y había dejado una llaga que debía de haber sangrado en abundancia a juzgar por mi camisa peguntosa.

Las imágenes de lo que había sucedido relampaguearon confusas en mi mente.

Aquella medalla —deduje— había sufrido el primer impacto de la llave mataleón y con toda probabilidad me había salvado la vida.

Cuando al fin logré enfocar la mirada vi que ya no estaba en el cementerio. Me habían acomodado en el asiento trasero de una amplia furgoneta y sujetado con el cinturón de seguridad. La vista se detuvo un instante sobre el asiento vacío que tenía a mi izquierda, en la caja del sedante con el que supuse que me habían dormido —Rohypnol—, en mi mochila y la bolsa de viaje de Paula, así como en un libro de gran formato, viejuno, en el que creí distinguir un nombre, *Antonio Beltrán*, y justo debajo *El Santo Cáliz de la Catedral de Valencia*. No tuve tiempo de procesar aquel detalle porque cuando alcé los ojos tropecé con algo que no esperaba. Junto a la otra ventanilla del vehículo estaba Paula, descompuesta como una muñeca rota, sin conocimiento, con la cabeza hundida en el pecho.

«¿Pau? —Un escalofrío me recorrió de arriba abajo—. ¿Qué hace ella aquí?»

En el asiento del copiloto viajaba un individuo en el que reconocí la nariz de gancho y la barba compacta, casi esculpida, de Johnny Salazar.

«¿Johnny?»

Sacudí el cuerpo, tratando desesperadamente de comprender qué significaba todo aquello.

—¿Johnny?

Quise pronunciar su nombre, pero de mi garganta sólo emergió un estertor ininteligible.

El informático se volvió hacia mí y me miró con desprecio apartándose las greñas del rostro.

—Nuestro querido Parcival se despierta... —anunció mirando al frente.

—Asegúrate de que la droga le ha hecho efecto —respondió quien estaba al volante.

«Droga», susurré al comprender que llevaba una dosis de aquel relajante en el cuerpo.

El dolor del antebrazo se agudizó.

—Te lo advertimos, imbécil. Deberías haberte mantenido lejos de los caprichos de lady Goodman —dijo al tiempo que me daba unas palmaditas en la cara que apenas sentí—. Ahora ya no tiene solución.

—A... gua. Agu... a —supliqué.

Aquello, en cambio, sí lo entendió. Johnny rebuscó en una mochila que tenía al lado y me tendió una botella de agua mineral. Bebí el líquido con dificultad, pero me ayudó a volver en mí.

—¿Qué... qué hacéis? —El entumecimiento que sentía en la boca me obligó a toser.

—Somos los caballeros que quieren evitar que des un mal paso, ¿recuerdas? —repuso la voz que conducía y que, al momento, reconocí.

Era Luis Bello. «¿Luis Bello?» El antiguo benedictino, el respetado profesor de Historia de la Música y director de orquesta, se había quitado las gafas oscuras, transformándose de repente en una especie de fiera satisfecha de haber dado caza a la pieza del día.

Por un segundo creí que todo debía de ser un error. Una pesadilla.

—¿Cómo me habéis... encontrado?

Pero mi cabeza fue incapaz de asimilar lo que estaba pasando.

—En realidad nunca os hemos perdido de vista —masculló—. ¿No es cierto, Johnny?

—Cierto. Qué pardillo eres. —Noté cómo el tono de su voz se volvía especialmente ufano—. ¿Recuerdas el día que nos conocimos? ¿Te acuerdas de la invitación que te envié al móvil para que te unieras al grupo de contactos de La Montaña Artificial?

Asentí.

—Pues eso era un programa geolocalizador. Un software que ha estado enviándome tu ubicación en tiempo real. Así es como os hemos tenido a todos controlados.

Procesé aquellas palabras pero no indagué más. Las sienes me palpitaban y sentía un calor asfixiante. La furgoneta estaba en penumbra, balanceándose cual góndola en la desembocadura del Gran Canal. Sólo entonces, al asomarme a la ventanilla, me di cuenta de que circulábamos a gran velocidad por una autopista, lejos del centro de la ciudad. Era noche cerrada y de fondo se oía muy bajo el rumor de la radio del salpicadero.

—Ha sido fácil teneros controlados —remató Johnny—. No tenéis ni idea de protocolos de seguridad.

Aquellos dos perturbados me hablaban como si fuera normal que Pau y yo estuviéramos casi inconscientes en los asientos traseros de su furgoneta. Me sentí un estúpido por no haber caído antes en que ellos...

—Esta mañana, en Valencia, cuando hemos regresado a

ver al padre Fort, nos ha dado una pista importante. —Luis interrumpió mis pensamientos—. Nos ha dicho algo que nos ha animado a venir a Barcelona. Hemos hecho bien, sobre todo, después de leer lo que esa arpía de Victoria Goodman ha contado en su último mensaje.

—No seas malo —terció Johnny con falsa piedad—. Díselo todo. No estaría bien que Paula y David terminaran su búsqueda sin conocer todos los detalles.

—Tienes razón. ¿Leíste nuestro informe en el foro? —indagó dirigiéndose a mí.

Yo asentí, cada vez más asqueado.

—Estáis enfermos... —mascullé, mirando de reojo a Pau, que seguía inconsciente, con la cabeza baja, balanceándose sin control. Me fijé otra vez en el libro que habían olvidado en nuestro asiento y comprendí que no habían dejado de mentirnos en todo aquel tiempo—. Soltadnos.

Pero Luis no me oyó, o en todo caso siguió a lo suyo.

—Fort nos habló de un hombre que a primeros del siglo pasado se interesó mucho por el cáliz e hizo un descubrimiento asombroso que se preocupó por publicar.

Abrí los ojos, haciendo un esfuerzo supremo. Definitivamente aquellos dos se habían vuelto locos.

—Ese hombre se llamaba Francesc Viñas —lo interrumpió Johnny.

—¿Viñas?

—Paula y tú enviasteis al foro una pregunta sobre él, ¿recuerdas? —inquirió—. Eso nos convenció para dejar Valencia y venir a por vosotros. No podíamos permitir que nos tomarais la delantera en esto.

Sin comprender aún qué era lo que los había molestado de aquel mensaje, Luis volvió a hacerse con el control de la conversación.

—No sé cuánto sabrás de Viñas, muchacho, pero fue uno de los tenores más grandes que ha tenido este país. —Carraspeó—. Su arte lo llevó al Covent Garden de Londres, al Metropolitan de Nueva York, a la Scala de Milán... Y aquí viene lo interesante: aunque nació en una familia catalana muy humilde, en realidad su carrera como artista se consolidó en Valencia. Viñas fue un apasionado de Wagner y durante mucho tiempo no hizo sino interpretar *Lohengrin* una y otra vez. Sus biógrafos dicen que en sus tres primeros años como artista lo representó en ciento veinte ocasiones. Un récord todavía imbatido. Pero tras un cuarto de siglo haciendo de Lohengrin, en 1913 decidió prepararse para estrenar el *Parsifal* de Wagner en el Teatro del Liceo de Barcelona...

—¡No te enrolles! ¡Ve al grano! —lo interpeló su compañero.

—Está bien —concedió—. *Parsifal*, la gran ópera griálica de Richard Wagner inspirada en el relato de Wolfram von Eschenbach, estuvo «embargada» durante años por expreso deseo del compositor y no podía representarse fuera del festival de Bayreuth, en Alemania. Wagner lo prohibió hasta que hubieran pasado tres décadas de su muerte. El 31 de diciembre de 1913 se cumplía al fin ese plazo y el Liceo, con Viñas como estrella principal, programó su primer rimbombante estreno internacional. Sin embargo —añadió sin despegar la vista de la carretera—, ese tenor no era un intérprete cualquiera. Tenía tanto respeto por la obra que se puso a indagar sobre ella para que su papel no tuviera una sola fisura. Deseaba empaparse del espíritu del personaje hasta confundirse con él. Y fue así como llegó a la conclusión de que Wagner y Eschenbach habían descubierto que el grial, lejos de ser un recurso literario, había existido de verdad. Viñas identificó el Montsalvat del poema de Wolfram con el Monte Salvado de Jaca; Anfortas, con Alfonso I el Batallador, y el grial, con un objeto que estuvo guardado en San Juan de la Peña. Un grial que, naturalmente, él quería sostener en sus propias manos antes de interpretar a Parcival.

—¡La copa de Valencia! —exclamó Johnny agitado como si a mí, a esas alturas, fueran a impresionarme sus hallazgos. Lo único que me importaba era que nos soltaran de inmediato.

—Viñas llegó a la conclusión de que el grial no podía ser

otro que el llamado «Cáliz de la Cena» de Valencia, y como él era una persona muy querida allí, amigo personal del arzobispo de la ciudad, aquel mismo año organizó un recital en la catedral sólo para que se lo bajaran del relicario y poder tocarlo. Lo necesitaba para su interpretación.

—Y justo entonces ocurrió el milagro... —volvió a interrumpirlo Johnny.

—El milagro, sí. Eso es lo que Fort quiso contarnos.

La mirada oscurecida del director de orquesta y la mía, cargada de desprecio, se encontraron de nuevo en el retrovisor. Mi mente no terminaba de encajar que nos hubieran atacado, secuestrado y drogado y que ahora estuvieran tan tranquilos hablándome del maldito *Parsifal*.

—Lo que ocurrió —prosiguió él— es que estando en la capilla del Santo Cáliz el arzobispo y él, Viñas entonó una de las arias del *Parsifal* con la reliquia entre las manos. Aquélla fue, dicen, la interpretación más sentida de su vida. Tanto que el tenor cayó en éxtasis al tiempo que aquel cáliz comenzaba a irradiar una luz que iluminó durante unos segundos la capilla, ante la sorpresa del arzobispo y de los canónigos que lo acompañaban.

Me removí inquieto en el asiento sorprendido de que, de repente, me contaran algo como aquello. Con toda probabilidad estaban mintiéndome otra vez. ¿Johnny y Luis hablando de un grial místico? No. Definitivamente aquello no encajaba. Y aunque ya me importaban un bledo el duelo a textos, la cordada de doña Victoria, Viñas y el Santo Grial y lo único que quería era escapar de allí con Pau, lo que acababan de sugerir me espabiló de golpe.

¿Una luz?

¿Dentro del cáliz de Valencia?

No estaba seguro de haberlo entendido bien.

—Viñas y el arzobispo se juramentaron para no hablar del suceso con nadie en tanto no comprendieran qué había sucedido. —Luis me sacó de dudas sin tener que preguntar—. Aun así, el tenor quedó tan afectado por su experiencia que ya no paró de indagar sobre el grial y su... llamémoslo... funcionamiento. Fue entonces cuando descubrió la leyenda de que un ángel dictó a Wagner su ópera, y persiguió cada traducción del *Parsifal* que pudo en Roma, París o Milán tratando de encontrar algún atisbo de esa fuente de inspiración sobrenatural. Dedicó tanto esfuerzo a su búsqueda, que al final volcó sus hallazgos en un librito que se publicó sólo unos meses después de su muerte y, sobre todo, en el diseño de su tumba. Un mausoleo que él mismo encargó al escultor Mariano Benlliure en cuanto supo que un cáncer estaba devorando sus entrañas.

«Alessandra me ha hablado de ese libro...», pensé. Su imagen rodando por el suelo del cementerio se cruzó dolorosa por mi retina.

—Comprenderás —masculló Luis sin soltar el volante— que dado que el grial es algo que todavía puede hacerse funcionar decidimos intervenir. No íbamos a dejar ese secreto en manos del último que ha llegado, ¿no te parece?

—¿Qué secreto?

—Bueno... —dijo con menos aplomo—. Sabemos que tenéis el cuaderno de Guillermo. Él descubrió cómo activar el grial. Cómo iluminarlo del mismo modo que hizo Viñas. Con que nos lo entreguéis será suficiente.

—No lo tenemos.

—¡Oh, vamos! —gruñó Johnny, hurgando en mi mochila y sacándolo un momento para que lo viera—. Ya no nos engañas.

Bajé la cabeza, derrotado.

—¿Y Pau? —murmuré, viéndola todavía inconsciente—. ¿Por qué la habéis traído? ¿Y por qué habéis atacado a la profesora Alessandra? Ella no tenía nada que ver con esto. Además —tragué saliva—, si lo que queréis es vuestro grial, os bastaba con cogerlo de la catedral de Valencia.

—Joder, Parcival. Dicho así parece fácil...

—No lo comprendes aún, ¿verdad? —lo atajó Luis entre dientes—. A nuestro jefe no le gusta dejar cabos sueltos.

56

Diarios del Grial
Entrada 8. 5 de agosto. 23.03 h
Invitado

Estimada Pau:

¿Dónde diablos os habéis metido?

¿Por qué no respondéis a mis llamadas?

He intentado localizaros en el móvil y en vuestro hotel de Barcelona. Es una emergencia, pero ni David ni tú respondéis. También he mandado varios mensajes a Luis y a Johnny al móvil y deben de tenerlos apagados o sin cobertura como vosotros.

Soy Ches.

Doña Victoria ha sufrido una recaída. Se encuentra mal. Habla de cosas inconexas. Parece ida.

Después de que os enviara su último mensaje, hemos salido a tomar alguna cosa. Cuando estábamos en plena calle buscando un lugar para cenar ha empezado a sentirse indispuesta y se ha desmayado.

Estoy asustada, Pau.

Don Arístides insiste en que debemos regresar a Madrid de inmediato. De hecho, ahora mismo os escribo desde la salita de espera del hospital al que la hemos traído. El director del Museo Diocesano ha entrado con ella porque conoce a los médicos que están de guardia, y estoy a la espera de que me digan algo.

¿Qué hago?

Por favor, si alguno de vosotros lee esto, llamadme. ¿Lo haréis?

Al diablo con el duelo a textos. Esto es grave.

Besos.

DÍA 7

La montaña artificial

57

«¿Adónde nos llevan?»

En cuanto la furgoneta enfiló una autopista casi sin tráfico y con hileras de naves industriales a ambos lados de la vía, tuve la certeza de que no nos iban a trasladar al centro de Barcelona. El acelerón que vino después confirmó mis temores. Con un nudo en la garganta vi pasar a toda velocidad carteles de las poblaciones del cinturón metropolitano que discurre entre la Ronda del Litoral y la A2, comprobando cada vez más desconcertado que no nos desviábamos hacia ninguna de ellas. El Prat, Esplugues, Cornellà... fueron quedando atrás. Aturdido, traté de despertar a Pau, que seguía desmadejada a mi lado, con una expresión ausente instalada en el rostro. Necesitaba saber que estaba bien. En mi interior se mezclaban confusos nuestros abrazos de horas antes con el vértigo de haber caído en una trampa mortal, pero también en un sopor que me impedía actuar.

«*Eros* y *Tánatos*», pensé incapaz de mover un músculo.

Amor y muerte.

Por desgracia lo olvidé todo en cuanto Johnny me dio de beber algo que sabía a polvo. Fue una nueva dosis de somnífero. El paisaje comenzó a desdibujarse otra vez como si fuera un cuadro de Monet y antes de que pudiera protestar, mis ojos ya habían renunciado a interpretar dónde estábamos y qué hacíamos allí.

A partir de ese instante mi memoria contiene sólo escenas rotas, algunas absurdas, hechas jirones.

Lo único que sé es que dolorido, mareado y con la garganta áspera, me desvanecí. Y que las siguientes horas fueron de un duermevela inquieto, apenas alterado por las curvas de algún tramo en medio de ninguna parte y por breves episodios de una lucidez vidriosa. En ese tiempo las voces de mis captores sonaron como ecos lejanos e indescifrables que me llenaron de confusión y temor.

Salazar y Bello discutieron. Eso lo recuerdo.

Hablaron de nosotros.

Tuve la impresión de que el informático estaba algo sobrepasado por los acontecimientos y de que no debía de estar muy acostumbrado a aquel alarde de violencia. Luis, en cambio, parecía saber exactamente lo que se hacía.

Mi nebulosa sólo empezó a clarear bien entrada la noche. Podría jurarlo porque oí las señales horarias en la radio y me sorprendió que fuera tan tarde. «Son las dos de la madrugada, una hora menos en las islas Canarias. Servicios informativos de Radio Nacional de España...»

—Llegaremos enseguida —anunció el director de orquesta subiendo el volumen del receptor.

Me froté los ojos, estiré las piernas como pude y, envuelto aún en el eco de las frases que había oído antes de caer dormido, hice un discreto esfuerzo por averiguar dónde estábamos.

«A nuestro jefe no le gusta dejar cabos sueltos.»

«Ahora comprendo por qué el Oscuro sigue tus pasos.»

«A partir de ahora necesitarás esto.»

«¿No te parece una solución demasiado drástica?»

«Ellos se lo han buscado.»

La carretera se iluminó de repente.

La hilera de infinitas farolas que alumbraba la autopista me dejó ver un cartel enorme, fugaz y azul.

«¡¿Madrid?! —Me espabilé—. ¡¿Nos han traído de vuelta a Madrid?!»

Pero no dije nada.

Luis Bello condujo hasta el centro de la capital. Recorrió

la calle María de Molina hasta girar en Serrano rumbo a la Puerta de Alcalá. Pese a que era noche cerrada, reconocí el barrio enseguida. Mi hotel estaba cerca, a un tiro de piedra de la casa de doña Victoria. Dejamos atrás la boca desierta de la calle de Velázquez y tras enfilar el inicio de la calle O'Donnell nos detuvimos a sólo unos metros del solemne acceso del Paseo de Coches del Retiro.

—¡Bájalos! —ordenó seco.

El informático obedeció sin chistar. Se apeó del vehículo, se mesó la barba y de visible mala gana abrió la puerta corredera. Paula se tambaleó, musitó algo ininteligible y se dejó caer sobre él. Estaba mareada. Cadavérica. Retemblaba de frío. Al incorporarse noté su mirada vidriosa y suplicante. Dios. En ese momento me sentí una criatura despreciable. Mi cuerpo seguía incapaz de obedecer órdenes y mi mente estaba tan turbia que era imposible que urdiera nada útil para sacarnos de allí.

Luis Bello cerró su puerta y me ayudó a desabrocharme el cinturón. Parecía exultante. Sus gestos denotaban una determinación muy superior a la de su compañero. Miraba a todas partes con las pupilas dilatadas de excitación y su abrazo —el que sentí al desasirme de la furgoneta— me pareció de una robustez sobrenatural.

En cuanto Pau y yo conseguimos enderezarnos, entre ambos tomaron nuestro equipaje del maletero y nos escoltaron hasta la entrada del parque. Tras atravesar no sé cómo la verja del recinto, nos encaminamos hacia las puertas ojivales de la montaña artificial. Su estructura más olvidada tenía a esas horas la puerta central abierta de par en par. Me resultó extraño verla así.

—¡Entrad! —nos ordenó Luis, señalando su oscura boca.

Obedecimos. Avanzamos unos metros colina adentro hasta situarnos bajo una insólita bóveda de piedra. Una profunda desazón se adueñó de mi estado de ánimo. A mi mente acudieron retazos de los dos días y las dos noches que había permanecido encerrado en las cuevas de Dunmore mientras preparaba mi tesis sobre Parménides. El olor a humedad, la sensación de ahogo, de encierro en el lugar que la tradición considera «el más oscuro de Irlanda», regresaron por un instante. Desestimé como pude esos pensamientos y, tras lograr sobreponerme, advertí que la cueva estaba iluminada con unos focos de luz macilenta que conferían al lugar una atmósfera vetusta y húmeda.

Aquel vientre de rocalla debía de llevar mucho tiempo deshabitado. Quizá fuera por los vahos de la infiltración. O por el eco a estancia vacía. El caso es que mi congoja no terminó de desaparecer. Un viejo higrómetro descansaba contra una pila de cajas de madera carcomidas por los años, gritando que allí el tiempo era una dimensión inútil. Sus agujas llevaban vidas sin ajustarse, olvidadas como los útiles de jardinería y los sacos de semillas cubiertos de polvo y telarañas que estaban a su lado.

En cuanto nuestra vista se acostumbró a esa nueva claridad distinguimos además una silueta humana.

Pau y yo nos miramos.

Era la figura de un maniquí de brazos largos e intimidantes. Una sombra que también parecía llevar siglos olvidada bajo tierra.

—¡Ah! ¡Los duelistas! —Se movió. Por un instante pensé que «aquello» era cosa de mi imaginación—. ¡Bienvenidos a la verdadera montaña artificial!

No me pasó inadvertido el sobresalto que sacudió a Paula.

—¿Inspector... De Prada? ¿Usted? —Dudó al reconocer a quien acababa de saludarnos.

Me sorprendió que pudiera hablar.

—No esperaba verla tan pronto, señorita Esteve —le respondió.

Serio, vestido de negro de la cabeza a los pies, De Prada debía de llevar un buen rato aguardando a oscuras. El chasquido de su mechero retumbó en la bóveda llenándolo todo de volutas de humo y aroma a tabaco. Aquel rostro cerúleo, enfermizo, dio dos caladas a un cigarro grueso y nos escrutó con una severidad heladora. Durante unos segundos no dijo nada. Sólo nos miró, seguramente satisfecho de nuestra penosa situación. Fue entonces cuando dio la orden de que nos hicieran sentar en unas sillas de plástico dispuestas en un extremo del recinto.

Luis se ocupó de Paula. Lo vi atarla dando una doble vuelta de cuerda a su cuerpo, cerrándole un nudo alrededor de las muñecas. Johnny, en cambio, se limitó a resoplar a mi espalda imitando con torpeza la misma operación.

—No quisiera que se llevara una mala impresión de mí, señorita —oí susurrar a De Prada, que se había situado frente a ella como el lobo ante Caperucita—. Hoy es un gran día para mí. Por eso, si me lo permite, voy a regalarle una confidencia. Tómeselo como un obsequio de despedida.

Pau intentó reaccionar. «¿Despedida?» La cabeza se le había caído otra vez sobre el pecho, agotada por el esfuerzo de caminar bajo los efectos de la droga. Al fin, un hilo de voz surgió de su garganta.

—Guárdeselo... donde... le quepa —murmuró.

—No sea descortés. —Rio—. Esto le interesa.

—¡Déjela en paz! —le grité.

—Verá, señorita Esteve. —Carraspeó a un par de metros de mí, ignorándome por completo—. En realidad, no soy lo que usted cree. Estoy dentro del cuerpo de un policía, pero no soy uno de ellos. No he venido a salvarla. Yo soy... algo distinto.

Pau levantó la mirada con dificultad, escrutando aquella cara de luna que no parecía precisamente capaz de fantasear.

—En cambio, ya ve, sí fui yo el que, usando estas mismas manos, mató a Guillermo Solís. ¿Me comprende?

El inspector dejó pasar un segundo antes de continuar.

—Maté a Guillermo —repitió con delectación, comprobando cómo calaba en Paula aquella revelación—. Y también a Beatrice Cortil. Se lo digo para que sepa que quitarle ahora la vida a alguien como usted no va a ser un problema para mí.

De Prada profirió su amenaza con una normalidad pasmosa, sin enfatizar una sílaba.

—¿Y qué diablos quiere? —preguntó Pau reaccionando, con cara de asco.

—Oh... —Sonrió—. Es muy sencillo. Tienen ustedes algo que no les corresponde. Ayer, cuando los dejé marchar del museo, las cámaras de seguridad del edificio los captaron recogiéndolo del jardín. La verdad es que me hubiera conformado con arrebatárselo, pero después del espectáculo que dio su amigo en la fuente y de lo que la perturbada de su mentora ha vivido en los Pirineos, no me dejan otra opción que matarlos. Les ha pasado lo mismo que a sus antecesores, ¿saben? Se han aproximado demasiado a algo que no merecen.

—Un momento. —La voz de Johnny Salazar me hizo girar la cabeza hacia el otro lado de la bóveda. Su expresión era de alarma—. ¿Va a matarlos? ¿De verdad va a hacer eso? —El informático estaba de pie ocupando una posición equidistante entre nosotros. Se había agachado para abrir nuestro escueto equipaje y vaciarlo en el suelo, pero ahora, con los brazos caídos, nos miraba con los ojos muy abiertos—. Creía que sólo íbamos a disuadirlos... —murmuró. Tenía el desconcierto esculpido en el rostro—. Usted nos aseguró que su plan era no matar a nadie... y ya van tres.

—Por desgracia, los planes cambian y hay que estar a la altura de las circunstancias —replicó De Prada con un disgusto que hasta parecía sincero.

Johnny se revolvió inquieto. Vi cómo apretaba los puños y se aprestaba a encararse al inspector.

—¿Cambian? ¿Y cuándo han cambiado?

—Ahora, por ejemplo.

Entonces, volviéndose hacia el director de orquesta, Johnny exclamó:

—¡Me prometiste que sólo los íbamos a asustar! Como cuando hace unos días me pedisteis que las intimidara con la moto delante de La Montaña... ¡Y míranos!

Pero Luis Bello ni siquiera se movió. Tuve la impresión de que estaba bajo una especie de trance inducido por la magnética cercanía de De Prada.

—Bello —lo llamó él—. ¿Lo ve? Le dije que un joven como éste sería un estorbo. No me hizo caso.

—Y no lo será, señor —respondió.

—Entonces asegúrese de ello, ¿quiere?

No comprendo cómo en ese momento no saltaron todas mis alarmas. Fue como si estuviera viendo aquella escena en la pantalla de un cine. Luis, impelido por las palabras de De Prada, se acercó como un autómata hasta su compañero y, tras tomar una barra de metal que yacía junto a una de las bocas de la gruta, la alzó por encima de la cabeza. Antes de que Pau y yo nos diéramos cuenta, el respetable director de orquesta lo golpeó en la base del cráneo levantando un eco siniestro que recorrió toda la cueva.

Crac.

Johnny se desplomó.

Un gesto de asentimiento iluminó el rostro del inspector. El cuerpo de Johnny cayó a sus pies, tumbado boca abajo en una postura irreal, en medio de un oscuro charco de sangre que empezaba a desbordarse justo debajo de él.

Pero, como digo, no reaccioné. Y Paula, que estaba aún más aturdida que yo, tampoco.

—¿Quieren saber por qué los maté? —De Prada se volvió hacia nosotros, como si nada de eso hubiera tenido lugar—. El señor Solís y la doctora Cortil llegaron demasiado lejos. Estuvieron a punto de hacerse con la llave de una puerta que no merecían cruzar. En realidad, ningún humano lo merece. Y ustedes, en vez de entender que habían tropezado con algo peligroso y que era mejor darse la vuelta, decidieron seguir sus pasos. Se han acercado demasiado a un fuego que no comprenden. Y lo peor es que pensaban hurtarlo con la intención de, cual nuevos Prometeos, entregárselo a Victoria Goodman para que lo hiciera público en cualquiera de sus libros... ¡Necios!

—¿Qué... qué fuego? —balbucí, tensando por primera vez las cuerdas que me retenían.

El inspector lo vio y se acercó con un extraño deleite.

437

—¡Oh! ¿Todavía no lo entiende, señor Salas? —dijo.

—Explíquemelo... —murmuré.

Julián de Prada rio entre dientes.

—Los humanos tienen una peculiaridad que los hace singulares por encima de otras especies. No sólo son capaces de intuir que existen cosas que escapan del alcance de sus sentidos, sino que además han sido tan hábiles como para ponerlas a su servicio.

No era la respuesta que esperaba. Sacudí la cabeza sin comprender una palabra. Él lo notó.

—Las ondas de radio, el magnetismo terrestre, la gravedad... Nada de eso puede verse ni tocarse —masculló, levantando y girando los brazos hacia la bóveda—. Todo eso es etéreo, invisible a sus ojos, y sin embargo saben que está ahí, modificando sus vidas, alterándolas. Pues bien, lo que sus compañeros descubrieron fue algo parecido. Tropezaron con un campo de fuerza que cuando se alinea adecuadamente con la frecuencia del cerebro humano es capaz de conectarlo con lo Supremo. Con la fuente inagotable de las ideas superiores. Ese campo de fuerza lleva siglos encendiendo conciencias de modo accidental. Mi misión, y la de los míos, es impedir que demasiadas de ellas desequilibren un sistema como el de la Tierra donde impera la oscuridad. Así de sencillo.

Sin imaginar adónde quería llegar con aquel discurso, di un nuevo tirón a las cuerdas. La única idea que en ese momento cruzaba obsesivamente mi cabeza era la de escapar de allí y llevarme conmigo a Pau. La brida me estaba lacerando las muñecas y el dolor empezaba a despejarme a gran velocidad.

—¿Y por eso va a matarnos? ¿Por algo que nadie ve? —protesté.

—Oh, vamos. No dramatice, señor Salas. La muerte no es tan mala como cree. Le damos demasiada importancia a una circunstancia que es tan natural y en el fondo tan vulgar como la vida. ¿No opina lo mismo? Digamos que sólo van a apearse de ella. Van a liberarse del cuerpo que los tiene prisioneros. Y lo harán antes de que puedan poner la mente de otros congéneres suyos en peligro. La luz, como las sombras, es algo que se propaga muy rápido. ¿Se imagina los efectos que tendría un libro de Victoria Goodman en el que desvelara que dentro de cada uno de sus lectores se esconde una fuente inagotable de iluminación con la que se puede sintonizar a voluntad? ¿Sabe la cantidad de almas oscuras que se han disuelto cada vez que algo así ha pasado? ¿No ve lo difícil que ya es detener los efectos de libros como *El cuento del grial*, los de su abuelo, los versos de Parménides o *La lámpara maravillosa*, por ejemplo?

—¿Y qué piensa hacer? —Me removí sin éxito—. No creo que matándonos impida que otros continúen una búsqueda así.

De Prada se acercó hasta donde Johnny había volcado nuestras pertenencias personales, apartándolas con el pie para que no se empaparan de su sangre. Luego, sin decir nada, las esparció antes de agacharse a recoger algo del suelo. Era el cuaderno de Guillermo.

—No puedo impedirlo, en eso tiene razón, pero destruyendo avances como éste puedo retrasar el acceso de otros a esa fuente de conocimiento.

—Es usted un loco.

—No. —Sonrió, guardándose el cuaderno en un bolsillo—. No lo soy. Y tampoco un sádico. De hecho, les he preparado un viaje sin dolor para que se despidan de este mundo.

Paula ahogó un gemido. Un espasmo la hizo reaccionar. Su cabeza se había erguido y sus ojos verdes taladraban a Julián de Prada inyectados de angustia.

El inspector ni se inmutó. Tampoco lo hizo cuando Pau descubrió el cuerpo de Salazar tendido en el suelo.

A un gesto suyo, Luis Bello comenzó a hurgar como poseído en el interior de una pequeña maleta negra que hasta ese momento nos había pasado inadvertida. Era una especie de botiquín de primeros auxilios —seguramente el mismo que habíamos visto en las oficinas del MNAC—, y de él extrajo un par de recipientes de contenido traslúcido y una jeringuilla.

—¿Qué... qué es eso? —tartamudeó Pau.

—Insulina en una concentración lo bastante alta como para provocarles un sueño dulce —respondió como si aquella solución lo complaciera.

—Un asesinato químico...

—... e indetectable —musitó De Prada, atento a cada movimiento de su cómplice—. Pero no se preocupe: ya le he dicho a su compañero que no habrá dolor. Sólo sopor. En unas horas los encontrarán muertos en el mismo lugar que a Guillermo Solís. Será inevitable que todo apunte a un crimen de su querida Victoria Goodman. ¿Para qué cree si no que los he traído de vuelta a Madrid? En cuanto la policía ate cabos y relacione sus muertes con las de Guillermo y la doctora Cortil, se verá implicada en tal vorágine que dudo que pueda escribir un libro más.

—¡Suéltenos! —Me removí hasta casi caerme de la silla—. ¡No puede hacernos eso!

Pero De Prada desoyó mis súplicas y le hizo un gesto a Luis para que se acercara. Pau zarandeó también su silla. Tenía los ojos humedecidos de rabia y una mueca de desgarro dibujada en el rostro.

El rictus de Julián de Prada se ensombreció.

—Si hubiera hecho caso a lo que Luis le señaló una y otra vez, y hubiera ido tras la copa de Valencia o de cualquier otra reliquia parecida, no estaría ahora aquí —dijo, mirándola—. Pero no. Decidió dar cabida al otro grial. Al que se esconde detrás del tópico. A ese con el que Victoria lleva tanto tiempo obsesionada por culpa de su testarudo abuelo, señor Salas.

—Se volvió hacia mí—. El mismo que ayer acarició al fin en Santa Cruz de la Serós... Cámbiele el nombre y lo comprenderá. No lo llamen más «grial». Llámenlo «visión». Su abuelo lo entendió —añadió.

«¿Mi abuelo?»

—El ilustre José Roca. —Silabeó su nombre con delectación—. Sí. Su abuelo fue de los pocos que me reconocieron.

Sentí un ligero mareo. Una náusea se me instaló en la boca del estómago.

—También usted ha pecado de torpeza —me recriminó—. Su abuelo intentó hablarle de mí varias veces. Usted era muy joven y al final los miedos absurdos de su antepasado le impidieron ilustrarlo sobre mi naturaleza.

—¿Qué está diciendo?

Una sonrisa malévola iluminó el rostro de De Prada.

—Que debería haber sido más listo, señor Salas. En vez de revelarle quién soy yo sin ambages, su abuelo decidió preparar a su prometedor nieto empleando sutilezas. Supongo, corríjame si me equivoco, que le llenó la cabeza de fantasmas, de cuentos acerca de sombras negras que se aparecen a los creadores en su peor momento... Todo eso fueron sólo medias verdades para advertirle sobre mí. Eufemismos. Parches para evitar hablarle de lo que había descubierto. ¡Y usted no se dio cuenta!

Le sostuve la mirada sin imaginar el mazazo que estaba a punto de asestarme.

—¿Recuerda el día que le regaló *El forastero misterioso*? —El escalofrío que sentí en ese instante hizo que temblara hasta la silla—. Dígame, ¿lo recuerda?

Su pregunta me paralizó.

—No se sorprenda, señor Salas. Ese día lo puso sobre aviso por primera vez. Ese forastero, sin ir más lejos, es la metáfora perfecta de lo que yo soy.

Julián de Prada se inclinó entonces sobre mí, y me susurró al oído:

—¿Y no se ha dado cuenta aún de que yo también fui la sombra que torturó a Valle-Inclán cuando decidió escribir *La lámpara maravillosa*? No ponga esa cara. Estuve tras él, intentando apagar su luz. En realidad, los he merodeado a todos, saltando de cuerpo en cuerpo, poniendo obstáculos a sus procesos creativos. Sin embargo, señor Salas, ninguno supo ponerme nombre hasta que su abuelo me encontró el día en que decidió hacerse escritor. Él descubrió lo que soy en realidad. Un devorador de sueños que merodea allá donde surge una mente brillante. Un arquetipo. La encarnación de la más vieja pesadilla humana. Alguien que se parece mucho a ustedes pero que, en verdad, no pertenece a su mundo. Naturalmente... —detuvo un instante su discurso— su abuelo intentó rehuirme. Luego descubrió que Mark Twain también había tratado conmigo y se le ocurrió desenmascararme, como éste hizo en su lecho de muerte. Pero dejarle hacer eso, permitirle que hilvanara otra obra sobre mí, hubiera sido muy mala idea. Así que, para impedirlo, lo seguí hasta su último escondite. Irlanda. Y allí, mientras lo espiaba, lo conocí a usted. Todavía era un niño cuando lo vi por primera vez.

«¡No es verdad!», pensé.

Iba a protestar cuando regresaron a mí las imágenes de mi visión junto a la fuente de Montjuic.

—No soy un demonio, señor Salas. Soy... —dudó— una energía que no puede morir. Una mente sin cuerpo fijo varada en los pliegues del tiempo. Una amarga singularidad. Un egrégor de lo oscuro. Un tulpa. Un pensamiento que a veces necesita tomar forma para que la luz no avance demasiado. Yeats nos llamó...

—Frustradores —acoté.

—Eso es.

—Pero usted intentó hacer daño a mi abuelo... —repliqué dubitativo, recordando el incidente de Dublín en el que el abuelo José me mostró al *daimon*.

—Sólo intenté evitar que le hablara de nosotros.

Miré a De Prada desconcertado, incapaz de decir nada.

—¡Oh! —Se llevó las manos a su cabeza rasurada—. Pero ¡qué torpe es usted! ¿Aún cree que fue un capricho de su abuelo obligarle a estudiar a Parménides? ¿O que su madre lo enviara con Victoria Goodman, su más fiel discípula y perseguidora mía, en cuanto terminó su tesis? Su familia tiene despierto el gen de la creatividad. Ellos sabían que tarde o temprano se despertaría en usted y se las vería conmigo. Por eso se empeñaron en prepararlo. Pero si ahora acabo con su vida y con las del grupúsculo de lady Goodman —se relamió—, la línea de los que saben de nuestra existencia se interrumpirá.

Aquellas palabras ensombrecieron mis pocas esperanzas de salir con vida de allí. Su negrura se aferró a mi garganta, haciéndome doloroso incluso respirar.

—Su abuelo se percató de que usted podría completar su tarea cuando a él le faltasen las fuerzas. Fue un intento astuto, sin duda... —Suspiró, volviendo a caminar en círculos alrededor de mi silla—. Usted posee la habilidad de ver la luz de forma natural. Puede conectarse con la fuente de las ideas. Tiene el mismo don que él..., y se dio cuenta.

—El cuenco luminoso... La Font Màgica... El grial... Todo eso no son sino metáforas construidas en épocas distintas para referirse a ese don. Es eso, ¿no? —balbució Pau, interrumpiéndonos.

De Prada asintió, volviéndose hacia ella sorprendido.

—Muy bien, señorita. Celebro que lo comprenda al fin. —Pero luego, encarándose conmigo, continuó—: Durante siglos esa vía de acceso a las ideas supremas se ha guardado como un verdadero tesoro, disfrazándola tras tantas capas como ha sido posible. Su abuelo la intuyó en las ceremonias iniciáticas de los seguidores de Parménides y por eso lo abocó a usted a estudiarlas. Pero también sabía que se custodiaban en casi cualquier disciplina o reducto que implicara recogimiento, quietud y aislamiento.

De Prada se detuvo ahí. Echó un vistazo a su alrededor como para asegurarse de que todo estaba a su gusto. Miró el reloj y comprobó que faltaban sólo quince minutos para las cuatro de la madrugada. Contempló el cuerpo inerte de Johnny. Nos miró. Y entonces, con un deleite morboso, remató su discurso.

—No se preocupen. Ahora ustedes accederán a la incubación perfecta... La muerte. Ella despejará todas sus dudas.

Luis Bello se había acercado a él con una jeringuilla en la

443

mano. En su rostro se dibujaba la misma excitación de su amo.

—Listo, señor.

—Fabuloso —asintió De Prada—. Dicen que antes de abandonar este mundo se experimenta la visión del verdadero grial, su luz nutricia y absoluta.

Los condenados nos removimos en nuestras sillas, pálidos de terror.

—Cosa de gran virtud es prepararse para el buen morir. Proceda —ordenó al director de orquesta—. La hora ha llegado.

58

Lo que pasó a continuación lo recuerdo de un modo todavía más fragmentario si cabe. Quizá fue por el pánico que me invadió. O quizá por culpa del último latigazo de las drogas que nos habían inyectado.

Creí ver a Luis Bello acercarse a Pau y desatar uno de sus brazos. Lo estiró cuanto pudo hasta dejarlo inmovilizado y la miró a los ojos. Su rostro ladeado, hermoso pero rendido, semejaba el de la *Piedad* de Miguel Ángel. También recuerdo que con aquel movimiento el tatuaje de su cuello quedó al descubierto durante un instante, y que nadie se fijó en él. Su diseño era, en efecto, idéntico al del colgante que Alessandra me había dado antes de ser asesinada. Entonces, con una pericia macabra, Luis palpó la zona interior de su axila izquierda buscando un pliegue donde el pinchazo pasara inadvertido. Lo encontró y, sin decir nada, le clavó la aguja hasta el fondo.

Pau ni siquiera gritó. Se limitó a abrir sus enormes ojos verdes, inspiró profundamente y me dirigió una última sonrisa.

—¡No te rindas! —voceé con los ojos anegados en lágrimas—. ¡No te...!

Pero no sé si pudo oírme.

Dócil, dejó que la insulina hiciera efecto mientras su mirada extraviada resbalaba ya sin brillo sobre mi pecho, hasta posarse en el talismán ensangrentado que aún llevaba colgado del cuello. Fue como si quisiera decirme algo. Algo que fui incapaz de entender.

—Adiós, Parcival —gruñó victorioso Julián de Prada, ajeno a mi desconcierto, mientras repetía el mismo ritual con mi brazo para que Luis lo pinchara.

—¡Váyase al infierno! —chillé al sentir que la aguja hipodérmica penetraba en mi carne.

—Descuide —refunfuñó siniestro—. Ahí terminaremos todos.

Y mientras notaba cómo me ascendía un calor intenso por el cuello y la oscuridad se cerraba sobre mi conciencia, me asaltó la certidumbre de que mi vida iba a extinguirse allí.

Todo estaba llegando a su fin.

Todo.

Diarios del Grial
Entrada 9. 6 de agosto. 03.45 h
Invitado

¿Dónde estáis?

¿Es que nadie consulta ya este maldito foro?

No puedo creer que aún no haya contestado nadie a mis llamadas ni al último mensaje.

Acabamos de llegar a Madrid. Al final don Arístides se ha empeñado en venirse con nosotras por si necesitábamos algo. Por suerte, después del último desmayo, doña Victoria ha hecho casi todo el camino dormida y ahora que la hemos subido a su apartamento ha empezado a espabilarse.

Ahora dice que quiere salir de casa. No deja de asomarse a la ventana. Farfulla todo el rato. Dice que debe reunirse con vosotros cuanto antes. Que tiene algo que contarnos... ¿Y cómo le digo yo que no sé dónde diablos estáis?

Por favor: si leéis esto o veis mis whatsapps, poneos en contacto conmigo enseguida. Es urgente.

No creo que un viejo director de museo y yo podamos contenerla mucho más tiempo.

De repente, en medio de la negrura absoluta, llegó un pensamiento que me costó reconocer como propio.

«¿Y si la muerte no fuera el fin?»

Y después otro.

«¿Y si cada fin fuera al tiempo el principio de algo nuevo?»

Y a continuación uno más.

Uno irracional. Sin palabras. Una imagen.

Era el relieve que adornaba la medalla que me había entregado Alessandra ante la tumba de Francesc Viñas. El «Signo de los Ocho».

Era el mismo símbolo que había vislumbrado sin reconocerlo en el cuello de Paula la noche que me llevó a la montaña artificial y del que entonces no quiso hablarme. De hecho, el mismo que había visto en aquel folio dedicado en el que Valle-Inclán elogiaba a mi abuelo. ¿Y acaso no se parecía también a lo que doña Victoria había contemplado en su visión en aquel camarín de La Serós? ¿O a las extrañas letras que, como lámparas votivas, colgaban a ambos lados del pantocrátor de San Clemente de Tahull como caídas del cielo?

Pau.

El abuelo.

La montaña.

La visión del grial.

Su primera representación pictórica.

Los frustradores.

Estaba comenzando a atravesar la laguna Estigia —el misterioso interregno que separa la vida de la muerte— y mi último atisbo de conciencia acababa de tropezar con un hilo más del que tirar.

Todo estaba relacionado... y empezaba a comprenderlo en ese momento.

Quizá debería haber supuesto que en la boca del mundo de los muertos la lógica se trastoca. Allí ese «todo» se antoja tan perfecto como la geometría del círculo. La existencia se convierte en un diseño de Escher. No existen zonas de sombra ni espacio para la duda. Cada pieza encaja en su lugar. Tampoco allí hay hueco para las emociones. El ansia, la curiosidad, el anhelo, la nostalgia, el dolor, el deseo o el apetito se revelan como algo remoto y primitivo, insustancial para mi nuevo estado. Los límites de lo que significa estar vivo se difuminan. Al dejar de importar el continente que encierra nuestra conciencia, todo se reduce a pura energía. A algo sutil y ligero como el aire...

Eso es el alma, comprendí.

El ἄνεμος de los griegos. Y *anemos* significa «soplo», «viento».

La idea me hizo perder cualquier afán de resistencia.

La rabia se esfumó.

También la pena por ver truncada mi existencia en la flor de la vida o la nostalgia por perder para siempre a Pau.

Morir no me pareció tan terrible después de todo. De Prada tenía razón. De hecho, estaba resultando algo sorprendentemente simple. Algo así como caer en un sueño intenso y profundo en el que todo está en paz, todo se encuentra donde debe estar. De algún modo, aquello se parecía mucho a dormir. «Los griegos lo sabían», pensé. Creían que Tánatos —el dios de la muerte— era el hermano gemelo de Hipnos, la divinidad del sueño.

Pero entonces llegó.

Y no estaba preparado.

La verdadera muerte me alcanzó en cuanto la visión del

símbolo de la medalla —donde vi por primera vez un alfa y una omega engarzados— se esfumó. Comprendí que el torrente sanguíneo había arrastrado una cantidad insultante de glucosa hasta el cerebro y que mis neuronas eran ya incapaces de hacer llegar sus órdenes a los órganos vitales para pedirles que siguieran funcionando.

El corazón se detuvo. Lo noté.

Sencillamente enmudeció.

La sangre dejó de fluir y el aire ya no volvió a henchir mis pulmones.

Lo que experimenté al detenerse un órgano tras otro fue angustia. Incertidumbre. Y también una negrura impenetrable. Sorda. Espesa. Más tarde, como surgido de la nada, llegó un súbito fulgor. La noche que se había aferrado a mis entrañas se hizo día de repente. Como si la última de las partículas de mi cuerpo sintiera la presión que la muerte ejercía sobre el resto y estallara liberando una energía impensable. Aquello fue un *big bang* en toda regla. Al levantar la cabeza, lo último que vi fue cómo la cúpula de piedra de la montaña se volatilizaba para dar paso a la luz cálida y densa que cayó sobre mí desde las alturas, cegándome.

Si hasta ese momento había imaginado mil veces que mi primer segundo en la otra orilla sería oscuro y frío, lo que experimenté fue todo lo contrario: una sensación de ardor recorrió por última vez mi cuerpo lanzándome sin piedad hacia abajo, mientras todo desaparecía.

No resulta fácil describir esta catarata de sensaciones, pero fue como si un mundo más real que la realidad comenzara a abrirse bajo mis pies.

Y entonces, tras la ceguera, llegó el arrebato.

Los antiguos místicos desarrollaron un vocabulario nuevo para referirse a algo que hasta ese instante me había sido ajeno. De golpe comprendí por qué la escatología cristiana hablaba con tanta vehemencia de las lenguas de fuego que iluminaron a los apóstoles, de la «apertura de los sellos» o de la resurrección. Lo que sentí fue la certeza de que estaba naciendo, renaciendo, resucitando acaso de una existencia en la que había estado muerto creyendo estar vivo.

El torrente que me empujaba a mi nuevo no-tiempo fue abrumador. Percibí un vértigo infinito. La sensación de que algo muy denso, muy profundo, estaba precipitándose dentro de mí arrastrándome hacia una sima infinita. Es un decir, claro, porque yo ya era consciente de que no tenía cuerpo. Palabras como *dentro* o *fuera, arriba* o *abajo, yo* o *mío* empezaron a perder todo el sentido.

Fue entonces, en medio de esa caída, cuando sobrevino lo más increíble de todo: la elevación.

En este caso, el término es el justo.

Algo —una fuerza invisible, envolvente— me succionó del interior de la montaña artificial y sacó al exterior mi conciencia, liberándome de todas las ataduras y alzándome de aquel pozo. Vi mi cadáver maltrecho atado a la silla, con la cabeza desplomada sobre el pecho. Y también el de Paula. Los dos me parecieron cáscaras huecas por las que no sentí ya ningún aprecio.

Sin poder detenerme remonté la cúpula, los castaños, los abetos y los olmos que habían plantado en sus laderas, descubriendo con estupor que aquéllas eran criaturas vivas, con su propia inteligencia, con las que habría podido detenerme a conversar si aquella potencia que me empujaba me hubiera dado alguna tregua. Pero no fue así.

Cuando estaba a setenta u ochenta metros sobre el parque, gravitando bajo un mar de estrellas con las que también hubiera podido hablar, me di cuenta de que mi capacidad de visión se había afinado. Mis ojos habían dejado de ser las torpes ventanas de un sentido que había estado trabajando a la mitad de su capacidad desde que nací. Fue como si de pronto no hubiera nada invisible para ellos. Como si además de lo tangible, a partir de ahora también fueran capaces de ver las relaciones íntimas que existían entre las cosas. Las formas de la naturaleza, la geometría de los edificios que circundaban el parque, las esencias metálicas, vegetales, cristalinas, biológicas o minerales de cuanto me rodeaba tenían la capacidad de comunicarse entre sí haciendo que todo cobrara una lógica que me había pasado desapercibida.

Y admirando todo aquello, de pronto algo reclamó toda mi atención.

Las palabras que don Arístides, el nuevo amigo jaqués de doña Victoria, había pronunciado frente al crismón de la catedral de Jaca y que ella había escrito en nuestro foro brotaron de alguna parte:

«La cercanía del verdadero grial se anunciaba en la Edad Media con este símbolo —oí con toda claridad, visualizando la rueda esculpida en el tímpano del acceso principal a la primera catedral de la península Ibérica—. Los leones representan las fuerzas opuestas, visibles e invisibles, que combaten para que jamás lo encontremos... o, por el contrario, para que una vez conquistado gocemos de él por toda la eternidad.»

No sé por qué lo hice, pero el caso es que, suspendido como estaba sobre la vertical de la montaña artificial, bajé la mirada hacia el lugar en el que acababan de darme muerte... Y lo vi.

Por todos los diablos. ¡Lo vi!

Bajo mis pies, a la izquierda del túmulo, a unos seis o siete metros de su falda sur, distinguí el perfil abrupto del ábside truncado de la iglesia medieval de San Isidoro. Visto desde mi posición recordaba a una herradura. Había paseado varias veces cerca de ella en los días anteriores con la vaga esperanza de encontrar el rastro perdido de algún crismón..., sin resultado. Esos muros no tenían nada de especial. De hecho, incluso su ábside estaba mal orientado. Al trasladar aquellas ruinas hasta allí sólo para dotar al parque de un rincón romántico, alguien había cometido el error de apuntarlo hacia mediodía en vez de hacia el este, como se hacía en la Edad Media.

O eso pensé al explorarlo.

Ahora acababa de descubrir que tal error no existía.

Quienquiera que fuese el que plantó allí aquella iglesia lo hizo para señalar otra cosa.

Justo a los pies del ábside, trazado en el suelo, un enorme, perfecto y geométrico crismón de ocho radios marcaba el lugar. Y su eje más largo señalaba inequívocamente a la montaña artificial.

«Deja que tu alma vuele», recordé maravillado.

Y eso era exactamente lo que estaba haciendo. Volar.

Absorto, contemplé la perfección de aquella marca. Algo me decía que había estado allí siempre. Desde la época en la que Fernando VII plantó un castillo sobre la montaña, seguramente para admirar aquel crismón desde sus torres hoy desaparecidas.

«¡Dios! ¡Ha estado todo el tiempo delante de mí! ¡Eso es!», pensé alborozado contemplando aquel ónfalos.

Y el corazón —o mejor, el alma— me dio un vuelco.

La obra de jardinería, con sus senderos partiendo alrededor de una fuente de piedra en forma de cuenco —¡piedra!, ¡cuenco!—, se me reveló como una señal griálica indubitable. Tenía ocho radios. La marca de los ocho antiguos caminos al grial. Y por si fuera poco, en la base octogonal de piedra alguien había inscrito con acierto los nombres de ocho poetas. Como si sólo ellos —en representación de todos los que en el mundo lo han sido— merecieran abrir las vías hacia el verdadero grial, que no es otra cosa sino la fuerza creativa que vive en cada uno de nosotros.

El abuelo debió de haber comprendido la metáfora al subirse a aquellas viejas almenas. Y también Valle-Inclán. Por eso se sintieron tan atraídos por aquella montaña hueca con dos leonas a los flancos, que protegían el lugar como hizo el viejo crismón de Jaca, a cuatrocientos cincuenta kilómetros y ocho siglos de distancia de allí.

Pero en aquel éxtasis febril de deducciones encadenadas, todavía advertí algo más: que las ventanas de la otra Montaña Artificial, la escuela de doña Victoria, las del aula donde ella impartía sus lecciones, daban exactamente a esa glorieta. Y que desde su altura vigilaban con comodidad el crismón trazado sobre el suelo. De algún modo, ellas habían sustituido a las torres del castillo.

¿Cómo no nos habíamos dado cuenta ninguno antes?; la pregunta me hizo sentir otra punzada.

¿Cómo era posible que doña Victoria Goodman nos hubiera enviado a buscar el grial —o la iluminación interior, o el mecanismo para lograrla— en libros y pinturas, en museos e iglesias tan alejados de allí, teniendo el acceso al mismo tan cerca?

¿Es que acaso necesitamos siempre buscar lejos esa luz para percatarnos, extenuados o quizá muertos, de que siempre la tuvimos dentro?

¿No fue eso lo que le pasó a lord Byron al final de su búsqueda del amor perfecto? ¿O a don Quijote? ¿O a Ulises? ¿O...?

¿Era esa luz interior, al fin, la única respuesta posible a la pregunta que un día le formulé al abuelo sobre el lugar del que vienen las ideas?

Algo estaba diciéndome que así era.

Lo triste —pensé en un gesto postrero de resistencia, justo al oír la puerta de la muerte cerrarse tras de mí de un golpe— era que hubiera tenido que perder hasta el último gramo de vida para darme cuenta de ello.

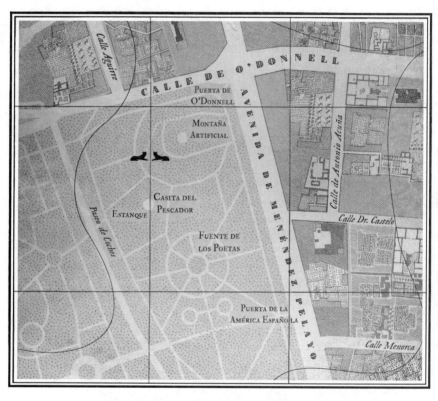

Allí estaba. Junto a la montaña artificial del Retiro,
el crismón de ocho radios con un cuenco de piedra en el centro
que sólo puede verse desde el aire

EPÍLOGO
—

Aquello no fue la puerta de la muerte. Fue un disparo.

Yo no lo supe hasta setenta y dos horas más tarde, cuando amanecí en una habitación pintada de amarillo en el hospital Gregorio Marañón de Madrid, con el brazo derecho conectado a un gotero y el corazón latiéndome más fuerte que nunca. En ese momento no era consciente aún de que acababa de dejar atrás un coma en el que la vida —y en especial en los siete últimos días descritos en estas páginas— había decidido desfilar ante mí y darme la oportunidad de comprender lo sucedido.

Cuando abrí los ojos, la enfermera que me atendió dijo que habíamos tenido mucha suerte. Que la señorita que estaba recuperándose en la habitación de al lado y yo podíamos dar gracias a Dios de no haber terminado como el otro chico, el que habían hallado muerto en la montaña. Y que estábamos vivos gracias a la oportuna intervención de un héroe.

«¿Un héroe?»

La miré aturdido, sin decir nada, con la esperanza de que precisara aquello.

—Un héroe, señor Salas —asintió con gesto emocionado.

—¿Qué... qué día es hoy? —pregunté vacilante.

—Lunes. Lleva usted aquí desde el viernes.

—¿Y Pau está bien? ¿Puedo verla?

—¿Paula Esteve? —respondió abriendo el portafolios que llevaba bajo el brazo, como si buscara su nombre en una lista—. Sí. Está bien. Todavía se encuentra bajo los efectos de la sedación. En cuanto despierte, lo avisaré.

—Gracias —respondí—. Estoy un poco confuso...

—Es normal —concedió, escrutándome con sus enormes ojos grises—. Debe descansar.

—No sé qué ha pasado.

—Ya se lo explicará la policía cuando puedan hablar con usted.

Supongo que lo dijo para tranquilizarme, pero lo único que consiguió fue inquietarme un poco más.

—¿La policía...?

—No se preocupe. Aquí está a salvo. Su héroe ha estado preguntando por los dos todo este tiempo. Parece tener un interés particular en usted.

Levanté los ojos y la miré. Era la segunda vez que lo mencionaba, así que le pedí que me aclarara de quién se trataba. Mi memoria reciente era incapaz de ubicarlo.

—Bueno... —Levantó una ceja, dubitativa—. Se trata de un hombre distinguido, ¿sabe? Algo mayor. Con el pelo blanco, barba corta bien cuidada, gafas de alambre, voz áspera... ¿Le resulta familiar?

Negué con la cabeza, aún más desconcertado si cabía.

—¿No sabe cómo se llama?

—Pues no. —Sonrió, encogiéndose de hombros—. Aunque, la verdad, tampoco se lo he preguntado.

No supe qué más pedirle. Aún me dolía todo el cuerpo y tenía la mente algo abotagada. La enfermera me escrutó como si fuera una pequeña criatura marina atrapada en una red, compadeciéndose de mi zozobra.

—Oh, vamos. Anímese. Le gustará saber que ese valiente entró en el recinto donde los encontraron a usted y a su amiga y abrió fuego contra sus secuestradores, poniéndolos a la fuga —dijo.

Sentí que algo se helaba dentro de mí.

—¿Abrió fuego? ¿Iba armado?

—Sí —confirmó satisfecha ante el efecto de sus palabras—. No sé si hirió a alguno, pero al menos consiguió que huyeran. Les salvó la vida, créame.

Ignoro qué cara debí de poner, pero su convicción no hizo sino alarmarme. Después de lo que había oído decir a Julián de Prada sobre su verdadera naturaleza, me sorprendía que unos simples disparos hubieran podido ahuyentarlo.

«Un hombre con el pelo blanco y gafas de alambre.»

«Voz áspera.»

«Barba corta.»

Aquellos retazos de conversación se quedaron gravitando en mi cabeza durante un instante hasta que comprendí que entre las imágenes de aquella semana se escondía un hombre así. El hallazgo me electrizó. No tenía duda. Había visto a alguien como él, de reojo, en la cafetería San Ginés el día que Luis y Johnny quisieron apartarme de La Montaña Artificial. Y si la memoria no me engañaba, había vuelto a encontrármelo con Pau en el congreso de brujería al que acudimos en busca de la profesora Alessandra. Ese día, por cierto, también oí su voz. Un timbre ronco, seco, casi metálico, idéntico al que acababa de describir la enfermera. Y lo más sorprendente de todo: intuía haberlo tenido cerca también en algún que otro momento, pero no era capaz de precisar cuándo. Ni dónde.

Iba a retirarse mi inesperada confidente de la habitación para llamar al médico e informarlo de que ya estaba despierto cuando la retuve.

—Espere, por favor. ¿Sabe... sabe si va a volver?

—¿El héroe? —La enfermera se mordió con discreción el labio inferior—. Es curioso que lo pregunte, señor Salas. Ayer comentó que seguramente usted no se acordaría de él aunque lo viera. Y eso que, según dijo, impidió también que lo atropellara una moto hace unos días.

—¿De verdad dijo eso?

—Sí. —Entrecerró los ojos, como si calibrara mis facultades mentales—. ¿Tampoco lo recuerda?

Un trueno retumbó entonces en mi cabeza. Una voz ronca que gritaba «¡David! ¡David!» me hizo llevarme las manos a las sienes. No era posible. Aquel retazo de memoria llegó acompañado del golpe que me había sacado de la calzada frente a La Montaña Artificial de doña Victoria. Fue una impresión fugaz. Un destello. Apenas un vislumbre que, al desaparecer, se llevó consigo el poco color que me quedaba en las mejillas. Y el recuerdo de aquel anciano que, desde el otro lado de la calle, me regaló una conmovedora sonrisa.

—Debe descansar. Duerma un poco. —Sus palabras sonaron a ruego.

—Tiene razón.

—Piense que, al menos, tiene usted un ángel de la guarda que lo cuida.

—Un ángel al que no conozco... —lamenté.

—¡Uy! —exclamó de repente, girando entonces sobre sí misma y deshaciendo sus pasos—. Pero ¡qué memoria tengo! El señor dejó algo para cuando despertara. ¿Quiere que se lo dé ahora?

La mujer no vio mi gesto de ansiedad cuando extrajo un sobre cerrado de uno de los cajones de la mesilla y me lo tendió. Yo lo palpé con incredulidad, con una cautela casi supersticiosa, temeroso de romperlo.

—¿Es... para mí?

La enfermera asintió, seguramente calibrando si estaría en condiciones de leerlo.

Examiné aquel sobre de arriba abajo. No tenía nada escrito ni impreso en su exterior. Tampoco había sido franqueado ni mostraba señales de desgaste. Estaba cerrado y lo que fuera que contuviese no abultaba demasiado. Acaso una tarjeta de visita. O una cuartilla doblada en dos.

Al rasgarlo, algo cayó encima del embozo de la cama.

Era una vieja fotografía.

Los ojos grises de mi enfermera brillaron de curiosidad.

—Si no tiene fuerzas aún para verlo, puedo guardárselo el tiempo que haga falta. No quisiera que...

Pero yo negué con la cabeza, ignorando sus palabras e inclinándome sobre la imagen. Lo que tenía delante me dejó atónito. Aquello era una copia de la misma toma que mi madre me había hecho llegar poco antes de que dejara Dublín días atrás. La misma escena familiar en la que se me veía de bebé, posando con los ojos cerrados y una sonrisa beatífica frente a la parroquia de Madrid en la que me bautizaron.

«Pero ¿qué...?»

Me encogí de hombros y renové el gesto de desconcierto. Ella suspiró decepcionada. Por supuesto, no le dije que conocía aquella imagen. Eso habría requerido una explicación demasiado larga y la dejé marchar llena de dudas. Sin embargo, en ese preciso momento, al echar otra ojeada a la escena que tenía en el regazo, me fijé por primera vez en algo que me había pasado inadvertido. No era un detalle menor. Al contrario. Más bien diría que se trataba de algo colosal, enorme. La iglesia del Santísimo Sacramento que figuraba detrás de mis padres —la misma que aún hoy se levanta al principio de la calle Alcalde Sainz de Baranda, casi enfrente del Retiro— tenía una fachada en forma de «A» mayúscula. Una «A» rota muy parecida, si no idéntica, a las que me habían estado persiguiendo esos días.

Sentí un leve estremecimiento al reconocerla. Aquella «A» estaba a unos pasos del crismón secreto de la montaña del parque que acababa de descubrir. Me pareció que alguien estaba intentando recordarme el tercer mandamiento de la Teoría de los Secretos.

—¿Y ese hombre no ha dejado ningún otro mensaje? —balbucí, deteniendo a la enfermera por última vez en el umbral de mi habitación—. ¿Nada?

Ella negó con la cabeza, sin darse ya la vuelta.

—No. Sólo dijo que eso podría ayudarlo.

—¿Sólo eso?

—Lo siento, pero no sé decirle nada más.

Mientras se alejaba intenté sin éxito escapar al influjo que el trío de personajes que posábamos en la foto ejercía sobre mí. Mamá Gloria estaba muy joven. Ahora me parecía que su mirada reflejaba cansancio, como si previera las dificultades que estaban a punto de venírsele encima. Llevaba un vestido blanco, corto, hecho de puntillas de lana, y una melena brillante y negra que estilizaba una figura que había sabido conservar. Me vino a la memoria lo que había escrito en el reverso de la copia que me entregó antes de mi viaje a España: «Así te acordarás de dónde vienes».

«¿En serio?»; la acaricié con ternura.

A su lado, mi padre miraba a la cámara a través de unas gafas oscuras y redondas. Lucía una expresión amable. Yo había escrutado ese mismo retrato mil veces. Era el único que mi familia conservaba en el que estábamos los tres. El único en el que reconocía a mi progenitor. Aquello englobaba el primer y último atisbo de un mundo personal cuya ruptura nunca había comprendido. El destino —ese del que Pau me había hablado en la cima de la montaña artificial— había jugado sus cartas de un modo cruel conmigo, alejándome de aquel hombre.

Con los ojos de la nostalgia me detuve en otro detalle. Ese señor de aspecto impecable, de pelo rizado oscuro, barba cuidada y gafas redondas era el que me sostenía entre los brazos. Era quien me protegía.

«¿Y si...?»

Horas más tarde, en cuanto el doctor terminó de examinarme y pude ponerme en pie de nuevo, telefoneé a mi madre. Llevábamos días sin saber el uno del otro. Desde que cancelé la búsqueda del *Primus calamus* para la doctora Peacock y me embarqué en la del «verdadero grial» no había vuelto a tener noticias suyas. Tampoco nadie la había llamado desde Madrid. Seguramente no lograron localizarla. Así pues, fui prudente y medí mis palabras. No quise alarmarla contándole los pormenores de unas horas que ya estaban superadas.

Tal y como suponía, mamá Gloria seguía entusiasmada con los preparativos de su boda; había regresado ya de Galway y tenía los cinco sentidos puestos en su inminente enlace con aquel presuntuoso de Steven Hallbright.

Con cautela, sorteando nuestros escollos, guie la conversación hacia donde quería. Tuvimos una larga charla en la que salieron a relucir el abuelo José, Victoria Goodman y los años en los que el niño que yo era interrogaba a todas horas a su ilustre antepasado por el maravilloso origen de sus ideas. Fue entonces, antes de que se interesara por cómo lo estaba pasando en Madrid, cuando le pregunté a bocajarro la duda que me estaba quemando por dentro.

—Mamá, ¿por qué desapareció exactamente papá?

Mi madre enmudeció por unos instantes. *Exactamente* era un adverbio que jamás había utilizado en ese contexto.

La imaginé dibujando una de esas medias sonrisas suyas, discretas, que esbozaba cada vez que la interrogaba sobre alguna cuestión difícil. Ella repetía a menudo —ahora sabía que lo hacía como Chrétien de Troyes siglos antes, o mi abuelo después— que la clave para resolver cualquier problema pasa siempre por formular la pregunta adecuada.

—El abuelo me dijo un día que a tu padre se lo llevaron los frustradores —susurró al fin, soltando aquello como quien libera lastre.

Yo, sorprendido, le respondí con otro largo silencio. No recordaba haber oído hablar antes a mi madre en esos términos ni mucho menos mencionar un sustantivo tan particular como aquél. Respetó mi mutismo el tiempo justo antes de prometer que hablaríamos de ello en cuanto regresara a Irlanda. Dijo también que había muchas cosas que no sabía. Que por eso me había enviado a Madrid y le había pedido a Victoria Goodman que me instruyera sobre ellos.

—Sólo conociéndolos se los puede combatir —aseguró.

También sugirió que el abuelo había muerto convencido de que la animadversión de mi padre por las artes, la que lo llevó a dejar nuestra casa de Dublín y desaparecer de la faz de la Tierra, no se explicaba sólo por su carácter. Que aquello fue algo inducido por esos «enemigos superiores». Los mismos, deduje, que habían intentado acabar conmigo.

—Aunque, en realidad, debes saber que a tu padre lo devoraron las sombras —añadió cargada de una pesadumbre antigua—. Pobre.

En ese instante evité como pude revelarle lo que intuía: que César Salas había emergido momentáneamente de su dimensión para salvarme, quizá empujado por esa chispa de luz que, incluso en mitad de la más oscura de las noches, cualquier ser humano es capaz de encontrar dentro de sí. Y que si, como ella sospechaba, mi padre había sido arrebatado por los *daimones* para minar la determinación de mi abuelo e impedir que hablara sobre ellos en su obra, él quizá había intentado redimir su conciencia salvándome de esas mismas fuerzas. Era una conclusión reconfortante y a ella me aferré con uñas y dientes. Tal vez lo sucedido no había sido sino obra de ese destino en el que ya no me quedaban excusas para no creer. La misma fuerza que me había cruzado con una Paula a la que aún no conocía.

Pero ¿cómo iba a decirle algo así? ¿Cómo podría contarle tantas cosas sin mirarla de frente?

Mi padre —si es que fue él quien en verdad me salvó de morir en la montaña artificial del Retiro— ya no regresó al hospital. Tampoco lo busqué cuando a Pau y a mí nos dieron el alta. Sencillamente, no me atreví. Hacerlo habría implicado acercarme de nuevo a la negrura de la que acababa de escapar.

En cuanto a Luis Bello y Julián de Prada, jamás volví a verlos. Desaparecieron de la falsa cueva del parque llevándose el cuaderno de Guillermo con ellos, casi con seguridad satisfechos por retrasar un tiempo más el acceso de cualquiera de nosotros al «tesoro» del que habían pretendido privarnos.

Pero se equivocaron. Y mucho.

Ante el vacío que dejó su huida, enseguida comprendí que sólo me quedaba una cosa que hacer. Doña Victoria estuvo de acuerdo cuando se lo expuse. Con lágrimas en los ojos y una actitud conmovedora, entendió que debía ser yo, no ella, quien acometiera esa misión y la defendiera. Pau, al conocer el plan, se abrazó a mí prometiéndome que no me dejaría solo en el lance. «Nunca», dijo. Y es que lo único que estaba en mi mano para mantener a raya a esos devoradores de ideas y echar a perder sus planes seculares de ensombrecimiento del alma humana era, precisamente, escribir este libro.

Quién sabe si ahora, al entregarlo a imprenta protegido por el mismo Símbolo del Ocho que nos salvó a Pau y a mí de la muerte, se iluminará el grial interior de quien lo lea, la única y verdadera vía de conexión con las ideas superiores que todos llevamos dentro. Eso que, a partir de ahora, dejaré de llamar con una palabra inventada en la vertiente meridional de los Pirineos en la Edad Media para nombrarlo con una expresión que lo define mucho mejor: el fuego invisible.

Todas las fuentes literarias e históricas mencionadas en esta novela están documentadas. También lo están las referencias al grial y sus distintas ubicaciones e hipótesis. Por otra parte, las alusiones al «fuego» y sus «enemigos» tampoco son una mera fantasía del autor. De hecho, él confía —como David Salas en el relato— en que el lector emprenda su búsqueda ahora que ya sabe de su existencia.

CRÉDITOS DE LAS IMÁGENES
—

ÍNDICE